JENNA C. BLACK

# Der Puppenmacher

*Buch*

Bisbee, Arizona, ist ein kleiner, idyllischer Ort, der viele Touristen anzieht. Verbrechen kennt man hier kaum – und wenn, dann handelt es sich höchstens mal um einen Diebstahl oder nächtliche Ruhestörung. Und so ist das Entsetzen in Bisbee natürlich umso größer, als man eine grauenhafte Entdeckung macht: die Leiche der vierzehnjährigen Jessica Parris – im Amphitheater des Stadtparks – in den überdimensionierten Kleidern einer Puppe …

Laura Cardinal vom Arizona Department of Public Safety weiß sofort, dass sie es mit einem hochorganisierten Serienkiller zu tun hat, der keine Spuren hinterlässt und kaum Fehler begeht. Gemeinsam mit ihrem Kollegen Victor Celaya und Buddy Holland, einem Polizisten des County, beginnt Laura die Ermittlungen. Wobei Buddy über seine neue zeitweilige Vorgesetzte nicht sehr erfreut zu sein scheint. Schon bald stoßen die drei auf eine heiße Spur, die sie ganz nah an den Killer heranführt: Unter dem Spitznamen MUSICMAN lauert er im Internet auf seine ahnungslosen jugendlichen Opfer. Allerdings war die Ermordung von Jessica Parris offenbar ein Fehler – MUSICMAN hat das falsche Mädchen erwischt. Voller Zorn und Blutgier setzt er alles daran, seinen Fehler wiedergutzumachen …

*Autorin*

Nach einer abgeschlossenen Ausbildung zur Opernsängerin arbeitete Jenna C. Black zunächst einige Jahre als Journalistin, bis sie sich schließlich voll und ganz ihrer wahren Leidenschaft, der Schriftstellerei, widmete. Jenna C. Black lebt gemeinsam mit ihrem Mann in Tucson, Arizona

*Der nächste Roman mit der smarten Ermittlerin Laura Cardinal ist bereits in Vorbereitung.*

Jenna C. Black

# Der Puppenmacher

Roman

Aus dem Englischen von
Andrea Stumpf und Gabriele Werbeck

blanvalet

Die Originalausgabe erschien unter dem Titel
»Darkness on the Edge of Town« bei Signet,
published by New American Library, a division of Penguin
Group (USA) Inc., New York.

*Umwelthinweis:*
Alle bedruckten Materialien dieses Taschenbuches
sind chlorfrei und umweltschonend.

2. Auflage
Deutsche Erstveröffentlichung Juni 2007
bei Blanvalet, einem Unternehmen der Verlagsgruppe
Random House GmbH, München.

Umschlaggestaltung: HildenDesign, München
Umschlagfoto: Susanne Becker
Redaktion: Ilse Wagner
Lektorat: Urban Hofstetter
Herstellung: Heidrun Nawrot
Satz: DTP Service Apel, Hannover
Druck: GGP Media GmbH, Pößneck
Printed in Germany
ISBN 978-3-442-36640-x

www.blanvalet.de

# 1

*Vail, Arizona*

Francis X. Entwistle tauchte um drei Uhr morgens in Laura Cardinals Schlafzimmer auf. Er machte einen des Lebens überdrüssigen Eindruck.

»Bleib liegen, Lorie. Ich bin nur hier, um dich vorzuwarnen. Du hast eine schlimme Zeit vor dir.«

Franks Gesicht war blass, und unter seinen Augen lagen dunkle Schatten. Zu Lebzeiten war sein Gesicht wegen seines zu hohen Blutdrucks, der ihn schließlich umbrachte, immer gerötet gewesen. Auf dem Tisch am Fenster stand eine Flasche Tanqueray Gin, und das Whiskeyglas in Franks Hand war zu einem Viertel gefüllt. Laura besaß weder Whiskeygläser, noch trank sie Gin.

Laura war nicht sonderlich überrascht, ihren ehemaligen Mentor auf dem Lehnstuhl in ihrem Schlafzimmer sitzen zu sehen, nachdem ihn seine Frau vier Monate zuvor beerdigt hatte. Vielleicht weil ihr bewusst war, dass sie träumte. Vielleicht auch deshalb, weil er die letzte Verbindung zu ihren Eltern war und sie nicht wollte, dass er für immer aus ihrem Leben verschwunden war.

Frank Entwistle beugte sich vor. Sein weißer Haarkranz leuchtete im schwachen Schein der Nachtlampe im Badezimmer auf. »Du musst die Augen offen halten, vergiss das nicht.«

Er hielt inne und kratzte sich an der Nase. Laura wurde bewusst, wie absurd die Situation war: Da saß sie um drei

Uhr morgens in ihrem Bett und sah einem toten Polizisten aus dem Morddezernat dabei zu, wie er sich an der Nase kratzte.

»Was ich meine, es kann sich schnell rächen, wenn du nicht auf der Hut bist. Die Devise heißt Wachsamkeit.«

Sie wünschte, er würde ihr etwas genauer erklären, was er damit sagen wollte, aber er begann sich bereits aufzulösen.

Zum Abschied hielt er sein Glas in die Höhe. »Pass auf dich auf, Kleine.«

Als man ihr einen Tag später den Fall übertrug, wusste Laura, worauf Frank Entwistle angespielt hatte.

Es war Wochenende, und sie befand sich in dem kleinen Haus auf der Bosque Escondido Guest Ranch, in dem sie mietfrei wohnte. Dem Besitzer, einem Freund aus Highschool-Tagen, gefiel die Vorstellung, dass eine Ermittlerin vom Arizona Department of Public Safety auf seinem Grund lebte.

Der Traum von Frank Entwistle ließ sie nicht los, beunruhigte sie. Er schien so real gewesen zu sein. An diesem Morgen war sie nach dem Aufwachen noch halb schlafend zum Badezimmer getappt. Im schwachen Licht der Nachtlampe sah sie auf dem Tisch den Ring, den ein beschlagenes Glas hinterlassen hatte. Sie war sofort hellwach, und ihr Herz fing an zu rasen, bis ihr einfiel, dass der wahre Schuldige Tom Lightfoot war. Tom dachte nie daran, einen Untersetzer zu benutzen.

Es war Tom, der ihr den ganzen Morgen über im Kopf herumging. Tom, um den dauernd ihre Gedanken kreisten, seit er vor zwei Tagen zu einer Tour nach New Mexico aufgebrochen war.

Und zwar wegen der Notiz, die am Kühlschrank gehangen hatte:

Vielleicht sollten wir zusammenziehen – T

Kein »In Liebe, Tom«, stellte sie fest. Aber das Wort »Liebe« machte ihr sowieso Angst, das nahm sie ihm nicht übel. Was sie ihm dagegen übel nahm, war die Tatsache, dass er sie überrumpelt hatte, diese Notiz an ihrem Kühlschrank hinterließ und dann einfach im Morgengrauen verschwand. Sie konnte ihn fernab der Zivilisation nicht erreichen. Sie konnte ihm nicht sagen, dass sie erst seit zweieinhalb Monaten zusammen waren, dass er gleich hinter dem nächsten Hügel wohnte, dass er sich nicht einbilden sollte, er könnte bei ihr einziehen, nur weil er jede Nacht bei ihr verbrachte. Zusammenleben war etwas völlig anderes, als miteinander schlafen. Der letzte Mann, mit dem sie zusammengelebt hatte, war ihr Ehemann gewesen, und das war nicht gut gegangen.

Was Laura jedoch am meisten beunruhigte, war, dass ihr Herz bei der Vorstellung schneller zu schlagen begonnen hatte.

Von Unruhe getrieben, ging sie nach draußen, um zu gießen. Es war bereits so heiß, dass sie das Wasser eine Weile laufen lassen musste, um die Pflanzen nicht damit zu verbrühen. Ihr Handy klingelte, und sie ging in den Schatten.

Am anderen Ende war Jerry Grimes, ihr Sergeant. »Sind Sie gerade beschäftigt?«

»Was ist los?« Ihr war sofort klar, dass sie ihren Plan, ein ruhiges Wochenende zu verbringen, in den Wind schreiben konnte.

»Die Polizei von Bisbee hat um Unterstützung in einem Mordfall gebeten.«

Beim Zuhören vergaß Laura die Nachricht von Tom. Frank Entwistle hatte sie vorgewarnt, dass es schlimm sein würde, und das war es. In einer Kleinstadt im Süden hatte man ein vierzehnjähriges Mädchen tot aufgefunden.

»Mike hat mit dem dortigen Polizeichef gesprochen, und wir sind uns einig«, sagte Jerry. »Sie leiten die Ermittlung. Also lassen Sie sich nichts gefallen.«

Das sagte er immer, obwohl Laura sich noch nie etwas hatte gefallen lassen. Laura wusste, dass solche aufmunternden Worte seine Art waren, ihr – einer Frau, die Männerarbeit erledigte – seine Unterstützung zu beweisen. Aber sie wusste auch, wenn sie zu Ermittlungen in anderen Gerichtsbezirken – meistens Kleinstädten – hinzugezogen wurde, dann behinderten lächerliche Kompetenzrangeleien ihre Arbeit wesentlich mehr als die Tatsache, dass sie eine Frau war.

»Victor kommt, so schnell er kann. Kennen Sie den Betriebshof des Straßenbauamts auf der hiesigen Seite des Tunnels?«, fragte Jerry. »Die Polizei von Bisbee schickt jemanden hin, der Sie dort abholt.«

Fünfzehn Minuten später befand sich Laura mit ihrem Toyota 4Runner auf der Auffahrt zur Interstate 10 in Richtung Osten, ein beklemmendes Gefühl in der Brust.

Vierzehn Jahre alt.

## 2

Kaum im Auto, wählte Laura die Nummer von Jerry Grimes, um sich von ihm ein paar Hintergrundinformationen geben zu lassen. Während der Fahrt hatte sie Zeit, sich das, was er ihr berichtete, durch den Kopf gehen zu lassen.

»Ein Mädchen namens Jessica Parris wurde gestern auf der Straße in der Nähe ihres Hauses entführt. Sie nehmen jedenfalls an, dass es dort gewesen ist – es gab keine Zeugen.«

»Wann gestern?«

»Nach der Schule. Sie ist zum Essen nicht nach Hause gekommen. Die Stelle ist ziemlich abgelegen. Laut Aussage der Polizei von Bisbee wohnt – wohnte – sie am Ende des West Boulevard.« Jerry legte eine Pause ein. Er erinnerte sie immer an einen Gewerkschaftsführer aus vergangenen Zeiten: raubeinig, durch nichts zu erschüttern. Das hier ging ihm jedoch an die Nieren: Er hatte selbst drei Töchter.

Jerry fuhr fort: »Heute Morgen wurde im Stadtpark ein Mädchen gefunden, auf das die Beschreibung von Jessica Parris passt. Wissen Sie, wo das ist?«

»An der Brewery Gulch.«

»Richtig. Ein paar Touristinnen wollten sich den Konzertpavillon ansehen, und da wartete eine böse Überraschung auf sie.«

Sie dachte daran, wie sich diese Touristinnen gefühlt hatten, dass ihnen vor Schreck weich in den Knien geworden sein musste. »Sie war in dem Pavillon?«

»Sie saß dort an die hintere Wand gelehnt. Wie eine Puppe auf einem Bett, sagte die Zeugin. Ihr Name ist Slaughter.« Er hielt kurz inne, um die bittere Ironie wirken zu lassen. »Doris Ann Slaughter. Sie sagte, das Mädchen wäre irgendwie herausgeputzt gewesen, sie hätte eine Art Puppenkleid angehabt.« Erneut hielt er inne, der Fall machte ihm zu schaffen. »Victor kommt aus Marana. Er dürfte eine halbe Stunde nach Ihnen ankommen.«

Laura beendete das Gespräch und beschleunigte auf hundertdreißig, tief in Gedanken versunken, während sie auf dem Freeway Kilometer um Kilometer zurücklegte. Sie hoffte, dass der Sturm erst losbrechen würde, nachdem sie einen Blick auf den Tatort hatte werfen können. Es war ein sonniger Tag, aber im Süden und im Osten hatte der Himmel eine unheilverkündende bleigraue Färbung angenommen.

Am vierten Juli hatte die Monsunzeit begonnen. Die letzte Woche hatte es jeden Tag schwere Unwetter gegeben: entwurzelte Bäume, abgerissene Stromleitungen, abgedeckte Dächer, die in Nord-Süd-Richtung verlaufenden Straßen von Tucson in reißende Flüsse verwandelt. Eine ganze Stadt als Geisel unter Wasser stehender Straßen, viele davon unpassierbar. Man brauchte nur den Mann zu fragen, der auf einer Kreuzung in Tucson mit dem Hubschrauber vom Dach seines Pick-ups gerettet worden war, wie schnell die moderne Zivilisation gegenüber der Natur das Nachsehen hatte.

An diesem Vormittag war es noch nicht heiß genug, damit sich die Kumulonimbuswolken bilden konnten, die einem Gewitter vorausgingen, aber die Atmosphäre war schon aufgeladen. Sie hielt bei einem Schnellrestaurant in Benson, um sich ein Sandwich zum Frühstück zu besorgen – Treibstoff –, und fuhr dann weiter nach Süden, einem zunehmend dunkler werdenden Himmel entgegen, der sich wie ein schweres Gewicht auf die Berge zu senken schien.

Sie verspürte gleichzeitig Angst und Aufregung. Sie musste an den Ort des Geschehens, es mit eigenen Augen sehen, aber sie wusste, dass die Bilder sie für den Rest ihres Lebens verfolgen würden, wenn sie es tat. Der Anblick des toten Mädchens würde sich in ihre Netzhaut brennen, als wäre er vom Blitzlicht einer Kamera eingefangen worden.

Er würde sich in guter Gesellschaft befinden.

Kurz nach zehn Uhr erreichte Laura den Betriebshof, der als Abstellplatz für Straßenbaumaschinen diente. Unmittelbar neben der Einfahrt zum Mule-Pass-Tunnel stand ein Streifenwagen der Polizei von Bisbee. Eine uniformierte Polizistin Mitte zwanzig lehnte an der Tür. Als sie Laura in ihrem Zivilfahrzeug hinter ihr halten sah, kam sie zur Fahrerseite des 4Runner. »Ich muss Sie darauf aufmerksam machen, dass Sie hier nicht stehen bleiben dürfen.« Die Haut ihres Gesichts schälte sich als Folge eines schweren Sonnenbrands.

Laura zeigte der Polizistin – auf deren Namensschild DUFFY stand – ihre Dienstmarke und forderte sie auf vorauszufahren. Sie passierten den Tunnel und fuhren weiter ins Zentrum der Stadt, wo sie auf einem Parkplatz anhielten, auf dem bereits Dienstfahrzeuge von vier verschiedenen Polizeibehörden standen. Gott und die Welt hatte sich hier versammelt.

Officer Duffy sprang sofort aus ihrem Wagen und ging, ohne auch nur einen Blick zurückzuwerfen, quer über den Parkplatz auf die abgesperrte Grünfläche vor dem Bergbaumuseum auf der gegenüberliegenden Straßenseite zu. Laura war diese Unhöflichkeit gewohnt. Als staatliche Strafverfolgungsbehörde konnte das Arizona Department of Public Safety der Polizei in Kleinstädten nur dann Unterstützung leisten, wenn der jeweilige Polizeichef darum ersuchte. Und für gewöhnlich tat er das entweder, weil er zu wenig Leute hatte, oder, weil er nicht über die erforderliche Ausrüstung verfügte. Jedes Mal, wenn Laura den Fuß in eine dieser Kleinstädte setzte, stieß sie auf Ressentiments.

Manchmal dachte sie, in ihrer Arbeitsplatzbeschreibung müsste eigentlich »Berufsparia« stehen.

Sie öffnete den Kofferraum ihres Wagens und holte ihre Kameratasche heraus, wobei sie wünschte, sie hätte keine dunklen Sachen angezogen, die zusätzlich Hitze absorbierten. Der Himmel über ihr war strahlend blau, keine Spur von den Gewitterwolken, die sie auf der Fahrt hierher gesehen hatte. Wahrscheinlich wurden sie von den hohen Bergen verborgen, die über der Stadt aufragten. Laura ging über die Straße und stellte sich der Gruppe von Männern vor, die in dem abgesperrten Bereich standen.

Rusty Ducotte, der fünfundzwanzig Jahre beim DPS gearbeitet hatte, bevor er in Bisbee den Posten des Polizeichefs angenommen hatte, sprach mit dem für Arizona typischen, leicht schleppenden Tonfall, mit dem Laura aufgewachsen war. Er hatte ein längliches Gesicht, Geheimratsecken und rot geränderte Augen, die sie an ein Kaninchen erinnerten.

Ducotte erklärte den anderen, dass Laura die Ermittlung

leitete, dass es ab sofort ihr Tatort war. »Ich hätte allerdings gern, dass Detective Holland Sie begleitet, wenn Sie nichts dagegen haben.«

Auch wenn er es in Form einer Bitte vorbrachte, war Laura klar, dass er nicht davon abrücken würde. Er wollte, dass sie den Fall gemeinsam mit seinem Detective bearbeitete. Laura sah keinen Grund, der dagegen sprach, solange ihr Holland nicht ins Handwerk pfuschte. Auf Victor konnte sie nicht unbedingt zählen: Seine Frau hatte gerade ein Kind bekommen, und er hatte bereits jedem, der es hören wollte, erklärt, dass er möglichst in der Nähe seiner Familie bleiben wollte.

Während sie sich den Bericht des Polizisten, der als Erster am Tatort gewesen war, über die von ihm ergriffenen Sicherungsmaßnahmen anhörte, musterte sie Buddy Holland. Er sah aus wie der typische Polizist: kurz geschnittene Haare, gestutzte Koteletten, Schnurrbart. Außerdem hatte er einen entschlossenen Zug um den Mund und einen wachsamen Blick. Argwöhnisch.

Er sagte nicht viel. Hielt sich zurück. Versuchte er mit seinen zusammengekniffenen Augen herauszufinden, woran er mit ihr war?

Officer Billings, der die Meldung entgegengenommen hatte, beendete seine Ausführungen. Er sah sie erwartungsvoll an.

»Sie haben mir meine Arbeit sehr erleichtert«, sagte sie. Er hatte sich das Lob verdient. In ihren Augen verhielten sich die meisten Streifenpolizisten an einem Tatort nicht umsichtig genug, hauptsächlich deswegen, weil sie nicht gut genug ausgebildet waren. Officer Billings hatte sich offenbar einiges selbst beigebracht.

»Ich will eines Tages als Detective im Morddezernat arbeiten. Das habe ich fest vor.«

Buddy Holland grinste.

Zwanzig Minuten später erschien Victor auf der Bildfläche, den Geruch eines teuren Aftershaves verströmend. »Ich nehme an, Sie fragen sich, warum ich Sie alle hierherkommen ließ«, sagte er, die Ärmel seines ordentlich gebügelten weißen Hemds bereits hochgekrempelt. Er ging zu Detective Holland und streckte die Hand aus. »Victor Celaya.«

Der Detective aus Bisbee stieß sich von dem Baumstamm ab, an dem er gelehnt hatte, und sein Gesicht verlor den desinteressierten Ausdruck. »Buddy Holland.«

Sie schüttelten sich die Hände wie alte Freunde, die sich lange nicht gesehen hatten. Victor hatte ein untrügliches Gespür dafür, wen in einer Gruppe von Leuten er auf seine Seite ziehen musste. Jetzt hielt er kurz inne und warf Laura einen raschen Blick zu, um sich zu vergewissern, dass sie seinem Charme noch immer verfallen war. Unmöglich, es nicht zu sein.

Es wurde beschlossen, dass Laura, Detective Holland und Officer Billings sich den Tatort ansahen, während Victor die beiden Zeuginnen befragte, die in einem Konferenzzimmer im Copper Queen Hotel warteten. Zeugenbefragungen waren für gewöhnlich Victors Sache. Er war der Beste in der Abteilung, was Verhöre und Befragungen anging.

Laura sah die von einstöckigen Ziegelbauten gesäumte Straße entlang: die Brewery Gulch. Auf der OK Street hatten die Fernsehleute Posten bezogen und richteten ihre Kameras hügelabwärts auf den Park. Die OK Street markierte die östliche Grenze von Bisbee, dahinter ging es steil bergauf. Diese seltsame Topographie führte dazu, dass die Kreuzung zwischen Brewery Gulch und Main Street gleichzeitig Stadtmitte und Stadtrand war.

Sie gingen die Gulch hinauf, Officer Duffy voran. Der schmale Canyon schien vor Laura immer länger und enger zu werden, bis sie schließlich nur noch die blaue Uniform von Duffy vor sich sah, zehn Kilo Gürtel mit Dienstwaffe und Taschenlampe und Handschellen, die an ihren breiten Hüften hin und her schwangen. Duffy wirkte selbstsicher, so als wüsste sie genau, was sie tat. Laura hatte den Eindruck, dass sie sich nicht nur Bisbees sicher war, sondern auch ihrer Zukunft. Laura beneidete die junge Frau um ihre Zuversicht. Ihre eigene Zukunft schien irgendwo in der Ferne im Nebel zu verschwimmen, sie hatte zu viele Schläge einstecken müssen, um irgendetwas in ihrem Privatleben noch als selbstverständlich zu betrachten. Vielleicht waren ihr Privatleben und ihr Beruf auch ein und dasselbe. Das Einzige, worin sie gut zu sein schien, war ihr Job.

Ein Stück weiter vorn war die Straße für die Durchfahrt gesperrt, man hatte gerade noch so viel Platz gelassen, dass Autos wenden konnten. Sie kamen an der geöffneten Tür einer Bar vorbei. Bierschwaden drangen heraus und verfolgten Laura kurz mit ihrem dumpfen, bitteren Geruch.

Je näher Laura dem Tatort kam, desto stärker wurde ihre Beklemmung. Sie war hin und her gerissen: auf der einen Seite der Drang, den Tatort in Augenschein zu nehmen, auf der anderen Seite der genauso starke Drang davonzulaufen. Was immer Jessica Parris gedacht, gefühlt oder getan hatte – einfache Dinge wie eine Verabredung mit einer Freundin oder Pläne fürs Wochenende –, all das war abgeschnitten worden wie ein dünner Faden.

Zumindest konnte dem Mädchen nichts mehr wehtun. Was ihre Eltern betraf, sah die Sache anders aus. Das, was wie eine Naturkatastrophe über sie hereingebrochen war und ihnen ihre Tochter geraubt hatte, würde ihre ganze Welt zerstören, in winzige Stücke schlagen. Laura wusste aus Erfahrung, dass man diese Stücke zwar aufsammeln konnte, aber man konnte sie nie mehr zu einem Ganzen zusammensetzen. Sie war hier, um dafür zu sorgen, dass Jessicas Familie das Einzige bekam, das noch irgendeine Bedeutung hatte: Gerechtigkeit.

Vor dem gelben Absperrband drängten sich die Leute. Ein uniformierter Polizist hielt sie zurück, unüberwindlich wie ein Granitblock.

Laura machte Fotos von den Schaulustigen, wobei sie darauf achtete, jedes einzelne Gesicht zu erwischen. Man konnte nie wissen, wer hier auftauchte und sich einbildete, er würde nicht bemerkt werden.

Ein heißer Wind fegte durch den Canyon und brachte den Geruch von Regen mit.

Sie ließ die Kamera, die an einem Riemen um ihren Hals hing, sinken.

Ihr Magen zog sich zusammen.

Zeit anzufangen.

## 3

Als Laura acht, neun Jahre alt gewesen war, hatten ihre Eltern sie zum Schlittschuhlaufen auf die Eislaufbahn in Tucson mitgenommen. Sie erinnerte sich daran, wie sie auf den Kufen über die schwarze Gummimatte zum Rand der Eislaufbahn gestolpert war. Die Grenze zwischen Gummi und Eis war unverrückbar, ein Naturgesetz. Erst stakste man unbeholfen herum, und gleich darauf schwebte man.

Ähnlich wie eine Eislaufbahn war auch ein Tatort eine Welt für sich. Der Stadtpark würde nie mehr das sein, was er einmal gewesen war. Noch lange nachdem die Leiche weggebracht und das Absperrband entfernt worden war, würde das Böse, das hier eingedrungen war, die Herzen und Gedanken der Besucher beherrschen. Legenden würden sich darum winden. Der Tatort war geweihter Boden.

Laura war im Begriff, die Schwelle zu einer anderen Welt mit anderen Regeln zu überschreiten, und sie sah in dem, was sie dort tat, eine heilige Pflicht. Keiner der Fehler, die man beging, konnte jemals wiedergutgemacht werden, also musste sie sich Zeit lassen und von Anfang an alles richtig machen. Sie duckte sich unter der Absperrung hindurch, gefolgt von Holland und Billings. Officer Duffy machte Anstalten, ihr ebenfalls zu folgen.

»Tut mir leid, Officer Duffy«, sagte Laura mit Nachdruck, »nur wir drei.«

Duffy wurde knallrot und trat zurück. Laura machte sich nicht die Mühe, ihr etwas zu erklären, was sie längst wissen sollte: je weniger Leute einen Tatort betraten, desto besser. Polizisten waren am schlimmsten, was das betraf, nämlich an einem Tatort Spuren zu zertrampeln, aus Wasserhähnen zu trinken oder die Klospülung zu betätigen.

Jetzt standen sie am Eingang zum Stadtpark, der sozusagen eine Ebene über ihnen lag und über eine Treppe mit ausgetretenen, bräunlichen Stufen zugänglich war, die zu der oberhalb verlaufenden Straße führte. Bisbee war auf Hügeln erbaut, und es gab überall solche Betontreppen wie diese, die die gewundenen Straßen wie Stockwerke miteinander verbanden.

Officer Billings zufolge befand sich der Parkeingang auf halber Höhe. Die Zeugin hatte Billings diesen Weg entlanggeführt. Der Platz ließ Laura an die Innenstadt von Chicago oder New York denken: ein Park aus Beton, der auf den Dächern dreier geschlossener Läden mit leeren Schaufenstern über der Stadt schwebte.

Sie blickte nach oben und sah die Spitzen eines schmiedeeisernen Zauns und einige Baumwipfel. Fragte sich, wie hier Bäume wachsen konnten. Sie sah Officer Billings an. »Wohin führt diese Straße?« Sie deutete auf eine Straße, die sich um den Park herum den Hügel hinaufwand.

»Der Opera Drive? Der führt im Halbkreis um den Park herum und macht dann dort oben eine Biegung.« Er wies auf die Straße hoch über ihnen. Einzelne Häuser waren über den Hügel verteilt wie Trödel auf einem Flohmarktstand.

»Lassen Sie uns von hier aus am Rand des Parks entlanggehen«, sagte Laura. Hinter ihr streifte Buddy Holland Latexhandschuhe über, und der junge Billings tat es ihm nach. Buddy fing Lauras Blick auf und sah demonstrativ auf seine Hände. Laura verschränkte die Arme und vergrub die Hände in den Achselhöhlen. Sie zog erst dann Handschuhe an, wenn es an der Zeit war, Spuren zu sichern, Handschuhe machten sie immer irgendwie nachlässig.

Sie wandten sich auf der Brewery Gulch nach Norden und folgten der gewundenen Straße den Hügel hinauf, während Billings ihnen berichtete, wie die beiden Frauen die Leiche entdeckt hatten und er anschließend mit ihnen zu dem Konzertpavillon zurückgekehrt war – alles in epischer Breite. Auf halber Höhe kamen sie an den Eingang zum Park. Von hier aus konnte Laura eine große ovale gepflasterte Fläche mit einem Basketballfeld, einen Spielplatz, rechts eine in den Hügel gebaute, betonierte Tribüne und den Konzertpavillon sehen.

Billings Stimme verlor sich.

Im Inneren des Pavillons, gegen die hintere Wand gelehnt, saß eine winzige, verloren wirkende Gestalt. Auf den ersten Blick sah sie aus wie eine Puppe. Von ihrem Standpunkt aus konnte Laura keine Gesichtszüge oder andere Details erkennen, aber sie sah die starre Haltung, den leblosen Körper. Sie spürte das Entsetzen der Männer neben ihr. Der ganze Canyon schien erstarrt, von der übrigen Welt abgeschirmt wie ein schallisolierter Raum.

Sie wischte sich den Schweiß von der Stirn. Plötzlich wünschte sie, das Gewitter würde kommen und kühlen Regen mitbringen.

Nach ein paar Augenblicken, die etwas von einer Schweigeminute an sich hatten, setzten sie ihren Weg den Hügel hinauf fort. Das gleißende Sonnenlicht wurde von silbern gestrichenen Dächern unten auf der Gulch reflektiert. Laura merkte auf einmal, wie durstig sie war. Sobald sie wieder unten waren, würde sie jemanden bitten, ein paar Flaschen Wasser zu besorgen. Sie gingen an dem schmiedeeisernen Zaun entlang, den Blick auf den Boden gerichtet, registrierten jede Einzelheit. Laura hörte ihren eigenen keuchenden Atem, sie befanden sich hier immerhin auf siebzehnhundert Meter Höhe. Der Konzertpavillon war wieder in ihrem Blickfeld, der Schrecken näher gerückt. Es war unheimlich, wie sehr das Mädchen einer Puppe ähnelte. Immer noch zu weit weg, um sicher sein zu können, dass es sich um einen Menschen handelte.

Oben an der Straße gelangten sie zu der Treppe, die auf der Südseite des Parks wieder hügelabwärts führte. Wenn sie ihr folgten, hätten sie den Park einmal ganz umrundet. In der Ecke, nahe der Treppe, glitzerte das mit Dachpappe gedeckte Dach des Konzertpavillons in der Sonne, in der Mitte stand noch eine flache Pfütze vom letzten Regenguss. Darunter, außer Sichtweite, war das Mädchen. Der Geruch des Todes hing in der schwülen Luft, schwer und unverkennbar.

Die drei blieben am oberen Ende der Betonstufen stehen und blickten hinunter auf die Brewery Gulch.

Eine Brise streifte Lauras Gesicht, und der Duft von wildem Fenchel stieg ihr in die Nase. Hinter ihr sagte Buddy: »Ich glaube nicht, dass er von hier oben gekommen ist. Er hätte die Straße versperrt. Es wäre schwierig gewesen, rein- und rauszukommen. Die Gefahr, gesehen zu werden, wäre größer gewesen.

Laura dachte, dass er vermutlich Recht hatte.

Eine Grille zirpte, laut und durchdringend.

Sie spürte, dass die beiden Männer sie ansahen. »Gehen wir hinunter.«

Sobald sie den Park betreten hatten, steuerte Officer Billings auf die Treppe des Pavillons zu.

»Officer«, sagte Laura, »bleiben Sie bitte bei uns.« Seine Unbedachtheit ließ ihn erröten. »Tut mir leid«, sagte er und trat rasch wieder zu ihnen.

Laura stand da, das Gesicht dem Park zugewandt. Die Leiche des Mädchens konnte warten. Die beiden Männer blieben schweigend neben ihr stehen. Aus dem Augenwinkel heraus konnte sie Detective Holland sehen. Es gefiel ihr nicht, dass sie ihre Aufmerksamkeit zwischen zwei Leuten, die sie nicht kannte, und dem Tatort teilen musste. Wenn es nach ihr gegangen wäre, wäre sie allein hier gewesen.

Während sie, den Rücken dem Konzertpavillon zugewandt, ihren Blick über den Park schweifen ließ, versuchte sie, die Entfernung bis zum anderen Ende abzuschätzen – ungefähr siebzig Meter, vielleicht etwas mehr. Innerhalb des großen Ovals des Parks bildete das Basketballfeld einen kleineren konzentrischen Kreis. In der Nähe des schmiedeeisernen Zauns befanden sich ein paar kleine Rasenflächen, auf denen die Bäume wuchsen. Sie stellte fest, dass sie sich in einer Art Amphitheater befand, ringsum Häuser, von denen viele von den höheren Hügeln auf den Park heruntersahen – ein stets präsentes Publikum.

Laura schloss die Augen und versuchte, sich in die Gedankenwelt eines Mörders zu versetzen. Manchmal, wenn sie ihr Blickfeld stark genug einengte, konnte sie die Dinge aus seiner Perspektive sehen.

Laura wusste, dass er sich nach Publikum sehnte, das sagten ihr die Spuren, die er hinterlassen hatte. Doch selbst während sie versuchte, seine Überlegungen nachzuvollziehen und so wie er zu denken, arbeitete ihr analytischer Verstand weiter, stellte Theorien auf und verwarf sie wieder:

Wie er am leichtesten in den Park gelangen konnte, ob das Mädchen schon tot gewesen war oder noch gelebt hatte, als er es hierher gebracht hatte, was er als Letztes getan hatte, bevor er wieder verschwand.

Was ihn dazu bewogen hatte, sie wie eine Puppe anzuziehen.

Das schabende Geräusch einer Schuhsohle auf Beton – Holland oder Billings. Wer von beiden es auch war, er riss sie aus ihrer Konzentration. Der Mörder hatte ihr etwas zu sagen, aber sie konnte ihn nicht hören. Vielleicht war es Detective Holland, seine Missbilligung, weil sie das Kommando übernommen hatte.

Sie würde später noch einmal herkommen, allein.

Sie wandte sich dem Konzertpavillon zu.

Der kleine, schäbige Pavillon stammte aus den zwanziger Jahren – Beton mit Stuckverzierungen. Die Bühne war etwas mehr als hüfthoch. Die Decke unter dem gewölbten Dach war ursprünglich hellblau gestrichen gewesen – um den Himmel darzustellen? –, jetzt jedoch mit Graffiti verschmiert.

Die Leiche des Mädchens war in der Mitte platziert worden, sie lehnte, die Beine ausgestreckt, an der Wand. Fliegen schwirrten um sie herum.

Erst jetzt blickte Laura in das Gesicht des Mädchens. Erschrocken dachte sie: *Ich kenne sie.*

## 4

Die Grenzen von Zeit und Raum lösten sich auf, und sie sah wieder das grobkörnige Zeitungsfoto von der zweifarbigen Limousine und die dazugehörige Schlagzeile vor sich:

Aber es war nicht Julie. Natürlich nicht, das konnte gar nicht sein. Und als sie jetzt genauer hinsah, stellte sie fest, dass das Mädchen keineswegs das exakte Ebenbild von Julie war.

Laura war es dem Mädchen schuldig, sich ausschließlich auf sie zu konzentrieren. Ihre Ähnlichkeit mit Julie Marr war reiner Zufall. Um den Gedanken abzuschütteln, blickte sie zu Buddy Holland.

Sein Gesicht hatte sich dunkelrot verfärbt. Er hielt den Blick starr auf das Kind gerichtet, und an seiner Wange zuckte ein Muskel. Einen Moment lang fragte sie sich, ob er vielleicht kurz vor einem Herzanfall stand. Sie öffnete den Mund, um ihn zu fragen, ob alles in Ordnung sei.

Er drehte den Kopf und sah sie an. Für einen Augenblick erinnerte sie der leere Ausdruck in seinen Augen an Frank Entwistle, wie er aus dem Krankenhausbett heraus seinem Tod entgegengesehen hatte – ein Ausdruck, den einer ihrer Kollegen als Tausend-Meter-Blick bezeichnete. Gleich darauf wurde seine Miene steinern, undurchdringlich.

Laura sah wieder zu dem Mädchen. Sie war barfuß und trug ein altmodisches weißes Kleid. Das Kleid eines kleinen Mädchens, kindlich. Etwas, das eine Achtjährige zur Erstkommunion anziehen würde. Wenn dieses Mädchen tatsächlich Jessica Parris war, dann war sie vierzehn Jahre alt – viel zu alt, um ein solches Kleid zu tragen.

»Ich frage mich, woher er das Kleid hatte«, sagte Laura. »Wer verkauft denn solche Kleider für Mädchen dieses Alters?«

»Sieht aus, als wäre es ihr zu klein«, sagte Buddy Holland. Seine Stimme klang belegt. Sie begann ihn etwas sympathischer zu finden.

Laura registrierte weitere Einzelheiten. Die Hände des

Mädchens lagen sittsam gefaltet in ihrem Schoß. Ihre Haare waren gekämmt. Die Beine waren leicht gespreizt, aber nicht allzu weit. Letzteres konnte auf ein sexuelles Motiv hindeuten. Dafür, dass der Täter ihr dieses Kleid angezogen hatte, gab es wahrscheinlich ebenfalls ein sexuelles Motiv.

Sie war Teil eines Tableaus.

Buddys Stimme sprach Lauras Gedanken aus. »Er hat das hier arrangiert – sie in Pose gesetzt. Ich gehe jede Wette ein, dass er das nicht zum ersten Mal gemacht hat.«

»Wahrscheinlich.« Entweder hatte der Täter schon früher getötet, oder er hatte sich, vermutlich mit Vergewaltigungen, bis zu diesem Punkt vorgearbeitet.

Gott, was hätte sie jetzt für einen Schluck Wasser gegeben. Sie ging zu der Treppe auf der anderen Seite des Pavillons, die am weitesten von der Straße entfernt lag und die der Mörder ihrer Meinung nach nicht benutzt hatte.

Sie war sich ziemlich sicher, dass er von unten gekommen war. Das wäre am einfachsten gewesen. Er war die Treppe von der Gulch heraufgekommen, hatte den Park betreten und war direkt zum Pavillon gegangen.

Oben auf der Bühne aus Beton inspizierte Laura die Innenwände. Ihr gegenüber war eine mit einem Vorhängeschloss gesicherte Tür, hinter der sich wahrscheinlich ein Lagerraum befand. Auf das Schloss hatte jemand »FTW« geschrieben – Fuck the World. Irgendwelche bösen Jungs, die sicher nichts mit dem hier zu tun hatten.

Der Boden war so sauber, als wäre er erst vor kurzem gekehrt worden. Sie hatte es zweifellos mit einem gut organisierten Täter zu tun. Er machte kaum Fehler. Der Mann, nach dem sie suchte, hatte wahrscheinlich die gleichen Bücher gelesen wie sie, Bücher über kriminalistische Untersuchungen und Forensik. Laura blickte zum Eingang des Parks, direkt unterhalb der Treppe des Pavillons, und stellte sich vor, wie er von der Straße heraufkam. Er hätte alles in allem maximal zehn Minuten gebraucht, einschließlich der Zeit, um dem Mädchen die Hände zu falten.

Rein, raus.

Immer noch mit verschränkten Armen ging sie neben dem Mädchen in die Hocke.

Aus dieser Perspektive sah das Mädchen Julie überhaupt nicht mehr ähnlich. Ihre Augen lagen zu dicht beieinander. Ihre Haare waren von einem helleren Blond. Sie sahen gefärbt aus. Sie hatte durchstochene Ohrläppchen, trug jedoch keine Ohrringe. Hatte er sie mitgenommen? An der rechten Hand, unterhalb des Daumens, hatte sie einen kleinen tätowierten Schmetterling. Er passte überhaupt nicht zu dem Kleid. Das Kleid war weiß, wirkte jedoch leicht vergilbt, als hätte es lange im Regal gelegen. Sie konnte sehen, wo es gefaltet gewesen war. Sie beugte sich vor, um die Stelle zu untersuchen, an der zwischen dem Rücken des Mädchens und der Wand ein Zwischenraum war. Der Reißverschluss des Kleides war nur halb hochgezogen. Kein Etikett.

Laura holte tief Luft und sah dem Mädchen in die Augen.

Sie hatte schon viele Menschen gesehen, die eines gewaltsamen Todes gestorben waren. Es kam ihr so vor, als trügen die Augen der meisten dieser Opfer den Ausdruck unfassbaren Entsetzens, als hätten sie dem eigenen Tod ins Gesicht geblickt.

In den Augen dieses Mädchens konnte Laura jedoch keinerlei Gefühlsregung erkennen – nur geplatzte Blutgefäße im weißen Augapfel – Petechien –, was auf einen Tod durch Erdrosseln hindeutete. Braun und matt wie Eicheln, zeigten die Augen des Mädchens nichts, gar nichts.

Laura hoffte, das bedeutete, dass sie nicht gelitten hatte, auch wenn ihr die Petechien etwas anderes sagten. Aber so oder so, sie würde es nie genau wissen.

Sie erhob sich und ging um das Mädchen herum, um es von der anderen Seite zu betrachten.

Laura hatte immer das Gefühl, dass ihr ein Opfer etwas mitzuteilen hatte. Für gewöhnlich gab es irgendeinen Hinweis, den die Toten für sich behielten, ein Geheimnis, das sie mitgenommen hatten, das der Mörder vergessen hatte. In jedem Mordfall, in dem sie bisher ermittelt hatte, war da etwas gewesen, das der oder die Tote nicht gleich preisgegeben hatte. Sie musste es nur finden. Es erkennen, wenn sie es vor Augen hatte.

»Ich nehme an, die Totenflecke bedeuten, dass sie bewegt wurde«, sagte Officer Billings hinter ihr. »Unterhalb der Ohren, am Hals, sehen Sie?«

Sie versuchte, ihn zu ignorieren, sich auf das Mädchen zu konzentrieren.

»Scheint so, als hätte sie ausgestreckt dagelegen, als sie stranguliert wurde.«

»Stranguliert«, sagte Laura.

»Stranguliert, tut mir leid.« Er lachte nervös auf. »Wie dumm. Jedenfalls war mir das sofort klar, als ich sie gesehen habe.«

»Könnten Sie vielleicht endlich mal die Klappe halten?«, fuhr ihn Buddy Holland an.

Billings wirkte verletzt. »Hey, ich wollte doch nur –«

»Ich will es nicht hören.«

Laura sah zu Buddy, der mit gespreizten Beinen dastand wie ein Boxer. Er machte den Eindruck, dass er kurz vorm Ausrasten war. Als Ducotte sie einander vorgestellt hatte, hatte er erwähnt, dass Buddy Holland lange bei der Polizei in Tucson gewesen war, bevor er nach Bisbee kam. Warum machte ihm dieser Tod so zu schaffen? Er musste schon viele Leichen gesehen haben – darunter auch die junger Mädchen.

Er ging neben ihr in die Hocke. Sie spürte seinen Atem,

als sie die Haare des Mädchens in der Nähe des Ohrs musterte.

Und da sah sie es.

*Du hältst dich für sehr schlau, du Mistkerl,* dachte sie. *Aber du hast etwas übersehen.*

# 5

Nachdem Musicman sich im Internet-Café eingeloggt hatte, holte er als Erstes seine E-Mails ab.

Er hatte zwei Nachrichten von CRZYGRL12@synerG.net.

Nervös trommelte er mit den Fingern auf die Tischplatte, während er darüber nachdachte. Schwierig, weil ihm tausend Dinge gleichzeitig durch den Kopf schossen. Obwohl seine Wut kein bisschen nachgelassen hatte, verspürte er den unbezwingbaren Drang herauszufinden, was passiert war.

Draußen fuhr schon wieder ein Polizeiwagen vorbei, diesmal ein Wagen des Sheriffs.

Er trommelte weiter auf die Tischplatte, und dann rief er ihr Bild auf. Vielleicht ließ sich in ihren Augen ein Hinweis finden.

Die Kellnerin, eine junge Frau mit langen glatten Haaren und einer frisch gestärkten weißen Schürze, brachte seinen Eistee. Sie warf einen Blick auf das Foto. »Ihre Tochter?«

Er klappte den Bildschirm des Laptops etwas weiter herunter, um ihr die Sicht zu versperren. »Hm, hm.«

»Hübsches Mädchen.«

Er nickte zustimmend, aber nicht besonders freundlich. Sie verstand den Wink und bahnte sich durch das überfüllte Café den Weg zurück zum Tresen. Erst als sie verschwunden war, klappte er den Laptop wieder auf.

Sie lächelte ihn an – sein Mädchen.

Wie eine Flutwelle stieg das Verlangen – der *Drang* – in ihm auf, machte sich im Zittern seiner Hände bemerkbar und den Speichelbläschen, die sich in seinen Mundwinkeln sammelten, in dem Adrenalinstoß, seinem Herzschlag, dem Ziehen in seinen Lenden.

Falls sie wirklich sein Mädchen war.

Er musste es wissen. Es konnte es auf keinen Fall einfach so auf sich beruhen lassen – nicht, wenn er dem Ziel so nahe war.

Er öffnete die erste Nachricht.

Wo warst du? Ich habe 1 Stunde gewartet. Ich war sicher, dass es der richtige Tag ist, und bin 5 Kilometer gelaufen. Habe ich mich doch getäuscht? Melde dich. Liebe Grüsse, deine Muse. PS: Ich hab nachgesehen, es ist echt cool, deine Muse zu sein.

Er schloss die E-Mail, ohne zu antworten, und öffnete die zweite.

Warum meldest du dich nicht? Schreib mir bitte!

Dieselbe. Sie war dieselbe. Oder zumindest schien sie dieselbe zu sein.

Wieder fuhr ein Polizeiauto vorbei, mit Blaulicht, aber ohne Sirene. Das war jetzt das siebte, seit er hier war. Er schüttete zwei Päckchen Zucker in sein Glas und rührte um, er musste einen normalen Teelöffel benutzen, weil sie hier keine langen Löffel hatten.

Plötzlich hätte er den bescheuerten Löffel am liebsten quer durch den Raum geschleudert.

*Sein* Mädchen. Wem versuchte er eigentlich etwas vorzumachen?

Er war nicht dumm – ganz und gar nicht. Er wusste, dass er das, was er gesehen hatte, nicht einfach ignorieren konnte. Irgendwann musste man seinem Instinkt vertrauen. Er war sich der Gefahren stets bewusst gewesen, und deshalb war er so vorsichtig. Er hatte Schwierigkeiten immer kommen sehen.

Bis jetzt.

# 6

Es dämmerte bereits, als einer der Kriminaltechniker, Danny Urquides, Laura von der Bühne des Konzertpavillons aus ein Zeichen gab. »Der Gerichtsmediziner nimmt sie jetzt mit.«

In der vergangenen halben Stunde hatte Laura darauf gewartet, dass die Leute von der Spurensicherung ihre Arbeit beendeten. Jetzt merkte sie, wie trocken ihre Lippen waren – das Problem hatte sie dauernd. Sie kramte in ihrer Hosentasche, einen Moment lang befürchtete sie, sie könnte den Lippenbalsam im Auto vergessen haben, dann schloss sie erleichtert die Hand um die kleine Dose. Wenn sie einen Tatort untersuchte, vergaß sie alles um sich herum, auch solche Dinge wie Durst, Hunger und trockene Lippen.

Es war ein sehr langer Tag gewesen. Es hatte so viel zu tun gegeben, und sie wollte diese Dinge niemandem sonst anvertrauen – nicht einmal das, was man als Kleinarbeit hätte bezeichnen können –, weil es ihr Fall war und sie mit der größtmöglichen Sorgfalt vorgehen musste. Im Geiste verglich sie es mit einer Webarbeit, sie verwob ein Beweisstück mit dem anderen, bis ihr Fall wasserdicht war und kein Verteidiger der Welt ein Loch darin entdecken konnte.

Eines der Dinge, die Frank Entwistle ihr eingetrichtert hatte: Denk an das Endspiel. Bei der Polizeiarbeit fand das Endspiel vor Gericht statt. Was immer sie herausfand, musste vor Gericht standhalten.

Seit heute Morgen war sie den Tatort zweimal abgegangen. Sie hatte Spuren markiert und Beweisstücke eingesammelt, den Tatort vermessen, eine maßstabsgetreue Skizze angefertigt und neunzehn Filme verschossen, davon zwei von einem Hubschrauber des DPS aus. Laura flog generell nicht gern und in einem Hubschrauber – wo die Welt unter einem nach allen Seiten wegkippte – noch viel weniger. Aber es gehörte nun einmal zu ihrer Arbeit, und sie brachte es mit zusammengebissenen Zähnen hinter sich.

Laura ließ den Lippenbalsam wieder in ihrer Hosentasche verschwinden und machte sich auf den Weg, um den Abtransport der Leiche zu überwachen.

Jemand von der Gerichtsmedizin war gerade dabei, das Mädchen vorsichtig von der Wand wegzuheben. Laura fotografierte die Stellen ihres Körpers, die dem Blick bis jetzt verborgen gewesen waren. Außer dem Schmutz von der Wand war nichts zu sehen. Das eine Beweisstück, das der Mörder übersehen hatte – ein Mesquiteblatt, das Laura am Hals des Mädchens entdeckt hatte –, war bereits fotografiert, eingetütet und weggeschafft worden.

Zu diesem Zeitpunkt hatte die Identität des Mädchens bereits festgestanden: Es handelte sich tatsächlich um Jessica Parris. Victor Celaya war am früheren Nachmittag bei den Eltern gewesen.

Laura spürte ein vertrautes Ziehen im Kreuz. Mit ihren knapp ein Meter fünfundsiebzig war sie relativ groß und hatte einen langen Oberkörper. Ein Autounfall während ihrer Zeit bei der Highway Patrol hatte trotz aller gegenteiligen Versicherungen seitens der Ärzte einen bleibenden Schaden hinterlassen, und das spürte sie jedes Mal, wenn sie bei Arbeit lange auf den Beinen war und viel stehen musste. Sie konnte sich nicht einmal an die Wand lehnen, bis der Tatort freigegeben war.

Vor einer Stunde hatte es zu regnen angefangen, mal mehr, mal weniger – jedenfalls kein Sturm. Die Luft roch nach feuchter Erde und feuchtem Beton, etwas ganz anderes als der verführerische Duft der Kreosotbüsche in der Wüste, wo sie wohnte. Aber das hatte ihr ein bisschen Abkühlung verschafft, neue Energie gegeben.

Als das Mädchen hochgehoben wurde, sah Laura ihm ins Gesicht. Obwohl der Tod bereits begonnen hatte, das hoffnungsvolle Bild der Jugend zu zerstören, schien das Gesicht, das einst Jessica Parris gehört hatte, unberührt von den Spuren der Verwesung – als wäre sie bereits ein Engel.

Laura dachte an die Eltern und war froh, dass sie ihre Tochter jetzt nicht sehen konnten. Wie ging man mit dem Tod des eigenen Kindes um?

Zorn über die willentliche Zerstörung von Leben stieg in ihr auf. Warum? Warum hatte jemand dieses Mädchen umgebracht? Sie kannte die üblichen Erklärungen, die Antworten, die Psychologen und FBI-Profiler gaben, die Tabellen und die Statistiken und die Wahrscheinlichkeiten, aber in diesem Moment hatte das alles keine Bedeutung.

Ihre Wut traf sie gänzlich unvorbereitet, erfasste sie wie ein plötzlich auflodemdes Feuer. Genauso schnell war sie wieder vorbei und ließ nur Kälte und Bitterkeit zurück.

*Du bildest dir ein, dass du damit davonkommst,* sagte sie zu ihm. *Aber da täuschst du dich.*

*Ich werde dich finden, das schwöre ich bei Gott. Ich werde dich finden.*

*Und dann wirst du dafür bezahlen.*

Auf dem Rückweg passierte sie die Bar an der Brewery Gulch, an der sie heute Morgen schon vorbeigekommen war, was eine Ewigkeit her zu sein schien. Heavy-Metal-Musik und Bierdunst drangen auf die Straße. Vor dem Eingang standen mehrere Harleys. Die dunkle Straße war von Motorradfahrern, Touristen und streunenden Hunden bevölkert, abwechselnd in Licht und Schatten getaucht, wenn sie an einer offenen Tür vorbeikamen. Dazu gesellten sich Hippies, die sich, gleichzeitig auffällig und körperlos, wie Geister aus einer längst vergangenen Zeit durch die Nacht bewegten.

Laura war erschöpft, verdreckt, ausgelaugt und hungrig. Ein paar Stunden zuvor hatte sie auf der Tafel in der Lobby des Copper Queen Hotel gelesen, dass es heute Lendensteak gab. Sie hoffte, dass das Restaurant nach ihrer Besprechung auf dem Polizeirevier von Bisbee noch geöffnet hatte. Vielleicht leistete Victor ihr beim Essen Gesellschaft. Sie hatte ihn seit heute Morgen nicht mehr gesehen. Er hatte den Tag zum größten Teil damit verbracht, durch die Straßen rund um den Park zu streifen oder im Konferenzraum des Copper Queen Hotel das zu tun, was er am besten konnte: reden. Zeugen befragen, seinerseits die Fragen der Fernsehteams aus Tucson und Phoenix beantworten. Das war ihr nur recht.

Laura war schon fast an dem Geschäft in einem roten Backsteinhaus vorbeigegangen, als ihr Blick auf etwas im Schaufenster fiel, teilweise verdeckt von einer altmodischen Markise mit ausgeblichenen rosa Streifen: eine Puppe, die an einer Metalltruhe lehnte, die Beine ausgestreckt, die Hände im Schoß. Sie trug ein Mädchenkleid im viktorianischen Stil. Das Kleid sah aus, als wäre es ursprünglich weiß gewesen, aber inzwischen von der Sonne vergilbt.

Auf dem Schild über der Tür stand COOGER & DARK'S PANDEMONIUM SHADOW SHOW AND EMPORIUM. In dem Trödelladen wurde Kitsch des zwanzigsten Jahrhunderts verkauft: Keramikgeschirr, Buck-Rogers-Raumschiffe. Aus dem hinteren Teil des Ladens drang ein schwacher Lichtschimmer.

An der Tür klebte ein Plakat, auf dem Blätter durch eine dunkle Straße wirbelten. Laura kannte es aus ihrer Kindheit, das war das Cover von *Das Böse kommt auf leisen Sohlen* von Ray Bradbury.

Das Böse hatte Bisbee mitten in der Nacht heimgesucht wie die Lokomotive in Bradburys Buch, die den unheimlichen Jahrmarkt in die Stadt brachte.

Die Tür klapperte, als sie klopfte. Keine Antwort.

Der Laden nebenan war jedoch geöffnet, ein Tattoo-Studio. Laura erkundigte sich bei der Besitzerin nach Cooger & Dark's Pandemonium Shadow Show and Emporium.

Die stämmige Frau blickte von der Jungfrau von Guadelupe auf, die sie gerade auf den Unterarm ihres Kunden tätowierte. »Ach, der Laden. Der Typ lässt sich nicht oft blicken, wie viele Ladenbesitzer in der Gegend. Keine festen Öffnungszeiten, er macht nur hin und wieder auf. Sein Name ist Ted.« Sie zuckte mit den Schultern. »Mehr weiß ich nicht.«

Laura konnte morgen feststellen, wem der Laden gehörte. Dazu bedurfte es nur eines kurzen Blicks ins Handelsregister der Stadt. Sie war bereits wieder auf dem Weg nach draußen, als ihr plötzlich etwas einfiel. »Haben Sie die Tätowierung von Jessica Parris gemacht?«

»Halt den Arm still, Ramon.« Die Frau legte ein Instrument, das wie der Bohrer eines Zahnarztes aussah, zur Seite, ging zu einem Schrank hinter der Ladentheke und holte ein Formular heraus, das sie Laura gab. »Sie wollte den Schmetterling – sehr beliebt bei jungen Mädchen. Ist auch wirklich hübsch geworden.«

»Brauchen Sie für eine Tätowierung bei Minderjährigen nicht die Erlaubnis der Eltern?«

Die Frau sah Laura gelassen an. »Die Mutter war mit dabei. Die Mutter und der Freund.«

»Jessica hatte einen Freund? Wissen Sie, wie er heißt?«

»Cary Statler. Er wohnt bei ihnen. Sie haben ihn bei sich aufgenommen, als sich seine eigene Mutter aus dem Staub gemacht hat.«

»Also, was wissen wir über den Kerl?«, fragte Chief Ducotte.

Laura, Victor und die acht Leute von der Polizei von Bisbee saßen dicht gedrängt um einen Tisch im Besprechungszimmer des Reviers, einem fensterlosen Verschlag, in dem es nach aufgewärmter Pizza roch.

»Der Kerl spielt gern Verkleiden«, murmelte Sergeant Nesmith.

Nervöses Gelächter.

»Ich wette, er hat das schon mal gemacht«, sagte jemand hinter Laura. Eingeklemmt zwischen einem jungen Polizisten namens Noone und Detective Holland, musste sie sich umdrehen, um zu sehen, wer es war. Holland hatte sich auf seinem Platz so breit gemacht, dass Laura Noone fast auf dem Schoß saß. Und der unbequeme Plastikstuhl tat ihrem Rücken auch nicht gerade gut.

Aber das machte ihr nicht so viel aus wie das Gefühl, dass diese Besprechung reine Zeitverschwendung war. Chief Ducotte hatte darum gebeten, alle seine Leute daran teilnehmen zu lassen. Laura konnte sich an jedes seiner Worte erinnern, er wollte »eine Atmosphäre schaffen, in der sich alle beteiligt fühlen«, und sicherstellen, dass »alle auf dem gleichen Wissensstand sind«.

Kurzum: Er wollte nicht, dass sich seine Leute ausgeschlossen fühlten. Auch wenn sie das waren.

Laura war sich des Drucks, unter dem er stand, durchaus bewusst. Plötzlich hatte das Verbrechen in einer vom

Tourismus abhängigen Stadt Einzug gehalten, und man würde es dem Polizeichef zur Last legen, ob das nun logisch war oder nicht. Seine Aufgabe war es, sich darum zu kümmern, dass in der Stadt alles seinen geordneten Gang ging, mit Hilfe von Strafzetteln und Bußgeldern die Kasse zu füllen und den Einwohnern ein beruhigendes Gefühl zu vermitteln. Das waren seine Prioritäten, und er musste dafür sorgen, dass alles so schnell wie möglich wieder in den gewohnten Bahnen verlief. Das bedeutete, dass er seine Leute umgehend wieder auf die Straße schicken musste.

Aber er musste sie auch bei Laune halten.

In Lauras Augen war diese Besprechung unklug; sie würde bei der Mannschaft Erwartungen wecken, dass sie an diesem Fall beteiligt waren, und abgesehen von ein paar einfachen Hilfeleistungen traf das einfach nicht zu.

Officer Billings, einer der wenigen, der die Leiche von Jessica Parris mit eigenen Augen gesehen hatte, genoss es, für kurze Zeit im Mittelpunkt zu stehen. »Wisst ihr, wie sie ausgesehen hat?« Er legte eine dramatische Pause ein. »Wie Judy Garland im *Zauberer von Oz*. Das Mädchen war zu alt für so ein Kinderkleidchen … verdammt, es war richtig unheimlich.«

Sergeant Nesmith lehnte sich zurück und verschränkte die Arme vor seinem beachtlichen Bauch. »Ich hab bis jetzt noch nie von jemandem gehört, der so was macht. Klingt wie aus einem Horrorfilm.«

Was niemand sagte, aber jeder dachte: Der Täter könnte ein Serienmörder sein. Entweder hatte er vorher schon andere Morde begangen, oder Jessica Parris war das erste Opfer. Jeder hier im Raum hatte eine gewisse Ahnung von den Profiling-Methoden des FBI. Sie wussten ebenso gut wie sie, dass jemand, der seine Tat mit einem bestimmten Ritual verband, es wieder tun würde.

Victor sagte: »Das Kleid war zu klein. Er muss das Kleid zuerst besorgt haben. Aber warum hat er das gemacht?«

»Vielleicht konnte er nichts anderes finden«, sagte ein pockennarbiger Polizist mit einem rötlichen Schnurrbart, der an Wyatt Earp erinnerte. Auf seinem Namensschild stand Danehill.

Laura sagte: »Wir müssen sämtliche Secondhand- und Trödelläden in der Gegend überprüfen.«

»Er hätte das Kleid sonst wo besorgen können«, sagte Victor. »Außerdem war im Kragen kein Etikett.«

»Vielleicht hat er es herausgerissen.«

»Oder es ist selbst gemacht.«

»Sie meinen selbst genäht? Nach einem Schnittmuster oder so was?«

»Meine Frau näht«, sagte Sergeant Nesmith. »Wenn ich mir das Kleid mal ansehen dürfte, könnte ich es Ihnen wahrscheinlich sagen. Ich kann im Internet nach solchen Kleidern suchen und feststellen, ob es Schnittmuster dafür gibt.«

Laura rutschte auf ihrem Stuhl hin und her, um den Schmerz in ihrem Rücken zu lindern, und fing den Blick von Officer Heather Duffy auf. Duffy starrte sie finster an.

Victor schlug die Beine übereinander und spielte mit der Quaste an seinem italienischen Slipper. »Wir lassen Fotos von dem Kleid machen und zeigen sie herum. Ich würde gern wissen, was er mit ihren Sachen gemacht hat.«

»Als Souvenir mitgenommen?«, schlug Officer Billings vor. »Eine Art Trophäe?«

»Oder weggeworfen.«

Chief Ducotte fragte: »Kümmert sich darum schon jemand? Dass alle Mülltonnen in der Gegend durchsucht werden?«

»Wir sind dabei«, sagte Nesmith.

Sie sprachen über das Mesquiteblatt, das wie ein Konfettistückchen an Jessica Parris' Hals hinter dem Ohr geklebt hatte – eine Nachlässigkeit des Mörders. Es deutete auf die Möglichkeit hin, dass das Mädchen außerhalb von Bisbee umgebracht worden war, da Mesquitebäume selten in einer Höhenlage über siebzehnhundert Meter wuchsen. Leider waren die umliegenden Täler – einige davon kaum zwei, drei Kilometer entfernt – voll davon.

Dann wandten sie sich der Puppe im Schaufenster von Cooger & Dark's zu. »Ich gehe morgen hin und rede mit dem Besitzer«, sagte Laura. »Vielleicht ist ihm etwas aufgefallen, jemand, der sich übermäßig für seine Auslage interessiert hat.«

Chief Ducotte nickte, rieb sich über die geröteten Kaninchenaugen.

»Noch was«, sagte Victor, »wir sind uns alle einig, dass sie schon tot war, als er sie da raufgeschafft hat. Das heißt, wir haben es mit drei Tatorten zu tun. Die Stelle, an der er sie entführt hat, die Stelle, an der er sie getötet hat, und der Konzertpavillon. Irgendwelche Ideen dazu?«

»Sein Haus?«

»Ein Motel, falls er nicht von hier ist.«

Laura warf einen verstohlenen Blick in Duffys Richtung und stellte fest, dass diese mit einem seltsamen Ausdruck Noone ansah. Sie versuchte, ihn zu deuten – Verlangen? Zorn? Irgendetwas dazwischen? Duffys kurzer gedrungener Körper machte den Eindruck, er würde jeden Moment explodieren.

Irgendetwas war zwischen Duffy und Noone.

Buddy Holland, der bis jetzt mit seinen Gedanken woanders gewesen zu sein schien, folgte mit den Augen Lauras Blick. Er zog einen Mundwinkel nach oben. Was auch immer zwischen Duffy und Noone lief, er wusste darüber Bescheid.

Victor sagte gerade: »Motels, Pensionen, Ferienwohnungen, was noch?«

»Wenn es sein Versteck ist, dürfte es nahezu unmöglich sein, es zu finden«, sagte Danehill.

»Ich habe ein paar Fotos von den Leuten gemacht, die heute morgen an der Absperrung standen«, sagte Laura. »Unser Täter konnte es sich vielleicht nicht verkneifen zurückzukommen. Sobald wir die Abzüge haben, will ich noch einmal die Anwohner rund um den Park befragen. Vielleicht hat ja jemand etwas Ungewöhnliches bemerkt, jemanden beobachtet, der sich anders verhält als sonst. Das heißt, falls er von hier ist. Aber das bezweifle ich.«

Detective Holland zupfte einen unsichtbaren Fussel von seinem Ärmel, streckte seine langen Beine, die in Bluejeans steckten, aus und betrachtete seine Füße. »Ich bin überzeugt, dass er von hier ist.«

»Wirklich?«, fragte Noone. »Hier aus Bisbee?«

Holland zuckte mit den Schultern. Sein wachsamer Blick wanderte durch den Raum und blieb an Laura hängen. »Warum sollte er extra herkommen? Wir liegen ziemlich abseits. Das ergibt keinen Sinn.«

Officer Duffy mischte sich ein. »Ich glaube, Buddy hat Recht.«

Chief Ducotte sah Holland an. »Sprechen Sie weiter«, sagte er.

Buddy Holland wartete einen Moment, bis er sich der ungeteilten Aufmerksamkeit aller Anwesenden sicher sein konnte. *Wenn Detective Holland etwas sagt, hören alle zu.*

»Der Kerl ist von hier und hat lange auf diesen Moment hingearbeitet, hat anderen Leuten ins Fenster geschaut, vielleicht ist er schon mal dabei erwischt worden, wie er vor dem Haus eines kleinen Mädchens masturbierte. Ich glaube, er hat einfach die Gelegenheit genutzt – keiner in der Nähe, er hat sie gesehen und sie sich geschnappt. Vielleicht ist ihm die Sache aus der Hand geglitten. Er hat das in seiner Fantasie lange durchgespielt.« Er schob seinen Stuhl zurück und hätte Laura dabei fast den Arm eingeklemmt. »Ich glaube, was Ms. Cardinal gesagt hat, ist ein wichtiger Punkt. Die Puppe in dem Trödelladen. Die Puppe könnte ihn auf die Idee gebracht haben. Ein Einheimischer kennt sich im Park aus, er wüsste, auf welchem Weg er eine Leiche dort abladen und wieder verschwinden kann, ohne gesehen zu werden.«

»Wie viele Leute von außerhalb wissen, wo der West Boulevard liegt?«, fragte Heather Duffy. »Niemand.«

»Er könnte hier aufgewachsen und zurückgekommen sein«, sagte Danehill.

»Das ist die eine Theorie«, sagte Ducotte. »Aber ich habe mir überlegt, dass es eine Verbindung zum Internet geben könnte. Vielleicht hat er sie übers Internet kennengelernt und ist dann hergekommen. Buddy macht sich in dieser Hinsicht selbst Sorgen – seine Tochter –« Er sah Holland an. »Sie bieten sich praktisch an, warum gehen Sie der Sache nicht nach?«

»In Ordnung«, sagte Holland. »Wir dürfen keine Möglichkeit ausschließen.«

Laura war klar, dass sie etwas sagen musste, bevor der Polizeichef die Leitung der Besprechung übernahm und anfing, Aufgaben zu verteilen. »Sieht so aus, als hätten wir einen Plan.« Sie sah Ducotte an. »Ich weiß, dass Sie unterbesetzt sind, aber wenn Sie einen Ihrer Leute erübrigen könnten, der uns dabei hilft, die Anwohner zu befragen, sobald ich die Fotos vom Tatort habe, wäre das sehr hilfreich.«

Chief Ducotte erhob sich. »Kein Problem. Meine Leute sind Ihre Leute. Wollen Sie, dass Detective Holland sich darum kümmert?«

Sollte heißen: Er wollte, dass Detective Holland und sie eng zusammenarbeiteten.

»Nein«, sagte sie. »Er hat wichtigere Dinge zu tun.«

Falls sie erwartet hatte, dass Holland ihr dafür dankbar war, wurde sie enttäuscht.

Als nach der Besprechung alle aufstanden und zur Tür drängten, hielt Heather Duffy Laura einen Tampon entgegen. »Haben Sie das verloren?«, fragte sie.

Ihre Stimme troff vor falscher Freundlichkeit.

Laura war sich der Männer um sie herum bewusst, die auf dem Weg zur Tür kurz innehielten, hüstelten, zum Teil belustigt wirkten, es jedoch vermieden, sie anzusehen. Bring die Rede auf einen Tampon, und sofort benehmen sich alle wie in der fünften Klasse. Da spielte es auch keine Rolle, dass die meisten dieser Männer verheiratet waren und Kinder hatten.

Laura nahm den Tampon und überlegte kurz, ob sie ihn Duffy ins Auge rammen sollte. »Danke, Duffy. Ich sage nie nein, wenn es etwas umsonst gibt.«

Es dauerte die ganze Fahrt zum Copper Queen Hotel, bis sich ihr Herzschlag wieder beruhigt hatte. Nur mit Mühe konnte sie verbergen, wie gedemütigt sie sich fühlte.

Sie hatte die Erfahrung gemacht, dass manche Frauen ganz genau wussten, an welcher Stelle man verletzlich war – das musste angeboren sein. Eine hübsch verpackte Form von Bösartigkeit. Vermutlich gab es auch solche Männer, aber bisher war sie noch keinem begegnet.

Victor machte die Sache nicht besser, indem er immer wieder darauf herumritt. »Mann, ich wette, du bist seit deinen ersten Tagen auf der Polizeiakademie nicht mehr so verscheißert worden.«

»Du kannst mich mal, Victor.«

Sie aßen im Speisesaal des Hotels, kurz bevor die Küche dichtmachte, danach gingen sie in die Bar. Sie wollte über den Täter reden, gemeinsam mit Victor ein paar Überlegungen anstellen. Der Täter war einer von der schlimmsten

Sorte. Er hatte Blut geleckt, und sie wusste, dass Jessica Parris nicht sein letztes Opfer gewesen war.

In der Bar spielte ein Mann Klavier – »Rhapsody in Blue«. Auf dem Tisch neben ihm stand eine Schale für Trinkgeld. Laura liebte »Rhapsody in Blue«, deshalb warf sie ein paar Münzen in die Schale. Er nickte ihr zu, als sie mit Victor hinaus auf die Terrasse ging.

Sobald sie saßen, holte Victor die Fotos hervor. Laura hatte schon darauf gewartet. Victors Tochter Angela war vor einer Woche auf die Welt gekommen, sein fünftes Kind.

Laura bedachte das Baby, das einem rot angelaufenen bandagierten Daumen ähnelte, mit der gebührenden Bewunderung. In der kleinen grünen Decke mit den gelben Enten sah es wirklich niedlich aus.

Die übrigen Fotos stammten von der Einstandsparty bei Lieutenant Galaz vor zwei Monaten. Da war »Auf-geht's,-Leute!« höchstpersönlich mit Fleischgabel und Schürze, auf der DARF'S EIN BISSCHEN KARZINOGEN SEIN? stand. Detectives und ihre Ehefrauen spielten Volleyball, aßen Hamburger und Würstchen, hielten Plastikbecher mit Bier in der Hand und lächelten beschwipst in die Kamera. Einige Gruppenfotos, auf denen Laura fehlte, Richie Lockharts Finger, die hinter dem Kopf von »Auf-geht's,-Leute!« Hasenohren andeuteten.

»Scheinen sich ja alle gut amüsiert zu haben«, bemerkte Laura.

»Du hättest kommen sollen«, sagte Victor. »Es war lustig.«

»Ich hatte zu tun, wie du dich vielleicht erinnerst.«

Sie hatte an dem erschütterndsten Fall ihrer Karriere gearbeitet. In Safford hatte ein Mann seine Frau, seine Mutter und seine vier Kinder erschossen. Zuerst hatten sie gedacht, er hätte das jüngste Kind – ein kleines Mädchen – mitgenommen. Aber wie sich herausstellte, war sie unters

Haus gekrochen und dort an ihren Verletzungen gestorben. Das kleine Mädchen hatte mindestens noch einen Tag gelebt.

»Wie war's bei den Eltern?«, fragte sie Victor, um nicht mehr an diesen Fall denken zu müssen.

»Du weißt ja, leicht ist es nie. Auf einer Skala von eins bis zehn, vielleicht sieben. Keine hysterischen Ausbrüche. Er nahm einen Schluck von seinem Whiskey. »Die Mutter hat sich ziemlich merkwürdig benommen. Ihre größte Sorge war, dass das Essen ihres Mannes kalt werden könnte oder es ihm an irgendwas fehlt – ist das zu fassen? Als ich sie endlich dazu brachte, mir zuzuhören, wirkte sie peinlich berührt. Als hätte das Mädchen sie irgendwie in Verlegenheit gebracht. Kann aber auch der Schock gewesen sein. Sie sagte immerzu Zeug wie ›Ich hab ihr ja gesagt, dass so was passieren würde‹ und ›Das kommt davon, wenn man nicht hört‹, als ob das Mädchen die Schule geschwänzt hätte oder so was in der Art. Fast so, als hätte sie damit gerechnet, dass man ihre Tochter eines Tages tot auffindet.«

»Sie wussten seit gestern Nachmittag, dass ihre Tochter verschwunden ist«, sagte Laura. »Falls sie gelegentlich Kabelfernsehen schauen, waren sie darauf vorbereitet.« Bestrebt, Sendezeit zu füllen, hatten die Kabelsender in ihren Nachrichten den Fällen von Entführung epidemische Ausmaße verliehen, und Experten hatten die amerikanische Öffentlichkeit darüber unterrichtet, dass Kinder, die von Fremden entführt wurden, drei bis fünf Stunden nach ihrem Verschwinden umgebracht wurden.

Ein Kabelsender hatte vom »Sommer der Angst« gesprochen. In jüngerer Zeit hatte sich die Aufmerksamkeit dann auf drei Angriffe durch Grizzlybären verlagert, und ein rein logisch denkender Mensch hätte zu dem Schluss kommen können, dass es schlagartig keine Kindesentführungen mehr gab.

»Hast du mit dem Freund gesprochen?«

»Freund?«

»Laut Aussage der Besitzerin des Tattoo-Studios neben dem Trödelladen wohnt Jessicas Freund bei ihrer Familie. Sein Name ist Cary Statler.«

»Keiner hat was von ihm gesagt, und ich habe keinen Jungen in ihrem Alter gesehen.« Er zog sein Notizbuch hervor und schrieb den Namen auf. »Er wohnt bei ihnen?«

»Hm, hm.«

»Wie nett – eine moderne amerikanische Familie.« Victor nippte an seinem Whiskey. »Es gibt noch was, das wir verfolgen sollten, nur für den Fall, dass unser Sherlock Holmes Recht hat und es sich um einen Einheimischen handelt. Ein Nachbar – Freund der Familie. Chuck Lehman. Der Typ hat den besorgten Freund markiert, aber er hatte so was … ich weiß auch nicht, so was Aufdringliches an sich. Deshalb habe ich ihn überprüft. Zwei Anzeigen wegen Trunkenheit am Steuer in den vergangenen dreieinhalb Jahren – eine in Colorado und eine hier. Außerdem ist er in das Haus seiner Exfrau eingebrochen und hat ihre Dessous zerfetzt. Unbefugtes Eindringen und Sachbeschädigung, zwei Anzeigen wegen häuslicher Gewalt. Die wegen unbefugten Eindringens wurde fallen gelassen.«

»Wie alt ist er?«

»Anfang vierzig. Ich weiß, ich weiß. Ein bisschen alt für so was.« Er zündete sich eine Zigarette an, obwohl er wusste, dass Laura es nicht mochte.

Victor drehte den Kopf zur Seite, bevor er den Rauch ausstieß, und er hielt auch die Hand mit der Zigarette vom Tisch weg – wenigstens der Versuch der Rücksichtnahme. »Es ist ein Ansatz. Nur keine Sorge, wir finden diesen Perversen irgendwie, du wirst schon sehen. Mein Gott, sie anzuziehen, als ginge sie zur Erstkommunion.«

Der Pianist hatte »Rhapsody in Blue« beendet. Obwohl

sie draußen saßen, fiel Laura in den Applaus der anderen Gäste in der Bar ein, und Victor tat es ihr nach. Die Tür stand offen, und es konnte ja sein, dass der Pianist es hörte.

»Bei Lehman gibt es ein paar nicht unerhebliche Stressfaktoren«, sagte Victor. »Er ist ungefähr vor einem Monat geschieden worden, zur gleichen Zeit, als er seine Arbeit verloren hat.« Er sah die Frage in ihren Augen. »Er hat im Bergwerk gearbeitet – na ja, was davon noch übrig ist.«

»Woher weißt du das?«

»Ich habe mich umgehört. Danehill war derjenige, der ihn wegen Trunkenheit am Steuer und häuslicher Gewalt festgenommen hat. Ich habe die Telefonnummer seines Bewährungshelfers, wenn du sie willst.«

»Klar. Wir müssen allem auf den Grund gehen.« Die Geschichte bedrückte Laura. »Wie geht es Elena?«

»Mittlerweile wieder gut. Zumindest verflucht sie mich nicht mehr. Ungefähr acht Stunden lang schien sie tatsächlich sauer auf mich zu sein.«

»Wie kann das bloß sein?«

»Komm schon, es ist nicht allein meine Schuld.« Victor bedachte sie mit seinem unwiderstehlichen Lächeln, das zweifellos dazu beigetragen hatte, dass Elena jetzt fünffache Mutter war. »Sie war diejenige, die noch eins wollte.« Er nahm einen Schluck von seinem Whiskey. »Manche Frauen wollen eben Kinder. Das nennt man mütterliche Gefühle, und du würdest das verstehen, wenn du jemals erwachsen werden und dir einen netten Mann suchen würdest, heiraten –«

»Hey, ich habe meine Zeit schon abgesessen.«

Er lachte. »Sieben Monate? Das ist doch gar nichts.«

»Ich bin wegen guter Führung vorzeitig entlassen worden.« Laura wurde bewusst, dass sie Victor nie die ganze Geschichte über ihre Ehe erzählt hatte. Vielleicht weil sie sich unsinnigerweise immer noch schämte.

»Irgendwann wirst du dem Richtigen begegnen, und dann wirst du begreifen, wovon ich rede. Ich hatte den Eindruck, dass du vorhin anderer Meinung als Buddy warst, als es darum ging, ob der Täter von hier ist.«

Laura stieß einen Seufzer aus. Sie hatte das Gefühl, dass er kein Einheimischer war, aber ihr Gefühl konnte sie täuschen. »Wer weiß? Vielleicht gibt es eine Verbindung zum Internet, wie der Chief gesagt hat. In dem Fall könnte er von überallher sein. Buddy Holland meint zwar, er würde sich dann in Bisbee nicht auskennen, aber so groß ist es auch wieder nicht. So schwierig ist es sicher nicht, sich hier zu orientieren.«

»Aber warum hier?«

Laura schüttelte den Kopf.

Warum irgendwo?

Victor fuhr wenig später zurück nach Tucson, nach Hause zu seiner neugeborenen Tochter. Laura würde in Bisbee übernachten und am nächsten Vormittag zur Autopsie nach Sierra Vista fahren. Das Copper Queen Hotel war ausgebucht, aber nach ein paar Telefonaten fand sie ein Zimmer in einem Motel an der Hauptstraße.

Der Sturm, der sich seit dem Vormittag angekündigt hatte, brach auf der kurzen Fahrt dorthin schließlich mit aller Gewalt los. Der Regen prasselte auf die Windschutzscheibe, als käme er aus einem Feuerwehrschlauch, und sie konnte nur mit Mühe die Tafel mit dem Neonschriftzug JONQUIL MOTEL erkennen. Sie stieg aus und rannte zum Eingang.

Das Jonquil Motel war ein stuckverzierter Bau aus den dreißiger Jahren und lag an der einstigen Hauptverbindungsstraße, die mitten durch die Stadt führte. Laura war begeistert. In ihrem Job als Ermittlerin hatte sie schon viele Nächte fern von zu Hause verbracht, und an die Motels konnte sie sich oft gut erinnern. Nach einem langen Arbeitstag schloss sie die Tür hinter sich und nahm sich Zeit, um zur Ruhe zu kommen. Etliche Male hatte sie auf diese Weise die Antworten gefunden, die sich ihr entzogen hatten, solange sie mitten in der Arbeit steckte – irgendetwas machte auf einmal klick. In einem Holiday Inn in Flagstaff hatte sie einmal das Zimmermädchen um frische Handtücher gebeten und sich dabei plötzlich an ein Beweisstück erinnert, das bei der Aufklärung des Falls dann eine entscheidende Rolle spielte.

Die Motels spiegelten außerdem das Vagabundenhafte an ihrer Arbeit wider: Immer wieder von vorn anfangen, mit neuen Leuten zusammenarbeiten. Sie war immer die Außenseiterin, aber das machte ihr nichts aus. Es gefiel ihr, sich mit dem Leben in einer Stadt vertraut zu machen, ihren Rhythmus herauszufinden, anzuhalten, um einen großen braunen Hund über die Straße trotten zu lassen.

Jede Kleinstadt hatte eine eigene Persönlichkeit.

Sie legte sich aufs Bett, ohne sich vorher die Mühe zu machen, sich auszuziehen, und dachte über Jessicas Mörder nach. Wenn sie nicht über den Mörder nachdachte, dachte sie über Tom nach und seinen Vorschlag, zusammenzuziehen, und die Gedanken wirbelten in ihrem Kopf herum wie bei einem Karussell.

## *Verkehrskontrolle auf der 92*

Der Regen trommelte auf das Dach des Streifenwagens von Officer Duffy, während sie auf dem Parkplatz von Safeway stand und durch die Windschutzscheibe den blauen BMW Z4 beobachtete. Sie hatte bereits das Kennzeichen überprüfen lassen. Er gehörte einem gewissen Darrell Lee James, 2452 E. Silver Strand Drive, Gulfport, Mississippi. Keine Haftbefehle, keine Suchmeldungen –

Klasse Wagen.

Duffy warf einen Blick auf den Computerausdruck auf dem Beifahrersitz. Im orangefarbenen Licht der Parkplatzbeleuchtung krochen die Schatten der Regentropfen, die an der Scheibe entlangliefen, über das Bild wie Ameisen. Das Foto zeigte einen gut aussehenden Mann, der an einem blauen BMW Z4 lehnte. Schwer zu glauben, dass er möglicherweise ein Kinderschänder war, attraktiv, wie er war. Trotzdem, als sie den Z4 auf dem Weg zu einem späten Abendessen im Tacho's Tacos entdeckt hatte, musste sie der Sache auf den Grund gehen. Falls er es war und sie diejenige wäre, die ihn festnahm – o Mann. Damit würde sie es allen zeigen.

Ihre Gedanken wanderten zu dieser arroganten Ermittlerin, die ihnen der Chief vor die Nase gesetzt hatte. Ihr den Zutritt zum Tatort zu verweigern, als wäre sie eine blutige Anfängerin. Sie lächelte dem Foto auf dem Beifahrersitz zu und sagte: »Du blöde Kuh. Hast ja keine Ahnung.«

Falls das der Kerl war, würde man sie wie eine Heldin feiern. Sie stellte sich vor, wie beeindruckt Randall wäre, wenn sie und Buddy ihren Auftritt in der *Today Show* hätten.

Dieser Tagtraum hielt sie beschäftigt, bis sie einen Mann mit einer Einkaufstüte in jeder Hand quer durch die Pfützen zu dem Z4 spurten sah. Sie konnte nicht viel von ihm erkennen: Er trug eine Regenjacke mit Kapuze. Als er den Parkplatz verließ, folgte sie ihm.

Er machte es ihr leicht, indem er zu schnell fuhr. Man konnte es jemandem mit einem solchen Wagen nicht verübeln, dass er aufs Gaspedal drückte. Sie stoppte ihn auf der 92 südlich von Tintown.

Es goss jetzt wie aus Kübeln. Schlamm saugte sich an Duffys Schuhen fest, als sie zur Fahrerseite ging, darauf achtend, sich in einem bestimmten Winkel zu nähern. Sicherheit ging vor. Darrell Lee James ließ sein Fenster herunter.

Sie leuchtete ihm mit ihrer Taschenlampe ins Gesicht. Er war es nicht. Dieser Mann war mindestens fünfzig.

Duffy behielt eine ausdruckslose Miene bei, aber sie war zutiefst enttäuscht. Sie wusste, dass sie mehr als Enttäuschung empfinden sollte. Ein Monster trieb sich frei herum. Das Problem war, dass ihre Empfindungen nicht so stark waren wie die anderer Menschen, mit einer Ausnahme. Liebe war das größte Gefühl auf Erden, und davon verspürte sie mehr als genug. Alles andere verblasste im Vergleich zu dem, was zwischen ihr und Randall war – selbst die Aufgabe, einen Mörder zur Strecke zu bringen. Liebe konnte süße Qual bereiten oder unerträglichen Schmerz, und sie konnte ohne sie nicht leben.

»Sir, bitte legen Sie beide Hände aufs Lenkrad, so dass ich sie sehen kann.«

»Officer, ich weiß, dass ich zu schnell gefahren bin –«

»Nehmen Sie mit einer Hand Ihre Brieftasche heraus. Keine raschen Bewegungen.«

Darrell Lee James griff vorsichtig in seine Brusttasche und zog seine Brieftasche hervor, dann hielt er sie ein Stück von seinem Körper entfernt in die Höhe. Die Bewegung erfolgte automatisch, es war nicht das erste Mal, dass er wegen einer Geschwindigkeitsübertretung angehalten wurde.

»Nehmen Sie den Führerschein aus der Brieftasche, Sir.«

Er folgte ihrer Aufforderung und gab ihn ihr, dann legte er die Hände wieder aufs Lenkrad.

»Lassen Sie Ihre Hände, wo sie sind, Sir. Ich behalt Sie im Auge.«

Sie ließ sich Zeit, um zu ihrem Streifenwagen zurückzugehen. Da sie den Führerschein bereits hatte überprüfen lassen, saß sie ein paar Minuten einfach nur da und betrachtete das Foto auf dem Sitz neben ihr.

Dieser Mann sah wirklich gut aus. Ein perverses Schwein, aber er sah gut aus.

Als sie fand, dass sie lange genug gewartet hatte, stieg sie wieder aus und stapfte erneut durch den Schlamm, gab Darrell Lee James seinen Führerschein zurück und begann einen Strafzettel auszustellen. »Dieses Mal lasse ich es bei einer Verwarnung bewenden. Aber halten Sie sich von jetzt an die Geschwindigkeitsbeschränkungen, okay?«

»Danke, Ma'am.« Augen wie ein Pekinese, glänzend und feucht in dem schwammigen geröteten Gesicht.

Duffy sah ihm zu, wie er den BMW zurück auf den Highway lenkte, bedächtig wie eine alte Frau.

Eine Schande, einen Z4 so zu fahren.

## 7

Um zwei Uhr nachts schaltete sich der Radiowecker ein. Laura stand auf, suchte zusammen, was sie brauchte, und ging durch die regennassen Straßen zum Stadtpark.

Sie duckte sich unter dem Absperrband durch, blieb auf dem Gehweg unterhalb des Parks stehen und sah sich um.

Das Licht einer Straßenlaterne überzog die Straße und die Häuser mit einem orangefarbenen Schimmer. Dadurch wirkte alles flacher, diffuser. Die meisten Einwohner von Bisbee schliefen, aber sie sah ein paar helle Rechtecke in den alten über die Hügel verstreuten Häusern.

Sie ließ ihren Blick über die Treppe zu der oberhalb verlaufenden Straße wandern.

Laura ging nach wie vor davon aus, dass der Täter hier unten an der Straße geparkt und das Mädchen die Treppe hinaufgetragen hatte. Sie stellte sich vor, wie er einmal um den Park herumgefahren war, um sich zu vergewissern, dass niemand in der Nähe war. Beim zweiten Mal hatte er direkt neben der Treppe geparkt, die Beifahrertür nur ein paar Zentimeter vom Bürgersteig entfernt und knapp zwei Meter von der ersten Stufe.

Hatten die Scheinwerfer gebrannt? Hatte er den Motor laufen lassen?

Ja, was die Scheinwerfer betraf, nein, was den Motor betraf. Wenn man verbergen wollte, was man tat, verhielt man sich am besten völlig normal. Mit eingeschalteten Scheinwerfern die Straße entlangfahren, stehen bleiben, Licht und Motor ausmachen. Falls jemand zufällig aufwachte und aus dem Fenster sah, würde er an einem geparkten Autos nichts verdächtig finden. Manche Leute arbeiteten Nachtschicht.

Aber wahrscheinlich hatte ihn sowieso niemand gesehen. Bei der Besprechung auf dem Revier hatte sich herausgestellt, dass man nur von sehr wenigen Häusern aus einen Blick auf den Konzertpavillon hatte. Das hatte sie überrascht. Einige Häuser standen direkt gegenüber dem Park und ein oder zwei weiter oben an der OK Street, aber die Bäume versperrten die Sicht.

Laura befand sich an der Stelle, an der sich die Fahrertür befunden haben musste, tat so, als würde sie zur Beifahrerseite gehen, sich nach unten beugen und das Mädchen herausheben. Er hätte den Weg bis zum Parkeingang in weniger als fünf Sekunden zurücklegen können.

*Ein Schritt in den Park hinein. Drei weitere Schritte bis zur Treppe des Konzertpavillons. Vier Schritte nach oben. Sie gegen die Wand lehnen, ihr die Hände falten, zurücktreten, um einen Blick auf das vollbrachte Werk zu werfen. Das Stillleben bewundern.*

Vom Dach des Pavillons tropfte Wasser von dem abendlichen Regenschauer.

Aber auch wenn er Jessica nur heraufgetragen und gegen die Wand gelehnt hatte, musste er Fasern, Haare, Hautschuppen verloren haben, und einiges davon würde liegen bleiben. Was hatte er deswegen unternommen?

Hatte er gekehrt?

Oder hatte er eine dieser klebrigen Fusselrollen verwendet, wie sie manche Leute zum Entfernen von Tierhaaren benutzten? Die Leute von der Spurensicherung griffen auf der Suche nach Beweisstücken inzwischen häufiger zu diesen Rollen als zum Staubsauger.

Vom Dach des Pavillons tropfte Wasser: plopp, plopp, plopp.

*Wo bist du jetzt? Hast du dich in einem Motel verkrochen, oder bist du bereits weitergezogen?*

Ein Windstoß fuhr durch die Baumwipfel. Ihre Schatten tanzten auf der Wand neben Laura. Es fing wieder an zu regnen. Tropfen sprenkelten den Betonboden.

*Wo bist du jetzt?*

Wie als Antwort wehten einzelne Töne eines Altsaxophons aus einem geöffneten Fenster weiter oben an der Straße zu ihr herunter. Schwermütige, einsame Klänge.

Alle Häuser in dieser Richtung waren dunkel. Die Musik verstummte genauso schnell wieder, wie sie erklungen war.

Der Regen war stärker geworden, ein Vorhang aus durchsichtigen Perlen. Laura stand unter dem Bogen, spürte einen kalten Luftzug, als einzelne Tropfen ins Innere des Pavillons geweht wurden. Der Regen brachte den Geruch des Todes mit.

Plötzlich konnte sie ihn spüren: Der nasse Beton, die Luft um sie herum schien die Erinnerung an ihn auszuatmen. Gezügelte Wut. Ein Jäger. Einen Moment lang wusste sie, wie sich ein Kaninchen fühlte, über dem der Schatten eines Habichts schwebte.

Beobachtete er sie in diesem Augenblick? Sie sah sich um, konnte jedoch nichts entdecken. Sie glaubte, Schritte zu hören, aber es war nur der Regen.

Der Wind nahm zu. Die Schatten der Bäume zuckten gequält auf der Wand des Konzertpavillons, als würden sie gewürgt.

Sie sah hinaus in den Park.

Im Schein der Straßenlaterne zog etwas ihren Blick auf sich, feucht und glänzend lag es am Rand der Bühne. Ein Streichholzheftchen.

Laura hatte am Tag zuvor jeden Zentimeter dieser Bühne akribisch abgesucht, und sie wusste, dass das Heftchen nicht da gewesen war, als man die Leiche abtransportiert hatte. Der Tatort war sauber gewesen. Das Streichholzheftchen konnte sonst wem gehören: Jugendlichen, Touristen, Schaulustigen. Den Sensationslüsternen.

Sie streifte ein Paar Latexhandschuhe über und ging neben dem Streichholzheftchen in die Hocke. Es trug die Aufschrift COPPER QUEEN HOTEL. Sie hielt es mit den Fingerspitzen am Rand fest, um eventuelle Fingerabdrücke nicht zu verwischen, und schlug es auf.

Auf der Innenseite hatte jemand etwas mit einem Faserschreiber in Blockschrift notiert. Das Papier war so durchweicht, dass es unter ihren Fingern zu zerreißen drohte, die Buchstaben verschwammen, als sie von den Regentropfen getroffen wurden.

Laura kroch zurück unter das Dach. Sie hielt das Heftchen aufgeschlagen fest und richtete ihre Taschenlampe auf die Buchstaben.

CRZYGRL 12.

Der Regen prasselte, rauschte, murmelte.

CRZYGRL. Die Abkürzung für Crazy Girl? Die Zwölfte in einer Reihe verrückter Mädchen?

Aus dem Augenwinkel heraus nahm sie eine Bewegung wahr. Plötzlich wurde sie von hellem Licht geblendet, und eine Stimme fragte: »Was machen Sie hier?«

# 8

Laura blinzelte in das Licht einer Stabtaschenlampe.

»Was machen Sie hier?«, wiederholte Detective Holland. Die Taschenlampe starr auf ihr Gesicht gerichtet.

Sie fragte sich, ob Absicht dahintersteckte. Um ihr zu verstehen zu geben, dass sie hier eher ein Eindringling war statt leitende Ermittlerin in diesem Fall? Ärger stieg in ihr auf, aber gleichzeitig fing ihr Herz schneller zu klopfen an. Was dachte er – dass sie Beweisstücke unterschob?

»Was ist das?«, fragte er und deutete mit der Taschenlampe auf ihre Hand.

Sie stand auf und klopfte ihre Hose ab. »Was machen Sie denn hier?«

»Das Gleiche wie Sie, ich kontrolliere den Tatort.«

»Haben Sie gestern irgendetwas in der Art hier herumliegen sehen?« Sie hielt das kupferfarbene Streichholzheftchen ins Licht.

»Nein.«

»Sehen Sie es sich genau an.«

»Ich habe keine Handschuhe dabei.«

»Ich halte es für Sie.« Sie öffnete das Heftchen so vorsichtig wie möglich. »Crazygirl 12. Was meinen Sie, was das bedeutet?«

Er starrte auf die Schrift, seine Miene war undurchdringlich. Aber etwas sagte ihr, dass es hinter seiner Stirn fieberhaft arbeitete.

Laura sagte: »Ich brauche eine Papiertüte dafür.«

Er sah sie einfach nur an.

»Ich habe Plastiktüten dabei, aber keine Papiertüten. Das Ding ist klatschnass und fällt beinahe auseinander. Wenn wir es als Beweisstück sichern wollen, brauche ich eine Papiertüte. Ich habe welche in meinem Wagen. Würde es Ihnen was ausmachen, hinzufahren und mir eine zu holen?«

Sie warf ihm den Schlüssel zu, und er fing ihn auf. Er machte jedoch keine Anstalten zu gehen.

»Ich stehe vor dem Jonquil.«

»Ist das ein Befehl?«

»Es ist eine Bitte.« Dann fügte sie hinzu: »Wollen Sie diesen Kerl nicht erwischen?«

Er blieb noch einen Moment stehen. Kostete es aus – dass sie ihn um einen Gefallen bitten musste. Dann stieg er ohne besondere Eile die Treppe hinunter.

Kurz darauf hörte sie, wie unten auf der Straße der Motor seines Chevy Caprice angelassen wurde.

Laura fragte sich, wie lange Buddy Holland schon hier oben gewesen war. Sie hätte ihn gehört, wenn er nach ihr gekommen wäre. Wenn sie das Streichholzheftchen auf die Bühne gelegt haben könnte, hätte er es ebenso gut tun können.

Es regnete immer noch in Strömen. Nach einer Weile begann ihr Rücken zu schmerzen, und sie musste sich setzen. Sie lehnte sich gegen die Wand des Pavillons, so weit wie möglich von der Stelle entfernt, an der Jessica Parris gefunden worden war. Sie versuchte, nicht hinzusehen, atmete durch den Mund und ließ ihre Gedanken schweifen.

Sie erinnerte sich daran, dass ihr jemand erzählt hatte, hier sei früher ein Friedhof gewesen, bevor die Bürgerschaft von Bisbee den Stadtpark errichtet hatten. Wo hatte sie das gehört? Während eines Ausflugs in die Gegend vor ein paar Jahren? Wahrscheinlich. Sie hatte hier hin und wieder eine Nacht mit ihrem Freund verbracht, der zum Spezialeinsatzkommando des Sheriffs von Pima County gehört hatte. Meistens waren sie hergekommen, um der Sommerhitze in Tucson zu entfliehen und sich zu lieben. Es hatte nicht funktioniert, weil seine Exfrau ihn nicht in Ruhe ließ, obwohl sie sich schon vor Jahren getrennt hatten.

Tom Lightfoot eingeschlossen, machte das sechs mehr oder weniger ernsthafte Beziehungen seit dem College, wenn sie auch ihren Exmann Billy mitrechnete, mit dem sie allerdings schon vorher zusammen gewesen war.

Plötzlich musste sie an den Abend vor zwei Monaten im Vail Steak House denken, als sie mit Karen, die die Buchhaltung für Bosque Escondido machte, auf die Toilette gegangen war. Sie waren sich in der Bar über den Weg gelaufen, als sich Laura mit Tom zum ersten Mal in die Öffentlichkeit gewagt hatte. Laura war leicht beschwipst und etwas unsicher auf den Beinen in der Kabine verschwunden, kurz davor, wie ein Schulmädchen zu kichern, und hatte gefragt: *Was meinst du?* Als würde sie jemanden auf der Straße fragen, ob sie einen bestimmten Wagen kaufen sollte. Brav hatte Karen das gesagt, was Laura hören wollte: *Er sieht einfach umwerfend aus, und er kann keine Sekunde die Augen von dir lassen. Ihr beide seid ein hübsches Paar.*

*Es stört dich nicht, dass er keine richtige Arbeit hat?*, hatte Laura gefragt, als würde Karens Meinung mehr zählen als ihre eigene.

*Na und? Du verdienst doch genug für euch beide.*

Unten auf der Straße hielt ein Wagen an, und der Motor ging aus. Buddy tauchte eine Minute später auf. Er zog eine zusammengefaltete Beweismitteltüte aus der Tasche und gab sie ihr.

»Tut mir leid, dass es so lange gedauert hat.« Er erklärte jedoch nicht, warum.

Sie schob das Streichholzheftchen in die Tüte und beschriftete sie. »Ich nehme sie mit und liefere sie bei der Spurensicherung ab, sobald ich wieder in Tucson bin.« Sie wartete auf eine Reaktion. Es kam keine. »Haben Sie irgendeine Idee, wer Crazygirl 12 ist? Ein Mädchen von hier?«

»Nicht dass ich wüsste.«

»Fällt Ihnen irgendetwas dazu ein?«

Erst dachte sie, er würde nicht darauf antworten. Dann sagte er: »Es könnte etwas mit dem Internet zu tun haben.«

»Was, so was wie eine E-Mail-Adresse?«

Er rieb sich die Nase. »Oder ein Nick.«

Er sah sie an und wartete seinerseits auf eine Reaktion. Sie hatte nur Verwirrung zu bieten. »Nick?«

»Ein Nickname. Ein Pseudonym im Chatroom.« Er sah auf den Park. »Sind wir dann fertig?«

»Warum sind Sie hergekommen?«

»Aus dem gleichen Grund wie Sie. Ich wollte den Ort hier so sehen, wie er ihn gesehen hat.«

Als sie wieder beim Jonquil Motel ankam, war es bereits Viertel vor vier. Auf dem Rückweg hatte es aufgehört zu regnen.

Über der gelb und grün gestrichenen Tür zu ihrem Zimmer summte eine Leuchtstoffbirne. Das Licht war so grell, dass sie blinzeln musste. Als sie den Schlüssel ins Schloss steckte, ließ er sich nicht drehen.

Sie wackelte mit dem Schlüssel hin und her und fluchte leise vor sich hin. Starrte das widerspenstige Schloss an. Komisch – ihre Hand sah nicht aus wie ihre Hand. Irgendwie merkwürdig, aber sie hätte nicht sagen können, warum.

Halluzinationen. Sie war schon öfter längere Zeit ohne Schlaf ausgekommen – das gehörte zu ihrem Job. Vierzig, manchmal sechzig Stunden Arbeit am Stück. Sie war jung, sie war gesund, aber heute Nacht lastete jedes einzelne ihrer einunddreißig Jahre wie ein tonnenschweres Gewicht auf ihr.

Plötzlich gab das Schloss nach. Sie stieß die Tür auf, zog sich aus und kroch unter die Bettdecke. Aber auch als sie die Augen geschlossen hatte, schien das Licht über der Tür hinter ihren Lidern weiterzuflimmern, ein kleines Feuerwerk, das die Dunkelheit zerriss.

# 9

## *Die Geburtstagsfeier*

Musicman kaufte einen Napfkuchen und eine Schachtel Geburtstagskerzen, auch wenn das reine Geldverschwendung war, weil er nur eine brauchte. Er entschied sich für eine blaue Kerze, weil Blau ihre Lieblingsfarbe war. Er stellte sie neben das Geschenk, obwohl das Geschenk nicht für sie war. Er hatte es liebevoll eingepackt, in wunderschönes Papier mit einer goldenen Schleife.

Beim Anstehen an der Kasse hatte er in einer Zeitung geblättert. Jessica Parris' Tod füllte die ganze erste Seite. Jede Menge rührseliges Geschwätz. Er war enttäuscht, dass im Kabelfernsehen nichts darüber gekommen war.

Wieder in seinem Zimmer, zündete er bei zugezogenen Vorhängen die Kerze an und sang »Happy Birthday«, was ihn zu seiner Überraschung zum Weinen brachte. Heute wäre sie dreißig Jahre alt geworden. Er erinnerte sich an das letzte Mal, als er sie gesehen hatte, 1998, zwei Jahre, bevor ihr Freund sie im Suff zu Tode geprügelt hatte. Musicman gab sich gern der Vorstellung hin, dass sie den Widerling dazu provoziert hatte, sie umzubringen, weil sie ihr eigenes Leben nicht mehr ertrug.

Aber es machte ihm immer noch zu schaffen, dass sie ein solches Ende gefunden hatte. Er dachte nicht gern daran, was in Alert Bay geschehen war, aber manchmal überkam ihn einfach die Erinnerung und versetzte ihn zurück an diesen furchtbaren Tag.

Es hatte ihn erstaunt, wie warm es im Hochsommer in dem Städtchen an der Westküste Kanadas war. Während er in dem Geschäft an der Hauptstraße herumstöberte, musste er sogar seine Jacke ausziehen und sie sich um den Bauch schlingen.

Alert Bay war von dem Ort, an dem er lebte, so weit wie möglich entfernt – so weit, dass es sogar in einem anderen Land lag. Es war fast so, als hätte sie auf einer Landkarte eine Linie gezogen. Er machte ihr deswegen keinen Vorwurf, nach allem, was sie durchgemacht hatte.

In den halb leeren Regalen stand vor allem irgendwelcher Krimskrams. Das meiste davon war irgendwie folkloristisch oder maritim angehaucht, was ganz in Ordnung war, abgesehen davon, dass Misty schon seit einer Weile hier lebte und es nichts Neues mehr für sie war.

*Wen willst du damit eigentlich beeindrucken?* Es war egal, was er kaufte. Das wusste er. Sie würde wissen, welche Absicht dahintersteckte, und das allein zählte.

Er warf einen Blick auf seine Uhr. Wenn er sie überraschen wollte, sollte er sich besser beeilen. Sie hörte um zwei auf zu arbeiten. Hastig entschied er sich für einen Keramikwal und eine von diesen weichgezeichneten Karten, auf denen zwei niedliche kleine Kinder zu sehen waren. Außerdem nahm er noch eine Rolle Pfefferminzbonbons mit.

Er ging schnell, aus Angst, er könnte sie verpassen. Als er um die Ecke bog, sah er das gelbe Gebäude, in dem das Midnight Sun Motel and Restaurant untergebracht war. Er war gerade auf der ersten Treppenstufe, als eine Frau die Tür aufstieß und sich mit einem Kleinkind in einem Buggy abmühte. Die Frau sah verhärmt aus, typisch weiße Unterschicht: strähnige Haare, Tätowierungen auf den bloßen Armen.

Er wartete, bis sie durch die Tür gegangen war. Sie stellte sich furchtbar umständlich mit dem Buggy an, aber er weigerte sich, ihr zu helfen. Sie sah ihn böse an, und er erwiderte ihren Blick gelassen, gab nicht zu erkennen, was er dachte: *Du siehst aus wie ein Junkie.*

»Besten Dank für Ihre Hilfe«, sagte sie.

Er schenkte ihr keine weitere Beachtung und ging hinein. Die Halle war leer bis auf eine Frau an einem Tisch am Fenster, die vermutlich hier arbeitete. Er fragte sie höflich nach Misty Patin.

»Sie ist gerade gegangen.«

»Könnten Sie mir die Adresse geben?«

Die Frau schob den Vorhang zur Seite, dann sah sie ihn an. »Da ist sie doch noch. Haben Sie sie denn nicht gesehen, als Sie reingekommen sind?«

Er spürte, wie ihm das Herz nach unten sackte, das seltsame Gefühl, das man hatte, wenn man im Aufzug nach oben fuhr. »Ich habe niemanden gesehen.«

Die Frau warf ihm einen Blick zu, als habe er nicht alle Tassen im Schrank. Sie schob den Vorhang erneut zur Seite und zeigte nach draußen. »Da drüben, das ist sie.«

Er beugte sich vor und sah hinaus. Auf der anderen Straßenseite sah er den verhärmten Junkie mit dem Kind. Ein nagelneuer blauer Pick-up hielt neben ihr. Der Fahrer sah aus wie ein Eskimo, aber sie hießen hier anders. Er trug ein ärmelloses T-Shirt, Shorts und Flip-Flops. Ein kleines Mädchen, vielleicht zehn Jahre alt, hüpfte hinter ihm aus dem Wagen. Sie war blond und sah weder dem Mann noch dem Kind im Buggy auch nur im Entferntesten ähnlich. Das Mädchen rannte zum Kiesstrand und warf Steine ins Wasser.

Er sah sie an und wusste, dass es stimmte.

Sie sah wie Misty aus.

Er spürte, wie in seinem Inneren etwas nachgab, ein Damm brach, den er über die Jahre hinweg sorgsam errichtet hatte. Er spürte, wie ihn etwas Böses, Finsteres überflutete, der Hass und die Wut, die schon immer in ihm gewesen waren, die er bis jetzt aber unter Kontrolle hatte halten können.

Die Frau sagte: »Sie sollten sich besser beeilen, wenn Sie sie noch erwischen wollen.«

»Halt's Maul.«

»So lasse ich nicht mit mir reden. Sie gehen jetzt besser, Mister –«

»Halt dein blödes Maul, verdammt noch mal, oder ich helfe nach, alte Schachtel!«

Eine Sekunde lang herrschte Schweigen. Dann sprang die Frau so heftig auf, dass ihr Stuhl über den Boden rutschte und gegen die Wand krachte, und eilte auf die Küche zu. »Ich rufe die Polizei. So lasse ich nicht mit mir reden.«

Er ignorierte sie, schob den Vorhang zur Seite und starrte aus dem Fenster. Er beobachtete das kleine Mädchen, mit welcher Freude sie Steine aufhob und ins Wasser warf. Sie war eine Frucht von einem verdorbenen Baum, aber noch unschuldig wie ein Engel. So wie Misty gewesen war.

Er ließ den Vorhang fallen. Als er nach unten sah, stellte er fest, dass er die Tüte mit seinen Einkäufen zerrissen hatte. Er hatte auch vergessen, ein Pfefferminzbonbon zu lutschen.

Aber das war jetzt egal.

## 10

Als Laura am nächsten Morgen das Polizeirevier von Bisbee betrat, hielt sie Ausschau nach Buddy Holland, aber er saß nicht an seinem Schreibtisch. Sie hatte vorgehabt, sich die Arbeit am Telefon mit ihm zu teilen, aber es sah nicht so aus, als bekäme sie Gelegenheit dazu.

Chief Ducotte hatte ein Telefon und eine freie Anschlussbuchse für ihren Computer aufgetrieben und ihr den Tisch am Fenster gegeben, auf dem sonst die Kaffeemaschine stand. Glücklicherweise war die Kaffeemaschine woandershin gestellt worden, so dass sie halbwegs Platz hatte. Sie setzte sich auf den Klappstuhl aus Metall und dachte dabei, dass sie vor Rückenschmerzen umkommen würde, wenn sie hier länger sitzen musste. Sie überflog die Liste mit den Namen der Leute, die sie bei anderen Strafverfolgungsbehörden in Arizona kannte. Sie konnte genauso gut gleich anfangen.

In der folgenden Stunde sprach sie ungefähr mit einem Dutzend Kollegen in anderen Gerichtsbezirken, aber keiner von ihnen hatte von einem ähnlichen Fall gehört.

Sie wusste, dass es nicht sein erster Mord war. Das Opfer in eine bestimmte Art von Kleid zu stecken, das war das Markenzeichen des Mörders – etwas, das er jedes Mal tun würde. Es hatte einige Zeit und Übung erfordert, um ein Ritual wie dieses zu entwickeln. Die Suche nach entsprechenden Informationen in der VICAP-Datenbank erwies sich leider stets als frustrierendes Unterfangen. VICAP – ein Programm zur zentralen Erfassung von Gewaltverbrechen – war nur so gut wie die Leute, die die Daten eingaben. Die Datenbank des FBI glich landesweit Informationen über Kapitalverbrechen miteinander ab, aber die Eingabe war freiwillig, und viele kleinere Bezirke verzichteten darauf.

Sie merkte, dass jemand neben ihr stand – Officer Noone. »Ma'am?«

Sie richtete sich auf, ein stechender Schmerz fuhr durch ihren Rücken. Lächelnd sah sie ihn an.

»Ich habe gehört, dass Sie einen Saxophonspieler suchen? Meine Schwester hatte mal einen Freund, der Saxophon spielte. Ich habe mich erinnert, dass er in der Gulch wohnt, deshalb habe ich mich ein bisschen umgehört, und ich habe ihn gefunden. Er heißt Jeeter.«

»Jeeter und wie weiter?«

»Nur Jeeter.«

Durch das Fenster sah Laura Buddy Holland und Officer Duffy vom Parkplatz kommen. Duffy wirkte verdrossen. Laura hatte den Eindruck, dass das bei ihr ein Dauerzustand war.

Als Buddy sich dem Fenster näherte, beugte er den Kopf, um zu ihr hereinzusehen. Nein, er sah nicht sie an. Er betrachtete sich selbst.

»Jeeter hat keinen Nachnamen?«, fragte sie Noone.

»Wie es aussieht, nicht, Ma'am.« Er wirkte schuldbewusst, als werfe es ein schlechtes Licht auf ihn, dass Jeeter keinen Nachnamen hatte.

»Was weiß man über ihn?«, fragte sie.

»Man könnte ihn als Nachteule bezeichnen. Straßenmusiker, nimmt hin und wieder einen Aushilfsjob an, um sich seine Miete zu verdienen.«

Laura warf einen Blick auf Buddy Hollands Schreibtisch, auf ein verblichenes, aber hübsches Foto von Buddy, einer Frau und einem kleinen Mädchen vor Old Faithful im Yellowstone Park. »Hat Jeeter zufällig aus seinem Fenster gesehen?«, fragte sie Noone.

»Ja, hat er. Er sitzt gern am offenen Fenster, wenn er spielt. Um die Nachtluft zu spüren.«

»Schön für die Nachbarn. Hat er was gesehen?«

Noones hübsches rundliches Gesicht hellte sich auf – auf diesen Moment hatte er gewartet. »Er hat ein Wohnmobil gesehen.« Er zog seinen Notizblock zu Rate. »Es ist ihm aus zwei Gründen aufgefallen. Um die Zeit fährt fast nie jemand durch die Gulch. Und außerdem ist das Wohnmobil zweimal auf und ab gefahren.«

»Um welche Zeit war das?«

»Zwischen zwei und drei.«

»Ist ihm sonst noch was aufgefallen?«

»Nur, dass es langsam gefahren ist. Er hat nicht auf Modell oder Größe oder so geachtet – er hat nur bemerkt, dass es zweimal die Straße entlanggefahren ist. Hier ist seine Telefonnummer.« Er reichte ihr einen Notizzettel, auf dem in ordentlichen Druckbuchstaben der Name »Jeeter«, seine Telefonnummer und seine Adresse standen.

Er zögerte.

»Ja?« Sie wünschte, er würde gehen, damit sie nachdenken konnte.

»Falls ich sonst noch irgendetwas tun kann –«

Sie sah auf ihre Uhr und dachte, dass sie sich bald auf den Weg zu Jessicas Eltern machen sollte, sonst müsste sie den Besuch auf den Nachmittag verschieben – und dann würde es knapp werden. Um elf war sie mit dem Besitzer von Cooger & Dark's verabredet, und die Autopsie in Sierra Vista war für vier Uhr angesetzt. Sie sah Noone an. »Sie könnten tatsächlich etwas tun. Informieren Sie sich doch bitte über Wohnmobile – das Internet reicht. Gehen Sie mindestens fünfzehn Jahre zurück und drucken Sie Bilder von einer repräsentativen Auswahl aus. Die zeigen Sie dann Jeeter, um zu sehen, ob das seinem Gedächtnis auf die Sprünge hilft.«

»Ja, Ma'am. Ich fange sofort damit an.«

»Wann endet Ihre Schicht?«

»Um drei, aber –«

»Sie sollten besser Ihren Sergeant fragen, ob er Sie entbehren kann, sonst muss es warten.«

Nachdem er weg war, dachte sie über das Wohnmobil nach. Sie sah es vor ihrem geistigen Auge, wie es in den frühen Morgenstunden die Brewery Gulch entlangfuhr.

Schien plausibel. Ein Wohnmobil war das ideale Fahrzeug für einen Sexualverbrecher: beweglich, ein abgeschlossener Raum, Jalousien, so dass niemand hineinsehen konnte.

Sie warf erneut einen Blick auf Buddy Hollands Schreibtisch. Er musste hier gewesen und wieder gegangen sein, während sie mit Noone gesprochen hatte. Sie fuhr ihren Computer herunter und machte sich auf die Suche nach ihm. An der Kaffeemaschine, die vor den Toiletten aufgestellt worden war, lief ihr Officer Danehill über den Weg. »Haben Sie Buddy gesehen?«

»Buddy? Der ist gerade weg.«

Laura dachte, dass das wahrscheinlich ganz gut war. Sie bezweifelte, dass Buddy eine große Hilfe sein würde, eher eine Behinderung. Sie fuhr zu Jessicas Eltern.

David und Linda Parris wohnten am West Boulevard, im letzten Haus auf der rechten Seite, dahinter begann Brachland. Dreihundert Meter weiter oben endete der West Boulevard in einer Haarnadelkurve und wand sich als schmale Straße weiter bergauf. Nach Lauras Karte führte diese Straße, die alte Route 80, bis zur Bergkuppe und dann wieder hinunter zu dem Highway auf der anderen Seite des Mule Pass.

Auf der linken Seite der Straße standen unmittelbar vor der Haarnadelkurve zwei Häuser. Es lohnte sich vielleicht, mit den Bewohnern zu reden und sie zu fragen, ob sie irgendetwas gesehen hatten. Das würde sie nach dem Gespräch mit den Eltern tun. Es war kurz vor neun. Sie hatte überlegt, ob sie vorher anrufen sollte, dann jedoch beschlossen, dass es besser war, unangekündigt vor der Tür zu stehen. Laura versuchte immer, sich anderen gegenüber – sei es Opfer oder Täter – die stärkere Position zu sichern, denn auf diese Weise konnte sie ihr Gegenüber besser einschätzen.

Das Haus der Familie Parris war ein Bungalow aus Ziegeln auf einem etwa ein Meter hohen Fundament aus Vulkangestein. Veranda, Fensterrahmen und Türen waren weiß gestrichen. Eine große Platane warf ihren Schatten über einen weißen Lattenzaun, und am Vordach hing schlaff die amerikanische Flagge. Die Jalousien der vorderen Fenster waren geschlossen.

Nach dem gestrigen Regen war es schwül, und die Sonne schien gleißend hell. Laura war dankbar für den Schatten unter dem Vordach. Sie benutzte den Klopfer in Form eines Hirschkopfes und wappnete sich innerlich.

Keine Reaktion. Ein leichter Windstoß trieb ein paar Eichenblätter über die Steinfliesen. Sie klopfte noch einmal und sah sich auf der Straße um, während sie wartete, schließlich klingelte sie.

»Die sind nicht da.«

Laura blickte auf und sah einen Mann mit bloßem Oberkörper, der im Garten nebenan die Pflanzen goss. War das der Nachbar, von dem Victor ihr berichtet hatte?«

»Sind Sie von der Polizei?«, fragte er.

»Laura Cardinal. Department of Public Safety.« Sie hielt ihm ihre Dienstmarke entgegen und näherte sich dem Zaun.

Sie musterte ihn, während er sich ihre Marke besah: knapp ein Meter fünfundsiebzig, durchschnittliche Statur, tätowierte Arme, runder Kopf. Durchdringende Augen.

Er schüttelte ihr über den Zaun hinweg die Hand. Ein Griff wie ein Bergsteiger. »Chuck Lehman.«

»Wissen Sie, wo sie sind?«

»Dave hat gestern was von Vorbereitungen für die Beerdigung gesagt, ich nehme an, dass sie beim Bestatter sind. Sie haben sie knapp verpasst.«

Laura versuchte ihre Enttäuschung zu verbergen. »Darf ich Ihnen ein paar Fragen stellen?«

Er nahm den Gartenschlauch und fuhr mit Gießen fort. »Klar, schießen Sie los.«

»Haben Sie Jessica vorgestern von der Schule nach Hause kommen sehen?«

»Nein. Ich war im hinteren Zimmer, am Computer. Bankgeschäfte erledigen.«

»Sie haben nichts gesehen, nichts gehört? Vielleicht vorher? Ein fremder Wagen, der langsam die Straße entlanggefahren ist? Jemand, der sich hier herumgetrieben hat?«

Sie bewegte sich auf ausgetretenen Pfaden; diese Fragen hatte ihm bereits Victor gestellt, aber sie wollte seine Antworten selbst hören.

Chuck Lehman gab sich hilfsbereit. Er lieferte ihr eine grobe Beschreibung der Familie (Vater, autoritär; Mutter, hübsch und gefügig; Freund, entpuppt sich irgendwann wahrscheinlich als schwul; Jessica, nettes Mädchen; jüngerer Bruder, Nervensäge). Er verbreitete sich ausführlich darüber, wie Lauras Behörde die zur Verfügung stehenden Mittel besser nutzen könnte, man musste auf »nationaler Ebene« die Medien mit einbeziehen, Straßensperren errichten. »Sie haben noch nicht mal die Medien informiert.«

»Das klingt ja, als wären Sie selbst bei der Polizei.«

»Ich? Nein. Ich bin Zimmermann. Aber ich habe eine gute Beobachtungsgabe.« Er tippte sich an die Stirn.

Ihr fiel der angespannte Zug in seinem Gesicht auf, sein leichtes Zittern; sein Adrenalinspiegel musste in die Höhe geschossen sein. War er aufgeregt, weil er zu dem Fall befragt wurde, oder versuchte er, etwas zu verbergen?

»Haben Sie viel mit Jessica gesprochen?«

»Ich? Nein.« Er machte eine abwehrende Geste. »Ich hab sie so gut wie nie gesehen.« Der freundliche Nachbar wirkte plötzlich verschlossen.

»Kennen Sie einen von ihren Freunden, jemand, mit dem ich reden könnte?«

»Woher sollte ich die kennen? Falls es Ihnen noch nicht

aufgefallen ist, ich bin ein ziemlich großer Junge.« Selbstgefälliges Lächeln.

»An all den Tagen, an denen sie von der Schule nach Hause gekommen ist, da ist Ihnen niemand, nichts aufgefallen?«

»Ich achte nicht darauf, was die treiben. Das sind nur Kinder.«

Er schien sich zunehmend unbehaglich zu fühlen. Ihr schoss der Gedanke durch den Kopf, dass er möglicherweise ein Interesse an jungen Mädchen zu verbergen versuchte.

Irgendetwas stimmte nicht mit ihm. Sie erinnerte sich daran, was Buddy Holland gesagt hatte, dass CRZYGRL12 eine E-Mail-Adresse oder ein Chatroom-Name sein könnte. Sie senkte die Stimme und bemühte sich um einen freundlichen Ton. *Mal ganz im Vertrauen.* »Sie erwähnten gerade Ihren Computer. Kennen Sie jemanden mit der E-Mail-Adresse Crazygirl 12?«

Er blinzelte. »Was?«

»Crazygirl 12? Vielleicht Jessicas E-Mail-Adresse? Sie wissen nicht zufällig, ob sie einen Computer hatte, oder?«

»Woher soll ich das wissen?«

Verärgert. Angriff war die beste Verteidigung.

Unbewusst verlagerte Laura ihr Gewicht. Spürte die Waffe unter ihrer Jacke. Sie bemühte sich, noch leiser zu sprechen, ohne jede Drohung. »Sir, können Sie mir etwas zu Ihrer Verurteilung sagen?«

Sein Blick wurde eisig. »Rufen Sie meinen Bewährungshelfer an.«

Sie wartete.

»Sachbeschädigung«, sagte er, seine Stimme so kalt wie seine Augen. »Ich bin in das Haus meiner Exfrau eingebrochen und habe ihre Kleider zerrissen.«

»Ihre Unterwäsche«, sagte Laura in einem Ton, als würde so etwas jeden Tag passieren.

»Ja. Ihre Unterwäsche. Zufrieden?« Seine Wut war unübersehbar, sie schien ihn größer zu machen.

Sie wich einen Schritt zurück, die Hand an der Hüfte. »Sir –«

Plötzlich trat er dicht vor sie, so unvermittelt, dass sie unwillkürlich noch zwei Schritte zurückwich. Er schob das Kinn vor, als wäre er Ausbilder bei der Armee und sie Rekrutin. »Ich habe gefragt, ob Sie jetzt zufrieden sind?«

»Ja«, sagte sie. Ihr Stimme klang weiterhin ruhig, obwohl sie sich ganz und gar nicht so fühlte.

Er starrte sie wütend an, seine Augen zwei blaue Flammen.

»Gut.« Mit einem Nicken, um dem Ganzen Nachdruck zu verleihen, ging er ins Haus und knallte die Tür hinter sich zu.

Laura konnte sich einen Moment lang nicht rühren, Scham und Zorn rangen miteinander. Sie hatte angemessen reagiert – sie war zurückgewichen, um Abstand zwischen ihnen zu schaffen, damit sie ihre Waffe ziehen konnte –, aber sie hatte das Gefühl, damit Schwäche gezeigt zu haben. Hätte Victor sich genauso verhalten?

Lehman kam sich sicher toll vor, weil er sie eingeschüchtert hatte. Gewonnen hatte, wie er bestimmt glaubte. Sie warf einen Blick zurück auf sein Haus. In einem der Fenster auf der Vorderseite bewegte sich die Jalousie. Er beobachtete sie. Sie straffte die Schultern und versuchte, ihn zu vergessen. Sie hatte doch etwas vorgehabt? Was war es gewesen?

Die Häuser an der Kurve. Das war es. Einer der Bewohner hatte möglicherweise etwas gesehen.

Sie folgte der Straße bergauf, darauf bedacht, auf dem Asphalt zu bleiben, und suchte mit den Blicken den Straßenrand links und rechts ab. Sie bezweifelte, dass sie etwas finden würde; nach allgemeiner Ansicht war Jessica auf dem Heimweg von der Schule entführt worden, was bedeutete, dass sie gar nicht so weit gekommen war. Aber Laura hielt trotzdem den Blick auf den Boden gerichtet und versuchte, sich zu konzentrieren. Nicht an Lehman zu denken, der ihr nachstarrte. Hundert Meter weiter oben bemerkte sie auf der linken Seite der Straße eine Ausweichstelle und auf der anderen Seite das Gegenstück dazu. Mehrere Autos hatten hier gewendet.

Hinter dem Zaun des ersten Hauses stand ein Hund und bellte sie an. Sie klopfte, und als niemand aufmachte, steckte sie ihre Karte in die Tür, mit der Bitte, der Besitzer möge sie anrufen, sobald er heimkam.

Das zweite Haus lag etwas zurückgesetzt von der Straße. Ein Betonbau mit einem verblassten grünen Anstrich. Die Vorhänge waren zugezogen. Eine Klimaanlage ratterte so laut wie ein Traktor. Sie glaubte, einen Fernseher zu hören, aber niemand reagierte auf ihr Klopfen. Heutzutage machten viele Leute nicht mehr die Tür auf – eine Sicherheitsmaßnahme. Sie hinterließ auch hier ihre Karte.

Auf dem Weg zurück zu ihrem Auto blieb Laura an der Ausweichstelle stehen und untersuchte die Reifenspuren. Viele davon überschnitten sich. Eine zog ihre Aufmerksamkeit auf sich. Ein schweres Fahrzeug, danach zu urteilen, wie tief die Reifen in den Boden eingesunken waren. Sie entdeckte entsprechende Spuren auf der gegenüberliegenden Seite, der Fahrer hatte offenbar rangieren müssen.

Der Boden war inzwischen getrocknet und so hart wie eine Gussform. Hervorragend geeignet für einen Gipsabguss.

Sie ging in die Hocke und musterte die Spuren. Doppelreifen. Den Spuren auf beiden Seiten der Straße nach zu urteilen, musste das Fahrzeug einen langen Radstand haben.

Wie ein Wohnmobil.

Die Sonne brannte ihr auf den Nacken, und Fliegen umschwirrten sie, ließen sich auf ihrem Gesicht und ihren Armen nieder, kitzelten sie. Man konnte unmöglich sagen, ob die Spuren tatsächlich zu einem Wohnmobil gehörten, geschweige denn zu dem, das Jeeter auf der Brewery Gulch gesehen hatte. Sie wusste, was Frank Entwistle sagen würde: Wenn du Zweifel hast, dann sei besonders gründlich.

Sie ging zurück zu ihrem Wagen, holte eine Rolle gelbes Absperrband und sicherte damit den Bereich rund um die beiden Ausweichstellen. Sie rief auf dem Revier an und bat darum, mit Officer Noone verbunden zu werden.

»Was machen Sie gerade?«, fragte sie, als er sich meldete.

»Ich suche nach Wohnmobilen.« Hastig fügte er hinzu: »Der Chief hat gesagt, es ist okay.«

Laura warf einen Blick auf ihre Uhr. Sie musste in zehn Minuten bei Cooger & Dark's sein. »Ich habe am Ende des West Boulevard eine Stelle mit Reifenspuren gesichert«, sagte sie. »Ich will, dass Sie herkommen und sie im Auge behalten, bis ich wieder da bin. Geht das?«

»Ja, Ma'am, bin schon unterwegs.«

Ted Olsen, der Besitzer von Cooger & Dark's Pandemonium Shadow Show and Emporium, sah ganz anders aus, als es sein skandinavischer Name hätte vermuten lassen. Ein kleiner Mann mit beginnender Glatze und einem ZZ-Top-Bart, den er in den Kragen seinen kurzärmeligen Hemds gesteckt hatte, als würde er ihn stören.

Die Regale von Cooger & Dark's waren mit fransenbesetzten Lampenschirmen, Art-déco-Radios und alten Blechdosen gefüllt. In einer Ecke stand eine Benzinpumpe von Anfang des letzten Jahrhunderts. Lauras Interesse galt jedoch in erster Linie den Puppen, die von der Decke hingen. Sie ließen sie an Trapezkünstler denken, die mitten in einer akrobatischen Darbietung erstarrt waren.

Sie erinnerten sie an die Cabbage Patch Kids, die vor ein paar Jahren so beliebt gewesen waren, nur größer – sehr viel größer, ihre weißen Gliedmaßen sahen wie Würste aus. Sie trugen karierte Baumwollschürzen, gepunktete Kleidchen mit Puffärmeln, Hängerchen aus Leinen. Weiß, rosa, gelb.

»Sie haben ja ziemliche viele von diesen Puppen«, sagte sie, als Olsen durch den Laden ging und das Licht einschaltete.

»Gefallen sie Ihnen?«

»Sehr hübsch.« Tatsächlich jagten sie ihr eine Gänsehaut über den Rücken.

Sie überlegte: Konnte er der Täter sein? Er machte einen ruhigen, klaren Eindruck auf sie, aber sie war keine Psychologin.

»Wo haben Sie die her?«, fragte sie.

»Meine Mädchen? Die mache ich selbst.«

»Sie?« Die nächste Frage wäre logischerweise »Warum?« gewesen. Stattdessen fragte sie ihn, ob sich jemand für die Puppe im Schaufenster interessiert hatte.

»Das ist keine von meinen. Sie ist aus Plastik. Ich verwende nur Naturmaterialien.«

»Aber vielleicht hat sich ja jemand danach erkundigt. Oder nach irgendeiner anderen Ihrer Puppen?«

»Touristen.«

»Auch Männer?«

»Männer?« Er strich sich über den Bart. »Die Männer interessieren sich eher für solche Sachen wie die Benzinpumpe dort. Ich kann mich nicht erinnern, dass …« Er hustete und spuckte etwas in ein Taschentuch, das er aus seiner grauen Hose holte, eine Hose, die Laura an den Hausmeister ihrer Schule vor vielen Jahren erinnerte. »Doch, da war dieser eine Typ, der sich für ein Kleid interessiert hat. Er wollte es kaufen.«

»Warum?«

»Ich werde niemals aufhören, mich über die Leute zu wundern. Ich bin jetzt seit zwanzig Jahren im Geschäft, und es überrascht mich immer wieder, auf was für Ideen sie kommen. Er wollte Daisy das Kleid auf der Stelle ausziehen, aber ich habe nein gesagt.«

Lauras Blick folgte seinem langen gekrümmten Finger.

Die Puppe trug ein blassrosa Tüllkleid mit Puffärmeln.

»Wenn ich ihm das Kleid verkauft hätte, wäre Daisy im Evaskostüm dagesessen«, erklärte er. »Das konnte ich nicht machen. Als ich ihm das sagte, war er sauer.«

»Sauer?«

»Na ja, er hat keine Szene gemacht, aber ich konnte sehen, dass er ziemlich wütend war. Sah aus, als müsste er sich am Riemen reißen, um nicht loszubrüllen.«

»Kann ich die Puppe mal sehen?«

»Klar.« Er griff nach einer langen Stange mit einem Haken an einem Ende und zog an einer Schnur, die hinter ihm hing. Laura stellte fest, dass die Puppen an einer Art Förderschiene aufgehängt waren, ähnlich wie die Sachen in einer Reinigung. Er zog die Puppe zu sich heran, hakte sie mit einer geschickten Bewegung los und legte sie auf die Verkaufstheke. Laura bemerkte, dass er auf einem Arm das Tattoo der U.S. Marines trug.

Laura musterte Daisy, sie hatte ungefähr die gleiche Größe wie Jessica: eine verdammt große Puppe. »Was für eine Größe hat dieses Kleid?«

»Größe hundertsiebzig ungefähr.«

»Für welches Alter würde das passen?«

»Dreizehn, vierzehn Jahre.«

»Beschreiben Sie mir den Mann.«

Ted Olsen zufolge war er weiß, unauffällig, abgesehen von einem schwarzen Schnurrbart, und er hatte blaue Augen. Olsen erinnerte sich deshalb an die Augen, weil der Mann so wütend gewesen war. Als sie ihn bat, seine Kleidung zu beschreiben, meinte Olsen, er habe eine Baseballkappe getragen, und »wahrscheinlich Jeans«.

»Ihnen ist nichts Ungewöhnliches an ihm aufgefallen?«

»Jedenfalls hat er, als er hereinkam, nicht wie jemand gewirkt, der so wütend werden kann.«

»Was für einen Eindruck hat er auf Sie gemacht? Als er hereingekommen ist?«

»Na ja, ich habe ihn eigentlich nicht mal bemerkt, bevor er mich angesprochen hat. Er war so ein Typ, der nirgends besonders auffällt – völlig durchschnittlich.«

»Wann war er da?«

»Vorgestern. Ich hatte an dem Abend geöffnet, das mache ich manchmal, wenn ich hinten an einer Puppe arbeite. Der Laden war bis neun geöffnet.«

Neun Uhr: drei bis vier Stunden, nachdem Jessica zum letzten Mal gesehen worden war.

Laura sagte, sie würde mit einem Foto des Kleides wiederkommen, das Jessica Parris getragen hatte, vielleicht kannte er ja den Schnitt. »Falls Ihnen in der Zwischenzeit noch irgendetwas einfällt, rufen Sie mich bitte an.« Sie gab ihm ihre Karte.

Als sie über die Straße zu ihrem Wagen ging, lief sie Buddy Holland in die Arme.

»Wo stecken Sie denn? Ich habe Sie gesucht.«

»Ich musste ein paar Dinge erledigen.«

Und mir ausweichen, dachte Laura. »Wir sollten unsere Notizen vergleichen. Ich bin gerade auf dem Weg zum West Boulevard, um dort ein paar Gipsabgüsse zu machen, aber –«

»Dann treffen wir uns oben. Ich wollte sowieso rauffahren.«

»Ach ja?«

»Ich habe gerade mit Dave Parris gesprochen. Ich dachte, es wäre vielleicht gut, wenn wir uns das Zimmer des Mädchens mal etwas näher ansehen. Es sei denn, Sie sind zu beschäftigt.«

# 11

Das Fenster in Jessica Parris' Zimmer stand offen und ließ Luft und Sonne herein. Nach den Postern an der Wand zu urteilen, war Jessica ein Fan von Josh Hartnett, Shakira und Nelly gewesen. Laura hatte sich in ihrer Jugend zwar auch einige Dummheiten geleistet, aber einen Typen anzuhimmeln, der ein Heftpflaster auf der Wange trug, gehörte sicher nicht dazu.

Quer über den Bettbezug hatte jemand mit wasserfestem Stift in verschiedenen Farben geschrieben: »Bleib, wie du bist!«, »Du bist meine allerbeste Freundin!«, »Du und Cary seid echt cool!«

»Das ist von ihren Freundinnen«, sagte Mrs. Parris, die an der Tür stand. »Sie haben kürzlich hier übernachtet und ihr dabei geholfen, das Zimmer neu einzurichten.« Sie hatte die Arme um sich gelegt, als könne sie sich damit Halt geben, ihr unruhiger Blick wanderte immer wieder zu Buddy Holland, der mit behandschuhten Händen in dem Zimmer herumstöberte, als befände er sich auf einer Müllhalde. »Brauchen Sie noch etwas?«

Laura sagte: »Ich sehe hier keinen Computer. Haben Sie oder Ihr Mann einen?«

»Nein. Wir können beide nicht mit diesen Dingern umgehen. Entschuldigen Sie mich bitte, ich muss nach dem Kuchen sehen.«

Eine Schubladenkommode quietschte, als Buddy sie aufzog.

Laura warf ihm einen scharfen Blick zu, den Holland mit

ausdrucksloser Miene erwiderte. Laura kannte diesen Gesichtsausdruck, auch sie trug ihn gelegentlich zur Schau. Als Polizist musste man oft mit Kollegen zusammenarbeiten, die man nicht leiden konnte, und das schaffte man nur, indem man die Kommunikation auf das Allernötigste beschränkte. Keiner beherrschte das so gut wie Polizisten.

Laura sagte: »Kein Computer im Haus, aber vielleicht hatte sie in der Schule Zugang zu einem. Glauben Sie wirklich, dass Crazygirl 12 etwas mit dem Internet zu hat?«

»Kann durchaus sein.« Was er als Nächstes sagte, überraschte sie, denn er bot sich freiwillig an. »Darum kann ich mich kümmern. Ich kenne mich im Netz ganz gut aus. Wenn Crazygirl 12 sich da rumtreibt, finde ich sie vielleicht.«

Das war die längste Rede, die sie je aus seinem Mund vernommen hatte. »Wie macht man so was?«

»Man kann die Internet Relay Chats durchsuchen, vielleicht hat sie sich ja an einem beteiligt.«

Laura hielt sich an dem einen Wort fest, das sie kannte. »Sie meinen Chatrooms?«

»Hm, hm.« Weiter ging er nicht darauf ein. »Soll ich es versuchen oder nicht?«

Sie nickte. »Ja, bitte.«

Ihr Blick fiel auf ein Foto auf der Kommode: Jessica und ein junger Mann, der Cary Statler sein musste. Jessica sah hübsch aus in dem kurzen Jeansrock und dem Spaghettiträger-Hemd. Statler war ein schlaksiger, verschlafen dreinschauender Junge in einem schwarzen T-Shirt und verdreckten Jeans. Die Haare standen ihm stachelig vom Kopf ab.

Buddy hatte seine Suche wieder aufgenommen und kramte in einem Kosmetikkoffer, dann wandte er sich einem samtbezogenen Kästchen zu, in dem Ohrringe, Armreifen und Fußspangen lagen. Ein blechernes Scheppern, als eine Fußspange auf den Boden fiel. Der Mann gab sich wirklich Mühe, ihr auf die Nerven zu gehen.

»Buddy.«

»Was?«

»Warum sprechen Sie nicht mit Mr. Parris?«

Schulterzucken. »Meinetwegen.«

Er riss sich die Latexhandschuhe herunter und verließ das Zimmer.

Wohltuende Stille breitete sich aus. Vielleicht konnte sie jetzt endlich ein Gefühl für das Mädchen bekommen.

Jessica stand offensichtlich auf den Kram, den Mädchen liebten: Lipgloss mit Geschmack, Parfüm, das Cool Diva und Cha Cha Chica hieß und deren Fläschchen mit Smileys verziert waren, und mindestens ein Dutzend Tuben mit Sungirl-Produkten – verschiedene Sonnenschutzmittel mit Glitzer.

Laura sah sich noch einmal das Foto an, irgendetwas daran irritierte sie.

Es würde ihr noch einfallen.

Sie durchsuchte die Kommode und den Schrank: Bluejeans, Hängerchen mit Häkelborte, rückenfreie Tops, Clogs. Jessicas Unterwäsche lag ordentlich zusammengefaltet in den Kommodenschubladen. Pastellfarbene Höschen und BHs – mit Spitzenbesatz und Blümchenmuster. Für ein vierzehnjähriges Mädchen recht erwachsen – zumindest wären die Sachen das für sie, Laura, in diesem Alter gewesen. Aber das war eine andere Zeit. Im Bücherregal lagen ein paar Hausaufgaben-Blätter, auf denen die meisten Aufgaben ungelöst waren. Eine runde Schrift mit Herzchen statt der i-Punkte. Kein Tagebuch, es sei denn, Jessica bewahrte es an einem geheimen Platz auf. Keine Bücher außer Schulbüchern und sämtlichen Harry-Potter-Romanen; sie waren ordentlich auf einem Regalbrett aufgereiht, wie es viele Leute mit ledergebundenen Klassikern machten, um damit anzugeben. Die Bücher sahen ziemlich ungelesen aus.

Das Zimmer quoll fast über von irgendwelchem Zeug. Laura hatte einmal gelesen, dass Kindern zwischen acht und vierzehn Jahren so viel Geld zur Verfügung stand, dass sie mit ihrer Kaufkraft die gesamte Wirtschaft am Laufen hielten. Nicht nur die Kinder der USA, sondern die der ganzen Welt.

Hinter dem Spiegel im Schrank steckte ein Zeitungsausschnitt mit der Anzeige einer Model-Agentur. Mrs. Parris hatte ihr erzählt, dass Jessica Model oder Popstar hatte werden wollen.

Sie würde keines von beiden mehr werden.

Laura ging in die Küche, aus der es schon von weitem nach frisch gebackenem Kuchen roch. Mrs. Parris flatterte durch die sonnendurchflutete Küche wie ein Vogel, der sich in einen geschlossenen Raum verirrt hatte.

»Wie geht es Ihnen?«, fragte Laura.

Mrs. Parris prüfte die Ofentemperatur. »Ganz gut. Also … es ist natürlich schrecklich, aber …« Sie strich sich eine Strähne ihres roten Haars aus der Stirn.

»Ich muss Ihnen leider noch ein paar Fragen stellen.« Laura legte ihr Diktiergerät auf den Tisch.

»Ja. Stellen Sie nur Ihre Fragen. Wir wollen, dass der Kerl geschnappt wird, der das getan hat.« Den letzten Satz sagte sie beinahe mit einem Lächeln auf den Lippen.

»Mrs. Parris, wissen Sie, ob Ihre Tochter in der Schule einen Computer benutzt hat?«

Ihre Brauen zogen sich zusammen. »Ich glaube schon.«

»Hat sie nie davon erzählt? Dass sie sich mit ihren Freunden E-Mails schreibt oder etwas in der Art.«

»Computer sind für mich ein Buch mit sieben Siegeln. Ich habe keine Ahnung von Technik.« Sie starrte auf den

Herd. »Jessica hat gerne Kuchen gebacken. Deshalb backe ich heute einen. Zu ihrem Andenken.«

»Wo ist Cary?«

»Cary?« Linda Parris sah sie überrascht an.

»Ihr Freund. Wohnt er nicht hier?«

»Ach so.« Sie zögerte einen Moment, so als habe sie den Faden verloren und müsste ihn nun mühsam wieder aufnehmen. »Wir sind so etwas wie seine Pflegeeltern, ohne dass wir das jemals offiziell gemacht haben. Sie finden das bestimmt merkwürdig, aber das ist es nicht. Er braucht uns. Wir lieben ihn wie einen eigenen Sohn.«

»Aber er und Jessica waren ein Paar, oder?«

»Ich weiß, was Sie jetzt denken. Aber es gab strenge Regeln, darauf hat ihr Vater gepocht. Cary wohnt in dem Wohnwagen hinten im Hof. Nicht im Haus. Er ist ein netter Junge.«

»Haben die beiden miteinander geschlafen?«

Ein trotziger Blick. »Ja. Ich habe es vor ein paar Monaten herausgefunden. Und wissen Sie, was ich getan habe? Ich bin mit ihr zur Familienberatung, damit sie ihr die Pille verschreiben. Sie halten mich jetzt vielleicht für eine schlechte Mutter, aber ich habe getan, was ich für richtig hielt, weil ich nicht wollte, dass mein Kind selbst schon Mutter wird.«

»Ich verurteile das überhaupt nicht, Mrs. Parris.«

»Sagen Sie bitte ihrem Vater nichts davon. Er würde sich furchtbar aufregen, wenn er es wüsste.«

Wenn er das nicht längst schon tat, dachte Laura. »Ich sehe keinen Grund, warum ich es ihm erzählen sollte. Sie wissen also nicht, wo sich Cary im Moment aufhält?«

Mrs. Parris zuckte mit den Schultern. »Wenn ich es mir recht überlege, habe ich ihn schon eine Zeit lang nicht mehr gesehen.«

»Seit Jessica vermisst wurde?«

»Ich bin nicht …« Sie ließ den Satz unbeendet.

»Sie wissen also nicht genau, wann er das letzte Mal hier war?«

»Er kommt und geht. Ein Onkel von ihm lebt in Tucson – manchmal bleibt er eine ganze Woche bei ihm, besonders wenn es –« Sie unterbrach sich erneut. Ihre Augen weiteten sich.

»Ja?«

»Wenn es Streit gibt.« Linda Parris sah an Laura vorbei zum Fenster hinaus.

Laura fiel auf, dass Mrs. Parris in der Gegenwartsform gesprochen hatte, und beschloss, sie aufzugreifen. »Mit Jessica? Streiten sie sich oft?«

»Nein, nein, es ist nicht so, wie Sie denken. Harmlose Kabbeleien. Jessica macht – machte manchmal aus irgendwelchen Kleinigkeiten ein Drama. Cary ging ihr dann aus dem Weg, bis sie sich wieder beruhigt hatte. Mehr war es nicht.«

»Wann haben sie sich das letzte Mal gestritten?«

»Anfang der Woche haben sie nicht miteinander gesprochen, soweit ich weiß.«

»Und seither haben Sie ihn nicht mehr gesehen?«

»Ja, aber denken Sie jetzt nichts Falsches. David und ich hätten nie jemanden bei uns aufgenommen, von dem wir geglaubt hätten, dass er unserer Tochter etwas antun könnte.«

»Mrs. Parris, ich muss das wissen. Wann haben Sie ihn zuletzt gesehen?«

»Ich glaube, es war … vor zwei, drei Tagen. Aber es ist nicht so, wie Sie denken. Er ist gern allein, geht oft lange spazieren. Manchmal übernachtet er auch bei Freunden. Das hat Jessica am meisten an ihm gemocht, auch wenn es sie manchmal in den Wahnsinn getrieben hat. Sie meinte, er wäre ein Freigeist. Ich weiß, worauf Sie hinauswollen, aber Sie irren sich. Wir hätten unsere Tochter nie in Gefahr gebracht.«

»Das glaube ich Ihnen, aber ich muss trotzdem mit ihm sprechen. Er weiß wahrscheinlich nicht einmal, dass Jessica tot ist. Meinen Sie nicht auch, dass er Bescheid wissen sollte?«

Sie nickte zögernd. Laura erkundigte sich nach der Adresse und der Telefonnummer des Onkels, und Linda Parris suchte sie aus ihrem Adressbuch heraus und schrieb sie auf einen Notizblock, der am Kühlschrank befestigt war und auf dem unter der amerikanischen Flagge der Spruch »Vereint sind wir stark« stand.

Linda Parris ging zurück an die Spüle, wusch die Teigschüssel aus und stellte sie in den Geschirrspüler. Blickte zum Fenster hinaus. »Es war oft so schön bei uns. Letzten Samstag haben wir den ganzen Vormittag über Unkraut gejätet, und dann haben Jessie und ihr Vater Hamburger geholt. Sie brachte mir einen mit Senf, aber ohne Ketchup mit – sie wusste, dass ich Ketchup nicht mag. Es war ein wunderbarer Tag.«

Sie wandte den Blick noch immer nicht vom Fenster ab.

Etwas strich an Lauras Füßen entlang. Sie sah nach unten. Eine Siamkatze rieb sich an ihren Hosenbeinen.

Tiere übten auf Laura eine unwiderstehliche Anziehungskraft aus, so wie auf andere Leute Babys. Sie beugte sich nach unten und streichelte die Katze.

»Das ist Princess, Jessies Katze.« Linda Parris' Stimme brach. »Jessie fand sie in einem Müllcontainer vor der Schule. Halb verhungert, krank. Ihr Vater erklärte ihr, dass sie für Princess verantwortlich ist – sie könnte sie nur behalten, wenn sie sich um sie kümmert. Ihr zum Fressen gibt, das Katzenklo sauber macht, sie von ihrem eigenen Geld sterilisieren lässt ...« Sie erzählte immer weiter und schien gar nicht mehr aufhören zu wollen.

Die Katze kletterte Laura auf den Arm und von dort auf ihre Schulter. Laura genoss die selbstverständliche Berührung des zierlichen, beweglichen Körpers, die Wärme. Es hatte etwas Beruhigendes.

Die Katze auf der Schulter, dachte sie an Jessica. Jessica, die auf Josh Harnett und Nelly stand. Jessica, die sich gewissenhaft um ihre Katze kümmerte. Etwas verknotete sich in ihrer Brust, und in ihren Augenwinkeln sammelten sich Tränen.

Sie wandte sich ab, damit die Mutter es nicht sah, und setzte die Katze wieder auf den Boden.

Als Laura das Haus verließ, blickte sie die Straße hinauf zu den beiden abgesperrten Ausweichstellen. Officer Noone stand da, die Hände über dem schweren Gürtel in die Hüften gestemmt, hinter ihm flatterte das gelbe Absperrband im Wind. Er winkte ihr zu, als er sie sah. Falls er sich bei seiner neuen Aufgabe langweilte – zu warten, bis der Gipsabguss von den Reifenabdrücken getrocknet war –, dann ließ er es sich nicht anmerken.

Buddy kam um die Ecke des Hauses, hinter der David Parris, der Vater von Jessica, auf irgendetwas herumhämmerte.

Buddy deutete mit dem Kopf auf Noone. »Sind Sie da oben fertig?«

»Wird wohl noch eine halbe Stunde dauern. Wie geht es Mr. Parris?«

»Hat keine Lust zu reden. Dafür haben wir ein Stück Regenrinne befestigt.«

»Hat er überhaupt nichts gesagt?«

»Nur, dass er Cary Statler umbringen würde, wenn er sich hier noch einmal blicken ließe.«

Als Laura bei den Ausweichstellen ankam, sagte Noone: »Sie sind schon fast trocken.«

Neben dem Metallrahmen des Gipsabgusses lagen ein

paar Halme, alles, was übrig geblieben war von dem Haufen, den Noone auf Anweisung von Laura zusammengesammelt hatte. Laura hatte das meiste davon verwendet, um den Gips zu verstärken. Dadurch wurde der Abguss stabiler, und sie hatten gleichzeitig Proben von der Erde und den Pflanzen fürs Labor. Laura nahm einen kräftigen Zweig und ritzte damit ihre Initialen und die Fallnummer in den Gips.

»Ich habe noch nie gesehen, wie ein Gipsabguss gemacht wird. Interessant«, sagte Noone. »Schade, dass wir keine Fußspuren gefunden haben.«

Offenbar hatte Officer Noone eine Verbindung zwischen dem Wohnmobil, das auf der Brewery Gulch gesichtet worden war, und der Entführung von Jessica Parker auf dem West Boulevard hergestellt und geschlossen, dass der Mörder ein Wohnmobil benutzt haben musste.

»Diese Abdrücke könnten von sonst wem stammen. An Ihrer Stelle würde ich mir keine allzu großen Hoffnungen machen.«

»Aber es könnte sein, dass sie von ihm sind.«

»Könnte sein.« Betonung auf dem »könnte«.

## 12

An die Arbeit.

Musicman schrieb:

D – Deine Lieferung ist eingetroffen.

Die Antwort ließ nicht lange auf sich warten.

DARK MOONDANCER: Hallo, Kumpel.

Musicmans Finger flogen über die Tasten.

Musicman: Ich habe die von dir bestellte Speziallieferung.
DARK MOONDANCER: Zum selben Preis?
Musicman: Zweitausend mehr.
DARK MOONDANCER: Beweis?
Musicman: Schau dir die Lokalnachrichten an.
DARK MOONDANCER: Ach, die Geschichte? Dann bist du ja hier in der Gegend! Treffen wir uns.
Musicman: Ich treffe mich nie mit meinen Kunden. Man soll Arbeit und Vergnügen nicht miteinander vermischen.
DARK MOONDANCER: Du mischst doch permanent Geschäft und Vergnügen. ;) Aber im Ernst, wir gehören einem exklusiven Club an, wir beide. Schau doch mal vorbei. Du kannst gern jemanden mitbringen.
Musicman: Meine Pläne für die nächste Zeit stehen noch nicht.
DARK MOONDANCER: Bei dir soll etwas noch nicht stehen? Da lachen ja die Hühner. Spaß beiseite, dann bist du also tatsächlich noch in der Gegend. Ich hätte gedacht, dass du in diesem Moment schon Tausende von Kilometern entfernt bist.
Musicman: Scheiden tut so weh.
DARK MOONDANCER: Das ist mir zu poetisch. Ich würde zu gern wissen, was in deinem Kopf vor sich geht.
Musicman: Soll ich die Ware nun zustellen oder nicht?
DARK MOONDANCER: Unbedingt. Zahlung wie gehabt. Überleg dir noch mal, ob du meine Einladung nicht doch annehmen willst, falls du vorhast, länger zu bleiben. Vielleicht kommst du nie wieder in die Gegend.

Musicman dachte: Wir haben weniger miteinander gemein, als du glaubst.

Dark Moondancers Wünsche waren schlichter Natur, und er war leicht in Begeisterung zu versetzen. Die feinen Unterschiede bekam er gar nicht mit; er gehörte zu jenen Trotteln, die Lust an Gewalt hatten und nach einem Nervenkitzel suchten, ohne sich selbst in Gefahr bringen zu wollen. Der Typ erinnerte ihn an eine Comicfigur – nicht ganz ernst zu nehmen.

Aber er war eine gute Einkommensquelle.

Musicman zog das Foto hervor, das er verwenden wollte: Entenküken, die hinter ihrer Mutter über eine Wiese wackelten. Das Spiel von Licht und Schatten auf den weichen gelben Daunen. So schön, so unschuldig. Und doch verbarg sich unter der Oberfläche ein dunkles Geheimnis.

Ein Geheimnis, das ihn, um die Wahrheit zu sagen, beschämte.

Er würde so etwas nicht tun, wenn er das Geld nicht bräuchte. Bislang hatte er auf Dark Moondancers subtil vorgebrachte Forderungen nach mehr Gewalt nicht reagiert – so etwas entsprach einfach nicht seiner Art. Selbst bei der hier – und sie hatte ihn wirklich sehr geärgert! – war er nicht so weit gegangen, wie Dark Moondancer gewollt hatte. Zum einen, weil er den Anblick von Blut nicht mochte (auch wenn er schon bewiesen hatte, dass er ihn durchaus ertrug, wenn es sein musste), zum anderen aber auch, weil er es nicht leiden konnte, wenn Dark Moondancer oder irgendjemand sonst ihm sagen wollte, wo es langging.

Er war hier der Boss.

Allerdings war Musicman klar, dass Dark Moondancer langsam ungeduldig wurde. Diese Einkommensquelle würde irgendwann versiegen.

Musicman bettete das erste Foto mit einem benutzerfreundlichen Softwareprogramm, das er sich aus dem Internet heruntergeladen hatte, in das Bild mit den Entenküken ein. Dann suchte er ein weiteres hübsches Bild aus seiner Fotogalerie heraus: Boote in einem Hafen.

Er würde insgesamt vier Bilder schicken. Zum Öffnen der verschlüsselten Bilder war ein Passwort nötig. Dark Moondancer würde die Entenküken bekommen, aber die darunterliegenden Bilder würde er erst sehen, wenn Musicman sein Geld hatte. Erst dann würde er ihm das Passwort zum Entschlüsseln schicken.

Er stellte sich vor, wie Dark Moondancer die kleinen Küken betrachtete und wünschte, dass er sehen könnte, was sich darunter verbarg.

»Köpfchen in das Wasser, Schwänzchen in die Höh'!«, sang Musicman. Er klickte auf »Senden« und schickte die Küken und ihre unsichtbare Fracht in den Äther.

## 13

»Ihr Zungenbein ist gebrochen«, sagte Carmen Sotomayor, die Gerichtsmedizinerin von Cochise County, während sie ihre Handschuhe abstreifte und in einen Eimer für Sondermüll warf.

Der Geruch nach zersägten Knochen, der fast so schlimm war wie der des Todes, hatte sich in Lauras Nase festgesetzt. Bevor Carmen Sotomayor Jessica Parris wieder zugenäht hatte, hatte sie ihren Schädel mit einer Elektrosäge geöffnet, um ihr Gehirn zu untersuchen.

Laura war schon vorher überzeugt gewesen, dass der Mörder nach einem genauen Plan vorging, aber jetzt erfuhr sie, was er alles auf sich genommen hatte, um seine Spuren zu verwischen. Er hatte die Leiche des Mädchens gebadet und ihr die Haare gewaschen, die Fingernägel geschnitten und sogar eine Scheidenspülung vorgenommen.

Die Scheidenspülung war auch notwendig gewesen. Er hatte sein Opfer nach dessen Tod sexuell missbraucht, nicht vorher. Die postmortale Vergewaltigung war ein weiterer Hinweis darauf, dass der Mörder vermeiden wollte, dass er oder Jessica Hautabschürfungen davontrugen. Wer er auch war, er verstand etwas von Spurensicherung.

Laura betrachtete Jessica Parker, die auf dem in gleißendes Neonlicht getauchten Autopsietisch lag. Um die Kante des Tisches verlief eine Auffangrinne, in der sich Reste von Blut befanden. Das Mädchen, das sie gestern noch an eine Käthe-Kruse-Puppe erinnert hatte, sah heute mit den großen hässlichen Stichen, die sich Y-förmig über ihren Rumpf zogen, eher wie eine zusammengeflickte Stoffpuppe aus.

»Als Sie sie gemessen haben, sagten Sie doch, dass sie klein für ihr Alter war, oder?«, fragte Laura.

»Und unterentwickelt.«

»Sie meinen, dass sie anatomisch gesehen eher ein Kind als eine Jugendliche war?«

»Bei der körperlichen Entwicklung von Mädchen ist inzwischen eine bestimmte Tendenz festzustellen. Sie entwickeln sich schneller als zum Beispiel wir in ihrem Alter. Aber dieses Mädchen war relativ unreif, auch wenn sie offenbar schon genug Schamhaar hatte, dass er sie rasieren konnte.«

»Er hat sie rasiert, damit sie jünger wirkte«, sagte Laura.

»Und um Spuren zu beseitigen – ihre Schamhaare und seine.« Carmen Sotomayor sah das Mädchen mit traurigen Augen an. Laura bemerkte, dass sie sich auf die Lippe gebissen hatte: ein kleiner verschmierter Fleck dunklen Lippenstifts am Rand ihrer Schneidezähne.

Carmen fügte hinzu: »Wenn er es getan hat, damit sie jünger aussieht, war das nur das Tüpfelchen auf dem i – sie ist obenrum ziemlich flach und hat keinen BH getragen. Dabei tragen die meisten Vierzehnjährigen einen BH, egal, ob sie ihn brauchen oder nicht.«

Laura dachte an die Büstenhalter in der obersten Schublade von Jessicas Kommode. »Er hat ihn mitgenommen.«

»Aber er hat ihr das Höschen gelassen.«

Laura sagte: »Ich frage mich, ob er Ersatz dabeihatte und der nicht gepasst hat.«

»Wie sollte dieser Ersatz ausgesehen haben?«

»Vielleicht ein bisschen braver.«

Zwischen Carmens dunklen Brauen bildeten sich zwei senkrechte Falten. »Glauben Sie?«

»Keine Ahnung. Es ist mir nur gerade eingefallen.« Laura befreite sich von den Papierschuhen, dem Kittel, den Handschuhen.

Sie hütete sich, voreilige Schlüsse zu ziehen. Normalerweise ging sie so vor, dass sie eine Theorie widerlegte und nicht untermauerte. Auf diese Weise vermied sie es, logische Sprünge zu machen, nur um eine Theorie zu stützen, die sich sonst nicht halten ließ. Sie neigte dazu, einzelne Beweise als Teile eines auseinandergenommenen Autos zu betrachten, die auf einer Plane ausgebreitet waren, und dann darauf zu achten, dass sie nicht mit Gewalt zusammengefügt wurden.

Und hier passte irgendetwas nicht zusammen. Vielleicht war es das Mädchen selbst. Sie schien nicht dazuzugehören, auch wenn sich Laura nicht erklären konnte, warum. Vielleicht lag es an ihrem Alter, vielleicht war es aber auch mehr als das.

»Das Kleid ist handgenäht«, sagte Carmen Sotomayor. »Es ist nirgends ein Etikett zu finden, und diese Abnäher hier deuten auf ein ziemlich einfaches Schnittmuster hin. Das sollte die Suche erleichtern.«

Als Laura schließlich die gerichtsmedizinische Abteilung des Sierra Vista Community Hospital verließ, war es fast sechs Uhr. Es schien sich ein Sturm zusammenzubrauen.

Sie öffnete das Fenster und atmete tief durch. Regen lag in der Luft. Seit sie vor zwei Wochen das letzte Mal hier gewesen war, war es viel grüner geworden. Die Grasbüschel am Straßenrand waren in die Höhe geschossen. Die Ocotillo-Sträucher auf den Hügeln sahen wie Bündel dunkelgrüner Pfeifenreiniger aus.

Die Beweismittel für das DPS-Kriminallabor befanden sich im Kofferraum ihres Wagens, jedes einzeln verpackt und mit ihren Initialen versehen: Proben von Jessicas Kopf- und Schamhaaren und von ihren Fingernägeln, das Wenige, was man unter ihren Fingernägeln gefunden hatte, Abstriche aus Mund und Scheide und ihre Kleidung. Und natürlich der Abguss des Reifenabdrucks und das Streichholzheftchen in seiner Papiertüte.

Er musste sich seiner Sache sehr sicher gewesen sein, wenn er zurückging und die Streichhölzer daließ – eine Verhöhnung der Polizei. Er tanzte ihnen auf der Nase herum. Damit konnte er ihnen letztlich in die Hände spielen. Laura wusste, wenn man leichtsinnig wurde, machte man Fehler, und dann wäre sie zur Stelle.

Dass das Kleid nach einem Schnittmuster auf einer Nähmaschine genäht worden war, beschäftigte sie besonders. Hieß das, dass er wie Ted Olsen nähen konnte? Gab es jemanden in seinem näheren Umfeld, der für ihn nähte – eine Freundin, Ehefrau, Mutter? Er hatte versucht, ein Kleid zu kaufen, das einem vierzehnjährigen Mädchen passte, weil seines nicht passte.

Es würde eine Weile dauern, bis sie herausgefunden hatten, von welcher Firma das Schnittmuster stammte und welche Einzelhändler diese Firma belieferte. Noch schwieriger würde es sein, die Herkunft von Stoff, Reißverschluss, Faden, Spitze und Satinband zurückzuverfolgen.

Wenn er die Sachen nicht in der näheren Umgebung besorgt hatte, konnten sie es vergessen.

Sie hatte gerade die Stadtgrenze von Tucson erreicht, als der Sturm losbrach. Sie nahm die Ausfahrt Valencia Road und fuhr nach Westen zum Department of Public Safety am Tucson Boulevard, eine Querstraße vom Flughafen entfernt.

Blitze zuckten über den Himmel, als sie auf den Parkplatz einbog. Das Sechzigerjahre-Gebäude erinnerte sie an einen Getreideheber. In dem peitschenden Regen hatte es das Schiefergrau des Himmels angenommen. Der Wind riss an den Flaggen der Vereinigten Staaten und von Arizona und ließ die Ketten klappern, mit denen sie befestigt waren. Laura wartete, bis sich die automatische Schranke geöffnet hatte, und fuhr hinein. Von Victors Van war nichts zu sehen. Wahrscheinlich würde sie um diese Zeit auch sonst niemanden mehr antreffen.

Sie ließ den Abguss des Reifenabdrucks, das Streichholzheftchen, Jessicas Kleidung und die Proben aus der Autopsie registrieren, füllte die Formulare aus und gab an, welche Tests im kriminaltechnischen Labor gemacht werden sollten. Auf dem Weg zu ihrer Abteilung kam sie am Büro von Mike Galaz vorbei und stellte fest, dass er an der Wand neben der Tür zwei Reihen Fotos aufgehängt hatte. Die meisten waren bei irgendwelchen gesellschaftlichen Anlässen aufgenommen worden, »Auf-geht's,-Leute!« und seine Frau zusammen mit drei, vier anderen Personen bei irgendwelchen Wohltätigkeitsveranstaltungen in Tucson. Teure Frisuren und noch viel teurere Zähne.

Laura hatte nie zur besseren Gesellschaft gehört und war sich mittlerweile auch darüber im Klaren, dass sie das nie tun würde. Aber glücklicherweise brauchte man keine teure Abendgarderobe, um jedes Jahr dem Tierschutzverein einen Scheck zukommen zu lassen.

Alle ihre Kollegen waren nach Hause gegangen, außer Todd Rees, der neu in der Abteilung und der Jüngste von ihnen war. Ihre Tische standen diagonal zueinander, und er saß mit dem Rücken zu ihr. Das passte ihr ganz gut in den Kram, weil sich damit ihr Kontakt auf ein Minimum beschränken ließ. Er blickte nur kurz von seinem Bildschirm auf.

Ihre Pflanze sah aus, als könnte sie ein wenig Wasser brauchen. Sie strich über ein Blatt, füllte auf der Toilette einen Kaffeebecher mit Wasser und goss sie, bevor sie die Nachrichten auf ihrem Schreibtisch durchsah und die eingegangenen Anrufe abhörte.

Eine Nachricht mit der Handschrift von Rich Lockhart lag obenauf: »Ein K. A. Daver aus der Gerichtsmedizin bittet um Rückruf.«

»Witzbold«, murmelte sie und warf den Zettel in den Papierkorb.

Ein Detective namens Barry Endicott aus dem Büro des Sheriffs von Riverside County in Kalifornien hatte ihr eine Nachricht auf dem Anrufbeantworter »betreffs des Mordes an dem Mädchen in Bisbee« hinterlassen.

Sie kannte den Namen nicht. Einer ihrer Kollegen von einer anderen Dienststelle musste einige Anrufe getätigt haben. Als sie den Telefonhörer abnahm, schlüpfte Todd Rees gerade in sein Jackett, klemmte sich seine Aktentasche unter den Arm und ging hinter ihr vorbei. Er trug stets Anzug und Krawatte.

Er war groß und dünn und erinnerte sie immer an eine Gottesanbeterin. Jetzt beugte er sich über ihre Schulter und warf einen Blick auf ihre Notizen.

Sie legte eine Hand über die Sprechmuschel. »Suchen Sie was?«

»Nein.« Er trottete davon, aber sie spürte den Blick, den er ihr von der Tür her zuwarf. Todd war bekannt dafür, sich in anderer Leute Angelegenheiten einzumischen, stets auf der Suche nach einer Möglichkeit, sich bei seinen Vorgesetzten lieb Kind zu machen. »Ist es gut gelaufen in Bisbee?«

Das Telefon am anderen Ende der Leitung fing an zu klingeln, und sie unterbrach die Verbindung. »Gut ist wohl nicht das richtige Wort.«

»Der Lieutenant hat sich ein bisschen gewundert, warum Sie nicht mit den Leuten von der Spurensicherung zurückgekommen sind.«

Das war es also. Dachte er etwa, sie habe die Gelegenheit genutzt und sich eine schöne Zeit in Bisbee gemacht?

Eine der neuen Regeln, die Galaz aufgestellt hatte, betraf die Spesen: Sie mussten jede Ausgabe, die höher als hundert Dollar war, begründen. Das betraf vor allem die Übernachtungskosten. Wenn irgend möglich, wollte er, dass seine Detectives abends nach Tucson zurückkehrten und nicht über Nacht wegblieben.

»Ich bin selbst dafür aufgekommen«, sagte Laura und ärgerte sich gleichzeitig darüber, dass sie sich vor Todd rechtfertigte.

»Und die Arbeitszeit?«

Bevor sie etwas darauf erwidern konnte, war er zur Tür hinaus und halb die Treppe hinunter. Todd hatte die Angewohnheit, Leute dumm anzuquatschen und sich dann schnell aus dem Staub zu machen. Allerdings wusste sie jetzt, dass sie mit Jerry Grimes reden sollte, damit er die Angelegenheit Galaz auseinandersetzte.

Aber darüber musste sie sich keine Gedanken machen. Jerry wusste, dass sie zu Ergebnissen kam. Ihre Methoden mochten vielleicht ein wenig unorthodox sein, aber so arbeitete sie nun einmal.

Lieutenant Mike Galaz war seit fünf Monaten bei ihnen. Außer dass er ständig das Budget im Auge hatte, wusste man nicht viel über ihn, man hielt ihn allgemein für einen guten (wenn auch stets politisch denkenden) Verwaltungsmann, der seinen Sergeants weitgehend freie Hand bei der Führung ihrer Teams ließ.

Seine erste offizielle Maßnahme hatte darin bestanden, wöchentliche Sitzungen anzuberaumen, bei denen alle Angehörigen der Abteilung Verbrechensbekämpfung zusammenkamen und die aktuellen Fälle besprachen. Galaz selbst nahm nicht an den Diskussionen teil, sondern saß immer nur dabei und hörte aufmerksam zu. Zum Schluss jeder Besprechung hielt er eine kurze Ansprache darüber, wie wichtig ihre Aufgabe sei, und beendete sie stets mit einem Satz, den er aus einer Fernsehserie aufgeschnappt haben musste: »Auf geht's, Leute!«

Laura wählte Detective Endicotts Nummer, erreichte aber nur seinen Anrufbeantworter – er war bereits nach Hause gegangen. Sie sah auf die Uhr: halb acht. Dann rief sie bei Cary Statlers Onkel an. Keiner ging dran, nicht einmal ein Anrufbeantworter.

Wo war Cary Statler?

Der Junge ging ihr nicht aus dem Kopf, auch wenn sie im Grunde überzeugt war, dass er nicht der Mörder von Jessica Parker war. Einen Menschen zu erdrosseln zeugte zwar von heftiger Wut, was zu einer Missbrauchsgeschichte im häuslichen Umfeld passen würde. Aber Laura ging davon aus, dass der Mörder schon älter war. Es passte nicht zu einer Beziehung zwischen zwei Jugendlichen, wie er sie gekleidet hatte. Und dass er sie von Kopf bis Fuß gewaschen hatte, um keinerlei Spuren zurückzulassen – natürlich hätte Cary all das tun können, aber sie fand es unwahrscheinlich.

Dennoch hätte sie gerne gewusst, wo er war.

Als sie das nächste Mal auf die Uhr sah, war es halb zwölf.

Mittlerweile war ihr Schreibtisch unter einem Berg von Papieren begraben, und auch auf Stühlen und auf dem Boden stapelten sich die Unterlagen: Abschriften von Befragungen, der Autopsiebericht, ihre eigenen Notizen. Eine Flut von Informationen, zu denen auch eine maßstabsgerechte Zeichnung des Stadtparks gehörte. Sie hatte sie nun schon drei Mal intensiv studiert, weil sie befürchtete, etwas übersehen zu haben. Als jetzt ihr Blick darauf fiel, erkannte sie nur mehr ein wirres Muster aus Linien und Flächen.

Zeit, nach Hause zu gehen und zu schlafen – wenn sie konnte.

## 14

Die Räder des 4Runner rumpelten über das Kuhgitter, das den Eingang zur Bosque Escondido Guest Ranch markierte. Der Sturm war abgeflaut und hatte ein paar Wolken zurückgelassen, die der Vollmond in ein kaltes Licht tauchte. Die Schotterstraße leuchtete weiß wie eine Kreidelinie, die sich durch die Wüste wand.

Kaum hatte Laura die Einfahrt passiert, spürte sie, wie die Anspannung in ihr nachließ. Sie liebte ihre Arbeit, aber Tag für Tag mit so viel Gewalt konfrontiert zu werden, war dem Seelenfrieden nicht gerade zuträglich. Die Verbrechen, die die Leute aneinander begingen – die unaussprechlichen Grausamkeiten, die sie beinahe täglich sah –, türmten sich wie ein Kartenhaus immer höher auf, bis irgendwann das Ganze ins Schwanken geriet und umzustürzen drohte. Diesen Punkt hatte sie beinahe erreicht. Sie konnte die winzigen Risse in ihrem Schutzschild schon spüren.

Eine Erschütterung bis in die Grundfesten.

Wenn sie heute Abend nach Hause kam, wartete in ihrem mexikanischen Adobe-Haus mitten in der Wüste niemand auf sie.

Normalerweise schätzte sie es, außerhalb von Tucson zu

wohnen, in einem Ausläufer der Wüste, von wo aus sie nicht einmal die Lichter der Stadt sehen konnte, aber heute Nacht fand sie keinen Gefallen an dem Gedanken, in ein leeres Haus zurückzukehren. Kurzentschlossen fuhr sie an dem Haupthaus der Ranch, den Gäste-Bungalows und der *cantina,* wo die Gäste bewirtet wurden, vorbei und bog dann auf die schmale Straße ein, die zu Toms Unterkunft führte: ein Adobe-Haus im mexikanischen Stil mit Blechdach und einer verglasten Veranda. Das Haus lag unbeleuchtet da – kein freundliches Licht empfing sie. Sie fragte sich, ob er an sie dachte.

Jetzt, in diesem Moment, wünschte sie sich, dass er bei ihr einzog und nie wieder ging. Sie empfand dabei fast einen körperlichen Schmerz. Sie fragte sich, wie sie es so lange allein ausgehalten hatte. Wenn man jemanden an seiner Seite hatte, war alles besser. Man konnte sein Leben mit jemandem teilen, wie die meisten anderen Menschen auch. Man wagte mehr, wenn man zu zweit war, die Liebe verlieh einem eine Aura, als wäre man von einer höheren Macht gesegnet. Die Leute begegneten einem anders.

Sie dachte an all die Orte, die sie mit ihm besuchen wollte. Nur kurze Reisen, weil sie so viel arbeitete. Aber gute Zeiten, die man aneinanderreihen konnte wie Fotos in einem Album.

Sie wünschte, er wäre diese Nacht hier. Sie wollte, dass er sie in den Armen hielt und mit ihr schlief, vielleicht könnte das die Bilder von Jessica Parris auslöschen, wie sie entseelt und als lebloses Stück Fleisch in einem schäbigen Konzertpavillon auf einem betonierten Platz zurückgelassen worden war. Sie aus ihrem Kopf verbannen. Sie mit etwas Schönem überdecken.

Sie hatte keine Lust, vernünftig zu sein und an die Zukunft zu denken. Sie wollte mit ihm zusammenleben. Zum Teufel, wenn er sie fragte, würde sie alles stehen und liegen lassen und mit ihm nach Las Vegas fahren. Warum sollte sie nicht auch einmal die Pflicht vergessen und sich in ein Abenteuer stürzen? Zum Beispiel einen Mann heiraten, den sie erst seit ein paar Monaten kannte.

Sie beide gegen den Rest der Welt.

»Gut, dass du in New Mexico bist«, erklärte sie dem dunklen Haus.

Sie folgte der Straße zurück in die Wüste, durch das Agua-Verde-Tal und wieder hinauf – ein halber Kilometer bis zu ihrem Haus. Da war es, kurz bevor die Schotterstraße eine scharfe Rechtskurve machte: *Mi Nidito*. Es sah aus wie eine mexikanische Hacienda, vom Mondlicht weiß angestrahlt, fast völlig hinter den alten Mesquitebäumen verborgen.

*Mi Nidito*. Mein kleines Nest. Laura hatte keine Ahnung, wer dem Haus diesen Namen gegeben hatte, der auf den handbemalten Tonfliesen neben der Tür zu lesen war. Vielleicht jemand, der hier eine Zeit lang gewohnt hatte. Sie betrachtete es als ihre Zufluchtsstätte, und gleichzeitig wusste sie, dass dem nicht so war, dass sie eines Tages wieder gehen musste.

Als sie aus dem Wagen stieg, achtete sie darauf, nicht in einen Kuhfladen zu treten; die Kühe auf der Ranch konnten sich frei bewegen. Dafür trat sie mit jedem Schritt auf Mesquitebohnen, weiche, reife Früchte in einer heißen, schwülen Nacht. Das alte Metalltor quietschte, als sie es aufstieß.

Wehklagende Laute empfingen Laura: Schaufelfußkröten. Sie lächelte, als sie sich daran erinnerte, wie ihre Mutter ihr erklärt hatte, dass diese Laute, die stets nach einem Sommergewitter zu hören waren, von Kaninchen stammten, die ihren Bau nicht mehr fanden. Mittlerweile wusste sie, dass das nicht stimmte, aber sie zog die sentimentale Geschichte ihrer Mutter – das Irische daran – der Wahrheit vor.

Sie trat auf die breite Veranda und blieb stehen, um zu lauschen, ob nicht die Rotluchsjungen endlich zurückgekommen waren, die auf ihrem Dach hausten. Sie waren schon seit mehr als einer Woche verschwunden.

Alles war ruhig.

Sie hatte das Haus ganz für sich.

Es kam ihr vor, als würde sie durch einen Bogen vergilbtes Zellophan sehen, als sie auf den Friedhof und den Himmel blickte. Laura wusste, wo sie sich befand: auf dem mexikanischen Friedhof an der Fort Lowell Road, die Straße runter, an der das frühere Haus ihrer Eltern stand. Der Friedhof gehörte zu *los fuerteños*, dem Viertel der Mexikaner und mexikanischstämmiger Amerikaner, das um das verlassene Fort herum auf dem fruchtbaren Schwemmland des Rillito River entstanden war. Laura war jeden Tag auf dem Schulweg daran vorbeigekommen.

Der Friedhof war karg und doch schön, ein Hügel, auf dem dicht gedrängt Stein- und Eisenkreuze und Statuen in einem Meer von Plastikblumen und echten Blumen standen. Zwischen den Gräbern wuchsen Kakteen und Kreosotbüsche.

Julie stand vor dem Maschendrahtzaun in der Nähe der Kurve und blickte zu Laura. Laura konnte von dort, wo sie stand, das alte Auto kommen sehen. Das Foto in der Zeitung war schwarzweiß, aber in ihrer in goldgelbes Licht getauchten Welt wusste sie, dass das Auto orange- und elfenbeinfarben war. Dank ihrer Zeit bei der Highway Patrol kannte sie auch das Modell: ein 55er Chevrolet Bel Air. Rostflecken auf der Stoßstange, am Rückspiegel hing ein Kreuz.

Laura fuhr in die Höhe, das Herz schlug ihr bis in den Hals. Sie konnte sich seit jeher an ihre Träume erinnern. In den letzten Jahren hatte sich ein Traum wiederholt: Wie sie ein paar Wochen nach ihrem Abschluss an der Polizeiakademie nach Haus fuhr und ihren Eltern ihren Dienstwagen vorführte. Mit Erleichterung stellte sie jedes Mal fest, dass die beiden nach Monaten auf der Intensivstation, zahllosen Operationen und langer Physiotherapie fast völlig wiederhergestellt waren. Ihr Vater humpelte ein wenig, und das Gedächtnis ihrer Mutter hatte gelitten. Aber sie hatten beide überlebt.

Nur leider stimmte das nicht.

Laura dachte über ihren jüngsten Traum nach. Sie erinnerte sich, wie sich ihre Eltern aufgeregt hatten, als die Nachricht von Julie Marrs Entführung im Fernsehen kam. »Um Himmels willen, das hätte Laura sein können«, hörte sie ihren Vater sagen. Die Entführung von Julie hatte eine ganz merkwürdige Wirkung auf ihre Mutter gehabt und zu einer regelrechten Besessenheit bezüglich Verbrechen geführt – je gruseliger, desto besser. Sie hatte sich in einer Schreibwerkstatt angemeldet, die sie fortan regelmäßig besuchte, und etwa ein Jahr später trafen die ersten Briefe mit dem Poststempel von New York ein. Lauras Mutter sagte ihr nie, was die Umschläge enthielten, aber sie vermutete, dass es Ablehnungen für ihr Manuskript waren. Vielleicht war das Schreiben über Verbrechen für Alice Cardinal eine Art von Therapie gegen ihre Ängste.

Das Auto – der 55er Bel Air – war allein zum Zweck der Entführung von Julie Marr an diesem schrecklichen Frühlingstag im Jahr 1987 gestohlen worden. Julie blieb spurlos verschwunden, aber in dem Auto hatte man Blut entdeckt.

Eine Menge Blut. Aber auch davon war auf den Schwarzweißfotos nichts zu erkennen.

Am nächsten Morgen brach sie früh auf. Ein bleicher Mond hing an einem dunkelblauen Himmel, als sie die Ranch verließ und durch das Städtchen Vail fuhr, über die Eisenbahngleise und auf den Freeway, in Richtung Osten nach Bisbee. Über den fernen Bergen lag ein rosa Schimmer. Julie Marrs Tod verblasste in ihren Gedanken wie eine alte Fotografie in einem Album.

# 15

## *Officer Noone ermittelt*

Randall Noone – er konnte die Abkürzung »Randy«, was auch so viel wie »geil« hieß, nicht ausstehen – stellte sein Auto ein Stück unterhalb der Ausweichstellen am West Boulevard ab und ging den Rest zu Fuß. Seine Schicht hatte gerade erst begonnen, und er wollte die Reifenabdrücke überprüfen und sehen, ob das Fahrzeug noch einmal aufgetaucht war. Er war überzeugt, dass diese Reifenabdrücke etwas mit dem Mord an Jessica Parris zu tun hatten. Warum sonst sollte sich Laura Cardinal die Mühe machen, Abgüsse davon herzustellen?

Dieser Teil des Canyon lag so früh am Morgen noch tief im Schatten. Die Luft war ganz still und dank des nächtlichen Regens sogar kühl.

Seine liebste Tageszeit.

Es war zwar spannend gewesen, nachts zu arbeiten, aber er hatte sich nie so recht daran gewöhnen können. Während der Tagschicht in Bisbee passierten zwar selten irgendwelche aufregenden Dinge, aber er redete gerne mit den Leuten – der Ort war eine kleinstädtische Idylle. Und auch im Ausstellen von Strafzetteln war er gut, er vermittelte den Leuten ein so positives Gefühl, dass sie ihm fast dankten, wenn er ihnen den Strafzettel überreichte. Randall dachte, wenn er tatsächlich Aufregung gesucht hätte, wäre er im Büro des Sheriffs besser aufgehoben gewesen, das County war in den letzten Jahren praktisch zum Kriegsgebiet geworden. Seit das FBI schärfer gegen unerlaubte Grenzübertritte in Kalifornien und Texas vorging, war Arizona Anlaufstelle für viele Illegale. Einer seiner Kumpel, der für den Sheriff arbeitete, hatte dieses Jahr drei halb verweste Leichen in der Wüste entdeckt und wäre bei einer routinemäßigen Verkehrskontrolle beinahe über den Haufen gefahren worden, als ein Laster voller Illegaler plötzlich rückwärts auf ihn zuraste.

Nein, er wusste die Kleinstadtidylle durchaus zu schätzen. Gerade jetzt, wo das Kind unterwegs war. Er und Marcie hatten schon einen Namen ausgesucht: Justin. Ein schöner, schlichter Name.

Das einzige Problem, das er im Moment hatte, war Heather Duffy.

Der Ärger fing an, als seine Frau eine Erkältung hatte und nicht mit zu der Silvesterparty kommen konnte. Nachdem er sich fünf Tequilas hinter die Binde gegossen hatte, war er mit Duffy in der Kiste gelandet, und seither ließ sie ihn nicht mehr aus ihren Klauen. Sie hing wie eine Klette an ihm. Und wenn es erst einmal so weit war, dann gute Nacht.

Er erreichte das Absperrband und sah sich um. Er hatte sich gestern Abend alles genau eingeprägt und stellte befriedigt fest, dass sich nichts verändert hatte.

Er warf einen Blick zurück zum Haus der Parris' und sprach ein kurzes Gebet. Mann, das war hart – man musste sich nur mal vorstellen, was es bedeutete, auf diese Weise sein Kind zu verlieren. Der Chief hatte angedeutet, dass das Internet eine Rolle gespielt haben könnte. Eine schreckliche Vorstellung, dass irgendein Irrer mittels eines Computers in dein Haus eindringen und dein Kind herauslocken konnte. Er würde Justin nicht aus den Augen lassen. Am besten, er meldete sich bei AOL an. Die hatten Sicherungen gegen so etwas.

Er ging über die Straße zu der anderen Ausweichstelle. Ein Rabe flog über ihn hinweg und stieß ein heiseres Krächzen aus.

Als er den Straßenrand erreichte, roch er es.

Er erinnerte sich, diesen Geruch schon am Tag zuvor immer mal wieder bemerkt zu haben, und er hatte gedacht, dass es von dem Abfalleimer käme. Aber es war nicht der Geruch von Abfall.

Es war der Geruch des Todes.

Er suchte mit den Augen die Straße ab, konnte aber nichts entdecken. Vielleicht war irgendein armes Tier von einem Auto angefahren worden und ins Gebüsch gekrochen.

Die eine Seite der Straße säumte eine dichte Reihe von Bäumen. Sein Onkel Nate nannte sie die Krebsbäume, weil sie wucherten wie Krebsgeschwüre. Er verließ die Straße und spähte zwischen den Baumstämmen hindurch. Kein Tier zu sehen, aber da war etwas – ein großer grauer Kasten zwischen den Bäumen. War nicht weiter weg als drei, vier Meter.

Ein alter Unterstand? Nein, er hatte ein geneigtes Dach, sah aus wie eine kleine Hütte. Plötzlich erinnerte er sich an eine weitere Geschichte, die ihm Onkel Nate erzählt hatte, dass hier in der Gegend nämlich noch ein paar alte Ferienhäuschen aus den Zwanzigern herumstanden, als diese Straße noch die Hauptverbindungsstraße gewesen war, die mitten durch die Stadt geführt hatte.

Sie hatten irgendeinen indianischen Namen. Cochise? Nein. Geronimo. Das Geronimo-Ferienlager.

Randall Noone schlich sich durch das Dickicht an die Hütte heran und hielt dabei zum Schutz vor den Ästen einen Arm vors Gesicht. Die Bäume drängten sich um ihn.

Sie strömten einen unangenehmen Geruch ähnlich dem von Erdnussbutter aus, zusammen mit dem Verwesungsgestank eine übelkeitserregende Mischung. Er atmete durch den Mund, während er sich durch das Unterholz kämpfte, die Äste schnellten krachend zurück, wenn er sie losließ. Dann stand er vor der Hütte.

Die Tür und die Fenster der Hütte waren herausgebrochen, so dass sie Wind und Wetter schutzlos ausgeliefert war – eine karge Hülle mit einem verrosteten Ofenrohr, das in einer Ecke auf den halb verrotteten Holzdielen lag. Der Raum war nicht viel größer als ein geräumiges Badezimmer.

Zu seiner Linken bemerkte er ein weiteres geisterhaft graues Viereck, in einer Entfernung von vielleicht fünf Metern. Er ging hin, um es zu begutachten.

Diese Hütte machte den Eindruck, als hätten es sich Jugendliche darin gemütlich gemacht: Es gab eine Kerze, einen alten Teppich, Kissen, Zigarettenpapier und einen Ghettoblaster. Es roch schwach nach Haschisch.

Sehr interessant.

Dann entdeckte er eine weitere Hütte, ein Stück weiter den Hügel hinauf. Sie lag am weitesten von der Straße entfernt. Er ging einen halb überwucherten Pfad entlang, auf dem Müll lag: eine Rolle Stacheldraht, Glasscherben, eine durchgerostete Wanne.

Hier im Schatten des Hügels und der Eichen war es dunkler. Feucht. Der Rabe ließ sich auf einer Eiche nieder und keckerte laut, als Noone sich der offenen Tür näherte.

Der Gestank traf ihn wie eine Faust.

Er wich einen Schritt zurück, ihm wurde schwarz vor Augen. Da drinnen war irgendetwas Totes. Er riss sich zusammen, atmete einmal tief durch den Mund ein, dann steckte er den Kopf durch die Tür.

Zuerst dachte er, es sei nur ein Haufen schwarzer Lumpen. Aber es waren Jeans und ein T-Shirt. Wie von selbst wanderten seine Augen nach oben zum Gesicht.

Einen kurzen, ungläubigen Moment lang ruhte sein Blick auf der grünen verzerrten Maske, bevor er zurück ins Freie taumelte und nach Luft rang.

Officer Randall fand sich unvermittelt auf allen vieren wieder, wo er das Rührei, das Marcie ihm zum Frühstück gemacht hatte, ins Gras kotzte.

## 16

»Was meinst du?«, fragte Laura Victor. Es war mittlerweile früher Nachmittag, die Leute vom kriminaltechnischen Labor hatten die Spurensicherung abgeschlossen und die von der Gerichtsmedizin waren gerade dabei, Cary Statlers Leiche wegzuschaffen.

Victor seufzte. »Der Mörder von Jessica hat wahrscheinlich auch den armen Kerl hier auf dem Gewissen.«

Laura wusste, was er dachte: noch mehr Probleme. Vor nicht einmal sieben Stunden hatte er einen Fototermin für ein Familienporträt inklusive der neuen Tochter vereinbart, und dann hatte man ihn schon wieder hierher beordert, in die Hitze, um sich die Leiche von Cary Statler anzusehen, die seiner Meinung nach den Fall nur verkomplizierte.

Laura stimmte mit Victor überein, dass Jessica und Cary höchstwahrscheinlich zur gleichen Zeit Opfer des Gewalttäters geworden waren. Wegen des weit fortgeschrittenen Verwesungszustands war es sicher unmöglich, einen genauen Todeszeitpunkt festzustellen, aber Laura glaubte nicht an Zufälle. Dass Cary Statler und Jessica Parker ermordet worden waren, war einfach ein zu großer Zufall.

Detective Holland sagte: »Er wollte das Mädchen haben,

und der Junge stand ihm im Weg. Also hat er ihm den Schädel eingeschlagen und das Mädchen an einen Ort gebracht, wo er sich ungestört an ihr vergehen konnte.«

Laura wandte den Blick nicht von Statler, auch wenn es ihr schwerfiel. Er war zerfressen von Maden. Ein Auge war von einem Vogel herausgepickt worden, und an einer Hand fehlten mehrere Finger, wahrscheinlich von einem Tier abgebissen. Glücklicherweise hatte er einen Ausweis dabeigehabt, weil die Verhärtung und Verfärbung der schrumpfenden Haut seine Züge völlig entstellte – das ganze Gesicht war hellgrün und schwarz marmoriert.

Aber Laura hatte sofort gewusst, wer er war, als sie das Megadeth-T-Shirt und die gelben stachelig abstehenden Haare gesehen hatte.

Sie erhob sich und spürte ein Ziehen im Rücken. Fast den ganzen Tag über war die Hütte im Schatten gelegen, aber jetzt fiel die Sonne durch das Südfenster. Die Luft war zum Ersticken, der Gestank kaum auszuhalten. Victor und Buddy hatten immer wieder an Victors Fläschchen mit Eukalyptusöl gerochen, aber Laura hatte sich dieses Zeug abgewöhnt, weil sie aus Erfahrung wusste, dass ihr der Geruch noch lange, nachdem sie den Tatort verlassen hatte, in der Nase haftete. Sie atmete durch den Mund, konnte aber spüren, wie sich der Verwesungsgestank in den Schleimhäuten von Mund und Nase und auf ihrer Haut festsetzte.

Victor richtete sich auf. »O Mann, der hat einen ganz schönen Schlag abbekommen.« Die Wucht des Schlags hatte Cary Statler das Genick gebrochen, auch wenn die Wunde selbst weiter oben an der Seite des Kopfes lag. Ein einziger Schlag. Der ihm beinahe den Kopf vom Rumpf abgetrennt hätte.

»Muss jemand gewesen sein, der die Hütten hier kennt«, sagte Buddy. »Man kann sie von der Straße aus nicht sehen.«

»Möglich«, sagte Laura unbestimmt.

Buddy entwickelte Gefallen an seiner Idee. »Doch, ich glaube, er kannte sie. Er wollte Jessica, sie war genau das, wovon er geträumt hat. Ich schätze mal, er ist ihnen gefolgt, oder er wusste von ihrem Treffpunkt hier –«

»Wenn es denn ihr Treffpunkt war.« Laura spürte, wie sich Schweiß auf ihrer Kopfhaut zu sammeln begann. Sie wollte aus dieser Hütte raus, und zwar auf der Stelle. Sie wollte zu ihrem Auto und ihrer Tasche, um sich Gesicht und Hände mit einem Desinfektionstuch abzureiben und ihre trockenen Lippen einzucremen.

»Wenn das der Zufluchtsort von Cary war, wusste der Mörder bestimmt, dass die beiden sich hier trafen. Er könnte sie beobachtet und auf die passende Gelegenheit gewartet haben. Ich glaube, er hat das Ganze geplant«, sagte Buddy.

»Was ich immer noch nicht verstehe – was sollte das Kleid?«, fragte Victor. »Warum hat er das alles gemacht? Er lässt den Jungen hier liegen wie Abfall am Straßenrand, versucht aber, alle Spuren an dem Mädchen zu beseitigen.«

Buddy sagte: »Er hat nicht geglaubt, dass irgendjemand den Jungen findet. Deshalb hat er ihn in die Hütte gebracht, die am weitesten von der Straße entfernt liegt. Hier kommt nie jemand her. Das ist noch ein Grund, warum ich glaube, dass er aus der Gegend stammt. Er kennt sich hier aus. Er musste schnell handeln und den Jungen beiseiteschaffen, und er wusste genau, wohin mit ihm.«

»Und was dann?«, fragte Laura.

Buddy sah sie an, und seine Augen verengten sich. »Er bringt sie zu sich nach Hause.«

»Das hieße, er hat sein Auto oben an der Straße abgestellt.«

»Davon kann man wohl ausgehen.«

»Hätte er keine Bedenken, dass dort jemand den Wagen

sehen könnte? Oder dass er dabei beobachtet wird, wie er mit dem Mädchen die Straße hochkommt?«

»Er ist ziemlich unverfroren – das haben Sie selbst gesagt. So wie er sie hergerichtet und dann in den Stadtpark gebracht hat. Aber wenn Sie meinen, dass er sie nicht an einen anderen Ort geschafft hat, könnte er sie hier umgebracht und vergewaltigt haben, in der Nacht zurückgekommen sein, sie gewaschen und dann in den Stadtpark verfrachtet haben.«

»Warum?«

»Um der Polizei ein Schnippchen zu schlagen. Um uns vorzuführen.«

Buddys Theorie hörte sich logisch an. Und doch störte sie irgendetwas daran. Sie hatte den gestrigen Tag zu einem großen Teil damit verbracht, mit verschiedenen Strafverfolgungsbehörden in Arizona zu sprechen. Niemand konnte sich an einen Fall wie diesen erinnern, aber da war noch der Anruf von diesem Detective – Endicott – aus Indio in Kalifornien. Sie hatte heute schon zweimal vergeblich versucht, ihn zu erreichen, sie würde es weiter versuchen müssen.

Wenn der Täter hier in der Gegend lebte, dann vermutlich noch nicht lange. Nicht länger als ein, zwei Jahre. Sie wusste, dass er nicht zum ersten Mal zugeschlagen hatte. Er hatte dazugelernt.

Aber auch das Mesquiteblatt störte sie. Sie erinnerte sich nicht, in der Nähe irgendwo einen Mesquitebaum gesehen zu haben; dazu lag es hier zu hoch.

Und dann war da noch das Streichholzheftchen, das sie im Konzertpavillon gefunden hatte und auf dessen Innenseite in Blockbuchstaben CRZYGRL 12 geschrieben stand. »Und warum sollte er das Streichholzheftchen zurücklassen?«

Buddy sah sie an. »Wir wissen nicht, ob es tatsächlich von ihm stammt.«

Er beobachtete ihre Reaktion.

»Nein, wir wissen nicht, ob er derjenige war, der es dort liegen lassen hat. Aber wir müssen es in Betracht ziehen. Wir müssen alles in Betracht ziehen. Es könnte etwas mit dem Internet zu tun haben.«

»Er könnte sie dort kennengelernt haben.«

»Aber Sie denken, dass er ihr hier in der Gegend begegnet ist.«

»Er konnte sie vom Sehen gekannt haben und aus dem Internet. Vielleicht haben sie sich E-Mails geschrieben.«

Sie hatte den Eindruck, dass er langsam sauer wurde. Sie sah Victor grinsen – das erste Mal an diesem Tag. Victor konnte offenbar nachvollziehen, dass Buddy die Geduld verlor – vielleicht ging es ihm genauso. Er hatte ihr schon oft vorgeworfen, sie sei haarspalterisch.

»Abgesehen davon«, sagte Buddy, »dass ich mit ihren Lehrern gesprochen habe. Wenn sie am Computer saß, war immer jemand dabei und achtete darauf, was sie machte. Sie konnte unmöglich mit jemandem Kontakt aufnehmen, ohne dass die Lehrer es mitbekommen hätten. Meiner Meinung nach hat Crazygirl 12 nichts mit der Sache zu tun.«

Laura fühlte sich nicht genötigt, etwas darauf zu erwidern. Stattdessen verließ sie die Hütte. Sie ertrug den Gestank nicht mehr, und sie ertrug Buddy Hollands Gehabe nicht mehr. Seine kaum verhohlene Aggressivität. Seine Andeutungen, dass sie ihnen das Streichholzheftchen untergeschoben hatte.

Sie duckte sich unter dem Absperrband durch. Von hier aus konnte sie den Abfalleimer an der Straße sehen. Die Leute von der Spurensicherung hatten den Inhalt eingepackt und mit ins kriminaltechnische Labor in Tucson genommen, auch wenn sie auf den ersten Blick nichts entdeckt hatten, was mit dem Mord an Cary zu tun hatte.

Laura hoffte auf ein blutbeflecktes Handtuch oder T-Shirt. Es gab Hinweise darauf, dass um Carys Kopf ein Stück Stoff geschlungen gewesen war, um zu verhindern, dass sein Blut sich überall verteilte. Das passte zu ihrer Theorie, dass Cary in die Hütte gebracht worden war, nachdem er an einem anderen Ort ermordet worden war.

Der Mörder hatte das T-Shirt oder Handtuch vermutlich mitgenommen. Vielleicht hatte er gewusst, dass man auch von Stoff Fingerabdrücke nehmen konnte. Oder er war eben ein ordentlicher Mensch.

Auf jeden Fall war er auch hier vorsichtig gewesen.

In einer Sache wenigstens stimmte sie mit Buddy überein: Cary war ihm im Weg gestanden, und der Mörder hatte nicht mit ihm gerechnet. Er hatte einige Mühen auf sich genommen, Carys Leiche zu verstecken, aber hatte es zu eilig gehabt, um richtig sauber zu machen.

Er hatte einen großen Fehler begangen.

Weiter unten nahm sie eine Bewegung wahr: Chuck Lehman, der sich in Richtung des Absperrbands bewegte, das quer über die Straße gespannt war. Ein nicht angeleinter Rottweiler trottete neben ihm her.

Officer Noone ging ihm entgegen. Reporter stürzten sich auf den Polizisten wie Enten auf ein Stück Brot. Stimmen waren zu hören, aber sie konnte nicht verstehen, was sie sagten. Das musste sie auch nicht; Officer Noone erklärte Lehman, dass er nicht weiter als bis zu dem Absperrband gehen durfte.

Lehman pfiff seinen Hund zurück und kehrte um. Er machte sich auf den Weg zurück zu seinem Haus, blieb dann aber auf halber Strecke stehen. Mit verschränkten Armen beobachtete er, wie der Transporter des Gerichtsmediziners hinter den anderen Fahrzeugen am Straßenrand hielt. Laura konnte seine Miene nicht erkennen, aber sie spürte seine Aufregung selbst von hier oben aus. Sie zeigte sich deutlich in der angespannten Haltung seines Körpers, der Kopf leicht nach vorn gereckt, als wolle Lehman verhindern, dass ihm auch nur eine Einzelheit von den Vorgängen am Tatort entging.

Ihr fiel das Wort ein, mit dem Victor ihn beschrieben hatte.

Aufdringlich.

Nachdem der Leichnam weggebracht worden war, machten sich Laura, Victor und Buddy auf den Weg nach unten. Als sie an dem Absperrband ankamen, hielt ihr eine Reporterin ein Mikrofon vors Gesicht.

»Stimmt es, dass der Tote, den Sie gefunden haben, Cary Statler ist, der Freund von Jessica Parker?«

»Die Identität der Leiche konnte leider noch nicht mit Sicherheit festgestellt werden«, sagte Laura.

»Aber Sie gehen davon aus, dass es sich um Cary Statler handelt?«

»Das können wir erst sagen, wenn wir die Identität mit Sicherheit festgestellt haben.«

»Wenn es Cary Statler sein sollte, können Sie uns sagen, was die beiden hier gemacht haben?«

Ein anderer rief: »Ist er gestorben, als er versucht hat, Jessica das Leben zu retten?«

»Wir wissen nicht, was geschehen ist. Wir stehen noch am Anfang unserer Ermittlungen.«

»Aber Jessica Parker war hier, oder nicht?«

»Es ist zu früh, das zu sagen.«

Damit drängte sie sich an ihnen vorbei und ging zu ihrem Wagen.

Es war schon fast drei Uhr, als die Übertragungswagen der Nachrichtensender losfuhren und dem Transporter des Gerichtsmediziners folgten. Laura rieb sich Hände und Gesicht mit einem Desinfektionstuch ab und cremte ihre Lippen ein. Dann riss sie die Plastikverpackung der Wasserflaschen auf, die auf dem Rücksitz standen, nahm sich eine und trank. Nie hatte Wasser besser geschmeckt. Tief auf den Sitz geduckt, streifte sie ihr T-Shirt ab und zog stattdessen die Bluse an, die sie hinter dem Fahrersitz für solche Notfälle auf einem Bügel hängen hatte. Sie bürstete sich die Haare und hoffte, passabel genug auszusehen, um anderen unter die Augen treten zu können.

Victor übernahm die Häuser auf der östlichen Straßenseite und Buddy die Häuser auf der westlichen. Laura ging zu den beiden Häusern oben an der Biegung.

Im ersten Haus war keiner da. Aber bei dem grünen Haus kam ein gebrechlicher, hagerer Mann an die Tür. Er stützte sich auf eine Gehhilfe. Offensichtlich hatte er nicht vor, sie ins Haus zu bitten. Das Haus roch nach gekochtem Kohl und länger nicht gereinigtem Katzenklo. Im Hintergrund konnte man einen Fernseher plärren hören. Sie fragte ihn, ob er in den letzten Nächten etwas Ungewöhnliches gesehen oder gehört hätte.

Er starrte sie an. »Ich lag die ganze Woche über mit einer Halsentzündung im Bett.«

Er hatte nichts gehört und kannte weder Cary Statler noch die Familie Parris. Laura stellte ihm die üblichen Fragen, aber es war klar, dass er nichts wusste und auch nichts wissen wollte.

»Wohnen Sie allein hier?«

»Ja. Aber dreimal die Woche kommt ein Mädchen und hilft mir.«

Es dauerte ein Weilchen, aber dann hatte Laura es ihm aus der Nase gezogen: Das »Mädchen« hatte an dem Tag, an dem Jessica entführt worden war, gearbeitet. Als Laura nach dem Namen und der Telefonnummer des Mädchens fragte, seufzte der Mann und schlurfte zurück ins dunkle Haus, um mit einem briefmarkengroßen Papierfetzen zurückzukehren, den er von einer Fernsehzeitschrift abgerissen hatte.

»Wär's das dann?«, fragte er unwirsch. »Ich sollte eigentlich das Bett hüten.«

»Haben Sie in den letzten paar Tagen irgendwelche ungewöhnlichen Fahrzeuge auf dieser Straße bemerkt?«

»Meine Vorhänge sind immer zugezogen. Damit die Möbel nicht ausbleichen.« Und damit knallte er ihr die Tür vor der Nase zu.

Von ihrem erhöhten Fahrersitz aus sah Laura, wie zuerst Victor in sein Auto stieg und losfuhr und dann Buddy. Keiner von ihnen kam zu ihr, obwohl sie sie gesehen haben mussten. Victor fuhr bestimmt ins Copper Queen Hotel, um eine Runde zu schwimmen und seine Frau anzurufen. Sie würden sich später im Hotelrestaurant treffen und ihre Aufzeichnungen miteinander vergleichen.

Sie hatte keine Ahnung, was Buddy vorhatte.

Laura nahm ihre Kamera und stieg aus. Sie wollte zu der Tageszeit, zu der Cary gestorben und Jessica entführt worden war, in dem Canyon sein.

Sie vermutete, dass Cary am Tag des Verschwindens von Jessica zwischen fünf und sieben Uhr getötet worden war. Das würde zeitlich zu Jessicas Entführung passen.

Vom Mule Pass fielen tiefe Schatten ins Tal. Die Bäume auf der linken Seite der Straße lagen mittlerweile alle im Dunkeln.

Laura trat zwischen die Bäume und arbeitete sich bis zu der Hütte vor, in der die Drogenutensilien herumgelegen hatten.

Sie stellte sich vor, wie sie sich an die beiden heranschlich. Versuchte, sich leise zu bewegen, was wegen des trockenen Laubs unter ihren Füßen und den zurückschnellenden Ästen unmöglich war.

Die beiden würden den Eindringling hören, aber würden sie sich darum kümmern? Sie hatten vielleicht keine Angst vor Fremden. In ihrem bekifften Zustand würden Cary und Jessica die Gefahr nicht erkennen, bis es zu spät war. Würde er sie zu der Hütte, die weiter von der Straße entfernt lag, locken?

Oder hatte er sich dort mit ihnen verabredet?

Sie steckte ihren Kopf durch die Tür und sog den Haschischgeruch ein, der für sie nach einer Mischung aus abgebranntem Lagerfeuer, altem Gras und Sportsocken in einem Schulspind roch.

Die Spurensicherung hatte das Kissen mitgenommen, den Ghettoblaster, das Zigarettenpapier, den Teppich und Proben von der Erde und dem Laub – kurz: alles, was als Beweismittel dienen konnte. Darüber hinaus waren sie mit einem Staubsauger durch die Hütte gegangen, um anhand der auf diese Weise gewonnenen Fasern und Haare prüfen zu können, ob Cary oder Jessica oder beide sich darin aufgehalten hatten.

Wenn es hier drinnen passiert war, wie hatte er sie überwältigen können? Zwei junge, kräftige Menschen – leicht hätten sie es ihm nicht gemacht.

Sie ging zurück zur Straße und suchte auf dem Weg nach irgendwelchen Spuren, die darauf hindeuteten, von wo der Mörder gekommen sein könnte, und entdeckte ein paar Abdrücke im Sand, ein Stück nördlich von der Stelle, die sie im Auge hatte.

Sie ging in die Hocke und musterte die Abdrücke. Es konnten Schleifspuren von Absätzen sein, die durch den Sand gezogen worden waren. Sie folgte den Spuren bis zu den Bäumen. Mit jedem Schritt wuchs ihre Spannung. Die Blätter auf dem Boden waren zerdrückt, die stellenweise unterbrochene Linie führte in Ost-West-Richtung. Nicht in Richtung der dritten Hütte, wie sie bemerkte. Eine Menge zerbrochene Äste und Zweige – jemand musste wie ein Bulldozer hier durchgebrochen sein – und verwischte Blutflecken und -spritzer.

Und dann führten die Schleifspuren doch dorthin, wo sie es erwartet hatte: zu der Hütte am Hügel.

Sie war sich jetzt sicher, dass der Mörder Cary und Jessica nicht in der ersten Hütte angetroffen hatte.

Es war warm und still in dem Canyon, und Laura stand da und dachte nach. Cary war von der Straße hierher geschleift worden. Das bedeutete, dass er seinem Mörder dort oben begegnet oder zumindest zu seinem Auto gegangen war. Aber wo war Jessica während dieser Zeit gewesen?

Ein Rabe flog über sie hinweg und ließ sich krächzend auf einem Baum ein Stück weiter den Hügel hinauf nieder.

Sie holte Latexhandschuhe und Beweismitteltüten aus ihrem Auto und lief, den Spuren des Mörders folgend, hügelaufwärts. Sie hatte die Hütte beinahe erreicht, als sie etwas Rotes auf dem Boden entdeckte: ein rechteckiges Plastikkärtchen. Es war eine Safeway-Kundenkarte – eine von den Karten, mit denen man im Supermarkt Bonuspunkte sammeln konnte. Ursprünglich hatte man sie an einem Schlüsselring befestigen können; das ausgestanzte Loch war wahrscheinlich durch den dauernden Gebrauch eingerissen.

Solche Karten hatten einen Barcode und eine Nummer, was einer der Gründe war, weshalb Laura sie nicht benutzte, auch wenn sich dadurch Geld sparen ließ. Die Vorstellung, dass jemand, den sie nicht kannte, ihre Einkäufe kontrollieren konnte, behagte ihr nicht.

Sie steckte die Karte in eine Tüte. Am Straßenrand, wo Cary zwischen die Bäume geschleift worden war, nahm sie einige Erdproben und markierte sie als Beweismittel.

Die Erde sah stellenweise ganz dunkel, fast schwarz aus. Vielleicht hatte ein Auto Öl verloren.

Oder es war Blut.

Zurück auf dem Revier in Bisbee, fotokopierte Laura die Safeway-Kundenkarte von beiden Seiten und schlug die Adresse des Supermarkts im Telefonbuch nach. In Bisbee gab es eine Filiale. Sie nahm die Fotokopie und fuhr zu dem Einkaufszentrum, wo sich der Supermarkt befand.

Sie fragte nach dem Filialleiter. Ein blässlicher junger Mann mit einem spärlichen Oberlippenbärtchen erschien, und zusammen gingen sie durch den Supermarkt zu einem schmuddeligen, neonbeleuchteten Büro. Sie vermutete, dass er nicht der eigentliche Filialleiter war.

»Ist es möglich, den Namen und die Adresse des Inhabers dieser Karte festzustellen?«, fragte sie und reichte ihm die Fotokopie.

Der junge Mann, dessen Namensschild ihn als Gerald auswies, sah sie zweifelnd an. »Ich bin mir nicht sicher … das sind vertrauliche Informationen.«

*Wer's glaubt, wird selig.* Laura wusste, dass diese Karten dazu benutzt wurden, die Einkäufe der Kunden nachzuvollziehen, und dass das Unternehmen diese Informationen an andere Unternehmen verkaufte.

Aber Laura bewegte sich auf dünnem Eis. Sie wollte, dass ihr Gerald den Namen des Karteninhabers heraussuchte, ohne ihm sagen zu müssen, dass es um einen Mordfall ging. Es durfte keinesfalls an die Öffentlichkeit dringen, welche Art von Spuren sie am Tatort gefunden hatte – so etwas würde ein Verteidiger später vor Gericht genüsslich ausschlachten. Sie räusperte sich.

»Sie könnten mir sehr helfen, Gerald. Derjenige, der diese Karte verloren hat, ist ein wichtiger Zeuge bei einem Schwerverbrechen –«

Der Knabe beugte sich vor. »Was für ein Verbrechen?«

»Es geht um einen Vermissten.« In gewisser Weise war das nicht einmal gelogen.

»Besteht etwa eine Verbindung zu diesen Morden?«

»Die Angelegenheit betrifft eine Person, mit der wir sprechen müssen. Sie würden mir wirklich sehr helfen.«

Sie konnte förmlich sehen, wie sich sein Gehirn in Gang setzte. »Ich glaube, das ist gegen unsere Vorschriften. Wenn Sie einen Durchsuchungsbefehl hätten oder wie das heißt, dann wäre es etwas anderes.« Er klopfte mit einem Stift auf die Schreibunterlage und setzte eine gequälte Miene auf. »Sind Sie sicher, dass es nichts mit dem ermordeten Mädchen zu tun hat?«

»Das ist nicht auszuschließen – bislang.«

»Dachte ich es mir doch.« Er war zufrieden mit sich. »Sie müssen also mit demjenigen, dem diese Karte gehört, reden, weil er Zeuge des Mordes gewesen sein könnte.«

»Gerald, ich darf Ihnen wirklich nichts darüber sagen.«

»Mann, das ist ganz schön unheimlich. Zwei Leute einfach so umgebracht. Ich habe es in den Nachrichten gesehen.« Seine Augen nahmen einen bedauernden Ausdruck an. »Ich wünschte, ich könnte Ihnen weiterhelfen …«

Laura sah auf ihre Uhr. »Mist …«

»Ma'am?«

»Ach, ich habe nur gerade daran gedacht, dass es ganz schön eng werden kann. Ich könnte selbstverständlich einen Gerichtsbeschluss besorgen – aber in der Zwischenzeit kommt vielleicht jemand zu Schaden, nur weil wir so viel Zeit mit irgendwelchen lächerlichen Formalitäten vertan haben.« Sie schüttelte den Kopf. »Das ist eine völlig absurde Situation.« Sie erhob sich. »Ich hoffe nur, dass ich um diese Zeit noch einen Richter finde. Wenn ein weiteres Verbrechen passiert, will ich keine Schuld daran haben.«

Gerald wand sich auf seinem Stuhl. »Vielleicht sollte ich einfach mal nachsehen, für den Fall des Falles. Soweit ich weiß, ist das keine in Stein gemeißelte Vorschrift.«

»Sie wissen gar nicht, wie sehr Sie mir damit weiterhelfen.«

Fünf Minuten später verließ sie den Supermarkt in Richtung Parkplatz mit dem Namen und der Adresse. Wobei sie die Adresse nicht einmal gebraucht hätte. Sie wusste, wo Charles Edward Lehman wohnte.

## 17

Stunden nach ihrem gemeinsamen Abendessen im Copper Queen Hotel tauchte Victor Celaya bei ihr im Jonquil auf. Er lehnte im kalten Licht der Neonlampe über ihrer Zimmertür am Türrahmen, in der Hand ein Sixpack Bier.

Gut, fast ein Sixpack. Eine Flasche fehlte.

»Darf ich reinkommen?«

»Klar. Ich muss nur schnell aufwachen.«

»Du warst schon im Bett? Tut mir leid.« Er ging an ihr vorbei und stellte das Bier auf dem Tisch ab. »Willst du eines?«

Sie warf einen zweifelnden Blick auf die Flaschen.

»Es ist kalt. Hab's gerade von der Tankstelle geholt. Tut mir leid, dass ich dich geweckt habe, aber mir ist eine Idee gekommen.«

Laura setzte sich aufs Bett und versuchte, einen klaren Kopf zu bekommen. Sie musste sich gerade in einer Tiefschlafphase befunden haben, als er an der Tür klopfte. »Und, was ist das für eine Idee?«

»Wollen wir nicht rausgehen? Hier drin kann man sich ja nicht mal umdrehen.«

»Klar.« Warum nicht? Sie würde ohnehin nicht gleich wieder einschlafen können.

Laura ging ins Badezimmer und zog das lange Hemd aus, das sie zum Schlafen trug, und stieg wieder in die verknitterten Klamotten, die sie schon tagsüber getragen hatte. Sie hörte, dass Victor ein vertraut klingendes *corrido* pfiff, eine einfache, hübsche Melodie. Sie fragte sich, wie seine Idee aussah und warum die Sache nicht bis morgen Zeit hatte.

Was es auch sein mochte, es beschäftigte ihn auf jeden Fall.

Sie überquerten eine Brücke, die über den schmalen Kanal führte, der sich durch den Tombstone Canyon zog, und setzten sich auf eine der Bänke. Laura war fast froh, dass er sie geweckt hatte; es war eine schöne Nacht. Die Luft war kühl, verglichen mit der in Tucson. Der Himmel war mit Sternen übersät. Wasser vom letzten Regenguss rauschte durch den Kanal und glitzerte im Licht der Straßenlampen.

Er machte die angenehme Atmosphäre schnell zunichte. »Mir ist eingefallen, wie wir in Lehmans Haus kommen. Wir probieren es über seine Bewährungshelferin.«

»Das wäre möglich«, sagte sie langsam. Da Chuck Lehman auf Bewährung verurteilt war, hatte er nicht dieselben Rechte wie jeder normale Bürger. Bewährung war ein Ersatz fürs Gefängnis, und er musste sich einigen Vorschriften unterwerfen hinsichtlich dessen, was er zu tun und zu lassen hatte und wen er treffen durfte. Wenn seine Bewährungshelferin den Verdacht hatte, dass er die Bewährungsauflagen verletzte, konnte eine Hausdurchsuchung durchgeführt werden. Zwar musste sie sich das von ihrem Vorgesetzten absegnen lassen, aber das Entscheidende war, dass Lehmans Haus ohne Gerichtsbeschluss durchsucht werden konnte.

Laura fand das aus zwei Gründen nicht gut. Zum einen bestand nur eine lose Verbindung zwischen Chuck Lehman und dem Tatort. Er wohnte gleich neben dem verlassenen Grundstück, wo sich das Ferienlager befand, und ging dort möglicherweise oft mit seinem Hund spazieren. Die Safeway Karte konnte er an jedem x-beliebigen Tag dort verloren haben. Laura hatte sie mitgenommen, weil sie gründlich war, und falls sich der Verdacht gegen Lehman im Lauf der weiteren Ermittlungen erhärten sollte, hätten sie ein zusätzliches Beweisstück gegen ihn in der Hand.

Und zweitens konnte der Weg über die Bewährungshelferin Probleme vor Gericht verursachen. Sie hörte den Verteidiger praktisch schon sagen: übereifrige Polizisten, die die Bürgerrechte verletzten und einen Bewährungshelfer benutzten, um sich Zugang zu einem Haus zu verschaffen, weil sie auf dem normalen Dienstweg keinen Durchsuchungsbeschluss bekamen.

Das könnte in der Verhandlung ein schlechtes Licht auf sie werfen, wenn es denn jemals so weit käme.

Frank Entwistle hatte ihr immer gesagt, sie solle die Polizeiarbeit wie ein Spiel Poolbillard auffassen und immer schon den nächsten Stoß und den übernächsten planen. Und dabei auch an den letzten denken – an den Prozess. Der letzte Stoß sollte den Übeltäter ins Gefängnis bringen.

Diese Strategie machte sie zu einer erbärmlichen Billardspielerin, aber zu einer guten Ermittlerin.

Victor redete unterdessen weiter, endlich hatte auch er Feuer für den Fall gefangen. Sie ahnte allerdings, dass er noch etwas anderes im Sinn hatte: schnell nach Hause zu Frau und Kindern zu kommen.

Es war nicht das erste Mal, dass Victor ein paar Abkürzungen nahm. Für ihn zählte vor allem ein schnelles Ergebnis: einen Fall abschließen und die Erfolgsquote verbessern.

Laura sagte: »Aber es geht nicht, Victor. Wir haben nicht genug Beweise in der Hand.«

»Das ist doch der Witz an der Sache. Wir besorgen die Beweise, wenn wir erst einmal im Haus sind.«

»Du glaubst also wirklich, dass er es ist?«

»Du nicht?« Plötzlich verwandelte sich sein Mund in eine schmale Linie. »Scheiße! Du tust es wirklich nicht. Du glaubst nicht, dass er es war, oder? Du denkst immer noch an dieses Wohnmobil. Warum einfach, wenn es auch kompliziert geht, oder?« Er erhob sich und fing an, unruhig auf und ab zu laufen. »Das hätte ich mir doch gleich denken können.«

»Victor –«

»Was ist los? Kannst du das mit deiner linksliberalen Gesinnung vielleicht nicht vereinbaren?«

Sie unterdrückte den aufsteigenden Ärger. »Es wird einfach nicht funktionieren.«

»Natürlich wird es funktionieren. Du willst es einfach nicht machen.«

Plötzlich dämmerte es ihr. »Hat Buddy Holland etwas damit zu tun?«

»Das ist toll, echt. Du traust mir wohl gar nichts zu. Als käme ich nie von selbst auf irgendeine Idee, oder was?« Er knallte die Flasche so fest auf den Tisch, dass Bier herausspritzte und einen durchdringenden Hefegeruch verbreitete.

»Victor, es tut mir leid, das sagen zu müssen –«

»Dann lass es bleiben.«

»Aber das ist mein Fall. Ob es dir nun passt oder nicht, ich sage, wo es langgeht. Und ich sage jetzt, dass wir es nicht tun.«

Er lächelte sie traurig an. »Zu spät.«

»Was soll das heißen?«

»Es ist schon in die Wege geleitet. Wir treffen Sylvia Clegg morgen bei Lehman.«

Einen Moment lang verschlug es ihr die Sprache.

Er stand auf. »Tut mir leid, dass du mit der Aktion nicht einverstanden bist. Ich dachte, es wäre höflicher, dir Bescheid zu geben. Wir treffen die Bewährungshelferin morgen früh um acht vor Lehmans Haus. Dann bis morgen – wenn du kommen willst.«

# 18

Als Laura am nächsten Morgen den West Boulevard hochfuhr, dachte sie, gute Miene zum bösen Spiel zu machen, damit ihr der Fall nicht völlig entglitt.

Sie wusste, wann sie geschlagen war. Der Durchsuchung war zugestimmt worden, und sie jetzt abzublasen würde nur signalisieren, dass die rechte Hand nicht wusste, was die linke tat. Das wiederum würde sich in den verschiedenen Gerichtsbezirken rasch herumsprechen, und man würde sie nicht mehr ernst nehmen.

Denn Wahrnehmung war Wirklichkeit.

Victor und Buddy hatten sie ausgetrickst. Sie musste retten, was von ihrem Fall übrig war, und damit weitermachen.

Als sie bei Lehmans Haus ankam, bemerkte sie als Erstes einen dieser riesigen Luxus-Geländewagen, der zwei Häuser weiter geparkt war. Auf dem Nummernschild, für das der Besitzer einiges hatte springen lassen, stand: RICORPZ. Sie kannte es: Der schwarze Wagen, der einem mexikanisch-amerikanischen Drogenboss gehört hatte, war nach den neuen Gesetzen gegen das organisierte Verbrechen beschlagnahmt worden. Es wurde von Lieutenant Mike Galaz gefahren.

Was wollte der hier?

Laura erinnerte sich an eine Meinungsverschiedenheit mit Victor über den neuen Lieutenant. Victor hatte Galaz als Kontrollfreak bezeichnet. Ihrer Meinung nach schien er sich dagegen eher aus allem heraushalten zu wollen und ließ den Sergeants in der Regel einen großen Spielraum – was ihr gut in den Kram passte.

Sie vermutete, dass Victor ihn aus anderen Gründen nicht leiden konnte, banalere Gründe wie sein teures Haus in den Hügeln, sein ständiges Gerede übers Golfspielen, seine zweite Frau, eine ehrgeizige Anwältin von der Ostküste, die ausgesprochen hochnäsig wirkte.

Laura blickte zu Galaz. Im Grunde überraschte es sie nicht, dass er hier war. Es kam nicht zum ersten Mal vor, dass sich ein Lieutenant bei einem wichtigen Fall ein Stück des Kuchens sichern wollte – erst recht, wenn sich dieser Lieutenant inoffiziell schon für das Amt des Bürgermeisters von Tucson beworben hatte.

Der Geländewagen, ein Streifenwagen aus Bisbee und Buddy Hollands Caprice parkten ein Stück entfernt von Lehmans Haus an der Straße. Neben Victor Celayas glänzendem schwarzen Pick-up hatte sich ein kleines Grüppchen versammelt. Laura kannte alle bis auf die magere Frau mit gebleichtem Haar und in Edeljeans und einen älteren Latino. Das mussten Sylvia Clegg und ihr Vorgesetzter, Ernie Lopez, sein.

Victor lehnte am vorderen Kotflügel seines neuen GMC. Eines der Fenster war heruntergelassen, damit er die letzten Takte von Rush Limbaughs Talkshow mitbekam. Dass so ein Konservativer Fans unter ihren mexikanischstämmigen Mitbürgern hatte, wunderte sie.

Galaz nickte ihr zu und musterte sie kurz. Sie fragte sich, was so interessant an ihr war, aber vielleicht hatte es nur damit zu tun, dass er sie kaum kannte. Er erklärte, dass er ohnehin heute Vormittag einen Vortrag bei einem Polizeiseminar in Sierra Vista halten musste und daher beschlossen hatte, herzukommen und zu sehen, was »seine Leute« so machten.

Noch einmal dieser prüfende, abschätzende Blick. Laura wandte sich an Ernie Lopez.

»Ist er zu Hause?«

»Jedenfalls ist sein Auto da.«

Sie gingen die Straße hoch, angeführt von Officer Chambers von der örtlichen Polizei. Galaz blieb zurück – weil er nicht wusste, welche Rolle er übernehmen sollte? Er kam aus der Verwaltung und hatte lange Jahre bei der Dienstaufsicht verbracht. Was ihn unter den Kollegen nicht gerade beliebt machte.

Laura blickte zurück, es behagte ihr nicht, dass Galaz hinter ihr lief. Als er ihren Blick bemerkte, wandte er sich einen Moment von Clegg ab und lächelte ihr zu. Galaz gehörte zu den Leuten, die immer wie aus dem Ei gepellt aussahen: manikürte Fingernägel, teurer Anzug, strahlend weiße Manschetten, rasiermesserscharfe Bügelfalten, eine Frisur, bei der buchstäblich jedes Haar an der richtigen Stelle saß. Mit seinem aristokratischen Aussehen und der eleganten Erscheinung machte er selbst morgens um acht Uhr den Eindruck, bereit zu sein für den Besuch einer Dinnerparty.

Der Duft der verschiedenen Pflegemittel, mit denen er seinen Körper heute schon in Berührung gebracht hatte, drang bis zu ihr: Shampoo, Rasierwasser, Mundwasser, Duschgel, Haarspray. Seine teuren Schuhe klickten wie ein Metronom hinter ihr über das Pflaster.

Officer Chambers klopfte an die Tür.

Laura bemerkte, dass der Lieutenant auf dem Bordstein stehen blieb. Hatte er Angst, es könnte zu einer Schießerei kommen? Automatisch bewegte sich Lauras Hand zu ihrer Waffe.

Lehman trat an die Fliegengittertür. Auch heute ohne Hemd.

Er sah sie an und sagte: »Scheiße!«

Sylvia Clegg sagte: »Chuck, ich bin hier, weil ich Ihr Haus durchsuchen möchte.«

Lehman sah an ihr vorbei zu Laura. »Dahinter stecken doch Sie. Versuchen Sie schon wieder, mir was anzuhängen?«

Ohne sich aus der Ruhe bringen zu lassen, sagte Sylvia: »Wegen Ihrer Bewährung, Chuck, bleibt Ihnen nichts anderes übrig, als mir eine Hausdurchsuchung zu gestatten.«

Einen Moment lang standen beide da, ohne sich zu rühren. Chambers verlagerte sein Gewicht, die Hand an der Waffe.

Lehman stand mit verschränkten Armen in der Tür und sah aus wie ein äußerst verärgerter rechtschaffener Bürger.

»Was hab ich getan?«, schnauzte er im gleichen Kasernenhofton, mit dem er sie gestern schon angebrüllt hatte. »Hab ich vielleicht was verbrochen?«

Hinter ihnen sprang ein Motor an. Laura drehte sich um. Der Wagen von Mike Galaz stieß zurück und fuhr davon. Warum hatte er sich überhaupt herbemüht?

Clegg sagte ruhig: »Chuck. Lassen Sie mich nun bitte rein?«

»Und wenn nicht, dann lassen Sie mich verhaften, oder wie?«

»Hören Sie, Chuck, das ist keine große Sache«, sagte Clegg. »Atmen Sie einfach einmal tief durch und –«

»Sie werden mich verhaften, oder?«

»Niemand wird Sie verhaften. Ich möchte mich nur mal in Ihrem Haus umsehen, es wird nicht lange dauern. Sie wissen, dass ich niemals –«

Er stieß die Tür so heftig auf, dass sie gegen die Hauswand schlug. »Nur zu. Ich habe nichts zu verbergen.«

»Zuerst müssen Sie Ihren Hund an die Leine nehmen«, sagte Clegg.

»O Mann!« Er pfiff nach seinem Hund und ging mit ihm um das Haus. Als er zurückkehrte, sagte er: »Ich habe ihn in seinen Zwinger gebracht, zufrieden?«

Clegg bedachte ihn mit einem Lächeln, als wäre ihr gerade ein großes Privileg zuteil geworden. »Wunderbar, Chuck.«

Sie gingen hinein. Laura, Victor, Buddy Holland und Sylvia Clegg. Die anderen blieben draußen.

Buddy Holland marschierte durch das Zimmer und musterte alles mit Adleraugen. Laura machte sich Sorgen, dass er Sylvia Clegg verärgern könnte, aber sie schienen befreundet zu sein. Buddy hatte offenbar nichts Verdächtiges bemerkt, da er sich mit gelangweilter Miene zu ihnen gesellte.

Chuck Lehman wohnte nicht schlecht. Helles Eichenparkett, Perserteppiche, dänische Möbel, neben einem gemauerten Kamin in der Ecke der Hundekorb. An den Wänden hingen bunte Drachen.

Sylvia Clegg streifte Handschuhe über und fing mit einer vorsichtigen, aber gründlichen Durchsuchung an. Sie ging präzise und effizient vor, und sie strahlte Ruhe aus, was sehr gut war, dachte Laura.

Victor sagte zu Lehman: »Mr. Lehman, wir würden Ihnen gerne ein paar Fragen stellen.« Er sah zu der sonnendurchfluteten Küche. »Warum gehen wir nicht in die Küche und setzen uns, während sich Ihre Bewährungshelferin umsieht?«

»Bin ich festgenommen?«

»Nein, Sir.«

»Dann beantworte ich keine Fragen.«

Victor lächelte. »Es würde uns sehr weiterhelfen. Wir wollen nur zwei, drei Dinge klären.«

»Das darf doch alles nicht wahr sein! Ich rufe meinen Anwalt an!«

»Sie sind nicht festgenommen. Wir bitten Sie nur, mit uns zusammenzuarbeiten.«

»Vergessen Sie's.« Lehman nahm sein Handy vom Küchentisch und wandte sich von ihnen ab.

Es war ein kurzes Gespräch. Als er es beendet hatte, klappte er das Telefon zusammen und knallte es auf den Tisch. »Mein Anwalt ist auf dem Weg.«

»Dürfen wir uns wenigstens hinsetzen?«, fragte Victor.

»Ich kann Sie ja wohl kaum daran hindern.«

Sie nahmen am Frühstückstisch Platz. Lehman lehnte sich mit verschränkten Armen an den Kühlschrank.

Victor stellte sein Diktiergerät auf den Tisch. Er sprach Zeitpunkt, Datum und Lehmans Namen hinein.

Lehman ignorierte ihn, starrte vor sich hin, seine Augen zwei schwarze Löcher in seinem Gesicht. Seine Wut unter der unbewegten Oberfläche war geradezu greifbar – als stünde sie kurz vor dem Ausbruch.

»Kannten Sie Cary Statler?«, fragte Victor Lehman.

Lehman gab keine Antwort. Er hatte dichtgemacht, atmete schnell und heftig. Er starrte so intensiv auf eine Stelle an der Wand, dass er jeden Moment zu schielen anfangen musste, dachte Laura.

Wie er sie einzuschüchtern versucht hatte …

»Wann haben Sie Statler zuletzt gesehen?«, fragte Victor.

Lehman sah an die Decke.

»Erinnern Sie sich, wo Sie an dem Abend waren, als Jessica entführt wurde?«

So ging es etwa eine Minute weiter, bis Victor aufgab.

Normalerweise konnte er die Leute mit seiner Freundlichkeit und Offenheit für sich einnehmen. Aber Lehman war immun dagegen.

Laura ließ ihren Blick durch die Küche schweifen. Alles glänzte und blitzte. Herd und Kühlschrank waren aus Edelstahl, wie es seit einiger Zeit in Mode war. Auf den Regalen und neben der Spüle war nichts von dem üblichen Durcheinander zu sehen; in ihrer Küche stand wenigstens die Spülmittelflasche neben der Spüle, aber hier befand sich nichts auf der Arbeitsplatte außer einer Schale mit Obst.

Alles war versteckt.

Buddy lehnte am Türrahmen und sah sie an. Auf seinem Gesicht lag ein selbstzufriedenes Grinsen. Laura ignorierte ihn und konzentrierte sich auf den Raum.

Das ganze Haus erinnerte sie an ein Musterhaus aus dem Katalog. Sie dachte daran, dass der Mörder das Mädchen gewaschen hatte, das er ihr die Haare gewaschen und die Nägel geschnitten hatte. Dieser Mann hier war genauso penibel. Ob in der Dusche Spuren zu finden wären? Sie wusste, dass die Bewährungshelferin nicht so gründlich suchen würde, aber wenn sie etwas Verdächtiges entdeckte, könnten sie sich einen Durchsuchungsbeschluss besorgen.

Was könnte verdächtig sein? Schnittmuster für Mädchenkleider?

Sylvia steckte den Kopf in die Küche. »Kann ich hier rein?«

Lehman warf ihr einen finsteren Blick zu und stieß sich vom Kühlschrank ab. Er ging aus der Küche in den Garten und ließ die Fliegengittertür mit einem Knall hinter sich zufallen. Laura, Victor und Buddy Holland folgten ihm.

Hinaus in die brütende Sommerhitze. Eine geflieste Terrasse. Ordentlich geputzter Propangasgrill. Lehman drehte den Wasserhahn auf und fing an, die Blumenkübel zu wässern. Der Geruch des Wassers vermischte sich mit dem nach feuchter Erde.

Laura wusste, dass Clegg keine eingehende Durchsuchung vornehmen konnte. Sie hatte allerdings mitbekommen, wie Victor sie auf dem Weg hierher präpariert hatte, ohne ihr dabei direkte Anweisungen zu geben, was er nicht durfte. Er hatte sie gefragt, ob sie nähen konnte. Hatte von der Nähmaschine seiner Mutter erzählt. Hatte sie auch nach Schauspielern gefragt, was sie über Make-up, Perücken, Verkleidungen wusste. Dass er als Kind zu Halloween einmal als Pirat losgezogen war und seinen großen, schwarzen Schnurrbart gezwirbelt hätte.

Deutliche Hinweise. Clegg hatte sie verstanden.

Jetzt rief Clegg ihnen durch die Fliegengittertür zu: »Ich muss nur noch ins Schlafzimmer.«

Laura sah auf ihre Uhr. Victor müsste bald gehen; er hatte einen Termin in Sierra Vista, wegen der Autopsie von Cary Statler. Sie wollte auch von hier weg. Sie musste nach Tucson und Carys Onkel die Nachricht vom Tod seines Neffen überbringen. Vielleicht wusste er es aber auch schon, selbst wenn die Polizei Carys Namen noch nicht an die Presse weitergegeben hatte.

Sie sah zu Lehman.

Er machte ihr Angst. Sein Ärger war noch kein bisschen abgeklungen. Ein merkwürdiger Geruch ging von ihm aus – konnte man Testosteron riechen? –, der sich mit dem des Wassers und der Erde vermischte.

Das hier war Victors großer Auftritt. Victors und Buddys.

»Ich muss gehen«, sagte sie in die Runde.

Laura trat gerade durch die Gartentür, als ein Lexus am Straßenrand hielt. Ein hässlicher kleiner Mann in einem teuren Anzug und mit einer Aktentasche aus Kalbsleder in der Hand stieg aus.

Lehmans Anwalt.

## 19

Tucson-Saguaro Auto & Body gleich an der Ecke Palo Verde Road und 29th Street bestand aus einem Betonbau mit drei Hebebühnen, einem Parkplatz, der von einem drei Meter hohen Maschendrahtzaun umgeben war, und einem Wellblech-Container, der als Büro diente. Der Verkehr rauschte auf sechs Spuren an einem Mittelstreifen vorbei, auf dem jemand in einem Hühnerkostüm ein Schild in die Luft hielt, das für ein Fastfood-Restaurant namens El Pollo Grande warb. Sämtliche Autofenster waren geschlossen, die Klimaanlagen liefen auf vollen Touren, vereinzelt sah man einen Fahrer mit Headset beim Telefonieren. In seiner rasenden Blechkiste war jeder von den anderen isoliert.

Das Huhn machte einen munteren Eindruck, auch wenn derjenige, der darin steckte, vor Hitze umkommen musste – ein wahrer Held. Laura fragte sich, wie viel sie ihm zahlten.

Als sie auf den Bürgersteig trat, bildete sich ein Knoten in ihrem Magen, wie immer, wenn sie jemandem mitteilen musste, dass ein naher Verwandter oder enger Freund gestorben war.

Sie wusste, wie das war. Die Erinnerung daran lauerte ständig unter der Oberfläche, es war wie eine ewige Buße. Eine Psychologin an der Universität hatte ihr erklärt, dass viele Überlebende an permanenten Schuldgefühlen litten. Das Ganze lief wie ein Film in ihrem Kopf ab: Sie schlief ein, dachte an Billy und den lustigen Tag, den sie in Nogales verbracht hatten, die Schildkrötensuppe im La Rocca's, daran, dass sie spät nach Hause gekommen waren und keine Lust gehabt hatten, zu ihren Eltern zum Abendessen zu gehen. Sie hatten miteinander geschlafen, und dann war Billy gegangen, weil er am nächsten Morgen früh in der Arbeit sein musste. Das Stottern der Sprinkleranlage vor dem offenen Schlafzimmerfenster. Das Bett, das nach Sex roch. Dieser letzte glückliche Tag.

Jemand klopfte an ihre Tür. Zwei Männer in Anzügen standen davor, die aussahen, als hätten sie sich eine Weile auf dem Flur herumgetrieben, um sich ihre Worte zurechtzulegen.

Sie hatte sofort gewusst, dass etwas nicht in Ordnung war.

Der Ältere, der mit dem roten Gesicht, räusperte sich …

Sie ging den unkrautgesäumten Weg entlang zum Büro. Die Hitze glich einem Glutofen. Die Tür des Büros stand offen, und ein Tischventilator blies sporadisch Luft in ihre Richtung. Es dauerte einen Moment, bis sich ihre Augen nach der gleißenden Wüstensonne draußen an die Dunkelheit in dem Raum gewöhnt hatten.

»Kann ich Ihnen helfen?«

Der Mann saß gegenüber der Tür an einem Metallschreibtisch. Grauer Pferdeschwanz, rotes, vom vielen Waschen ausgebleichtes T-Shirt. Hinter ihm an der vergilbten Wand hing ein Poster von einer schweißglänzenden jungen Frau in Hotpants und mit nacktem Bauch.

Kaum hatte er sie gesehen, verschwand sein Lächeln. Er musste ihren Besuch erwartet haben.

»Sind Sie Beau Taylor?«

Seine Miene verriet noch immer eine gewisse Hoffnung, so als bestünde die Möglichkeit, dass irgendeine Verwechslung vorliegen könnte. Laura erinnerte sich, dasselbe gedacht zu haben, als die Detectives Jeff Smith und Frank Entwistle vor ihrer Tür gestanden waren. Es war ein einfacher Gedankengang: Solange die Worte nicht ausgesprochen waren, war alles gut. Aber kaum waren sie heraus, konnte nichts in der Welt sie rückgängig machen. Es ging also darum zu verhindern, dass sie gesagt wurden.

»Wenn es um den Coupe DeVille geht, dann –«

»Nein, Sir.« Es war am besten, nicht lange darum herumzureden. »Es tut mir sehr leid, Sir, aber ich muss Ihnen mitteilen, dass Ihr Neffe Cary Statler gestern Morgen in Bisbee tot aufgefunden wurde.«

Sein Gesicht fiel in sich zusammen. »Das hatte ich mir schon gedacht. In den Nachrichten hat es geheißen, man hätte einen Toten gefunden, aber sie haben keinen Namen genannt.«

»Warum glaubten Sie, dass er es sein könnte, Sir?«

»Jessica wurde umgebracht, und er verschwand. Wenn man ihn vermisste, musste er entweder auf dem Weg hierher sein, oder der Mörder hatte auch ihn erwischt. Er ist nicht aufgetaucht, dann findet man eine Leiche in der Nähe von ihrem Wohnort. Warum erzählen Sie mir nicht einfach, was passiert ist?«

Das tat sie.

»Glauben Sie, dass er gelitten hat?«

»Ich glaube nicht. Er ist an einer schweren Kopfverletzung gestorben«, sagte sie, um ihn zu beruhigen, aber wahrscheinlich stimmte es sogar.

»Der arme Junge. Er wollte einmal Tierarzt werden. Er hatte miserable Noten, hat die Schule abgebrochen, aber er hat immer davon geredet, seinen Abschluss nachzuholen und sich dann um einen Studienplatz für Tiermedizin zu bewerben.« Er schnaubte. »Als ob er jemals die erforderlichen Noten in Chemie und Physik geschafft hätte. In letzter Zeit hat er auch nicht mehr so viel davon gesprochen. Ich bin zu einer Zeit aufgewachsen, als man auch schon Drogen genommen hat, aber bei wie vielen Jugendlichen heute der Ehrgeiz mit dem Haschisch in Rauch aufgeht …« Er verstummte und sah auf seine kräftigen Hände. »Vielleicht wäre nie was daraus geworden.«

»Haben Sie ihn jemals von einem Nachbarn erzählen hören, einem Mann namens Chuck Lehman?«

»Sicher. Er und Cary haben zusammen Drachen gebastelt. Komisch irgendwie. Ein vierzigjähriger Mann und ein achtzehnjähriger Junge.«

Und ein vierzehnjähriges Mädchen, dachte Laura.

»Cary war ein ziemlich merkwürdiger Junge. Konnte nie an einer Sache dranbleiben, hatte dieses Konzentrationsproblem – wie ist gleich wieder der Name? ADS? Und gleichzeitig war er sehr empfindlich.«

Das Wellblechbüro erzitterte – das ohrenbetäubende Dröhnen von zwei Jagdbombern im Landeanflug auf den Davis-Monthan-Luftwaffenstützpunkt. Laura blickte zur

Tür hinaus und sah eines der Flugzeuge über dem Einkaufszentrum auf der anderen Straßenseite, eine riesige Stechmücke auf der Suche nach einem Platz, auf dem sie sich niederlassen konnte.

Sie fragte sich, wie Carys Onkel das aushielt, mitten in der Einflugschneise der A-10 und der C-130 – und, schlimmer noch, der F-16 –, und nur eine Blechwand zwischen sich und der drückenden Hitze, der gestern wieder ein oder zwei illegale Einwanderer etwas weiter im Süden zum Opfer gefallen waren. Er sah ihr an, dass ihr heiß war, und drehte den Ventilator in ihre Richtung. Musste ursprünglich ein Bodenmodell gewesen sein, es hingen noch Bänder dran.

»Sie sagten, er sei empfindlich gewesen?«, fragte sie ihn.

»Na ja, wenn ihn zum Beispiel jemand verletzt hat, hat er sich komplett zurückgezogen. Ich glaube, das lag an seiner Schüchternheit. Man brauchte nur ein falsches Wort zu sagen, und er hat die Schotten dicht gemacht. Ist einfach aufgestanden und gegangen. Deshalb ist er auch dauernd zwischen Bisbee und hier hin- und hergefahren. Er konnte keine Kritik vertragen, hat sie sich zu sehr zu Herzen genommen.«

»Ist er jemals mit jemandem aneinandergeraten?«

»Nein. Wenn ihn irgendwas gestört hat, hat er sein Zeug gepackt und ist abgehauen.« Beau Taylor starrte in die flirrende Hitze vor der Tür.

»Und Sie sind sicher, dass er mit Chuck Lehman befreundet war.«

»Ja, natürlich. Dauernd hieß es Chuck hier und Chuck da. Der Mann hatte offenbar die Weisheit mit dem Löffel gefressen, alle anderen waren Hohlköpfe. Aber das änderte sich plötzlich vor ein paar Wochen.«

»Hatten sie sich gestritten?«

»Der Junge wollte nichts darüber erzählen. Aber Sie hätten sein Gesicht sehen sollen, als ich mich nach ihm erkundigt habe.«

»Und das war vor ein paar Wochen?«

»Das letzte Mal, als er hier war.«

»Erinnern Sie sich noch an den genauen Zeitpunkt?«

»Ich glaube, es war ein Sonntag. Wir haben sonntags geschlossen, und außerdem gehen wir da immer in die Kirche.« Er blätterte in einem abgegriffenen Tischkalender. »Der letzte Sonntag im Juni.«

»Hat er sich oft mit seiner Freundin gestritten?«

»Es gab öfter mal dicke Luft zwischen den beiden. Aber er hat sie geliebt, und er hat die Familie geliebt – weiß nicht, wen mehr. Seine Mutter war nicht viel wert, und er hat sich immer eine Familie gewünscht.«

»Cary war achtzehn. Ein Erwachsener. Er hätte gut allein leben können.«

»Er klammerte sich an Leute. Er war liebesbedürftig und gleichzeitig ein Einzelgänger.«

»War Jessica auch mit Lehman befreundet?«

»Soweit ich weiß, schon. Cary hat ein paarmal von irgendwelchen gemeinsamen Unternehmungen erzählt.«

»Kam Ihnen das nicht seltsam vor? Ein Mann dieses Alters, der seine Freizeit mit zwei Jugendlichen verbringt?«

»Ich wollte Cary nichts vorschreiben. Wie Sie selbst gerade gesagt haben, er war erwachsen.«

Laura wollte einwenden, dass Jessica nicht erwachsen gewesen war, aber da klingelte ihr Handy.

Sylvia Clegg stand vor dem eingebauten Wandschrank auf einem Stuhl und ertastete zwischen den Stapeln zusammengelegter Decken, die hier den Sommer über aufbewahrt wurden, etwas Hartes aus Plastik.

Sie zog eine Videokassette hervor, und im selben Augenblick wurde die Klospülung betätigt.

Das Band trug den Titel *Ohne Schirm, Scham und Melone*. Die herzergreifende Geschichte eines Gangsters, der in einem zwielichtigen Hotel bei zwei niedlichen Straßenmädchen Liebe findet.

»Was haben Sie denn da?«, fragte Detective Buddy Holland von der Tür her.

»Waren Sie das etwa gerade auf der Toilette, Buddy?«

Er hielt seine behandschuhten Hände in die Höhe. »Ich konnt's nicht mehr unterdrücken. Was ist das? Ein Porno?«

»Da Sie nun schon mal hier sind, können Sie auch reinkommen und es sich anschauen.«

Sie hielt ihm das Videoband hin. Er berührte es nicht. »Was meinen Sie?«

»Die könnten genauso gut zwanzig wie sechzehn Jahre alt sein. Heutzutage schwer zu sagen.«

»Aber bestimmt keine kleinen Mädchen mehr.« Sie stieg wieder auf den Stuhl und griff in den Schrank, zog mehr Videos heraus.

Buddy blieb neben ihr stehen, die Hände in die Hüften gestemmt, und sah ihr zu.

»Wo ist Chuck?«, fragte sie.

»Er ist immer noch im Garten und kocht vor Wut.« Dann fügte er hinzu: »Der Mann vom DPS musste gehen, wegen der Autopsie.«

»Sie dürften ohne Chuck eigentlich nicht im Haus sein.«

»Ich weiß.« Er ging langsam durchs Zimmer und musterte alles, ohne etwas anzufassen. »Noch was außer den Pornos?«

»Habe nichts gefunden.«

»Mist.« Buddy leuchtete mit seiner Taschenlampe hinter Chuck Lehmans Kommode.

»Was tun Sie denn da, Buddy?«

»Da ist eine Lücke zwischen Kommode und Wand.«

»Und?«

Er sah sie an. »Haben Sie nachgesehen, ob etwas hinter die Kommode gefallen ist?«

Sylvia fühlte sich ertappt. »Ich bin hier drin noch nicht fertig.«

Buddy hatte sich nicht von der Stelle gerührt. Er starrte auf etwas.

Sylvia stieg vom Stuhl und legte die Videobänder auf den Boden. »Was ist das?«

Buddy leuchtete mit der Taschenlampe hinter die Kommode. Sie trat zu ihm und schaute in den Spalt. Da war etwas. Es glänzte.

Sie nahm eines der Videobänder, das schmal genug war, um in den Spalt zu passen. Sie erwischte das Ding mit der Ecke und zog es zu sich heran.

»Bingo«, sagte Buddy, als ein Lippenstift über den Boden rollte.

## 20

Am nächsten Morgen um sechs Uhr kamen sie mit dem Durchsuchungsbeschluss für Chuck Lehmans Haus wieder und klingelten Lehman aus dem Bett. Er schlief in etwas, das wie ein Karate-Anzug aussah, und einen Moment lang fragte sich Laura, ob er sich auf sie stürzen wollte. Er sah jedenfalls wütend genug aus, um einen Ziegel mit der bloßen Hand zu durchschlagen.

In seine Augen stand blanker Hass.

Jeden Augenblick konnte er sich Bahn brechen.

Seit Buddy Holland den Lippenstift gefunden hatte, war eine Menge passiert. Das Bemerkenswerteste: Ein Teilfingerabdruck auf dem Lippenstift stimmte mit dem Abdruck von Jessica Parris' Zeigefinger überein, den der Gerichtsmediziner aus Sierra Vista genommen hatte – eine achtzigprozentige Übereinstimmung. Laura, Buddy und Victor hatten den vorhergehenden Abend stundenlang darüber gebrütet, wie der Durchsuchungsbeschluss aussehen sollte, den Laura und Buddy von einem Richter in Bisbee unterschrieben haben wollten. Es war wichtig, dass sie nichts ausließen – auf dem Durchsuchungsbeschluss musste alles, was durchsucht werden sollte, genannt werden, sonst hatten sie keinen Zugang dazu. Das Ganze hatte etwas von einem Wörtersuchspiel: Bücher, Tagebücher, Computerdisketten, der Computer selbst. Alles, was mit Nähen zu tun hatte. Make-up, Haarteile, Mastixgummi und falsche Schnurrbärte. Drachen. Müll im Haus und im Garten. Sämtliche Reinigungsmittel. Körperpflegemittel, auch solche für den Hund: Shampoos, Seife, Nagelscheren, Hundebürsten. Kontoauszüge, Quittungen, Schecks, Kreditkartenabrechnungen. Werkzeuge. Sein Auto, sein Garten, seine Gerätehütte.

Victor blieb in Tucson und arbeitete die Notizen und Berichte durch, die sich auf seinem Schreibtisch angesammelt hatten.

Buddy nahm sich das Schlafzimmer vor. Laura begann im Wohnzimmer und ging anschließend in die Küche.

Auf den Edelstahlflächen in der Küche wären Fingerabdrücke gut zu sehen, falls nicht mit Glasreiniger geputzt worden war. Es ließ sich nicht sagen, ob Lehman kürzlich gründlich sauber gemacht hatte, um alle Spuren von Jessica im Haus zu beseitigen, oder ob es hier immer so aussah. Als sie gestern gekommen waren, war das Haus schon ordentlich aufgeräumt gewesen. Vielleicht war er einfach ein ordentlicher Mann.

Sie ließ sich auf alle viere nieder und sah sich nach Haaren und anderen Spuren um. Entdeckte ein paar graue Haare und ein paar Hundehaare, aber keine langen oder blonden Haare. Sie tütete die Haare ein.

Jetzt zum Kühlschrank.

Lehman bevorzugte gesundes Essen, Salat und anderes Gemüse, Weißwein. Ein Mann, der auf seine Gesundheit achtete. Gesund und ordentlich.

Nur noch das Gemüsefach, dann war sie fertig hier.

Eine Gänsehaut kroch ihr über den Rücken. Das Gemüsefach war leer bis auf eine Mappe. Ein Drehbuch mit dem Titel *Candy Ride*.

Sie ließ sich auf ihre Fersen nieder und richtete ihre Taschenlampe auf das Manuskript. Nachdem sie seine Lage markiert hatte, streckte sie eine behandschuhte Hand in das Gemüsefach und zog es heraus.

Sie spürte, wie sich jemand über sie beugte. Buddy.

»Warum sollte er ein Drehbuch im Gemüsefach aufbewahren?«, murmelte Laura.

Buddy zuckte mit den Schultern. »Wahrscheinlich, um es zu verstecken. Ich frage mich nur, was daran so schlimm ist, dass er es versteckt hat.«

Vorsichtig klappte Laura die Mappe auf und las die erste Seite.

Buddy beugte sich vor und stieß einen leisen Pfiff aus.

Es fing mit der Entführung eines Mädchens an.

»Das ist ja krank«, sagte Buddy.

»Man könnte es auch anders betrachten.«

»Wie?«

»Keine Ahnung.«

»Er hat es im Gemüsefach versteckt.«

Das könnte Verschiedenes bedeuten, dachte Laura, während sie auf die erste Seite starrte. Die Leute schrieben, was ihnen im Kopf herumging. Das bedeutete allerdings nicht, dass sie auch in die Tat umsetzten, was sie schrieben. »Vielleicht war es ihm ernst damit. Vielleicht wollte er ein Drehbuch verkaufen.«

Buddy sah sie nur an.

»Sind Sie im Schlafzimmer fertig?«

»Deswegen bin ich gekommen. Ich habe an der Bettwäsche keinerlei Spuren gefunden. Er hat sie gewechselt.«

»Sind Sie sicher?«

»Gestern war sie schwarz, und heute ist sie blau kariert.«

Sie dachte darüber nach. »Er hatte Angst, dass wir zurückkommen.«

Buddy sah finster drein, was sie zu einer weiteren Frage veranlasste: »Was noch?«

»Was meinen Sie mit was noch?«

»Sie scheinen noch etwas auf dem Herzen zu haben.«

»Ich glaube, er hat den Boden von Staub befreit. Das Zimmer ist geradezu steril.«

Laura dachte an die Küche. »Vielleicht ist er einfach ein sehr ordentlicher Mensch.«

»Mag sein, aber ich habe mir den Staubsauger angesehen. Und auch den Handstaubsauger. In beiden sind frische Beutel.«

»Dann hat er also sauber gemacht, kaum dass wir zur Tür raus waren.« Sie überlegte. »Warum hat er das Drehbuch im Gemüsefach gelassen?«

»Er dachte, wir würden dort nicht nachschauen.«

»Ich an seiner Stelle hätte alle Beweise weggeschafft. Er konnte sich doch denken, dass wir im Kühlschrank nachsehen. Er konnte sich denken, dass wir dieses Mal gründlicher suchen würden.«

»Wie erklären Sie es sich denn dann?«

»Keine Ahnung. Haben Sie irgendwelche Disketten gefunden?«

»Eine ganze Schachtel voll. Hab sie noch nicht durchgesehen. Es gibt Programme, die alles auf der Festplatte eines Computers löschen, wenn sich jemand ohne Berechtigung einloggt. Es ist also klüger, wenn ich die Kiste gar nicht erst einschalte.«

Laura verbarg ihre Enttäuschung. »Er könnte auf den Disketten irgendwelche E-Mails verstecken, oder?«

»Ja, natürlich.« Er richtete sich auf, und sie hörte das Knacken seiner Knie.

Die forensische Untersuchung eines Computers dauerte Wochen, manchmal sogar Monate, je nachdem, wie viel Mühe sich jemand gab, verdächtige Daten zu löschen. Nur die Dateien zu löschen brachte nicht viel. Es gab Möglichkeiten, die Daten, die sich auf einer Festplatte befunden hatten, wiederherzustellen, aber das würde eine Weile dauern.

Sie fragte sich, ob sie irgendwann auf CRZYGRL 12 stießen.

Ted Olsen strich sich über den Bart, der wie ein Frettchen, das er sich als Haustier hielt, auf seiner Brust lag. »Ich weiß nicht«, sagte er schließlich. »Der Schnurrbart verändert das Gesicht komplett.«

Der Besitzer von Cooger & Dark's Pandemonium Shadow Show and Emporium ließ seinen Blick noch einmal über die sechs Fotografien auf dem Tisch im Besprechungszimmer der Polizei von Bisbee wandern. Er trug ein kurzärmeliges Polyesterhemd, dessen Stoff so dünn war, dass Laura jedes einzelne Haar auf seinem Rücken sehen konnte. Er roch nach einer seltsamen Mischung aus Hühnersuppe und frisch gespitztem Bleistift.

Buddy Holland unterbrach seine unruhige Wanderung einen Moment, um sich über Olsens Schulter zu beugen. »Sind Sie sicher?«, fragte er jetzt. »Erkennen Sie einen dieser Männer?«

»Das ist Chuck Lehman.«

»Überlegen Sie, wie er mit Schnurrbart aussehen würde.«

Beeinflussung eines Zeugen.

Aber Ted Olsen ließ sich nicht beeinflussen. Er verlagerte

kurz sein Gewicht auf dem Stuhl, zog aus seiner Gesäßtasche ein schon öfter benutztes Taschentuch und schnäuzte sich. Lehnte sich zurück und guckte. Beugte sich vor, bis er die Fotos fast mit der Nase berührte. Lehnte sich wieder zurück und kratzte sich unter der Achsel.

Er gab sein Bestes, das musste man ihm lassen.

Schließlich schüttelte er den Kopf. »Es könnte Chuck sein. Aber ohne den Schnurrbart bin ich mir nicht ganz sicher. Er hat blaue Augen«, ergänzte er hilfsbereit.

»Was ist mit seiner Stimme? Hörte sich seine Stimme wie die von Chuck an?«, fragte Buddy.

Laura warf ihm einen warnenden Blick zu, aber er achtete nicht darauf.

Olsen überlegte, dann schüttelte er den Kopf. »Ich bin mir nicht ganz sicher, und ich darf einen Menschen nicht in Bedrängnis bringen, wenn ich mir nicht sicher bin.«

»Ich glaube, das war's«, sagte Laura.

Sie war überrascht, wie verärgert Buddy sie ansah. Mit einer heftigen Bewegung schob er die Fotos zusammen.

»Ich danke Ihnen für Ihre Hilfe, Sir«, sagte Laura.

Er sah zu ihr auf. »Tut mir leid, dass ich Ihnen nicht weiterhelfen konnte.«

»Sie haben es genau richtig gemacht. Aber vielleicht könnten Sie darauf noch einen Blick werfen.« Sie zeigte ihm die Fotos von dem Kleid, das die tote Jessica Parris getragen hatte. »Was ist mit dem Kleid? Kennen Sie den Schnitt?«

Er strich sich über den Bart, dann verschränkte er die Hände vor dem Bauch. »Kommt mir bekannt vor … aber gemacht habe ich so eines nie.«

»Warum nicht?«, fragte Buddy.

»Mir gefallen diese übertriebenen Puffärmel nicht.«

»Aber sie haben schon mal ein Kleid in dieser Art gesehen?«

»Konnte im Katalog sein. Im Internet.«

»Und wo da?«

Er zählte sie an den Fingern ab. »Schönes aus alter Zeit, Satin und Spitze, Lynettes Originale, Darcys Kleiderladen …«

Laura schrieb die Namen auf. »Diese Kleider müssen ja recht beliebt sein.«

»So eine Art Antimode. Das Zeug, das die jungen Mädchen heute tragen – Stringtangas, bauchfreie Tops und so.«

»Das gefällt Ihnen wohl nicht?«, fragte Laura.

»Nein. Ich gehöre eigentlich in eine andere Zeit. Als die Frauen noch ein wenig von dem verbargen, was sie zu bieten haben.«

Laura hörte sich die Aufnahme der Befragung von Ted Olsen auf der Rückfahrt nach Tucson noch einmal an. Nachdem sie ihm zugestimmt hatte, dass die Jugendlichen von heute einen bedauerlichen Mangel an Zurückhaltung zeigten, hatte sie sich langsam zu der Frage vorgetastet, was er am Abend von Jessica Parris' Verschwinden getan hatte. Wenn er bemerkt haben sollte, dass sich die Stoßrichtung der Fragen geändert hatte, dann ließ er es sich jedenfalls nicht anmerken. Er beantwortete ihre Fragen bereitwillig und mit größtmöglicher Genauigkeit und konnte zumindest den Namen einer Kundin, einer Frau aus dem Ort, nennen, die seinen Laden an diesem Abend besucht hatte. Die Frau bestätigte seine Aussage, als sie sich später bei ihr danach erkundigte.

Auch wenn er Kleider nähte und sein Laden in der Nähe des Stadtparks lag, konnte sich Laura kaum vorstellen, dass dieser Mann Cary Statler ermordet und Jessica Parris in seine Gewalt gebracht hatte. Der Laden blitzte nicht gerade vor Sauberkeit, und auch seine Körperpflege ließ zu wünschen übrig. Sie konnte sich einfach nicht vorstellen, dass er Jessica mit fast beängstigender Sorgfalt wusch.

Das Pendeln zwischen Bisbee und Tucson begann sie anzustrengen. Laura holte sich ein paar Käsecracker aus dem Automaten und ging zu ihrem Büro. Sie machte einen Umweg über den Waschraum, um sich mit der Seife aus dem Seifenspender und ein paar hellbraunen Papierhandtüchern wenigstens notdürftig zu waschen. Es nutzte nicht viel. Ihre Bluse war verknittert, und sie fühlte sich noch immer schmutzig. Sie cremte sich die Lippen ein, bürstete sich die Haare, wodurch sie den Schweiß nur gleichmäßiger verteilte, und entschied, dass das für heute reichen musste.

Victor saß nicht an seinem Schreibtisch, aber er hatte ihr eine Kopie seiner Notizen von der Autopsie hingelegt.

Ihr fiel auf, dass sich Victor in den letzten Tagen ziemlich rar machte.

Er schien das Interesse an dem Fall zu verlieren. Sie wusste, dass seine Frau und die neugeborene Tochter ihn in Atem hielten, gar nicht zu reden von den vier anderen Kindern und der Geliebten, von der jeder wusste, ohne dass darüber geredet wurde. Aber da war noch etwas anderes. Er tat so, als wäre der Fall schon gelöst und als könnte er sich neuen Aufgaben zuwenden.

Victor war noch nie ein besonders eifriger Ermittler gewesen, aber das glich er mit seiner gewinnenden Art aus. Er war äußerst geschickt bei der Vernehmung von Zeugen und bei Verhören und hatte im Laufe der Jahre einige erstaunliche Geständnisse aus Tatverdächtigen herausgeholt. Seine Nachlässigkeit bei den Ermittlungen hatte sie nie gestört, wenn sie gemeinsam an einem Fall arbeiteten. Sie hatte ihm, ohne zu klagen, hinterhergearbeitet, nicht etwa, weil sie ein so guter Mensch war – das war sie gewiss nicht –, sondern weil sie an jedem Fall so nah wie möglich dranbleiben wollte. Sie wollte von einem Fall Besitz ergreifen, ihn in- und auswendig kennen, so dass sie sich jederzeit jede Kleinigkeit vergegenwärtigen konnte. Aus diesem Grund bildete sie gerne mit Victor ein Team. Er überließ ihr bereitwillig die Kontrolle.

Aber das sah auf einmal ganz anders aus, seit er hinter ihrem Rücken mit Sylvia Clegg die Durchsuchung vereinbart hatte.

Sie hatte sich gerade darangemacht, die Notizen von Victor durchzulesen, als das Telefon klingelte: Doris Bonney rief zurück. Es dauerte einen Moment, bis Laura einfiel, wer sie war – das »Mädchen«, das für den alten Mann am West Boulevard arbeitete. Doris Bonney klang nicht gerade jung, mindestens wie sechzig.

Laura war es gewohnt, zwei Dinge auf einmal zu machen, und überflog den Autopsiebericht, während sie Doris Bonney zum letzten Freitag befragte. »Erinnern Sie sich noch, um wie viel Uhr Sie das Haus verlassen haben?«

»Muss Viertel nach sechs, spätestens zwanzig nach sechs gewesen sein.«

»Sind Sie sicher?«

»Mr. Toomey isst jeden Tag um halb sechs zu Abend, und ich hab einen Kurs am anderen Ende der Stadt, der um halb sieben anfängt.«

»Haben Sie irgendetwas Ungewöhnliches bemerkt, als Sie gegangen sind?«

»Nein, da fällt mir nichts ein.«

Lauras Augen wanderten über die Zeilen. Todesursache: ein Schlag auf den Kopf. Wer hätte das gedacht?

»Überlegen Sie bitte noch mal«, sagte sie zu Mrs. Bonney. »Jemand, der seinen Hund ausgeführt hat, Kinder, ein Auto, das vorbeigefahren ist?«

Schweigen. Laura stellte sich vor, wie sie nachdachte. Die meisten anständigen Bürger gaben sich große Mühe. Mit einem Polizisten zu sprechen weckte den Streber in ihnen.

»Tut mir leid.« Mrs. Bonney klang tatsächlich enttäuscht. »Es war so wie an jedem Abend.«

Noch mal mit mehr Gefühl. »Sind Sie sicher? Es könnte irgendetwas sein, das aus dem Rahmen fiel, egal, wie unbedeutend es Ihnen erscheinen mag.«

Während Laura das sagte, blätterte sie zur nächsten Seite, auf der sie erfuhr, dass Cary Statler mit einem schweren, flachen Gegenstand erschlagen worden war. Die Kante des Gegenstands hatte auf Carys Schädel eine gebogene Kerbe hinterlassen. Darüber hinaus hatte man Spuren von Fisch, Öl, Salz und Metallspäne in der Wunde gefunden. Der Bericht schloss damit, dass die Tatwaffe eine Bratpfanne gewesen sein könnte.

»Na ja, da war ein Wohnmobil.«

Laura richtete sich auf ihrem Stuhl auf, der Bericht war augenblicklich vergessen. »Wohnmobil?«

»Ich habe schon befürchtet, zu spät zu meinem Kurs zu kommen, weil dieses Wohnmobil eine halbe Ewigkeit gebraucht hat, um zu wenden. Das ist bestimmt nicht wichtig, aber es ist wirklich das Einzige, was …«

»Sind Sie sicher, dass es der Freitag war?«

»Ja, da habe ich meinen Töpferkurs.«

»Erinnern Sie sich, wie es ausgesehen hat?«

»Riesig. Da drin hätte eine Großfamilie Platz gehabt. Hat 'ne ganze Weile gedauert, bis es gewendet hatte, das kann ich Ihnen sagen. Es mussten noch drei oder vier andere Autos warten. Nicht gerade rücksichtsvoll, finde ich.«

»Wissen Sie noch, in welche Richtung es weggefahren ist?«

»Als es endlich gewendet hatte? Den Pass hoch.«

»Also aus der Stadt raus?«

»Ja.«

»Erinnern Sie sich an die Farbe?«

»Hellbraun oder besser gesagt Beige. Ich habe es ja eine

Ewigkeit lang ansehen müssen. Es war beige.«

»Haben Sie den Fahrer gesehen?«

»Nein. Aber das ist nicht weiter verwunderlich – um halb sieben ist es da oben schon dunkel.«

Nachdem Laura aufgelegt hatte, zog sie einen Notizblock hervor und schrieb:

Sichtung des Wohnmobils:
West Boulevard, etwa 18:15 Uhr, 8. Juli
Brewery Gulch, etwa um 2 Uhr, 8. Juli

Danach notierte sie:

Bratpfanne?

Sie versuchte sich vorzustellen, wie Chuck Lehman auf der Suche nach Jessica und Cary mit einer Bratpfanne in der Hand die Straße hochlief.

Das Telefon riss sie aus den Gedanken.

»Laura, könnten Sie bitte kurz in mein Büro kommen?«, fragte Lieutenant Galaz, als sie sich meldete. »Irgendwann in den nächsten zehn Minuten.«

Laura wurde bewusst, dass sie sich zum ersten Mal im Büro von Lieutenant Galaz aufhielt, seit er bei ihnen war.

In dem Ledersessel vor Galaz' Schreibtisch saß ein dicker Mann. Er machte den Eindruck von jemandem, der mit allen Wassern gewaschen war: kurz geschorene blonde Haare, unter Fett begrabene Muskeln in einer dunkelblauen Sportjacke in Übergröße. Der typische Polizisten-Schnurrbart, graublond. Eckige Brille mit Goldrand und rosa getönten Gläsern, die zu seinem eckigen Gesicht passte. Die Füße in schwarzen Slippern, ein Fuß auf das Knie des anderen Beins gelegt. Er stand nicht auf, als sie den Raum betrat.

Galaz erhob sich hinter seinem riesigen Kirschholzschreibtisch und begrüßte sie mit einem Lächeln, als wären sie miteinander vertraut.

»Schön, dass Sie gekommen sind, Laura. Das ist Mickey Harmon von Dynever Security. Er war zwanzig Jahre bei der Polizei von Tucson. Wir kennen uns schon eine Ewigkeit, sind praktisch zusammen aufgewachsen.«

Laura nickte Harmon zur Begrüßung zu.

»Setzen Sie sich, setzen Sie sich.« Galaz deutete auf den zweiten roten Ledersessel und blickte sie mit unverhohlenem Interesse an. Während sie Platz nahm, dachte sie, dass das Büro völlig anders aussah als zu Zeiten von Larry Tuttle, der es die elf Jahre zuvor besetzt hatte. Statt der Neonröhren an der Decke warfen neue Lampen ein weiches, schmeichelndes Licht. Die abgeschabten Möbel, das meiste davon billige Büroausstattung, waren durch einen dicken handgeknüpften Teppich, Kirschholz und Leder ersetzt worden. Ein Regalbrett voller Bücher über Regeln und Verfahren des Department of Public Safety, ein weiteres war der Forensik und dem Profiling vorbehalten – ähnlich wie bei ihr zu Hause. Die größte Veränderung allerdings betraf die Wände, an denen drei enorm vergrößerte Naturfotos hingen. Ein Foto war eine Nahaufnahme von einem fliegenden Kolibri. Die anderen beiden zeigten Spinnen, zu wahren Monstern vergrößert: eine schwarze Witwe in ihrem schimmernden Netz, die Augen so groß wie Erbsen; und eine gigantische behaarte Wolfsspinne vor einem glänzenden grünen Hintergrund.

Galaz folgte ihrem Blick. »Ah, Sie haben meine Fotos bemerkt. Ist ein Hobby von mir. Vielmehr eine Leidenschaft.« Er schob ihr eine Zeitschrift, *Arizona Highways*, über den Schreibtisch zu. »Ich hab's endlich geschafft. Seite fünfzehn.«

Laura schlug gehorsam die Seite auf: noch mehr Spinnen und ein, zwei Skorpione.

»Sehr beeindruckend, Sir.«

Er trug das Lächeln schon auf den Lippen, als hätte er das Kompliment erwartet.

»Ich habe Sie hergebeten, weil ich wissen wollte, wie es mit dem Fall vorangeht. Stimmt es, dass wir kurz vor einer Verhaftung stehen?«

»Wir sammeln noch Beweise. Wir hoffen darauf, dass sich bei der Untersuchung des Computers etwas ergeben wird.«

»Und was ist mit dem Lippenstift mit den Fingerabdrücken? Bringt der nichts?«

»Die Fingerabdrücke stammen von dem Mädchen. Er ist in seinem Schlafzimmer gefunden worden.«

Galaz zog die Augenbrauen zusammen. »Ich finde es gut, dass Sie sich Zeit lassen und nicht vorschnell Schlüsse ziehen. Wir erinnern uns alle leider nur allzu gut an Walter Bush.«

Walter Bush war ein Geschäftsmann aus Tucson, der allein aufgrund der Identifikation durch einen Zeugen wegen einer Reihe von Einbrüchen verhaftet worden war. Letztlich hatte sich seine Unschuld erwiesen, aber erst nachdem er in der Gefängniszelle einen Selbstmordversuch unternommen hatte. Ein Verfahren deswegen war anhängig.

Galaz lehnte sich zurück, die Hände hinter dem Kopf verschränkt. »Laura ist eine der besten Ermittlerinnen, die wir haben. Du erinnerst dich bestimmt an die Judd-Morde – der Mann, der seine ganze Familie auf grausame Weise getötet hat. Laura hat den Fall geknackt. Sie ist wie ein Pitbull-Terrier. Wenn sie sich einmal in etwas verbissen hat, lässt sie nicht mehr los.«

Laura krümmte sich innerlich.

»Wir waren uns nicht ganz einig, welcher sozialen Gruppe der Mörder zuzurechnen ist«, sagte Galaz. »Mickey ist überzeugt, dass er weiß ist, aber ich könnte mir gut vorstellen, dass er einer Minderheit angehört.« Er lächelte und breitete die Arme aus. »Sie wissen schon – gebt auch den Minderheiten eine Chance!«

Laura sagte: »Die Mehrzahl solcher Täter ist weiß –«

»Na, was hab ich dir gesagt?« Mickey blinzelte ihr zu.

»Aber«, fuhr Laura fort, »es wäre ein Fehler, irgendeine Bevölkerungsgruppe von vornherein auszuschließen. Auch wenn von solchen Tätern sehr wenige mexikanischstämmig oder schwarz sind, glaube ich, dass –«

Galaz wandte sich mit einem triumphierenden Lächeln an Mickey. »Siehst du, Mickey? Sie stimmt mir zu. Minderheiten sind zwar unterrepräsentiert, aber wir holen auf. Immer mehr von uns arbeiten sich zur Mittelschicht vor und sind besser ausgebildet, und wir unterliegen demselben Druck, unter dem der durchschnittliche Weiße steht. Wir entwickeln Geschmack daran.«

Laura sagte nichts dazu. Dann könnte man auch sagen, wie toll es war, dass die Frauen die Männer in der Lungenkrebsstatistik mittlerweile überholt hatten.

»Ich will damit nur sagen, Mickey, dass es jeder sein könnte«, erklärte Galaz. »Wir wollen die Grenzen nicht zu eng ziehen.«

»Dem stimme ich zu«, sagte Laura. »Aber er ist wahrscheinlich weiß.« Sie hoffte, den Lieutenant damit nicht aus irgendeinem verdrehten Grund vor den Kopf zu stoßen.

»Ja, davon bin ich auch überzeugt. Es ging um die Theorie.« Galaz rollte zwischen seinen langen, spitz zulaufenden Fingern einen Montblanc-Füller hin und her. »Wenn ich es richtig verstanden habe, besteht eine Verbindung zum Internet. Glauben Sie, dass der Killer das Mädchen im Internet kennengelernt hat?«

Sie fragte sich, ob er das Wort »Killer« aus dem Fernsehen hatte. Niemand hier oder in einer anderen Polizeidienststelle, den sie kannte, sagte das. »Wir glauben, dass eine Verbindung zum Internet bestehen könnte, aber bislang haben wir noch keinen konkreten Beleg dafür.«

»Warum?«

»Das ist so, als suchte man eine Nadel im Heuhaufen. Ich habe jemanden darauf angesetzt, aber wir haben nicht genug Leute, da jetzt auch noch der Mord an Cary Statler dazugekommen ist.«

Er sah sie verständnisvoll an. »Ich habe mit Mickey darüber gesprochen. Diese Crazygirl-Geschichte. Glauben Sie wirklich, dass es für den Fall von Bedeutung ist?«

»Es könnte sein.«

»Wie gesagt, Mickey arbeitet für Dynever Security. Das ist eine der größten Internet-Sicherheitsfirmen in den Vereinigten Staaten. Vielleicht sogar auf der ganzen Welt!« Er blickte zu Harmon. »Ihr arbeitet mit sämtlichen Regierungsbehörden zusammen, oder, Mickey? Sehr beeindruckend.«

»Wir haben in einigen wichtigen Fällen der Regierung beratend zur Seite gestanden«, sagte Harmon.

»Erzähl doch mal, was ihr alles macht«, sagte Galaz und fuchtelte mit seinem Stift in der Luft herum.

»Hauptsächlich Internetsicherheit. Gegenüberwachung. Eine Abteilung erstellt Websites und entwickelt Netzwerke, eine andere beschäftigt sich ausschließlich mit der Datenverwaltung. Wir bieten auch kleineren Unternehmen unsere Dienste an.«

Er klang wie ein Vertreter.

»Das ist der Punkt«, sagte Galaz. »Wir beide wissen, dass wir nicht die nötigen Ressourcen für solche Recherchen haben. Sofern sich der Typ tatsächlich im Internet an sie herangemacht hat. Sie wissen, wie beschränkt unser Budget ist.« Er wandte sich an Harmon. »Desert Lakes, dieses kleine Städtchen in Zentralarizona. Die haben im Vergleich zu uns das dreifache Budget pro Kopf zur Verfügung. Die haben nagelneue Autos, alles nur vom Feinsten. Und wir, eine staatliche Behörde, hinken allen anderen hinterher, statt Vorreiter zu sein.«

Laura lächelte. Im DPS wurde immer gewitzelt, dass irgendwann der Tag käme, an dem auch die Gehälter der DPS-Leute Nachkriegsniveau erreichten.

»Wir müssen also improvisieren.« Galaz blickte sie an. »Wie sicher sind Sie, dass der Typ es war?«

»Lehman?« Sie schwieg. Was sollte sie darauf sagen?

»Tun Sie sich keinen Zwang an. Wir sind gänzlich unvoreingenommen.«

Laura gefiel die Wendung, die das Gespräch genommen hatte, überhaupt nicht. Besonders das »wir« gefiel ihr nicht – dieser Freund von Galaz saß da, als wäre er einer von ihnen. Aber sie musste ehrlich antworten. »Wir versuchen, ihn festzunageln, verfolgen aber auch noch andere Spuren.«

»Wäre es hilfreich, wenn wir diese Crazygirl-Verbindung finden könnten?«

»Ich denke schon.«

»Wie wäre es, wenn wir diesen Job nach außen gäben, an Dynever Security?«

Darum ging es also. Sie hatte schon den Mund aufgemacht, um zu antworten, ließ es dann aber bleiben. Harmon saß direkt neben ihr. Sie begriff zu spät, dass sie in eine Falle getappt war. Sie konnte nicht offen sagen, was sie dachte, wenn Harmon dabei war.

»Das sollte meiner Ansicht nach jemand machen, der sich damit auskennt.« Galaz schaukelte auf seinem Stuhl vor und zurück und lächelte sie dabei an. »Wissen Sie, was? Ich habe heute Abend ein paar Gäste, nichts Aufregendes. Wollen Sie nicht auch kommen? Dann könnten Sie die Leute kennenlernen, die Sie das letzte Mal verpasst haben.«

»Das wäre schön, Sir.«

»Dann zähle ich also auf Sie.«

»Ja, Sir.«

»Sie werden auch den Chef von Dynever Security kennenlernen. Toller Mann. Er ist wie ein Bruder für mich.«

Sie nickte bloß.

Er warf einen Blick auf seine Uhr. »Wir werden wahrscheinlich ziemlich spät hier rauskommen. Sagen wir also um neun? Meinen Sie, Sie finden mein Haus? Sie waren ja noch nie dort, wenn ich mich recht entsinne.«

Ein Wink mit dem Zaunpfahl. Victor hatte Recht, sie hätte zu der Grillparty kommen sollen. Sie nickte. »Ich werde da sein.«

»Dann bis um neun.«

Etwas in seinem Lächeln sagte ihr, dass die Audienz vorüber war.

Als sich die Tür hinter ihr schloss, fühlte sie sich, als wäre sie einem stundenlangen Verhör unterzogen worden. Ausgequetscht wie eine Zitrone und dann entsorgt.

Sie ertappte sich dabei, dass sie wieder die Fotowand anstarrte, und stellte fest, dass auf den meisten Fotos Nick Fialla zu sehen war, der Football-Trainer der University of Arizona, der die Wildcats vor zwei Jahren zur Meisterschaft geführt hatte. Es überraschte sie, dass sich die Prominenz von Tucson, die Bosse aus Politik und Wirtschaft, danach drängten, mit Nick Fialla fotografiert zu werden.

Er sollte eine Gebühr dafür verlangen, dachte sie grimmig. Wie bei den Eselchen in Nogales, mit denen sich die Touristen fotografieren ließen, um zu beweisen, dass sie in Mexiko gewesen waren.

# 21

Die Sonne war gerade hinter den Tucson Mountains untergegangen, als Laura die Ausfahrt nach Vail erreichte. Viele der entgegenkommenden Autos hatten bereits die Scheinwerfer eingeschaltet, und die Lichter zogen sich wie eine funkelnde Diamantkette über die rosa-violetten Hügel östlich von Tucson.

Als sie die Überführung passierte, fiel ihr Blick auf eine knochige Frau, die neben der Ausfahrt auf dem Rücksitz eines Chevy Vegas mit offenem Verdeck saß und ein Schild hochhielt, auf dem »Blowjob 2.00 $« stand.

Jeder hatte seinen Preis.

Der von Laura bestand darin, das zu tun, was Auf-geht's-Leute!-Galaz wollte. Es gab keine Möglichkeit, sich vor dieser Einladung zu drücken, schließlich hatte sie bereits auf dem Grillfest gefehlt – offenbar als Einzige aus der ganzen Abteilung.

Als sie vor ihrem Haus hielt, entdeckte sie etwas Helles auf der dunklen Veranda. Im Näherkommen entpuppte es sich als weißes Hemd.

»Tom?« Ihr Herzschlag beschleunigte sich.

»Hallo, Liebling.«

»Wann bist du zurückgekommen?«

»Heute Morgen.« Er erhob sich von der eisernen Hollywoodschaukel neben der Tür. Sie gab ein lautes Quietschen von sich – sechzig Jahre alte Federn.

Er stand nahe genug vor ihr, dass sie den Geruch seines Hemdes wahrnahm, eine Mischung aus Stärke und an der Luft getrockneter Wäsche. Tom besaß keinen Trockner. Er besaß überhaupt nicht viel.

»Ich habe von dem Mädchen gehört, das umgebracht worden ist – ich dachte, du könntest mich brauchen.«

»Von wem hast du das gehört?«

»Mina.«

»Mina hat dich angerufen?«

»Ich habe sie angerufen. Ich wollte wissen, wie es Ali geht.«

Ali war ein berühmter Mustang, der einmal Old Yeller geheißen hatte. Vor zehn Jahren, bevor Old Yeller den vorgezeichneten Weg in die Hundefutterfabrik antrat, hatte Tom ihn gekauft, seinen Namen in Ali geändert (»weil er der Größte war«) und ihn bei all seinen Umzügen mitgenommen. Ali war dreiundzwanzig Jahre alt, litt an Kreuzschmerzen und hegte ein tiefes Misstrauen gegen Laura.

Sie sog die Nachtluft ein, schwer und erfüllt vom Geruch der Kreosotbüsche und dem nach Dung. Sie war froh, dass Tom wieder da war – wirklich froh. »Wie lange wartest du schon?«

»Ich habe nicht gewartet. Ich habe hier gesessen.«

Zen und der geheimnisvolle umherziehende Zureiter. Er streckte die Hand aus und strich ihr leicht über die Wange, was dazu führte, dass ihre Gedanken aufstoben wie Funken eines Feuers, ihr Verstand schaltete sich ein und aus wie eine alte Leuchtreklame. Er merkte, welche Wirkung er auf sie hatte, war jedoch klug genug, nichts zu sagen. »Ich dachte, wir könnten rüber in die *cantina* und was trinken. Mina fragt sich schon, ob du ihr aus dem Weg gehst.«

Mina, die Besitzerin der Spanish Moon Cantina auf Bosque Escondido, mischte sich gern in das Leben der Leute ein, die hier wohnten und arbeiteten. Es hätte Laura interessiert, ob sie sich schon zu der Frage des Zusammenlebens geäußert hatte.

»Ich sollte besser nichts trinken. Ich muss nachher noch mal weg.«

»Ach?«

»Eine Party bei meinem Lieutenant – Erscheinen ist Pflicht.«

»Pflicht?«

»Jedenfalls für mich. Ich bin auf der letzten schon nicht gewesen, deshalb muss ich dieses Mal hin.«

»Was macht er, wenn du nicht kommst?«

Sie zuckte mit den Schultern. »Wahrscheinlich nichts. Reines Machtspielchen.«

»Klingt für mich eher so, als hätte er dich in der Hand.«

Er hatte gut reden, ein Mann, dessen gesamter Besitz aus einem Laster, einem Sattel, einem Pferdeanhänger und einem alten Pferd bestand.

Sie hatte in Tom jemanden gefunden, der in jeder Hinsicht perfekt zu ihr passte, mit einer Ausnahme. Von dem, was ihr am wichtigsten war, was ihr Leben ausmachte – ihrem Beruf –, hatte er nicht die leiseste Ahnung. Ehrgeiz war ihm völlig fremd. Fünfunddreißig Jahre alt und ritt Pferde auf einer Gästeranch zu.

»Hast du meine Nachricht gesehen?«, fragte er.

»Natürlich habe ich deine Nachricht gesehen. Ich muss schließlich essen, oder? Zum Glück hast du sie nicht an den Putzmittelschrank gehängt.«

Er legte ihr beide Hände auf die Schultern. »Hast du es dir überlegt?«

»Ich hatte noch keine Zeit.«

Wenn sie gedacht hatte, er wäre enttäuscht, hatte sie sich geirrt.

»Gut, ich kann warten. Wenn du schon nichts trinken willst, können wir dann wenigstens was essen?«

»Ich habe an Makkaroni mit Käse gedacht.«

Er lächelte. »In diesen kleinen Packungen ist nicht viel drin.«

»Ich habe zwei davon.«

Laura schwebte zwischen Wachen und Schlaf, ihr Körper war ein einziges langes Lächeln. Nackt zwischen den zerwühlten, kühlen Laken liegen, das leise Rattern des Deckenventilators, der ihr Luft zufächelte, ihre Beine mit den langen schlanken Beinen von Tom verschlungen, seine Haut an ihrer … in solchen Augenblicken fühlte sie sich wieder jung. Jung auf diese unschuldige, romantische Art, bevor das Leben ihr den ersten Schlag verpasst hatte. Bevor Billy Linton ihr sämtliche romantischen Vorstellungen ausgetrieben hatte. Bevor sie lernen musste, dass Familienbande jederzeit zerrissen werden konnten, ganz gleich, wie stark sie waren.

Wenn sie so dalag, fühlte sie sich wieder wie die Collegestudentin, die sie einst gewesen war, lebenshungrig, auf die Zukunft vertrauend. Sie brauchte nur ihren Gefühlen nachzugeben und konnte sie erneut empfinden, diese Hoffnung. Brauchte sich nur von diesem unglaublichen Liebhaber mitreißen zu lassen, dessen Berührungen Stromstöße durch ihren Körper jagten.

Schlaftrunken ertappte sie sich dabei, wie sie seinen schlanken Körper in dem Lichtschein, der aus dem Badezimmer fiel, betrachtete. Sie konnte nichts dagegen tun, sie musste ihn einfach berühren. Sie streckte die Hand aus und strich mit dem Finger über seine Haut und verspürte einen Schauer, obwohl sie warm war. Sie fuhr über seinen muskulösen Unterarm, über seinen Brustkorb, die kleine Erhebung, wo er sich bei einem Rodeo beim Ritt auf einem Bullen eine Rippe gebrochen hatte, dann tiefer zu der Senke zwischen seinen Hüftknochen.

Ein neuer Schauer.

*Warum sollten wir nicht zusammenleben?*

Weil es schiefgehen konnte. Das war die Lektion, die sie aus ihrer Ehe gelernt hatte.

Ehe?, fragte die Zynikerin in ihr. Was immer zwischen

ihr und Billy gewesen war, als Ehe konnte man es wohl nicht bezeichnen.

Tatsache war, dass eine Beziehung in die Brüche gehen konnte. All die guten Zeiten, das Gefühl, eins mit dem anderen zu sein, ihn so gut zu kennen wie sich selbst, und dann passierte etwas, und auf einmal stand man sich als Feinde gegenüber. Man wusste nicht einmal, wie es so weit gekommen war, aber eines Tages begegnete man sich im Flur und wich einander aus, sah weg, vermied es, einander zu berühren. Weil es plötzlich unmöglich war, den anderen zu berühren, weil man es nicht ertrug, seine Berührung auf der Haut zu spüren. Wie kam es dazu? Einfach nur Pech? Passierte das jedem, der etwas Schlimmes erlebte? Sie wusste es nicht.

Tom bewegte sich und legte den Arm über sie.

Sie konnte nicht leugnen, dass sie sich wohl bei ihm fühlte. Ihr Verstand sagte ihr, dass sie Tom nicht nach Billy Linton beurteilen durfte. Außerdem hatte Tom keine reiche Familie.

Sie drückte ihre Lippen auf seinen Mund, und er bewegte sich erneut.

Sie war oft selbst überrascht, wie heftig ihr Begehren war. Hemmungsloses Verlangen … und er reagierte jedes Mal darauf.

Jetzt richtete er sich auf einem Arm auf, beugte sich über sie, gab ihr einen Kuss.

Sie umfasste seinen Kopf und erwiderte seinen Kuss, lange und langsam.

Wie im Himmel.

Bis sich ein weniger angenehmes Gefühl dazwischendrängte –

»Scheiße!« Sie setzte sich auf, griff nach der Uhr neben dem Bett und drehte sie zu sich.

Toms Augen waren verhangen von Schlaf und Begehren und Verwirrung. »Was ist denn los?«

Zehn nach elf.

»Verdammter Mist!«

»Was ist denn?« Zwischen seinen Augenbrauen erschienen zwei steile Falten. Dann dämmerte es ihm. »Du hast die Einladung verpasst.«

Sie sprang aus dem Bett, verhedderte sich im Laken und musste sich am Bettpfosten festhalten, um nicht zu stürzen. Im Badezimmer drehte sie die Dusche voll auf. Tastete nach ihrer Zahnbürste. Vor oder nach dem Duschen? Was sollte sie anziehen? Was für Schuhe?

Sie fühlte sich überfordert. Unfähig, eine Entscheidung zu treffen. *Stell dich unter die Dusche, mach schnell.*

Während sie sich einseifte, versuchte sie sich zu erinnern. Wie hatte das passieren können? Sie hatten auf der Veranda gesessen und Makkaroni mit Käse gegessen. Ferngesehen, auf dem Sofa zu schmusen angefangen, dann waren sie ins Schlafzimmer gegangen, hastig und ungeduldig.

Sie hatten sich geliebt und alles um sich herum vergessen. Pure Lust. Völlige Verausgabung, jegliche Energie zu einem winzigen Fünkchen zusammengeschrumpft, wie der kleine helle Punkt auf dem alten Fernseher ihrer Großmutter, bevor der Bildschirm dunkel wurde. Sie erinnerte sich, dass sie kurz vor dem Einschlafen gedacht hatte: *Ich hab noch Zeit. Nur ein paar Minuten, dann steh ich auf …*

Während das Wasser auf ihre Haut prasselte, musste Laura an etwas denken, das Frank Entwistle immer gesagt hatte.

Es gibt keine Zufälle.

Sie nahm den Old Spanish Trail, raste die Rincon Mountains entlang. Sie war viel zu spät. Eine Abkürzung hinüber zum Catalina Highway, dann rechts ab auf eine schmale asphaltierte Straße, die sich bergauf wand bis zu der Stelle, an der Galaz' Haus auf die Stadt hinuntersah. Keine Autos mehr vor dem geschlossenen schmiedeeisernen Tor, das Haus dunkel.

Auf der Rückfahrt war Laura erstaunt, wie elend ihr zumute war. Sie ahnte, dass sie dieses Mal etwas Unverzeihliches getan hatte. Victor hatte ihr schon lange gesagt, dass sie mehr darauf achten musste, was in den höheren Etagen vor sich ging. Er hatte ihr mehr als ein Mal erklärt, dass sie sich unklug verhielt. Sie hatte es immer mit einem Schulterzucken abgetan, weil es für die Arbeit, die sie jeden Tag machte, ihrer Meinung nach nicht wichtig war, jemandem in den Hintern zu kriechen.

Der Mond lugte über den Rand der Rincons, ein lachender Clown.

Als sie nach Hause kam, war Tom weg. Sie war überrascht, auch wenn sie nicht erwarten konnte, dass er blieb. Wenn sie zusammenleben würden, wäre es etwas anderes. Dann wäre er die ganze Zeit da.

Aber jetzt war sie zu müde, um darüber nachzudenken.

Sie ging ins Bett und schlief sofort ein. Wenig später wurde sie von einem lauten Rumpeln geweckt. Gott sei Dank – die jungen Rotluchse waren wieder da.

Laura setzte sich im Bett auf und hörte zu, wie sie auf dem Dach herumtobten, beobachtete, wie im Mondlicht die Schatten der Mesquitebäume über den Boden tanzten. Die meisten Ranchhäuser im Südwesten hatten einen Betonfußboden. Dieser hier war achtzig Jahre alt und die meiste Zeit dunkelrot gewesen, zerkratzt und abgeschabt von Generationen von Cowboystiefeln, Sporen, herumgeschleiften Sätteln und Zaumzeug. Laura hatte ihn haselnussbraun gestrichen und versiegelt. Im Mondlicht war jedoch schwer zu sagen, welche Farbe er hatte.

Sie wünschte, Tom hätte auf sie gewartet. Seine Abwesenheit quälte sie wie der Phantomschmerz von einer amputierten Gliedmaße.

So etwas hatte sie seit Billy nicht mehr empfunden – diese Verliebtheit, die den Herzschlag hochjagte, alle Nerven vibrieren ließ, einen unter Hochspannung setzte. Als würden sich zwei elektrische Drähte berühren und Gefühle auslösen, die vertraut und zugleich überraschend waren.

Laura hatte lange darüber nachgedacht. Sie hatte Männer gekannt, die eine stärkere erotische Ausstrahlung hatten, attraktivere Männer, mächtigere Männer. Vielleicht war es das Verbotene ihrer Beziehung. Das Begehren des Verbotenen war ihr wahrscheinlich im Religionsunterricht eingeimpft worden – Kinder neigten ja dazu, die gegenteilige Botschaft zu verinnerlichen. Mit der Pubertät war die Lust am Verbotenen zum Lebenskonzept geworden und brachte sie noch auf der Highschool und auf dem College zu den falschen Entscheidungen: schöne junge Männer, die wussten, dass sie schön waren, und nichts weiter im Kopf hatten als Verachtung für diejenigen, die ihnen zu Füßen lagen.

Ihre Mutter lebte nicht mehr, um ihr abzuraten. Aber Laura wusste, dass sie ihre Vorurteile übernommen hatte. Ein vagabundierender ehemaliger Rodeoreiter war nicht der richtige Mann für sie. Das Ergebnis war eine Beziehung, die etwas Anstößiges an sich hatte – und genau deshalb wunderbar war.

Ein Zugsignal ertönte. Die Bahngleise verliefen parallel zum Freeway, ungefähr zehn Kilometer weit entfernt. In schlaflosen Nächten, von denen es in letzter Zeit allzu viele gegeben hatte, hörte sie jeden großen Lastwagen auf dem Highway und das melancholische Tuten jedes Zugs. Diese Geräusche waren Bestandteil ihres Lebens geworden, die einsamen Laute von Menschen, die nach irgendwohin unterwegs waren, durch die Nacht fuhren.

*Wenn ihr zusammenleben würdet, dann –*

*Hör auf damit.*

Die jungen Rotluchse tappten über das Dach, rannten herum, jagten einander. Gott sei Dank.

Diese Nacht war an Schlaf nicht mehr zu denken. Sie schaltete das Licht ein. Die flaschengrünen Wände ihres Schlafzimmers sahen aus, als wären sie zu lange der Sonne ausgesetzt gewesen und stellenweise ausgebleicht, sie hatte extra einen Kurs besucht, wie man Wände alt aussehen ließ. Das und das Bett aus Mesquiteholz – *hecho en Mexico* – machten den Raum schön, fand sie jedenfalls.

Ihr Blick wanderte zu den Fotos an der Wand gegenüber dem Bett, Mittelpunkt des Zimmers. Die meisten davon stammten aus glücklichen Tagen mit ihren Eltern und ihren Freunden: sechzehn mal fünfundzwanzig große Bilder von ihr auf ihrer Stute Calliope, wie sie stolz die Preise von der alljährlichen Zuchtschau auf der Alamo Farm präsentierte; zwei Tuschezeichnungen von Ross Santee, die sie auf einem Flohmarkt entdeckt hatte; ein Hochzeitsfoto von Frank Entwistle und seiner zweiten Frau Pat.

Keine Hochzeitsfotos von ihr. Es gab keine.

Sie betrachtete die Fotos an der Wand gern aus einer gewissen Entfernung, die Gesamtwirkung der mit Bedacht aufgehängten Bilder, den sanften Schimmer der vergoldeten Rahmen, sah sie sich jedoch nur selten aus der Nähe an. Es gefiel ihr nicht, welche Gefühle sie in ihr wachriefen.

Gestern war gestern; heute war heute.

Jene vergangenen Tage waren so alt und verblasst wie die Fotografien, ein halb vergessener Traum. Das Leben von jemand anderem. Sie war nicht mehr das hübsche, schüchterne Mädchen auf dem Rücken einer fünfzigtausend Dollar teuren Vollblutstute, der kichernde Teenager, der sich mit seinen Freunden in Milchbars und bei Rockkonzerten amüsierte.

Das Mädchen, das ihr von diesen Fotos entgegensah,

schien voller Zuversicht in eine glückliche Zukunft zu blicken.

Wenn Laura die Bilder jetzt aus der Entfernung betrachtete, fand sie das traurig.

## 22

Gerade als sie sich am nächsten Morgen fertig machte, um zur Arbeit zu fahren, hörte sie das Gartentor quietschen. Sie warf einen Blick aus dem Fenster und sah Mike Galaz am Zaun stehen, fast verborgen von den großen Mesquitebäumen. Er schien ihr Dach zu betrachten.

Sie ging hinaus. Den Blick noch immer auf die Dachziegel gerichtet, sagte er: »Ist das ein Feigenkaktus, der da oben auf Ihrem Dach wächst, oder freuen Sie sich einfach nur, mich zu sehen?«

Er klang nicht so, als wäre er verärgert. Genau genommen klang er freundlicher, als sie ihn jemals erlebt hatte. »Gefällt er Ihnen?«, fragte sie. »Das ist der letzte Schrei bei der Fassadengestaltung.« Gleich darauf fragte sie sich, ob sie vielleicht zu flapsig war. »Wegen gestern Abend –«

»Machen Sie sich deswegen keine Gedanken.«

Der Drang zu einer Erklärung. »Ich war wohl müder, als ich gedacht hatte. Ich bin eingeschlafen.«

»*No problema*. Sie haben eine nette Party verpasst, mehr nicht.« Er zog sein Jackett aus und legte es sich ordentlich gefaltet über den Arm. »Haben Sie in der Hütte da eine Klimaanlage? Es ist fürchterlich heiß.«

»Vielleicht sollten Sie den schwarzen SUV gegen einen weißen tauschen.«

»Warum?« Er trat auf die abgetretenen Ziegel vor der Eingangstür und wischte sich mit der Hand über die Stirn.

»Schwarz zieht die Hitze an.«

Er zuckte mit den Schultern. »Ich habe eine gute Klimaanlage. Was mich umbringt, ist der Weg vom Auto zum Haus.«

Er schien die elementarsten Regeln für das Leben in der Wüste nicht zu kennen. Dass man einen weißen Wagen fuhr, zum Beispiel, oder den größten Teil der Gartenarbeit vor acht Uhr morgens erledigte. Sie hatte Galaz mitten im Hochsommer während seiner Mittagspause joggen sehen.

Die Familie Galaz lebte seit dem achtzehnten Jahrhundert in der Gegend um Tucson, aber der Lieutenant verhielt sich nicht wie ein Einheimischer, mit einer Ausnahme. Tucson blickte auf eine lange Tradition mexikanischstämmiger Politiker und schlitzohriger Geschäftsleute zurück.

Er nahm ihr Angebot, ihm eine Tasse Kaffee zu bringen, an. Auf dem Gang durchs Haus schloss sie die Fenster und schaltete die Klimaanlage ein.

Er hielt seine Hand in den Luftstrom und verzog bei dem muffigen Geruch das Gesicht. »Sie sind sicher, dass das Ding funktioniert?«

»Luftbefeuchter«, sagte sie. »Es dauerte eine Weile.« Sie zweifelte nicht daran, dass Mike Galaz in seinem teuren Haus in den Hügeln eine bessere Klimaanlage hatte.

Vor hundert Jahren hätte er wahrscheinlich auf einer Ranch wie dieser hier gewohnt. Er sah aus, als gehöre er hierher, mit seinen feingeschnittenen spanischen Gesichtszügen und seinem aristokratischen Benehmen. Ein Mann, der bei Kerzenschein eine gute Figur machen würde.

Er umschloss den Kaffeebecher mit beiden Händen. »Ich hoffe, es stört Sie nicht, dass ich einfach unangemeldet bei Ihnen auftauche.«

»Nein, natürlich nicht.« Aber ihre Nervosität kehrte zurück.

Galaz nippte an seinem Kaffee. »Schade, dass Sie Jay verpasst haben.«

»Jay?«

»Der Chef von Dynever Security. Der Hauptgrund, warum ich die Party veranstaltet habe: Ich wollte, dass Sie ihn treffen.«

Er war also doch verärgert. Und was sie gleich sagen würde, würde ihn noch mehr ärgern. »Was das angeht« – sie holte tief Luft – »ich bin nicht sicher, ob es eine gute Idee ist, jemanden von außen hinzuzuziehen.«

»Weil es nicht ganz dem Prozedere entspricht? Ist es das, was Ihnen Sorgen macht?«

»Sie wissen, was ein Verteidiger daraus machen könnte.«

Er sah sie an, seine dunklen Augen gaben nicht preis, was in seinem Kopf vor sich ging. »Sie sind ein guter Detective, Laura. Sie denken immer voraus. Das gefällt mir.« Er zog ein Taschentuch heraus und wischte sich über die Stirn. »Aber Sie dürfen mir ruhig etwas mehr vertrauen. Ich werde diese Untersuchung unter keinen Umständen gefährden. Falls Sie Bedenken wegen der forensischen Untersuchung des Computers haben, das macht natürlich unser Labor. Das gebe ich auf keinen Fall aus der Hand. Mir geht es nur um diese Internetgeschichte. Was mich betrifft, ist das alles nur Luft.«

Luft, die töten kann, dachte Laura.

Galaz lehnte sich zurück, und der Stuhl quietschte. »Haben Sie Zweifel, dass es Lehman war?«

»Ich habe Fragen.«

»Ich habe den Autopsiebericht gelesen. Die Sache mit der Pfanne. Es fällt mir schwer zu glauben, dass Lehman mit einer Pfanne in der Hand die Straße entlangmarschiert ist und Ausschau nach den beiden gehalten hat.«

»Victor würde bestimmt sagen, dass Lehman Cary in seinem Haus umgebracht und dann nachts in die Hütte geschafft hat.«

Bei der Erwähnung von Victors Namen trat ein kalter Ausdruck in Galaz' Augen. Irgendetwas stimmt nicht zwischen den beiden. Sie erinnerte sich daran, wie Victor ihn genannt hatte: Kontrollfreak.

Er schlug die Beine übereinander. »Was meinen Sie?«

»Ich habe kein Blut entdeckt, das darauf hindeuten würde, und es hätte eine Menge Blut gegeben. Selbst wenn man gründlich sauber macht, bleiben immer ein paar Blutspuren zurück. Aber bei der Untersuchung mit Luminol kam nichts heraus.«

»Crazygirl 12. Das bereitet mir ebenfalls Sorgen. Sie haben selbst gesagt, Detective Holland hätte keine großen Anstrengungen unternommen.«

»Zu seiner Entschuldigung muss ich sagen, dass wir ziemlich viel zu tun hatten.«

»Trotzdem, um es auf den Punkt zu bringen: Sie haben Zweifel.«

Sie nickte.

Er stellte den Kaffeebecher ab. »Ich bin der Meinung, wir sollten es versuchen. Bevor er sich ein neues Opfer sucht. Victor und Buddy können sich weiter um Lehman kümmern.« Als er ihren Gesichtsausdruck sah, fügte er hinzu: »Ich verspreche Ihnen, dass es keine negativen Folgen haben wird.«

»Das können Sie nicht.«

»Doch. Wenn es schiefgeht, übernehme ich die Verantwortung, aber es wird nicht schiefgehen. Jay ist gut. Sie werden ihn mögen.«

Ihr fiel auf, dass er im Indikativ sprach. Die Verhandlungsphase war vorbei. Soweit es ihn betraf, war es beschlossene Sache. Es wäre auch gestern Abend beschlossene Sache gewesen, aber da hatte sie seine Pläne durchkreuzt, indem sie nicht erschienen war.

Diese Unterhaltung hätte nicht stattgefunden, wenn sie

gestern Abend auf der Party gewesen wäre. Er hätte sie in Gegenwart von diesem Jay gefragt, und sie hätte ja sagen müssen. Beim DPS – wie bei jeder anderen Strafverfolgungsbehörde auch – ließ man seinen Vorgesetzten nicht auflaufen. Niemals.

Vielleicht hatte Victor Recht mit seiner Einschätzung, dass der Lieutenant immer über alles die Kontrolle haben musste. Im Augenblick hatte er sie jedenfalls. Sie konnte sich genauso gut damit abfinden. Sie konnte ihren guten Willen zeigen, mit dem Typ reden und Galaz dann mitteilen, dass es nicht funktionierte. »Okay, ich rede mit ihm.«

»Gut.« Galaz griff in seine Brieftasche, zog eine Visitenkarte heraus und legte sie auf den Tisch.

Auf der Karte stand DYNEVER SECURITY. MICHAEL J. RAMSEY II., LEITENDER GESCHÄFTSFÜHRER.

Sie starrte auf das hellgraue Velinpapier, den Prägedruck. Ihr Gesicht rötete sich, und ihr Herz begann schneller zu schlagen.

»Jay Ramsey?«, sagte sie. Ihre Zunge fühlte sich pelzig an.

»Sie kennen ihn«, sagte Galaz. Es war keine Frage.

»Nein, das wäre zu viel gesagt. Ich bin ihm nur ein Mal begegnet.«

»Begegnet« traf es eigentlich nicht ganz. Sie hatte ihn unzählige Male gesehen.

*Hatte ihn auf dem Tennisplatz der Ramseys neben der Straße zu den Ställen beobachtet. Wenn er vom Haus zu seinem Range Rover ging, mit seinen Freunden herumhing, in einer Staubwolke an ihr vorbeifuhr.*

»Er hat sich nach Ihnen erkundigt«, sagte Galaz. »Er denkt oft an Sie.«

*Hin und wieder blickte er in ihre Richtung und nickte ihr zu.*

»Aber das versteht sich ja von selbst«, ergänzte Galaz.

# 23

Kurz darauf ging Galaz. Völlig benommen trat Laura hinaus auf die Veranda und fragte sich, was das alles zu bedeuten hatte.

Es gab keinen konkreten Grund, Jay Ramsey nicht zu treffen. Sie kannte den Mann nicht. Aber es war elf Jahre her, seit sie sich in diesem Teil der Stadt aufgehalten hatte. Es war mit so vielen Erinnerungen verbunden …

Mrs. Ramsey, wie sie ihr die Papiere gab: *Wir wollen, dass du sie bekommst. Zum Dank.*

Ein fünfzigtausend Dollar teures Danke.

Das Telefon klingelte, und sie zuckte zusammen.

Es war Barry Endicott, der Detective aus Indio. »Tut mir leid, dass ich jetzt erst anrufe«, sagte er. »Ich habe an einem Fall gearbeitet, der mich ziemlich auf Trab gehalten hat.«

»Schon in Ordnung.« Sie merkte, dass sie schwer atmete.

»Ich habe gehört, Sie haben ein Mädchen gefunden«, sagte er. »Merkwürdig angezogen und in Pose gesetzt, richtig?«

»Ja.«

»Wir auch, vor fünf Monaten. Ihr Name war Alison Burns.«

»Was hatte sie an?«

»Sie war wie ein kleines Mädchen angezogen und saß in einem zum Abbruch freigegebenen Motel auf dem Bett. Reines Glück, dass wir sie überhaupt entdeckt haben. Der Typ, der sie gefunden hat, machte Aufnahmen von verlassenen Gebäuden. Er sagte, er hätte das Haus schon die ganze Zeit im Auge gehabt, und nach der Räumung ist er reingegangen, bevor man es verbarrikadiert hat. Eine Zeit lang war er unser Hauptverdächtiger, aber es stellte sich heraus, dass er zu der Zeit, als das Mädchen umgebracht worden war, in Monterey war – bei einem Fotoworkshop.«

»Wie alt war sie?«

»Zwölf. Wie alt war Ihre?«

»Vierzehn.«

Er schwieg einen Moment, vermutlich dachte er über den Altersunterschied nach. Laura bat ihn um weitere Einzelheiten.

»Sie wurde nach der offiziellen Schließung des Motels hingebracht, bevor die Betten weggeschafft wurden. Weil sie so schnell gefunden wurde, konnten wir den Zeitpunkt des Todes ziemlich genau bestimmen.«

Endicott zufolge war Alison Burns erstickt worden. In ihrem Blut hatte man Spuren von Rohypnol gefunden, mit dem Vergewaltiger ihre Opfer häufig betäubten.

»Wir nehmen an, er hat ihr das Rohypnol verabreicht und sie dann erstickt, aber das ist nur eine Theorie. Aus dem Mageninhalt lässt sich schließen, dass er eine kleine Party für sie veranstaltet hat.«

»Was?«

»Wir glauben, dass er mit ihr zu McDonald's gegangen ist. Happy Meal, Cola, danach ein Eis. Im Zimmer fanden wir Luftballons und einen neuen Teddybären.«

Es wurde immer merkwürdiger. »Eine Art Geburtstagsfeier?«

»Ja. Aber bis zu ihrem Geburtstag war es noch lange hin. Wahrscheinlich wollte er ihr ihren letzten Tag schön machen.«

Laura merkte, dass sie den Telefonhörer umklammert hielt.

»Aber auch das ist nur eine Vermutung.«

»Er hat sie erstickt?«

»Wir glauben, dass er sie ›einschlafen lassen‹ wollte.«

»Wurde sie missbraucht?«

»O ja. Tagelang.«

»Tagelang? Er hat sie nicht gleich umgebracht?«

»Wir glauben, dass er sie vier Tage in seiner Gewalt hatte, vielleicht fünf.«

Jessicas Mörder hatte sie nur ein paar Stunden gefangen gehalten und nach ihrem Tod vergewaltigt. Wahrscheinlich handelte es sich nicht um denselben Täter. »Könnte ich die Liste der Beweisstücke sehen?«

»Dafür brauchen wir ein schriftliches Gesuch.«

»Ich schicke Ihnen eines per Fax, aber gibt es eine Möglichkeit, die Sache zu beschleunigen?«

»Ich werde sehen, was ich tun kann. Schicken Sie mir das Fax. Fordern Sie eine ausführliche Liste an. Sie wollen doch sicher Fotos von dem Kleid, von der Digitalkamera –«

»Was für eine Kamera?«

»Die, die er ihr geschickt hat.«

»Er hat ihr eine Kamera geschickt?«

»Unter anderem.« Er hielt kurz inne. »Wir glauben, dass er über das Internet Kontakt mit ihr aufgenommen hat.«

Zwanzig Minuten später bekam Laura das erste Fax: ein Foto von Alison Burns' Kleid.

Laut beigefügtem Bericht stammte das Schnittmuster von einer Internet-Firma namens »Schönes aus alter Zeit«, die Kleidung für »anständige Frauen und Mädchen« verkaufte. Laura kannte den Namen von Ted Olsens Liste. Sie sah im Internet nach. Das Kleid, Modell »Mädchenzauber«, war dem, das Jessica Parris angehabt hatte, sehr ähnlich, auch wenn es ein paar Unterschiede gab. Das Kleid von Alison war schlichter, hatte jedoch eine Schürze, die fest an das Kleid angenäht zu sein schien.

Sie scrollte durch die Schnittmuster und fand Jessicas Kleid ganz am Ende. Es trug den Namen »Sanftmut«.

Das war gut. Das war wirklich gut.

Und es wurde noch besser. Die Faxe krochen eines nach dem anderen in einem nervtötenden Schneckentempo aus dem Gerät: ein Foto von der Kamera, die Alison per Post bekommen hatte, zwei Fotos von Schmuckstücken, die für eine Zwölfjährige ziemlich auffällig waren. Aber das letzte Foto war das Beste von allem.

Auf den oberen Rand hatte Endicott gekritzelt, dass das Originalfoto auf einem Tintenstrahldrucker ausgedruckt worden war und an Alisons Spiegel geklebt hatte. Es handelte sich um eine Schwarzweißaufnahme, keine besonders gute – aber es reichte, um Laura in Aufregung zu versetzen.

Der Mann war Anfang zwanzig. Dunkelhaarig, gut aussehend, lässige, aber teure Kleidung. Er stand vor einem holzverkleideten Haus auf Pfählen. Quer über den unteren Rand, auf der Fotokopie kaum lesbar, stand »In ewiger Treue, James«.

Das war der Mann, der nach Ansicht des Sheriff-Büros von Riverside County über das Internet mit Alison Burns korrespondiert hatte. Leider gab es keine weiteren Informationen, da Alison Burns keinen eigenen Computer besessen hatte. Nach Meinung von Endicott war sic an dcm Computer in der öffentlichen Bibliothek gesessen, als der Mann mit ihr Kontakt aufgenommen hatte.

Laura betrachtete den Mann und versuchte, sich in Alison Burns hineinzuversetzen. Er sah nicht wie ein Kinderschänder aus. Er sah aus wie ein attraktiver, wohlhabender junger Mann, der Mädchenträume von einem Prinzen wahr werden lassen konnte.

Ein Mann, der eine frühreife Zwölfjährige verführen konnte.

Laura betrachtete das Haus. Es war auf Pfählen erbaut worden, was auf die Nähe des Meeres hindeutete – vielleicht ein Strandhaus. Die Holzverschalung hatte einen hellen Anstrich, und neben der Treppe wuchs eine Fächerpalme. Die Golfküste? Und der hübsche, sonnengebräunte junge Mann, die professionelle Qualität des Fotos – es könnte sich um die Set-Karte eines Models handeln.

Sie griff nach ihrem Notizblock und machte sich Notizen zu den neuen Entwicklungen:

Alison Burns – Übereinstimmungen
Schnittmuster – »Schönes aus alter Zeit«
Wohnmobil in der Brewery Gulch
Wohnmobil in der Nähe des ersten Tatorts
Digitalkamera, Schmuck für Alison/Internetverbindung (?) CRZYGRL 12
Der Mann auf dem Foto – Strandhaus?
Serienmörder, planvolles Vorgehen
Unterschiede zwischen Jessica und Alison – unterschiedlich lange festgehalten, Alter, Todesart
Postmortem vs. antemortem

Es gab gravierende Unterschiede: der Altersunterschied, die Art und Weise, wie die Opfer getötet worden waren, dass Alison tagelang gefangen gehalten und währenddessen vergewaltigt worden war, wohingegen Jessica nur noch ein paar Stunden gelebt hatte und nach ihrem Tod vergewaltigt worden war.

Jessica Parris' Schambereich war rasiert worden. Das Kleid, das der Mörder mitgebracht hatte, war zu klein gewesen – die Gerichtsmedizinerin hatte gesagt, Jessica sei für eine Vierzehnjährige ziemlich unterentwickelt gewesen. Konnte es sein, dass er seinen Irrtum nach der Entführung bemerkt hatte? Und konnte der Umstand, dass sie älter war, als er gedacht hatte, seine Pläne durchkreuzt haben?

Falls dem so war, könnte er seine Wut an ihr ausgelassen haben. Er hatte sie erwürgt, statt sie »einschlafen zu lassen«, wie Endicott es bezeichnet hatte.

Die Übereinstimmungen gewannen für Laura an Gewicht. Sie hatte von an Anfang an das Gefühl gehabt, dass die Lösung dieses Falls im Internet zu finden war.

Falls Jessicas Mörder auch Alison getötet hatte, dann ließ sich Chuck Lehman schnell ausschließen. Sie brauchten nur zu überprüfen, wo er sich zum Zeitpunkt von Alisons Tod aufgehalten hatte.

Falls es der gleiche Täter war.

Trotz ihrer Zweifel hinsichtlich Lehman fügte ihn Laura ihrer Liste hinzu:

Lehmans Freundschaft mit Cary und Jessica
Lippenstift im Schlafzimmer
Staubgesaugt, Bettwäsche gewechselt?
In der Nähe gefundene Kundenkarte von Safeway
Drehbuch über Entführung und Ermordung eines jungen Mädchens
Pornografie
Lehman hat gelogen, was Beziehung zu Cary angeht

Es war, als würde man zwei verschiedene Bilder betrachten. Für beide gab es überzeugende Argumente.

Frustriert schlug sie den Notizblock zu und sah hinaus auf die Wüste, die sich vor ihrem Fenster erstreckte. Die Antwort war in der virtuellen Welt zu finden, so viel stand fest.

Sie nahm Jay Ramseys Karte und rief ihn an.

## 24

Die Einfahrt zur Alamo Farm an der Fort Lowell Road wurde von einem schmiedeeisernen Tor und einer gut zwei Meter hohen Steinmauer geschützt. Als sie das letzte Mal hier gewesen war, war die Mauer hüfthoch gewesen, und es hatte kein Tor gegeben. Die Bäume hinter der Mauer waren allerdings dieselben: alte Mesquite- und Walnussbäume. So ausladend und prächtig, wie sie sie in Erinnerung hatte.

Als Laura sich dem Pfosten näherte, in den unterhalb der Überwachungskamera eine Sprechanlage eingebaut war, ließ sie ihr Fenster herunter und musterte die Mauer. Sie hätte nicht sagen können, wo der alte Teil aufhörte und der neue anfing. Auf der Mauerkrone waren Glasscherben einzementiert.

Die Sprechanlage knisterte. »Dürfte ich bitte Ihren Ausweis sehen?«, fragte eine Stimme.

Laura hielt ihre Dienstmarke vor die Kamera. Sie hörte die Kamera surren, ohne zu wissen, was dies bedeutete. Es dauerte eine halbe Ewigkeit, bis endlich das Tor aufging und sie durchfahren konnte.

In dem Augenblick, als die Reifen ihres Wagens über die Grenze des Grundstücks rollten, krampfte sich ihr Magen zusammen. Sie hätte wissen müssen, dass all die Erinnerungen zurückkommen würden. *Sie saß im Schneidersitz auf dem Boden, wartete, die Kälte kroch durch den Stoff ihrer Jeans, sie war müde.*

*Die Augen fielen ihr zu, und sie riss sie wieder auf, weil sie, nachdem sie die dritte Nacht in Folge hier verbrachte, einfach wusste, dass die Stute heute Nacht fohlen würde.*

Die Zufahrtsstraße führte zwischen den hoch aufragenden Bäumen nach Süden zum Fluss hinunter, und Laura stellte fest, dass die Mauer und das Tor nur Fassade waren – der Besitz war heruntergekommen. Regelrecht verwahrlost.

*Das Geräusch eines Automotors weckte sie. Es erschreckte sie. Sie war auf dem Besitz der Ramseys in Sicherheit, zumindest dachte sie das, aber ihre Eltern wussten nicht, dass sie hier war, und Julie Marr war nicht weit von hier entführt worden.*

Laura bemerkte, dass ein Teil der Bäume auf der Alamo Farm das gleiche Schicksal erlitten hatten wie viele andere am Rillito River: Der durch das Wachstum der Stadt bedingte sinkende Wasserspiegel machte ihnen zu schaffen. Zwischen dem sommerlichen Grün ragten kahle Äste hervor, und die Mesquitebäume waren von Misteln übersät. Der Bewässerungsgraben neben der Straße, durch den früher das Wasser rauschte, war ausgetrocknet. Sie hatte vor ein paar Jahren in den Nachrichten gehört, dass Betsy Ramsey bei einem Autounfall ums Leben gekommen war. Seither hatte offensichtlich niemand mehr den Parcours benutzt – die Stangen lagen auf dem Boden, ihre Farben waren so verblichen, dass sie kaum mehr von der Erde zu unterscheiden waren. Spärliches Gras und hoch aufgeschossene Unkrautbüschel bedeckten den mageren Boden.

*Das Dröhnen des Motors, das immer näher kam.*

Laura folgte einer S-Kurve durch eine dämmrige, mit Mesquite- und Walnussbäumen bestandene Senke. Ab hier verlief die Straße parallel zur Fort Lowell Road in westlicher Richtung. Auf der einen Seite wuchsen Aleppokiefern als Windschutz, auf der anderen erstreckte sich ein brachliegendes Feld. Die weißen Lattenzäune standen noch, aber die Weiden, auf denen einst Vollblüter gegrast hatten, waren ebenfalls von Unkraut überwuchert.

Als sie wieder nach vorn blickte, glaubte sie ihren Augen nicht zu trauen.

Die Ställe waren verschwunden.

Die große Pappel – deren spanischer Bezeichnung die Farm ihren Namen zu verdanken hatte – stand noch da, aber die Ställe mit den großen Boxen und die Koppeln waren weg. Abgerissen, niedergewalzt, das Holz achtlos auf einen Haufen geworfen. Ein Berg aus geborstenen grünen Schindeln, zersplitterten weißen Brettern und eisernen Zaunpfosten, halb überwuchert von Unkraut.

Scheinwerfer tauchten am Ende der Straße auf, näherten sich, ließen in ihrem Lichtkegel die Bäume aus der Dunkelheit hervortreten.

Laura war jetzt hellwach. Und sie hatte Angst. Es hatte etwas mit der Art zu tun, wie der Wagen hier eindrang, wie er über die unbefestigte Straße raste. Mit klopfendem Herzen stand sie auf und versteckte sich im Schatten der Pappel neben der Box der Stute, unsicher, was sie tun sollte.

Die Scheinwerfer erloschen vor dem Haus. Autotüren wurden zugeschlagen.

Laura lauschte auf die Geräusche der Nachttiere, eine Grille zirpte. Aus dem Haus drangen Stimmen – Männerstimmen, wütend. Sie konnte nicht verstehen, was sie sagten.

Kurz nacheinander krachte es zweimal – als würde jemand mit der Axt Feuerholz spalten. Auch wenn sie es nicht glauben wollte, wusste sie instinktiv, dass es etwas anderes war. Die Tür wurde aufgerissen, und sie hörte hastige Schritte. Autotüren wurden zugeschlagen. Ein Motor heulte auf.

Der Wagen wendete in einer Fontäne aus Staub, seine Scheinwerfer erfassten eine Sekunde lang die Stute in ihrer Box, bevor er zwischen den Bäumen davonschoss.

Laura wartete ein paar Minuten, aber er kam nicht zurück.

Sie kroch zu der Hecke, die die Stallungen vom Garten trennte, folgte dem Pfad zu dem offenen Tor und ging weiter zur Hintertür. Die Tür verschwand beinahe hinter einem üppig blühenden Bougainvillea-Busch, und erst unmittelbar davor sah Laura, dass sie halb offen stand. Sie stieß die Tür mit dem Ellbogen auf, nicht mit der Hand, um keine Fingerabdrücke zu hinterlassen – sie hatte schließlich schon genug Kriminalfilme im Fernsehen gesehen.

Sie dachte daran, was Rafael, der Vorarbeiter, ihr erzählt hatte. Die Ramseys hatten die Stadt den Sommer über verlassen, und während ihrer Abwesenheit passte ihr Sohn auf das Anwesen auf.

In der Küche brannte Licht. Sie schlich auf Zehenspitzen durchs Haus. »Mr. Ramsey? Alles in Ordnung? Ich bin's, Laura Cardinal. Sind Sie da?«

Der Teppich im Flur war erstaunlich alt, weich und weiß, und man sah, dass er vor kurzem gestaubsaugt worden war. Außerdem waren die tiefen Abdrücke von Füßen darauf zu sehen. Sie ging um sie herum. Die Fußspuren führten zu der letzten Tür am Ende des Flurs. Aus dem Türspalt drang Licht.

In dem Zimmer stand ein breites Bett mit zerwühlter grün und weiß gemusterter Bettwäsche. Vom Fußende des Betts starrten sie zwei grimmige, schmiedeeiserne schwarze Hunde an.

Es roch merkwürdig. Irgendwie verbrannt.

Auch sonst war es merkwürdig. Als wäre alle Luft aus dem Raum gesaugt worden. Was sie für Bettwäsche gehalten hatte, entpuppte sich als bleicher Rumpf und ein Arm, die über die Bettkante hingen, zum größten Teil von einem Kissen verdeckt. Auf dem Teppich darunter war ein unregelmäßiger Fleck zu erkennen, als hätte jemand Himbeersaft verschüttet.

Blut.

## 25

Nicht so viel Blut, wie man hätte annehmen können.

Laura erinnerte sich, dass sie zitternd nach dem Telefon gegriffen (selbst heute ärgerte sie sich noch darüber, dass sie dabei wahrscheinlich Fingerabdrücke verwischt hatte) und den Notruf gewählt hatte.

Sie berührte ihn nicht. Nicht weil sie wusste, dass sie ihm noch mehr Schaden zufügen könnte, wenn sie ihn bewegte, sondern weil sie ihn nicht berühren wollte. Als könnten dabei Tod und Sterben auf sie abfärben.

Nach all ihren Berufsjahren wusste sie, dass nichts zu tun das Beste war, was sie hatte tun können.

Laura ging vom Gas und starrte auf die Überreste von Mrs. Ramseys Stall.

Sie erinnerte sich daran, wie ordentlich es dort einst ausgesehen hatte. Der gefegte Durchgang, die weiß gestrichene Sattelkammer, die Farben im Stall. Alles war grün oder eine Mischung aus Gelb und Grün: Pferdedecken, Ventilatoren, Satteldecken, Eimer, Beinbinden, sogar die Lappen zum Abreiben. Alles, gelb und grün.

Jetzt sah es so aus, als wären die Ställe Stück für Stück auseinandergerissen worden. Zerfleischt von einem hungrigen Raubtier und in der glühenden Sonne liegen gelassen, um zu verrotten.

Tiefe Traurigkeit erfüllte diesen Ort, den sie einmal für unveränderbar gehalten hatte.

Sie bedauerte es, hergekommen zu sein.

Sie fuhr weiter zum Haus. Das einstöckige, in den zwanziger Jahren im kalifornischen Missionsstil errichtete Gebäude sah noch aus wie früher, abgesehen davon, dass an den Türen Stangen angebracht worden waren und dass es Rampen und Geländer für einen Rollstuhlfahrer gab. Der Garten war gepflegt, der Rasen so grün und flach wie ein Billardtisch. Bougainvillea, Hibiskus, Strelitzien, Königspalmen und Agaven im Überfluss. Ein natürlicher, hoher Zaun aus großen Kakteen umgab den Rasen.

Wunderschön.

Die Autos, die vor dem Haus parkten, waren andere als

früher. Statt Mercedes und BMW und dem Range Rover von Jay standen jetzt ein großer Wagen, der wie eine Mischung aus Transporter und Geländewagen aussah und den vermutlich Jay fuhr, und ein uralter Honda Civic davor.

Dieses Mal ging sie zur Vordertür.

Sie fragte sich, wie Jay wohl aussehen mochte. Siebzehn Jahre waren eine lange Zeit, und aus dem, was sie gestern Abend im Internet recherchiert hatte, wusste sie, dass Querschnittsgelähmte unter allen möglichen Begleiterscheinungen litten, von denen einige lebensgefährlich waren. Sie hatte gedacht, gelähmt zu sein bedeutete, dass man nicht laufen konnte, dass man bestimmte Körperteile nicht bewegen konnte und dass sie sich wie totes Holz anfühlten, aber bei der Lektüre dieses Artikels war ihr klar geworden, dass der Körper noch immer aus lebendem Gewebe bestand, und weil er nicht das tun konnte, wofür er geschaffen war, kam es zu schwer wiegenden Folgeschäden.

Wie war er? Sie erinnerte sich daran, wie er beim Tennis den Ball über das Netz geschlagen hatte, an seine in der Sonne schimmernden blonden Haare, seinen schlanken, muskulösen, braun gebrannten Körper in den weißen Shorts. Die wenigen Male, die er sie ansah, glaubte sie einen Funken von Interesse zu erkennen. Ihr hatte die Vorstellung geschmeichelt, dass sich ein Collegestudent für sie interessieren könnte.

Laura nahm an, dass nach all dieser Zeit die Querschnittslähmung ihren Tribut gefordert hatte. Jay Ramsey war inzwischen Ende dreißig. Galaz hatte ihr gesagt, dass seine Lähmung von einem Bruch zwischen dem sechsten und siebten Brustwirbel herrührte. Galaz zufolge hatte Ramsey weitgehend die Kontrolle über seinen Oberkörper, einschließlich der Hände. Seine Lebenserwartung war nicht sehr viel geringer als die eines jeden.

Sie wusste jedoch, dass es viele Risiken gab: Dysreflexie,

die zu einem Schlaganfall führen konnte; Atemprobleme; Nieren- und Blasenprobleme; Muskelkrämpfe; Hautausschläge; Lungenentzündung. Galaz zufolge hatten Jay Ramsey seine Behinderungen nicht davon abgehalten, eine der besten Internet-Sicherheitsfirmen im Land zu gründen und aufzubauen.

»Er hat als Hacker angefangen«, hatte Galaz erzählt. »Dabei ist er den falschen Leuten in die Quere gekommen. Nach der Schießerei hat er sein Leben völlig umgekrempelt und nie mehr einen Blick zurückgeworfen. Selbst wenn seiner Familie nicht J. J. Brown gehört hätte, wäre er erfolgreich gewesen. Eine unglaubliche Intelligenz.«

J. J. Brown war ein Kaufhaus, das hochwertige Produkte zu Discount-Preisen vertrieb, ähnlich den heutigen Outlets, und das in den zwanziger Jahren gegründet worden war. Seither war es für die Ramseys eine schier unerschöpfliche Geldquelle.

Sie läutete und dachte daran, wie ungern sie hier war. *Ich werde mich selbst zur Idiotin machen. Ich weiß nicht, wie ich mich ihm gegenüber verhalten soll, ich werde ihn anstarren …*

Aus dem Inneren des Hauses war ein Geräusch zu vernehmen. Die Tür wurde geöffnet, und Laura schlug ein Schwall kalter Luft entgegen. Der Mann, der in der Tür stand, trug ein weißes Hemd, eine Baumwollhose und Pantoffeln. Er erinnerte sie an eine plumpe, sanfte Taube.

»Detective Cardinal?«, fragte er. Er machte einen enttäuschten Eindruck. Wie hatte er sich eine Lebensretterin vorgestellt? Wie Supergirl? Er hielt ihr die Tür auf und ließ sie eintreten. »Ich bin Freddy. Jay wartet schon auf Sie – er freut sich sehr. Er ist in seinem Arbeitszimmer.«

Laura folgte ihm durch einen Flur, der von der Küche abging.

Sie wappnete sich innerlich. In Anbetracht all der Risiken, all der schrecklichen Dinge, die passieren konnten – Muskelkrämpfe, Schmerzsyndrome, wund gelegene Stellen, Blasenschwäche –, erwartete sie, einem Wrack von einem Mann zu begegnen.

Freddy öffnete die Tür zum Arbeitszimmer.

Die Sonnenstrahlen, die durch die Fenster fielen, überzogen den Berberteppich mit hellen Streifen. Laura konnte in dem Gegenlicht, in dem Staubkörnchen tanzten, kaum etwas erkennen. Ein wuchtiger Schreibtisch aus Kirschholz, ein großer Computerbildschirm, eine Pferdefigur aus der Tang-Dynastie. Und die Gestalt im Rollstuhl.

*Er schlug den Ball mit der Rückhand, flachsblondes Haar leuchtete in der Sonne auf …*

Ihre Augen gewöhnten sich an die Helligkeit.

Er sah genauso aus wie früher.

Einen Moment lang hatte sie ein merkwürdiges Déjà-vu, war wieder der Teenager mit einer Schwäche für den privilegierten ältesten Sprössling einer wohlhabenden Familie. War plötzlich wieder das schüchterne Mädchen mit trockenem Mund und pochendem Herzen.

*Lieber Himmel. Du bist eine erwachsene Frau. Du hast einen Freund. Du hast es zu etwas gebracht. Reiß dich zusammen.*

Sein Haare hatten denselben schimmernden Goldton. Sein Gesicht hätte das eines Engels sein können, wäre da nicht dieser belustigte Ausdruck in seinen Augen gewesen.

*Derselbe Blick, mit dem er mich angesehen hat, als ich vierzehn war.*

Er hatte dasselbe schmale, schöne Gesicht mit der vornehmen Nase und den durchdringenden blaugrünen Augen. Er trug sehr teure, aber lässige Kleidung, die ihm gut stand. Man sah ihm nicht an, dass er auf die vierzig zuging. Es war, als wäre er in Bernstein eingeschlossen gewesen.

Laura wurde sich bewusst, dass sie ihn anstarrte.

»Laura«, sagte er herzlich. »Schön, Sie wiederzusehen.« Das war nicht die Stimme eines kranken Mannes.

Sie fragte sich, ob sie es schaffen würde, ein paar Worte hervorzupressen. Versuchte es. »Hallo.« Wie geistreich.

Ein leises Klicken, gefolgt von einem Surren, als sich der elektrische Rollstuhl in Bewegung setzte.

»Freddy, jetzt lernst du endlich meinen Schutzengel kennen. Das Mädchen – die Frau, die mir das Leben gerettet hat.« Er kam näher. »Ich habe dir doch gesagt, dass sie hübsch ist, oder? Aber die Bezeichnung hübsch wird Ihnen inzwischen nicht mehr gerecht.«

Aus der Nähe stellte Laura fest, dass sein jugendliches Aussehen eine Täuschung war. Die Haut unter seinem Kinn war ein wenig schlaff. Sein Teint war nicht ebenmäßig, die Haut hatte an Spannkraft eingebüßt, und die Augenlider begannen zu hängen. Seine Augen funkelten, aber sie hatten gleichzeitig etwas Hartes – sie waren das Sprödeste an ihm.

»Laura, ich glaube, ich habe mich nie bei Ihnen bedankt.«

*Das hat schon deine Mutter getan.*

Er musterte sie – belustigt? Interessiert? Konnte er wirklich an ihr interessiert sein? Hatten Querschnittsgelähmte ein Sexualleben? Sie hatte keine Ahnung.

»Sie starren mich an.«

Sie trat einen Schritt zurück. »Tut mir leid.«

»Macht nichts. Ich bin daran gewöhnt. Die ersten Minuten sind immer etwas merkwürdig. Das braucht Ihnen nicht peinlich zu sein.«

Aber seine Augen hielten sie fest wie Nadeln einen Schmetterling im Glaskasten. »Mike sagte, Sie bräuchten Hilfe, um einen Verbrecher aufzuspüren.«

Laura war froh, dass er das Gespräch auf den Fall lenkte. »Wie glauben, dass wir es mit einem Täter zu tun haben, der im Internet agiert.« Sie setzte dazu an, ihm von Jessica Parris zu berichten, aber er hob abwehrend eine Hand.

»Ich sehe Nachrichten. Sie sind übrigens sehr telegen.« Er lächelte. Engelsgleich. »Mike hat mir alles darüber erzählt. Vielleicht gibt es ja irgendetwas, womit ich helfen kann. Wissen Sie etwas über den Täter?«

Laura holte aus ihrer Aktentasche die Bilder von dem jungen Mann, der Digitalkamera und dem Schmuck sowie von dem Streichholzheftchen, das der Mörder im Konzertpavillon zurückgelassen hatte. Sie hielt Jay die Sachen hin und war froh, als er sie ihr abnahm.

»Freddy?«, sagte Jay, ohne den Kopf zu wenden.

Der sanftmütig aussehende Mann trat zu ihm, nahm die Fotokopie und betrachtete sie.

Jay fragte an Laura gerichtet: »Ist das der Mann?«

»Er könnte es sein. Möglicherweise hat er ein Mädchen in Kalifornien umgebracht.«

Freddy sagte: »Eindeutig Südosten. Wahrscheinlich die Golfküste.«

»Freddy wurde in Pensacola geboren«, erklärte Ramsey. »Was sonst noch?«

Freddy gab Laura die Fotokopie zurück. »Der Typ sieht beinahe zu gut aus. Die Aufnahme hat was von einem Werbefoto.«

Laura sagte: »Wenn wir ungefähr wissen, wo sie gemacht wurde, könnten wir ihn vermutlich über eine Schauspieler- oder Modelagentur aufspüren.«

Jay Ramsey blickte zu ihr auf. »Vermutlich.«

Unerklärlicherweise freute sie sich über diese Zustimmung.

Jay verlagerte sein Gewicht und zuckte zusammen. »Er hat ihr die Kamera und den Schmuck geschickt.«

»Der Detective in Indio glaubt, er wollte, dass sie sich für ihn fotografiert.«

Er wandte seine Aufmerksamkeit der Aufnahme von dem Streichholzheftchen zu. »Crazygirl 12. Das ist interessant.« Sein Rollstuhl fuhr surrend zu dem Computer auf dem Schreibtisch.

»Was ist interessant?«, fragte Laura.

»Wie alt war dieses Mädchen – Jessica?«

»Vierzehn.«

Jay blickte auf den Computerbildschirm. Soweit Laura es beurteilen konnte, schien es sich um den neuesten Stand der Technik zu handeln. Ramsey sprach weiter, ohne sie anzusehen. »Die Zahl zwölf hinter dem Namen – das bezieht sich normalerweise auf das Alter. Ich kann mir nicht vorstellen, dass sich dieses Mädchen zwei Jahre jünger gemacht hat, schließlich wollen Teenager für gewöhnlich älter erscheinen.«

»Was wollen Sie damit sagen?«

Er hielt den Blick weiter auf den Bildschirm gerichtet. »Jessica Parris ist nicht Crazygirl 12.«

»Sie glauben, er hat Kontakt zu einem anderen Mädchen aufgenommen?«

»Das wäre die naheliegendste Erklärung.«

»Er ist nach Bisbee gekommen, um ein anderes Mädchen zu treffen.« In ihrem Kopf arbeitete es jetzt auf Hochtouren, jede Befangenheit war verflogen. »Aber was ist mit ihr passiert?«

Durch Ramseys Körper lief ein Zucken, und er ließ den Kopf an die Kopfstütze seines Rollstuhls sinken. »Da gibt es mehrere Möglichkeiten, denke ich. Er hat sie entführt und umgebracht. Er hat sie entführt und bei sich behalten. Oder er hat sie nie getroffen.«

»Soweit ich weiß, werden keine Mädchen vermisst.«

»Dann hat er sie wahrscheinlich nie getroffen.«

Warum?, fragte sie sich. Was hatte ihn davon abgehalten?

»Ich habe eine Frage an Sie«, sagte Jay Ramsey.

»Ja?«

»Wie war es, als Sie mich gefunden haben?«

Sie starrte ihn an. »Ich weiß nicht, was Sie meinen.«

»Was ist passiert, bevor und nachdem Sie mich damals gefunden haben?«

Laura gefiel die Frage nicht. Sie versetzte sie in die Vergangenheit zurück, und darüber wollte sie nicht nachdenken. Sie zuckte mit den Schultern. »Es ging alles so schnell.«

»Wie habe ich ausgesehen?«

»Sie waren bewusstlos.«

»Aber wie habe ich ausgesehen?«

Sie hätte ihm gern gesagt, dass diese Unterhaltung zu nichts führte, aber sie hatte das Gefühl, es ihm schuldig zu sein. Er hatte ihr einen wichtigen Anhaltspunkt hinsichtlich der Internetverbindung gegeben. Sie musste Jessicas Mörder finden, und er war vielleicht derjenige, der ihr dabei helfen konnte. *Behalt das Ziel im Auge.*

»Sie waren ...« Sie fragte sich, ob er das wirklich hören wollte. »Sie lagen zwischen den Laken, Ihr Oberkörper hing über die Bettkante. Ich habe kein Blut an Ihnen gesehen, nur auf dem Teppich. Ich glaube, Sie waren nackt.«

»Nackt.«

»Ich weiß es nicht genau. Sie waren zum Teil bedeckt von dem Laken.«

»Sie haben mich nicht angefasst. Warum nicht?«

»Ich wollte –« Sie hielt inne. Dass sie ihn nicht angefasst hatte, hatte ihm das Leben gerettet. Die Ärzte hatten gesagt, jede Bewegung hätte möglicherweise die Schwellung in dem Bereich um die gebrochenen Wirbel herum verschlimmert. Sie setzte erneut an. »Ich hatte Angst«, sagte sie.

Er lächelte. »Eine ehrliche Antwort. Ich weiß das zu schätzen, Laura.«

»Ich verstehe nicht, warum Sie gefragt haben.«

»In diesen Minuten hat sich mein Leben schlagartig geändert. Ich wollte wissen, wie das Ganze von außen ausgesehen hat. Ich habe nichts mitbekommen. Ich kann mich nicht einmal daran erinnern, dass sie reingekommen sind und auf mich geschossen haben.«

Laura wusste, dass diese Form von Amnesie häufig vorkam.

»Sie wissen, was passiert ist, oder?«, fragte Jay. »Ich war kein übler Kerl, aber ich konnte die Finger nicht vom Kokain lassen. Ich bin an ein paar Typen geraten von der Sorte, mit der man sich besser nicht einlassen sollte. Ich dachte, ich wüsste, was ich tue.« Er seufzte. »Als ich Mist gebaut habe, haben sie beschlossen, ein Exempel an mir zu statuieren – wenn einem reichen Jungen so was passieren kann, kann es jedem passieren.«

Er hielt inne. Wartete er darauf, dass sie etwas erwiderte?

»Aber Sie sind hier, um über Ihren Fall zu sprechen.« Er wandte seine Aufmerksamkeit wieder dem Computerbildschirm zu. »Das ist also alles, was wir für den Anfang haben? Crazygirl 12?«

»Ja. Heißt das, es ist unmöglich?«

Er lächelte. »Nichts ist unmöglich. Aber es wird eine Weile dauern. Ich sage Ihnen was. Ich treffe mich heute Nachmittag mit ein paar Leuten und will mich vorher noch ein bisschen ausruhen. Warum kommen Sie nicht heute Abend wieder? In der Zwischenzeit werde ich sehen, was ich mit Crazygirl 12 erreiche.«

Laura verspürte eine merkwürdige Enttäuschung. »In Ordnung.« Plötzlich stand Freddy neben ihr. Er brachte sie nach draußen – vielen Dank für Ihren Besuch, Ma'am, beehren Sie uns bald wieder.

An der Tür sagte er: »Er freut sich sehr, in dieser Sache

mit Ihnen zusammenzuarbeiten. Aber er hat eine lange Nacht hinter sich. Geben Sie mir Ihre Telefonnummer, und ich rufe Sie an und sage Ihnen Bescheid, ob es heute Abend klappt.«

Dann stand sie draußen und hatte, gegen jede Vernunft, das Gefühl, dass Jay Ramsey ihr etwas weggenommen hatte. Einfach lächerlich. Sie verstand, warum er wissen wollte, was damals geschehen war. Das war wahrscheinlich der Grund dafür, warum er eingewilligt hatte, sich mit ihr zu treffen.

Wenn es dazu beitrug, den Mörder von Jessica Parris zur Strecke zu bringen, dann würde sie ihm mit Freuden alles erzählen, was er hören wollte.

Laura hielt neben den eingerissenen Ställen an und ließ den Motor im Leerlauf weiterlaufen.

Sie hatte Calliope drei Jahre lang bei Springreitturnieren geritten, mehrere Preise in der Working-Hunter-Klasse in Tucson und Phoenix mit ihr gewonnen und auf einigen großen Pferdeschauen den ersten Platz belegt. Die ganze Zeit über hatte sie gedacht, Calliope gehöre ihr. Betsy hatte ihr das Pferd »gegeben«, ihr sogar die Jockey-Club-Unterlagen für die Stute ausgehändigt.

Eines Tages sagte Betsy Ramsey, sie wolle Calliope zurück.

Lauras Eltern erklärten ihr, dass sie einen Anwalt engagieren könnten, letzten Endes jedoch verlieren würden. Die Ramseys waren reich, die Cardinals – ein Schuldirektor und die Leiterin der Schulbücherei – nicht. Und Betsy Ramsey hatte Geld für einen Anbau der Grundschule gespendet, an der Alice Cardinal unterrichtete.

Das war Lauras erste Lektion in Sachen Pragmatismus.

Laura erinnerte sich daran, wie sie sich gefühlt hatte, als sie Mrs. Ramsey die Jockey-Club-Unterlagen zurückgab. Sie hatte diese Stute geliebt. Calliope war ihre beste Freundin gewesen. Sie hatte so viele Stunden mit ihr verbracht, hatte sie geritten, gestriegelt, an den Bewässerungsgräben entlang grasen lassen, die jetzt genauso vertrocknet und verstaubt waren wie ihre Erinnerungen.

In jenem Jahr hatte Mrs. Ramsey mit Calliope beim Desert Classic in Kalifornien in der Working-Hunter-Klasse den zweiten Platz belegt.

Seit dem Tag, an dem Laura die Alamo Farm verlassen hatte, war sie nicht mehr hierher zurückgekehrt, bis heute. Sie hatte es nicht einmal über sich gebracht, sich von ihrer Stute zu verabschieden. Sie war zu der Erkenntnis gelangt, dass es am besten war, einen klaren Schlussstrich zu ziehen. Laura konnte sich nicht daran erinnern, dass ihr ihre Eltern oder Freunde dazu geraten hatten. Sie wusste einfach instinktiv, dass es ihr noch mehr wehtun würde, wenn sie die Trennung hinauszögerte, sich Hoffnungen hingab.

Vielleicht hatte eine tickende Uhr in ihrem Innern sie darauf vorbereitet, dass sie das später brauchen würde. Irgendetwas Elementares, das darauf hindeutete, dass sie sich früh im Leben mit Vergänglichkeit würde abfinden müssen. Als ihre Eltern starben, wusste sie daher, wie sie mit Trauer umzugehen hatte.

Als sich das Tor öffnete, verspürte Laura eine ungeheure Erleichterung.

Sie setzte den linken Blinker und wartete auf ein Lücke im Verkehr auf der Fort Lowell Road.

»Du hättest einen Blick aufs Kleingedruckte werfen sollen.«

Die Stimme kam aus dem Inneren des Wagens. Frank Entwistles bullige Gestalt füllte den Beifahrersitz, er trug ein billiges Jackett aus Polyester zu einer ausgebeulten Hose, ein braunes Hemd und eine unmoderne breite Krawatte. In der einen Hand hielt er einen Hamburger. Der Geruch von Fett breitete sich im Auto aus.

»Du bist nicht echt.«

»Das behauptest du.« Er beugte sich zu ihr und stellte den Blinker von links auf rechts.

»Was bezweckst du damit?«, fragte sie, obwohl sie es genau wusste.

»Willst du nicht an deinem alten Haus vorbeifahren?«

»Nein.«

»Warum nicht? Es ist doch ganz in der Nähe.« Er warf ihr einen Blick von der Seite zu, dann zuckte er mit den Schultern. »Wie du willst.«

»Danke.« Laura blinkte wieder links und bog in östlicher Richtung auf die Fort Lowell Road ein, während sie ihren ehemaligen Mentor aus dem Augenwinkel beobachtete. Er hatte es nie gelernt, mit geschlossenem Mund zu kauen, und auch die Tatsache, dass er tot war, änderte daran offenbar nichts. »Ich wusste gar nicht, dass Geister essen.«

»Ich bin kein Geist.«

»Was bist du dann? Eine Ausgeburt meiner Fantasie?«

»Das ist eine genauso gute Erklärung wie jede andere.« Er streckte den Arm aus und stellte den Lüftungsschlitz so ein, dass der Luftstrom sein Gesicht traf. »Heiß hier drin. Fahr ein bisschen langsamer, ja?«

Laura musste sowieso langsamer fahren. Sie näherten sich der scharfen Kurve vor dem mexikanischen Friedhof.

Frank legte seinen Arm über die Rückenlehne. »Gehst du jemals auf den Friedhof?«

»Nein, warum sollte ich?«

»Du warst damals noch ein Kind. Du weißt, wie Kinder sind, sie wollen alles wissen, wollen rausfinden, was es damit auf sich hat – mit dem Tod, meine ich. Als deine Schulfreundin entführt wurde, wäre es eine natürliche Reaktion gewesen hierherzukommen. Ich werde niemals vergessen, wie es war, als das erste Mal ein Kind aus meiner Klasse starb.«

»Wer sagt denn, dass Julie auf dem Friedhof gestorben ist?«

»Nicht gestorben. *Entführt*. Warum fährst du nicht hin?«

Laura wollte sich zuerst stur stellen, doch dann fuhr sie im letzten Moment auf den unbefestigten Seitenstreifen, eine weiße Staubwolke wirbelte auf. »In den Zeitungen stand nichts darüber, wo sie entführt wurde.«

Frank Entwistle knüllte das fettige Papier von seinem Hamburger zusammen und warf es auf das Armaturenbrett. »Wie kommt es dann, dass du davon träumst?«

Laura blickte an ihm vorbei auf den Friedhof. Mesquitebäume, grün und üppig nach den sommerlichen Regengüssen, zwischen Engeln, Kreuzen und Gräbern aus Erdhaufen und aufgeschichteten Steinen. Bunte Blumensträuße – sowohl echte als auch künstliche – auf den Gräbern, grell leuchtend in der unbarmherzigen Sonne. Laura stand unter einem Mesquitebaum, in entgegengesetzter Fahrtrichtung – an der Stelle, an der in ihren Träumen der orange-weiße Wagen stehen blieb und die Äste Schattenmuster auf die breite weiße Motorhaube warfen. Das Mädchen, die Hände um die Riemen ihres Rucksacks gelegt, beugte sich vor, um mit dem Mann auf dem Fahrersitz zu sprechen.

In ihren Träumen hörte Laura den im Leerlauf drehenden Motor des Chevy, roch verbranntes Öl und spürte die Hitze, die er erzeugte – Einzelheiten, die sie sich vor langer Zeit mit Hilfe der Berichte in den Abendnachrichten und einem Zeitungsfoto zusammenfantasiert hatte.

»Ganz gleich, wie alt du werden wirst, du wirst dich immer daran erinnern«, sagte Entwistle.

»Woran erinnern?«

»Daran, wenn zum ersten Mal ein Kind aus deiner Klasse stirbt.«

Julie Marr war eine neue Schülern, sie kam aus North Carolina. Sie sprach merkwürdig, hatte merkwürdige Haare und trug merkwürdige Sachen.

Laura wusste nur zu gut, wie es war, eine Außenseiterin zu sein. Aber sie hatte es auf die andere Seite geschafft, sie hatte Freunde. Julie hatte ihr leidgetan, aber sie war nicht bereit, ihren eigenen Ruf aufs Spiel zu setzen.

Julie Marr wohnte gleich um die Ecke. Laura gestand es sich zwar selbst nicht gern ein, aber wenn sie Julie vor sich hergehen sah, wechselte sie auf die andere Straßenseite, damit es nicht damit endete, dass sie gemeinsam nach Hause gingen. Sie machte große Schritte. Sie lief einfach immer so schnell. Deshalb ging sie auf die andere Seite, die Augen starr geradeaus gerichtet.

Wie Jessica Parris war Julie Marr auf dem Heimweg von der Schule verschwunden. An zwei Tagen in der Woche ging Laura nach dem Unterricht zum Redaktionstreffen der Schülerzeitung. Sonst hätte das orange-weiße Auto vielleicht neben ihr gehalten.

Die angerosteten Schlösser sprangen mit einem leisen Quietschen auf. Laura saß im Schneidersitz auf dem Fußboden ihres Gästezimmers, während die Nachmittagssonne durch die Ritzen in den Jalousien fiel, betrachtete nachdenklich den alten Koffer und unterdrückte ein Niesen, als ihr der Staub in die Nase stieg.

In dem Koffer lagen Stapel von Aktendeckeln, die mit Schuhbändern zusammengeschnürt waren. Die meisten davon waren mit mittlerweile verblasster Tinte beschriftet, und die meisten Beschriftungen begannen mit »Laura«: Laura – Schule; Laura – Kunstunterricht; Laura – Schwimmverein und so weiter.

Aber einige der braunen Aktendeckel hatte ihre Mutter für sich selbst reserviert.

Da war es, fast ganz unten. Die Aufschrift »Verbrechen« in der krakeligen Schrift ihrer Mutter.

Laura wusste genau, wo sie nachsehen musste, obwohl sie diesen Ordner seit elf Jahren nicht mehr zu Gesicht bekommen hatte. Sie erinnerte sich daran, dass ihre Mutter Berichte über die in Tucson begangenen Morde aus der Zeitung ausgeschnitten hatte, darunter einige weit zurückliegende Mordfälle aus den vierziger Jahren, die gruselige Geschichte von Charles Schmid, der in den sechziger Jahren drei junge Mädchen ermordet und Tucson als Stadt mit der »schändlichsten Straße in ganz Amerika« einen Platz im *Life*-Magazin verschafft hatte – ein Mörder, der sich schminkte und zerdrückte Bierdosen in die Stiefel steckte, um größer zu wirken.

Laura hatte vergessen, wie ernst es ihrer Mutter mit dem Schreiben gewesen war. In dem Koffer befanden sich drei Spiralhefte mit Notizen, vollgekritzelte Papierschnipsel, Fotos, Telefonnummern von Detectives und Streifenpolizisten, Anwälten und Staatsanwälten, und sechs Kapitel eines Buchs mit dem Titel *Tod in der Wüste: Ein Bericht über die grausamsten Morde in Tucson* von Alice Cardinal.

Daran konnte sie sich nicht erinnern. Sie war ein Teenager gewesen und völlig mit sich selbst beschäftigt, als ihre Mutter mit der Schreibwerkstatt begonnen hatte. Sie hatte die Interessen ihrer Mutter nicht ernst genommen. »Autorin« passte nicht zu dem Bild, das sie von ihrer Mutter hatte. Ihre Mutter leitete die Schulbücherei und verwendete den größten Teil ihrer Zeit und Energie darauf, das Leben von Laura zu gestalten, nicht ihr eigenes.

Laura überflog die erste Seite.

*Kapitel eins*

In Tucson, Arizona, hat es zahlreiche Morde gegeben, aber keiner davon war so mysteriös wie das Verschwinden von Julie Marr, Schülerin an der San Pedro Middle School.

Julie Marr ging an einem warmen Septembertag wie gewohnt von der Schule nach Hause, als sie spurlos verschwand. Zwei Tage später bemerkte ein Mann namens Jerry Lee, der östlich der Stadt in der Nähe des Redington Pass zeltete, einen alten Wagen, der von der Straße abgekommen und den Abhang hinuntergerollt zu sein schien und von ein paar Büschen und Kakteen aufgehalten worden war. Lee, schon immer ein neugieriger Mann, kämpfte sich zu dem Wagen vor und erkannte entsetzt, was er auf der Rückbank des alten Wagens sah. Sie war voller Blut.

Sechs Kapitel über das Verschwinden von Julie Marr, dann nichts mehr. Laura wusste nicht, ob ihre Mutter vor Kapitel sieben aufgegeben hatte oder ob sie gestorben war, während sie noch am Schreiben war, selbst Opfer eines Mordes.

Laura beschloss, dass sie sich im Augenblick nicht intensiver damit befassen wollte. Sie legte das unvollendete Werk zur Seite und überflog die Ausschnitte über das Verschwinden von Julie Marr. Zwei Zeitungsberichte. Über dem ersten stand:

Suche nach der verschwundenen Schülerin von der San Pedro Middle School auf das gesamte Stadtgebiet ausgedehnt

Und darunter sah man ein in der Schule aufgenommenes Foto von Julie Marr. Zwei Tage später lautete die Schlagzeile auf der ersten Seite

Im Entführungsfall Marr benutzter Wagen gefunden

Dazu ein Schwarzweißfoto des 55er Chevy Bel Air, alle vier Türen offen, ein Detective, der sich über den Fahrersitz beugte.

Sie überflog die Artikel und notierte die wichtigsten Punkte des Falls auf der Innenseite des Aktendeckels.

Das Auto war von A & B Auto Wrecking, einem Schrottplatz an der South Park Avenue, gestohlen worden. Der Bel Air war in einen Unfall verwickelt gewesen, fuhr aber noch.

Die Laboruntersuchung ergab, dass das Blut auf dem Rücksitz von Julie Marr stammte. In Anbetracht der Menge war die Polizei sicher, dass sie entweder schwer verletzt oder tot war. Der leitende Ermittler in dem Fall war Barry Fruchtendler von der Polizei in Tucson.

Wie in dem Bericht von Lauras Mutter hieß es in dem Artikel, der Wagen sei in der Nähe der Redington Pass Road in den Tanque Verde Mountains östlich von Tucson gefunden worden. Er war in einer Kurve von der Straße gelenkt worden. Der Hang war an dieser Stelle so steil, dass der Wagen von der Straße aus nicht zu sehen war.

Die Suche hatte sich auf die nähere Umgebung konzentriert, aber man fand weder eine Leiche noch ein Grab.

Weil Julie Marrs Leiche praktisch überall in dem zerklüfteten, nahezu unzugänglichen Gelände liegen konnte, wurde die Suche am nächsten Tag eingestellt.

Julies Eltern, George und Natalie Marr, wurden mit der Aussage zitiert, Julie könnte noch leben, wenn die Polizei die Vermisstenanzeige ernster genommen hätte.

Laura verstaute den Koffer wieder, behielt aber den Aktendeckel, einschließlich der Kapitel ihrer Mutter. Sie legte ihn auf den Küchentisch. Ein interessanter Ausflug in die Vergangenheit, aber sie konnte keine Verbindung zum Fall Jessica erkennen.

Es war möglich, dass der Mörder vor all den Jahren hier in Tucson gelebt und sowohl Julie Marr als auch Jessica Parris umgebracht hatte. Aber es war unwahrscheinlich, wenn man bedachte, wie viel Zeit inzwischen vergangen war und dass Jessica erwürgt worden war, während Julie Marr einen sehr viel gewaltsameren Tod gefunden hatte. Das wies auf zwei verschiedene Mörder hin: Der eine ging planvoll vor, der andere unkontrolliert.

Laura rief bei der Polizei von Tucson an und fragte nach Detective Barry Fruchtendler. Es gab dort niemanden, der so hieß.

Vermutlich war er im Ruhestand.

Sie schlug im Telefonbuch nach und wurde auch hier nicht fündig. Das hatte allerdings nicht viel zu heißen, Polizisten waren für gewöhnlich nicht eingetragen. Sie würde morgen einen ihrer Freunde bei der Polizei von Tucson anrufen und sich erkundigen, ob er noch irgendwo in der Gegend wohnte.

Aber nicht jetzt.

Sie zog eine frische Bluse an, sperrte ab und machte sich auf den Weg über den Hügel zu Toms Haus.

# 26

Jay Ramsey hatte es beinahe geschafft, den Teller auf seinen Schoß zu ziehen, als er ihm aus der Hand glitt und auf den Steinfliesen zerbrach.

»Siehst du?«, sagte Freddy spitz, als er die Scherben aufhob. »Du bist schon viel zu lange draußen.«

»Mach dir meinetwegen keine Sorgen.«

»Das war das Lieblingsservice deiner Mutter. Du weißt doch, sobald du anfängst, Sachen fallen zu lassen –«

»Freddy, es reicht.«

»Bitte, ganz wie du meinst.« Freddy huschte um sie herum, räumte das Geschirr ab und wischte Krümel vom Tischtuch.

Jay hatte Laura zum Frühstück eingeladen. Sie war froh über das frühe Treffen, weil sie es kaum erwarten konnte, dass Jay ins Internet ging und all die Wunderdinge vollbrachte, die Galaz versprochen hatte, aber jetzt saßen sie erst einmal da. Sie musste immer wieder an Alison Burns denken, wie sie in einem verlassenen Motelzimmer auf dem Bett lag. Und an Jessica Parris, die im Konzertpavillon des Stadtparks wie eine Puppe in Pose gesetzt worden war.

Sie musste zugeben, dass es ihr hier gefiel – blühende Pflanzen und angenehmer Schatten. Eine große Markise hielt die Terrasse kühl. Auf der anderen Seite der Zufahrt stand die hohe Hecke, hinter der der Tennisplatz lag, auf dem Jay Ramsey früher immer gespielt hatte. Laura, ein Kind, ein Stallmädchen, hoffend, sie könnte im Vorbeigehen seinen Blick auf sich lenken.

Jetzt hatte sie seine volle Aufmerksamkeit. Seltsam, wie sich Wünsche und Hoffnungen im Lauf der Jahre veränderten.

Freddy kam aus der Küche zurück. Er deutete mit dem Kopf auf das Thermometer, das an dem Pfefferbaum neben dem Pool hing. »Achtundzwanzig Grad. Und du bist schon mehr als eine Stunde draußen.«

»Es geht mir gut.«

»Wenn erst mal deine Blase in Anwesenheit deines Gastes versagt, wirst du deine Großspurigkeit bereuen.«

Jay bemerkte Lauras Unbehagen und grinste. »Freddy hat Angst, dass ich mich überhitzen könnte. Das kann zu Dysreflexie führen, und –«

»Die könnte seinen Blutdruck in die Höhe schießen lassen«, sagte Freddy.

Jay beugte sich zu Laura und sagte in verschwörerischem Ton: »Wissen Sie, was man tun muss, wenn man überhitzt ist? In die Hose machen.« Er lachte. »Wenn Querschnittsgelähmte überhitzt sind, kann der Blaseninhalt manchmal zurückfließen. Um das zu verhindern, lässt man es zu einem kleinen Missgeschick kommen. Das nimmt den Druck weg. Aber man muss es regelrecht üben – es ist erstaunlich, wie schwer es ist, seine gute Erziehung zu vergessen.«

Freddy nahm den Stapel noch intakter Teller und zog sich mit einem gequälten Seufzer ins Haus zurück.

»In dem Augenblick, als ich Sie in den Nachrichten gesehen habe, wusste ich, dass ich Sie treffen muss«, sagte Jay. »Vielleicht deshalb, weil es nie so weit gekommen ist.« Als er ihre Verwirrung bemerkte, fügte er erklärend hinzu: »Weil wir uns nie kennengelernt haben.«

Daran hatten die Ramseys von Anfang an keinen Zweifel gelassen: Besuche waren unerwünscht. »Ich verstehe das. Ihre Eltern haben versucht –«

»Meine Mutter hätte das niemals zugelassen«, sagte Jay. »Auch wenn Sie mir das Leben gerettet haben, wollte sie nicht näher mit Ihnen zu tun haben.« Er nippte an seinem Orangensaft. »Deshalb hat sie Sie ausbezahlt.«

Es mit diesen Worten gesagt zu bekommen, ließ erneut die Wut in ihr hochsteigen.

»Sie sollten jetzt mal Ihr Gesicht sehen. Ich kann es Ihnen nicht verübeln, dass Sie wütend sind. Ich wäre auch stinksauer. Vor allem als Sie Ihnen das Pferd wieder weggenommen hat. Nach ein paar Jahren, als sie sah, wie sehr die

Behinderung mein Leben veränderte – ihr Leben –, war sie nicht mehr so dankbar.«

Er verlagerte sein Gewicht, gähnte. Laura fragte sich, ob ihm das Gähnen irgendwie half. »Etwas freundlicher ausgedrückt, sie war impulsiv. Sie hat Ihnen das Pferd aus einem Impuls heraus gegeben und aus einem anderen Impuls heraus wieder weggenommen. Das Haltbarkeitsdatum Ihrer guten Tat war abgelaufen.« Kein Selbstmitleid, lediglich eine Feststellung. »Aber ich habe es nie vergessen, und jetzt befinde ich mich in einer Position, in der ich Ihnen helfen kann. Ich weiß, wie wichtig das für Sie ist. Das wäre es für jeden, aber in Anbetracht dessen, was Sie in Ihrem Leben durchgemacht haben …« Er ließ den Satz unbeendet, ein vager Hinweis auf den Tod ihrer Eltern.

Laura gefiel das nicht. Er wusste zu viel über ihr Leben.

»Ich möchte mich für meine Mutter entschuldigen. Leider lebt Calliope nicht mehr – ich würde sie Ihnen zurückgeben, wenn ich könnte. Mutter hat ihre Fohlen verkauft. Soweit ich weiß, ist eines davon noch in der Stadt.«

»Das spielt jetzt keine Rolle mehr.«

Er wechselte das Thema. »Hat Mikey Ihnen etwas über mein Unternehmen erzählt?«

»Mikey?«

»Lieutenant Galaz.«

»Er hat mir erzählt, dass Dynever eine Internet-Sicherheitsfirma ist.«

»Wir haben in ähnlichen Fällen schon mit dem FBI zusammengearbeitet. Einen Fall gab es in New York, ein Pädophilen-Ring. Einer meiner Leute hat sich für ein vierzehnjähriges Mädchen ausgegeben.«

Er wischte sich über die Stirn. Sein Gesicht war fleckig und schweißbedeckt. Laura sah sich um, aber Freddy war immer noch im Haus.

»Diese Leute kennen keine Hemmungen. Sie können sich

das nicht vorstellen. Pädophile haben einen fünfzehnmal stärkeren Sexualtrieb als normale Männer, wussten Sie das? Den fünfzehnfachen Sexualtrieb eines gewöhnlichen Mannes. Sie sind jede freie Minute im Netz und versuchen, mit irgendwelchen Mädchen oder Jungen Kontakt aufzunehmen. Sie werden davon beherrscht. Dieses dämliche Kissen.« Er rutschte in seinem Rollstuhl vor und zurück. »Fünfhundert Dollar für einen bescheuerten Klumpen Schaum, und trotzdem kriege ich immer noch wunde Stellen. Brechen Sie sich bloß nie das Rückgrat, Laura.

Diese Typen – ihr ganzes Leben dreht sich darum, wie sie an Kinder rankommen. Sie heiraten Frauen mit Kindern, um ihr Ziel zu erreichen. Wählen Berufe, in denen sie mit Kindern zu tun haben. Es ist diese Fantasie. Sie können ihr nicht widerstehen – sie wollen es auch gar nicht.«

»Das ist krank«, sagte Laura. Sie wusste, dass der Mann, hinter dem sie her war, nicht im eigentlichen Sinn krank war. Er war ein Soziopath – kein Geisteskranker. Aber ihn als »krank« zu bezeichnen, linderte den Druck in ihrem Kopf, bewirkte, dass sie sich etwas besser fühlte.

»Sie wären überrascht, wie viele Leute – Ärzte, Anwälte, Sozialhilfeempfänger, Manager – Sex mit einem zwölfjährigen Mädchen in Ordnung finden. Die Fakten sind nicht zu übersehen. Schauen Sie nur mal ins Internet.« Er stellte sein Glas auf den Tisch und schüttete sich dabei etwas Saft über seine langen, gepflegten Finger. Er schien es nicht zu bemerken. »Das Web hat alles verändert. Früher haben die Leute versucht, ihre Neigungen zu verbergen, aber inzwischen gibt es so viele davon, und es besteht eine Verbindung zwischen ihnen, ihre Zahl verleiht ihnen Macht. Das rechtfertigt ihr Tun und macht es erklärlich.

Deshalb meine Frage an Sie, Laura: Wenn immer mehr Leute von etwas überzeugt sind, könnte es dann nicht sein, dass es tatsächlich eine Berechtigung hat?«

Bevor Laura antworten konnte, rief Jay: »Du hast gewonnen, Freddy. Ich komm rein.« Er wendete seinen Rollstuhl und fuhr rasch über die Rampe ins Haus, überließ es ihr, ihm zu folgen.

Freddy bestand darauf, dass Laura im Wohnzimmer wartete, während sie sich um »ein paar unaufschiebbare Dinge« kümmerten.

Sie wartete und fühlte sich unbehaglich. Fragte sich, ob er sich gerade säubern lassen musste, weil er überhitzt gewesen war, ob er wirklich in die Hose gemacht hatte. Und sie fragte sich auch, ob er glaubte, nur weil eine Mehrheit von Leuten etwas für richtig hielt, sei das eine Entschuldigung für Grausamkeiten. Glaubte er das wirklich, oder hatte er nur den Advocatus Diaboli gespielt?

Vierzig Minuten später tauchte Jay Ramsey wieder auf, tadellos gekämmt und merklich erholt. »Also, dann wollen wir uns mal an die Arbeit machen«, sagte er.

Er rollte zu seinem Computer und loggte sich ins Internet ein. Laura stellte fest, dass er trotz der eingeschränkten Bewegungsfähigkeit seiner Hände sehr schnell mit den Zeigefingern tippte; sie schienen wie zehn Finger über die Tastatur zu fliegen.

Er rief eine Seite auf, auf der nur Text zu sehen war.

Ramsey sagte: »Willkommen bei WiNX. Das ist das ultimative Chat-Programm im Internet.«

Laura versuchte, sich daran zu erinnern, was Buddy Holland gesagt hatte. »Hat das etwas mit Instant Messaging zu tun?«

»Sie haben es erfasst. Die Leute kommunizieren in Echtzeit miteinander. Sie haben so etwas wahrscheinlich schon einmal bei MSN oder Yahoo gemacht.«

»Äh, nein.«

Er drehte sich leicht auf seinem Stuhl und lächelte. »Das Prinzip ist ganz einfach. Sie melden sich an, und dann findet sich ziemlich schnell jemand, der mit Ihnen reden will.«

Er tippte etwas ein, und es erschien ein Bild, das Laura an ihre ersten Erfahrungen mit einem Computer erinnerte, kurz nach Erfindung des Rads. »Sieht aus wie MS_DOS.«

»Sehen Sie? Sie wissen mehr, als Sie denken. WiNX ist ein DOS-basiertes System. Sehen Sie das hier?« Er ließ ein paar Zeilen in altmodischer Courier-Schrift über den Bildschirm rollen und deutete mit dem Daumen darauf. »Das sind Channels – Räume, in denen sich Leute mit gleichen Vorlieben treffen können. Im Augenblick gibt es auf WiNX wahrscheinlich so um die zwanzigtausend Channels.« Er zuckte zusammen und bewegte sich erneut leicht hin und her. Sah sie an. »Verwirre ich Sie?«

Ihr fiel wieder ein, wie Buddy mit technischen Begriffen um sich geworfen hatte, ohne ihr zu erklären, was er damit meinte. Ihre Verlegenheit genossen hatte. Sie zögerte, ihre Unkenntnis zu zeigen, aber dann fragte sie doch: »Sind Channels so etwas wie Fernsehkanäle?«

Er grinste. »So könnte man es auch beschreiben. Stellen Sie sich einen Sender mit einer unbegrenzten Anzahl von Kanälen zu jedem möglichen Thema vor.« Er rief eine neue Seite auf. »WiNX gibt es schon ewig. Sie müssen wissen, dass es sich dabei um den echten Untergrund handelt. Es gibt keinerlei Kontrollen. Es gibt keinen, der ein Auge darauf hat, dass bestimmte Grenzen nicht überschritten werden. Jeder kann tun, was er will. Es ist ein Niemandsland.«

Laura spürte ein Ziehen im Rücken. Ein Niemandsland. Es kam ihr so vor, als stünde sie im Begriff, etwas zu erfahren, was sie lieber nicht wissen wollte.

Er ließ Myriaden von Buchstaben über den Bildschirm laufen. »Ah, da ist es ja.« Er klickte etwas an, das Warezoutpost hieß, und es erschien eine Liste von Links, jeweils mit dem Wort »Warez« davor.

»Warez kommt von ›Waren‹«, erklärte Jay. »Im Sinn von ›Lass mich dir meine Waren zeigen‹. Sehen Sie? Software für Spiele. Filme, Musik. In den Warez treiben sich Jugendliche herum, weil sie umsonst irgendwelche Sachen runterladen können.«

Er zeigte ihr, wie man das fand, was er suchte, einen Film mit dem Titel *Ghost Recon*. »Das ist es, was sie anlockt. Kostenlose Musik, Filme. Ich bin als Nächster an der Reihe, wenn ich will.«

Mit ein paar Anschlägen auf der Tastatur fuhr er fort:

»Jugendliche kriegen so was immer als Erste mit. Bei diesen Boards kriegt man alles, was man will. Sie bedienen jeden Geschmack. Das hier ist ein allgemeiner Channel, aber es gibt auch welche, auf denen Jugendliche miteinander chatten.« Er öffnete ein weiteres Fenster. »Sehen wir mal nach, was im Girlroom los ist.«

»Im Girlroom?«

»Ich habe es so getauft. Dort sind viele Mädchen unter dreizehn Jahren zu finden.«

Er deutete auf eine Liste mit Namen auf der rechten Seite des Bildschirms. »Das sind die Leute, die momentan im Chatroom sind. Ich mache jetzt Folgendes …« Er tippte auf eine Taste und gab einen Namen ein, löschte ihn wieder und gab einen anderen ein. »Man braucht einen Nick«, sagte er und fügte zur Erklärung hinzu: »Einen Nicknamen.« Er gab »nick1amber/« ein. Das wurde angenommen, und er tippte »hi« ein.

Auf dem Bildschirm sah das so aus:

Amber: hi

Laura hörte einen Klingelton, und ein Nachrichtenfenster öffnete sich. Jay deutete auf die Statusleiste, und Laura las den Namen Gitmo.

Gitmo: wie alt bist du?
Amber: 13
Gitmo: bild?

»Er will ein Foto von ihr.«

Amber: ok woher komm???????????
Amber: kommst du
Gitmo: kalifornien und du?

Wieder hörte Laura ein Klingeln. Jemand anderes wollte mit Amber reden. Jay drückte auf eine Taste, und ein weiteres Nachrichtenfenster öffnete sich.

Podunk89: a/g

»Er will ihr Alter und ihr Geschlecht wissen.«

Amber: fast 13

Jay deutete mit dem Kopf auf die Statusleiste am oberen Bildschirmrand. Podunks Name wechselte von Rot zu Schwarz. Er war weg. »Falsches Alter«, sagte Jay und wandte seine Aufmerksamkeit wieder Gitmo zu.

Gitmo: wo warst du?
Amber: meine mom wollte was
Gitmo: schick mir ein bild

Mehrere Klingeltöne. Vier neue Namen erschienen auf dem Bildschirm.

Amber: mal sehn, wie alt bist du?
Gitmo: hattest du schon mal sex?
Amber: hatte letztes jahr einen f

»F?«, fragte Laura.
»Freund.«

Gitmo: hast du ihm einen geblasen?
Amber: du bist widerlich!!!!!!!!!!!!
Gitmo: verträgst wohl keinen spaß lol

Noch mehr Klingeltöne. Das Board füllte sich mit Interessenten. Jay öffnete ein weiteres Nachrichtenfenster.

Smooth Talk: bist du ein kleines mädchen?
Amber: ich bn dreizehn wie alt bist du????????????
Smooth Talk: zeig mir ein bild
Amber: ich hab 1 in der schlu schule nicht hier
Smooth Talk: wo wohnst du
Amber: in arizona

Smooth Talk klinkte sich aus. Zurück zu Gitmo:

Gitmo: ich will ein bild
Amber: nur wenn du mir auch eins shcickst
Gitmo: du treibst spielchen mit mir kleines mädchen
Amber: gerecht ist gerecht mein bild gegen deins
Gitmo: wenn du nicht ficken willst verschwendest du m zeit

Gitmos Name färbte sich schwarz.

Jay richtete sich auf, rutschte hin und her, ließ sich gegen die Rückenlehne seines Rollstuhls sinken. »Das ist es, womit Sie es zu tun haben. Diese Perversen hängen den ganzen Tag in diesen Chatrooms herum und halten Ausschau nach Kindern.«

Laura wollte schon sagen, sie könne sich nicht vorstellen,

dass irgendein Kind auf so etwas hereinfiel, schloss den Mund dann jedoch wieder.

Kinder fielen darauf herein. Jugendliche fielen darauf herein. Weil sie noch nicht das Misstrauen entwickelt hatten, das einem das Leben über die Jahre hinweg einimpfte wie Antikörper gegen Grippe.

»Wir haben eine Untersuchung durchgeführt«, sagte Jay. »Unter Eltern. Die meisten halten Computer einfach für eine andere Art von Fernseher. Ihnen ist nicht klar, dass sie mit dem Computer praktisch die Hintertür zu ihrem Haus offen stehen lassen. Jeder kann reinkommen, und einige von diesen Typen sind wirklich schlau. Sie wissen genau, wie sie es anstellen müssen.«

»Wie findet man so jemanden? Können Sie seinen Internet Service Provider rauskriegen?«

»Das bezweifle ich. Solche Typen wie er benutzen wahrscheinlich einen der großen Server wie EarthLink, MSN – da ist es einfach, anonym zu bleiben. Es gibt Suchmaschinen, mit denen Sie suchen können, aber ich bin ziemlich sicher, dass er keinen lokalen Provider hat.«

»Schade.«

»Aber es gibt eine einfachere Methode. Das ist ja das Interessante an der modernen Technik. Die besten Sachen können ganz einfach sein. Sie haben doch das Foto von ihm? Vielleicht können wir ihn damit aufspüren.« Er gab etwas ein, und auf dem Bildschirm erschien ein Strand.

»Deshalb brauchen Sie mich.« Selbstgefällig. »Nicht viele Leute kriegen diese Art von Software in die Finger.«

Er erklärte ihr, es gäbe etwas, das man als Bilderkennung bezeichnete, eine Software, die jedes Bild in seine Bestandteile zerlegen konnte und diese dann mit allen möglichen Datenbanken abglich und nach Übereinstimmungen suchte. Er zoomte auf einen Mann am Strand. »Sehen Sie sein T-Shirt? Mit der Software, die ich verwende, kann ich eine

Suche nach exakten Übereinstimmungen starten. Das funktioniert so ähnlich wie bei einer Suchmaschine, nur dass sie anstelle von Wörtern nach Bildern sucht. Allerdings brauche ich dafür das Originalfoto.«

»Wenn ich Endicott richtig verstanden habe, war es ein Digitalfoto, und das Einzige, was wir haben, ist ein Ausdruck von einem Tintenstrahldrucker.« Sie deutete mit dem Kopf auf die Schwarzweißkopie. »Nicht sehr viel besser als das da.«

Jay runzelte die Stirn. »Dann wird es wahrscheinlich nicht ganz so leicht sein, aber es geht trotzdem. Wo ist das Original?«

»Endicott schickt es mit FedEx – ich sollte es heute noch bekommen.«

»Was wir tun, ist Folgendes«, sagte Jay. »Wir scannen das Bild mit hoher Auflösung neu ein. Dann starte ich einen Abgleich mit den Datenbanken. Es könnte aber ein paar Tage dauern.«

»Sind Sie sicher, dass Sie ihn nicht über den Provider finden können?«

»Das werde ich ebenfalls versuchen. Allerdings muss ich Sie warnen, wir haben es hier nicht mit dem durchschnittlichen Internetbenutzer zu tun. Das ist Ihnen klar, oder?«

»Aber mit dieser Bilderkennungs-Software dauert es ein paar Tage. Das ist lange.«

»Wie viele Tage sind bisher vergangen?«

Zu viele, dachte sie.

# 27

»Das ist es, was CloneImage ausgespuckt hat«, sagte Jay Ramsey und rollte mit seinem Stuhl an den Computerbildschirm.

Es hatte sich gezeigt, dass Jay Ramseys Bilderkennungsprogramm schneller war als erwartet; Laura hatte heute Morgen seinen Anruf erhalten, nicht einmal vierundzwanzig Stunden, nachdem sie ihn das letzte Mal gesehen hatte. Jay hatte bereits zwei Treffer für den Mann auf dem Bild.

Er rief eine Seite mit dem Namen TalentFish.com auf. »Gegen eine geringe Gebühr können Schauspieler und Models hier ihre Fotos ins Netz stellen. So eine Art Verbrecherkartei. Zu unserem Glück ist der gute Petey auf dem neuesten Stand der Technik.«

»Petey?«

»Peter Dorrance, Schauspieler und Model. Hübscher Junge. Der ist uns schnell ins Netz gegangen.« Er lachte über seinen Witz – ins Netz gegangen.

Die Homepage von TalentFish erschien. Am oberen Rand der Seite waren verschiedene Kategorien aufgelistet: Modelling, Rollen, Porträts, Kleinserien. Jay öffnete die Seite von Peter Dorrance unter der Überschrift Kleinserien.

»CloneImage hat ziemlich schnell einen Treffer gelandet, weil eins davon das gleiche Bild ist, das er dem Mädchen geschickt hat.«

Und da war es. Das Foto des jungen Mannes, im Hintergrund das Haus. Die Aufnahme zeigte ihn in voller Größe und ließ seine gute Figur erkennen, aber es gab auch ein paar andere Fotos, darunter zwei Porträts.

Laura betrachtete die Fotos, die sie noch nicht kannte. Es gab drei verschiedene mit dem Haus im Hintergrund: zwei in Schwarzweiß und eines in Farbe. Auf dem Farbfoto lehnte er mit vor der Brust verschränkten Armen an einem blauen Sportwagen. Er trug einen grobmaschig gestrickten Pullover; das Foto hätte aus einer Werbeanzeige für Land's End stammen können. Das Haus hinter ihm war gelb mit weiß gestrichenen Fenster- und Türrahmen.

»Netter Schlitten«, sagte Laura.

»Unpraktisch zum Einsteigen«, sagte Jay. »Außer man ist in seinem Alter. Ich habe auch das Haus gefunden, falls es Sie interessiert.«

»Gleich.«

Sie überflog den Lebenslauf. Alter zweiundzwanzig. Eins achtundachtzig groß. Größe 48. Verschiedene Rollen in Stücken, die Laura nichts sagten (sie war keine besonders eifrige Theatergängerin). Werbeanzeigen: Rasierwasser, Supermarktkette, Restaurant. Fernsehspots bei Lokalsendern: ein Gebrauchtwagenhändler und ein Möbelhaus. Nicht viel, aber immerhin hatte er auch eine Fernsehrolle vorzuweisen: einen Auftritt als Leiche in *CSI: Miami*.

»Dieses Restaurant ist in Panama City«, sagte Freddy.

»Hut ab, Freddy«, sagte Jay. »Florida – genau wie du gesagt hast. Unser hübscher Junge wohnt im Rentnerparadies oder – wenn Sie politisch denken – im Bush-Land.«

Freddy deutete unten auf die Seite. »Da ist die Adresse der Agentur.« Strand Talent Agency, Panama City Beach, Florida.

»Wir haben also Grund zu der Annahme, dass er in Panama City wohnt«, sagte Laura.

»Jedenfalls in der Gegend. Ich habe noch einen weiteren Treffer.« Jay öffnete eine neue Seite mit Immobilienangeboten in Franklin County.

Vor Laura erschien ein Foto des Hauses. »St. George Island?«

»An der Küste östlich von Panama City«, erklärte Freddy.

»Eine alte Seite«, sagte Jay. »Seit 2002 ist kein Update mehr gemacht worden.« Er zoomte auf ein helles Schild über der Treppe. Die Schrift war verschwommen und kaum zu lesen, aber Laura konnte genug entziffern, um den Rest zu ergänzen.

»Gull Cottage?«

»Dürfte nicht allzu schwer zu finden sein. St. George Island ist nicht besonders groß.« Er klickte auf eine Seite mit Landkarten. Die Insel vor der Küste war sichelförmig, und es gab eine große Hauptstraße, von der wiederum mehrere kleinere Nebenstraßen abgingen. »Vierzig Kilometer lang und an keiner Stelle breiter als eineinhalb Kilometer.«

Er klickte einige Fotos von St. George Island an.

»Sieht nicht so aus, als könnte Peter Dorrance sich das leisten«, sagte Laura. »Es sei denn, er hat geerbt.« In Anbetracht des Sportwagens, an dem er so lässig lehnte, war das eine Möglichkeit.

»Ich habe ein bisschen recherchiert. Er taucht nur im Zusammenhang mit Rollen als Schauspieler auf – und das sind nicht besonders viele. Aber zumindest ist es ein Ausgangspunkt.«

Laura betrachtete nachdenklich das Porträt von Dorrance. War er ihr Mörder? Wenn sie nach dem FBI-Profil ging, war er zu jung für diese Art von Verbrechen. Für gewöhnlich brauchte es einige Zeit, um ein Ritual wie dieses zu entwickeln, das Opfer wie eine Puppe anzuziehen und in Pose zu setzen. Es brauchte Zeit, um diese Form von Selbstvertrauen zu entwickeln, um ein ausgewachsener Sexualstraftäter zu werden.

»Eines sollten Sie vielleicht berücksichtigen«, sagte Ramsey, als könnte er ihre Gedanken lesen. »Sie haben ja mitbekommen, wie leicht ich diese Website gefunden habe. Es könnte sein, dass Ihr Mörder einfach nach dem Foto eines attraktiven jungen Mannes gesucht und es dem Mädchen geschickt hat, um Eindruck zu schinden. Junge Mädchen sind ziemlich empfänglich für so was.«

Jay hatte Recht, dachte Laura. Aber die Erfahrung hatte sie gelehrt, dass die meisten Leute in ihrem gewohnten Umfeld blieben – einschließlich Sexualstraftäter. Selbst wenn der Mann auf dem Foto nicht ihr Mörder war, ging sie jede Wette ein, dass die beiden einander irgendwann über den Weg gelaufen waren.

Ein Anruf bei der Polizei von Panama City ergab, dass weder in Panama City noch in Bay County, Florida, jemand namens Peter Dorrance gemeldet war. Laura nutzte die Gelegenheit, um dem Detective am anderen Ende der Leitung den Fall zu schildern und ihn zu fragen, ob er von einem ähnlichen Fall wisse.

»Spontan fällt mir nichts ein, und an so was würde ich mich erinnern. Aber ich werde mich mal umhören, ob irgendetwas in der Art in einem der anderen Countys hier passiert ist.«

Als Nächstes rief sie Detective Endicott in Indio an, den leitenden Ermittler im Mordfall Alison Burns. Sie berichtete ihm, was sie bis jetzt herausgefunden hatte, und fragte ihn, ob er sie nach Florida begleiten wolle. Er lehnte ab, bat sie jedoch, ihn auf dem Laufenden zu halten.

Den restlichen Nachmittag verbrachte sie damit, die einzelnen Teile ihres Falls zusammenzusetzen, wobei sie sich fragte, ob sie damit erst zu Jerry Grimes oder gleich zu Galaz gehen sollte. Sie machte nur ungern etwas über Jerry Grimes' Kopf hinweg, aber andererseits war ihr klar, dass Mike Galaz leichter zu überzeugen wäre. Schließlich beschloss sie, sich an Jerry zu wenden. Sie konnte ihn nicht einfach übergehen.

Er hatte bereits Feierabend gemacht. Sie versuchte es auf seinem Handy, landete aber nur bei der Mailbox und hinterließ eine Nachricht. Sie warf einen Blick auf ihre Uhr. Wenn sie morgen fliegen wollte, musste sie bald buchen. Sie machte sich auf den Weg zu Galaz' Büro.

Er übte Einlochen. »Wie lief es mit Ramsey?«, fragte er.

»Darüber wollte ich mit Ihnen sprechen.«

Sie brachte ihn auf den neuesten Stand.

Galaz wandte den Blick keine Sekunde von seinem Golfball ab. »Jay hat Recht, finden Sie nicht? Es könnte der Mann auf dem Foto sein, aber es könnte auch jemand anderes sein, der sein Bild aus dem Netz heruntergeladen hat.«

»So oder so, ich glaube, dass er aus der Gegend dort ist. Abgesehen von Lehman ist das die einzige Spur, die wir haben, und ich denke, ich sollte der Sache nachgehen. Jessica Parris war nicht sein letztes Opfer.«

Galaz tippte den Ball an, der bis zum Rand des Lochs rollte und dort liegen blieb. Er runzelte die Stirn.

Laura wartete, während er seine Haltung korrigierte und den Ball einlochte.

Ohne sie anzusehen, legte er den Ball zurück und schwang erneut den Schläger. Sie schwieg lieber. Zu ihrem Glück rollte der Ball dieses Mal gleich ins Loch.

Er sah sie an und lächelte. »Schon besser.« Dann holte er den Ball und setzte zu einem neuen Versuch an.

Laura überlegte, ob sie den Schläger nehmen und ihm damit ans Schienbein schlagen sollte.

Sie fragte sich, ob es ihm vielleicht Vergnügen bereitete, sie warten zu lassen. Er kostete es zweifellos aus: Wie er die richtige Haltung suchte, den richtigen Griff, sich hin und her wiegte, in die Hocke ging und mit dem Schläger die Entfernung zum Loch abmaß, bevor das Ganze wieder von vorn losging. Schließlich hielt sie es nicht mehr aus. »Sir? Ich müsste noch ein paar Vorbereitungen treffen, wenn ich nach Florida will.«

Er hielt eine Hand in die Höhe: Nur noch einen Moment.

Also wartete sie, und das Ticken der edlen Uhr aus Kirschbaum und Messing auf dem Regal hinter dem Schreibtisch zeigte an, wie die Zeit verstrich. Nachdem Galaz ein weiteres Mal eingelocht hatte, umschloss er den Ball mit der Hand und sah sie nachdenklich an. »Ist das eine Entscheidung mit dem Kopf oder mit dem Bauch?«

»Beides.«

»Aber wenn Sie wählen müssten. Glauben Sie, das ist weibliche Intuition?«

Weibliche Intuition? *O Mann.* Sie versuchte herauszufinden, worauf er hinauswollte, aber sein Gesicht verriet nicht das Geringste, deshalb sagte sie aufs Geratewohl: »Mein Gefühl weist ganz stark in diese Richtung, Sir. Und ich glaube, Jay geht es genauso.«

Er antwortete nicht gleich, sondern schien über ihre Antwort nachzudenken – eine Antwort, die sie auf gut Glück gegeben hatte. Schließlich sagte er: »Machen Sie weiter.«

Als sie das Zimmer verließ, setzte er gerade zu einem neuen Schlag an.

Als Nächstes rief sie Victor an, der den ganzen Tag in Bisbee verbracht und dort an dem Fall gearbeitet hatte.

»Meinst du nicht, dass das ein bisschen überstürzt ist?«, fragte er.

»Ich glaube, dass er der Täter ist. Oder dass er mich zum Täter führen kann.«

»Bist du dir so sicher, dass diese Morde etwas miteinander zu tun haben?«

»Die Gemeinsamkeiten sind ziemlich auffällig.« Sie fühlte sich in die Ecke gedrängt.

»Es gibt aber auch einiges, was nicht zusammenpasst.« Er zählte die gleichen Unterschiede auf, die auch ihr schon Kopfzerbrechen bereitet hatten. »Scheiße, eine Zwölfjährige und eine Vierzehnjährige. Das ist nach Tanner ein Riesenunterschied. Du weißt genau, wie wählerisch diese Typen sein können.«

Sie überlegte, ob sie ihm von ihrer Theorie berichten sollte, aber ihr war klar, dass diese Diskussion nirgendwohin führen würde. »Es gibt da etwas, von dem ich gern hätte, dass du dich persönlich darum kümmerst. Sprich noch mal mit Jessicas Freunden. Ich habe von Buddy nie eine klare Antwort darauf bekommen, ob sie den Computer in der Schule benutzt hat oder nicht. Wenn nicht, dann versuch rauszufinden, ob sie den in der öffentlichen Bücherei benutzt hat.«

»Sonst noch was?« Seine Stimme klang kühl.

»Das sollte erst mal reichen.«

Nachdem er eingehängt hatte, starrte sie geistesabwesend vor sich hin. Ihr war bewusst, dass sie sich auf sehr dünnem Eis bewegte. Sie handelte über Jerry Grimes' Kopf hinweg, arbeitete mit Jay Ramsey zusammen und verfolgte mit halbem Herzen die Spur Lehman weiter. Sie arbeitete so hart wie immer, machte Überstunden, aber sie war mehr und mehr davon überzeugt, dass Lehman nicht ihr Mann war.

## 28

In Panama City mietete Laura einen Wagen und fuhr zur Strand Model and Talent Agency in Panama City Beach.

Panama City wirkte auf Laura wie ein Badeort, der von Supermärkten und Einkaufszentren überflutet war – ein Kampf Alt gegen Neu. Fastfood-Ketten konkurrierten mit altmodischen Lokalen und Geschäften für Anglerbedarf, und Bootsverleihe fristeten ihr Dasein im Schatten von Kaufhallen. Neben Grundstücken, die als »Bauland« zum

Verkauf standen, wehten bunte Fähnchen, und grelle Schilder warben für Wohnmobile und Gebrauchtwagen.

Als ob man reizvolle Landstraßen, die sich durch Pinienwälder wanden, durch billige Reklame verschönern könnte.

Die Strand Model and Talent Agency lag drei Querstraßen vom Meer entfernt. Das bescheidene blau und grau gestrichene Haus stand in der Ecke eines Parkplatzes, der mit einem zwischen zwei Pfosten gespannten, sandverkrusteten Seil abgesperrt war, und daneben wuchs eine Reihe junger Bananenstauden. Die Beschriftung auf dem Plastikschild war aus Steckbuchstaben zusammengesetzt, wie bei vielen der Kirchen, an denen Laura auf der Fahrt hierher vorbeigekommen war.

Sie bewunderte die Skulptur eines Pelikans auf einem der Pfosten – bis er davonflog.

Die Strand Talent Agency musste früher einmal eine Arztpraxis gewesen sein. Zwischen dem Büro und dem Empfangstresen im vorderen Teil befand sich eine Trennwand, und neben dem Fenster führte eine Tür zu den Büroräumen im hinteren Teil. An den mit grauem Stoff bespannten Wänden hingen große Fotos von missmutig dreinblickenden Models. Hinter dem Tresen saß eine blonde, gleichermaßen missmutig dreinblickende Empfangsdame, die sich angelegentlich mit ihren Fingernägeln beschäftigte. Wenn sie nicht so ein finsteres Gesicht gemacht hätte, wäre sie hübsch gewesen. Laura erkundigte sich nach dem Agenturbesitzer.

»Sie müssen schon warten, bis Sie an der Reihe sind«, sagte die junge Frau und fuhr damit fort, ihre Nägel zu feilen. Lächerlich. Laura war außer ihr die einzige Person im Raum. Sie fragte sich, wie Modelagenturen in diesem Teil von Florida eigentlich über die Runden kamen. Sie warf einen Blick auf den Stapel Broschüren auf dem Empfangstresen und sah die Preise für Laufsteg- und Haltungstraining. Da war es ihr klar.

Ein junger Mann mit einer Mappe unter dem Arm trat durch die Tür zu den hinteren Räumen, und Laura nutzte die Gelegenheit, um sich an ihm vorbeizudrängen. Wenn sie erwartet hatte, dass die Blondine Protest erheben würde, wurde sie enttäuscht. Sie fand sich in einem Flur wieder und steckte den Kopf ins erste Zimmer. Eine mollige Frau mit pechschwarzen Haaren und weiß gefärbten Strähnen an der Schläfe war damit beschäftigt, Fotokopien zu machen. In New York hätte ihr Outfit klasse ausgesehen.

»Ich suche den Besitzer oder die Besitzerin der Agentur.«

»Das bin ich. Myrna Gorman. Und wer sind Sie?«

Laura stellte sich vor. »Ich muss dringend mit einem Ihrer Schauspieler sprechen.« Sie gab Myrna Gorman die Fotos von Peter Dorrance. Sie hätte seine Adresse auch aus dem Telefonbuch von Apalachicola heraussuchen können, aber es gab noch einen anderen Grund, warum sie mit der Frau reden wollte.

Ms. Gorman führte Laura in ein anderes Zimmer, das mit Aktenschränken vollgestellt war. Für eine so kräftige Frau bewegte sie sich erstaunlich schnell. »Peter. Sieht fantastisch aus, aber wir konnten bislang nicht viel für ihn tun. Ein miserabler Schauspieler.« Sie öffnete einen Aktenschrank, strich mit ihren langen Fingernägeln über die Hängeordner und nahm einen heraus. »Da ist er. Wir haben ihm dieses Jahr zwei Modelaufträge vermittelt. Er wohnt so weit weg, dass wir nicht allzu viel für ihn haben.«

»Aber er hat es immerhin zu einer Rolle in *CSI: Miami* gebracht.«

»Sie wollten die hübscheste männliche Leiche, die aufzutreiben war. Als ich die Serie das letzte Mal gesehen habe, mussten Leichen noch nicht schauspielern.«

»Diese Porträtaufnahmen … Hat er die von Ihrem Fotografen machen lassen?«

»Wir haben keinen eigenen Fotografen. Es gibt zwei oder

drei, mit denen wir zusammenarbeiten. Ich kann Ihnen die Namen und Telefonnummern geben, wenn Sie wollen.«

Laura wollte.

»Was wissen Sie über Peter Dorrance? Abgesehen davon, dass er kein guter Schauspieler ist.«

Ms. Gorman ließ sich hinter ihrem Schreibtisch nieder und trommelte mit den Fingernägeln auf die Schreibunterlage. »Er gehört zu denen, die davon träumen, ein Star zu werden. Soviel ich weiß, hat er vor, nach L. A. umzuziehen.«

»Wann haben Sie ihn das letzte Mal gesehen?«

»Das ist Monate her.« Sie dachte nach. »April? Ich hatte für ihn ein Vorsprechen in Tallahassee arrangiert – für einen Werbespot. Er hat ihn nicht bekommen. Aber warum sind Sie eigentlich hier, das ist ein weiter Weg von Arizona. Hat er irgendetwas verbrochen?«

»Darüber darf ich nichts sagen.«

»Nun ja, ich finde, Sie sollten mir sagen, wenn er etwas angestellt hat. Ich habe einen gewissen Ruf in der Stadt, und ich will nicht mit irgendeinem Verbrechen in Verbindung gebracht werden.«

»Das klingt so, als würden Sie ihn für fähig halten, ein Verbrechen zu begehen.«

Myrna Gormans Blick wurde kalt. »Ich weiß, dass er eines meiner Models geschwängert hat. Aber das zählt wohl nicht dazu.«

»Wie alt war dieses Model?«

»Alissa? Zweiundzwanzig.«

»Sind die beiden ein Paar?«

Sie zuckte mit den Schultern. »Was weiß ich. Es passiert nicht sehr oft, dass eine Produktionsgesellschaft einen Film hier dreht. Ich hatte dem Mädchen eine gute Rolle verschafft. Am Tag bevor die Dreharbeiten losgehen sollten, hatte sie eine Fehlgeburt und landete im Krankenhaus. Sie mussten umbesetzen, und City Confidential hat die Provision kassiert. Peter Dorrance hat mich im Grunde mehr gekostet, als er mir jemals eingebracht hat.

Laura fuhr den Highway 98 in Richtung Osten, vorbei am Luftwaffenstützpunkt Tyndall und an riesigen Sumpfkieferwäldern, bis sie schließlich eine hübsche Stadt namens Mexico Beach erreichte. Jetzt am späten Nachmittag war der Himmel zwar klar, hatte jedoch etwas Metallisches – ein graugrüner Schimmer, der sich über den Horizont zog. Rechts von der Straße lag der Strand. Eine heranrollende Welle fing die Sonnenstrahlen ein und sah einen Moment lang aus wie eine umgekippte Flasche 7Up, bevor sie schäumend in sich zusammenfiel. Laura wünschte, sie könnte anhalten, sich irgendwo einen Badeanzug besorgen und sich ins Wasser stürzen.

Kurz nach sechs Uhr fuhr sie durch Apalachicola. Ihrer Karte zufolge war in Apalachicola früher einer der bedeutenderen Häfen im Süden gewesen. Der Ort gefiel ihr: rechtwinklig angeordnete, saubere Straßen, Eichen, von denen Louisianamoos hing, ein Fischer, der eine schattengesprenkelte Straße entlangging. Sie folgte ihrer Karte und fuhr über die Gorrie Street Bridge an der Apalachicola Bay entlang nach Eastpoint.

Peter Dorrance wohnte in einer Apartmentanlage namens Palmetto Cove in Eastpoint, von wo aus man zur Insel St. George gelangte. Das einstöckige Palmetto Cove Apartments erinnerte Laura an ein Motel. Sie lief die Treppe hinauf und zu einem ausgetretenen gepflasterten Durchgang und fand seine Wohnung auf der zum Parkplatz hin gelegenen Seite. Als sie klopfte, klapperte die orangefarben gestrichene Tür in ihrem Rahmen. Billig. Er war wahrscheinlich bei der Arbeit.

Also weiter zu Bennies at the Beach, wo Dorrance als

Kellner jobbte. Laura fuhr zurück zum St. George Island Causeway und hinüber auf die Insel. Die Bucht schimmerte in der untergehenden Sonne, es wimmelte von Austernfischerbooten, und hier und da funkelten vereinzelte Lichter. Das Erste, was sie auf der Insel sah, war ein Wasserturm. Er sah aus wie ein riesiger Pilz aus Plastik.

Bennies at the Beach lag weiter östlich am East Gulf Beach. Leicht zu finden: ein zweistöckiges holzverkleidetes Gebäude mit einem strohgedeckten Dach, an den Wänden mit dem verblichenen Anstrich lehnten bunte Surfbretter. Sie zählte mindestens dreißig Autos, die an der Straße geparkt waren.

Auf dem Weg zu dem Lokal fiel Lauras Blick auf ein Haus rechts von ihr, das ihr bekannt vorkam. Sie blieb stehen und sah über ein mit Strandhafer bewachsenes sandiges Grundstück zu den pastellfarben gestrichenen Häusern hinüber, die auf die Bucht blickten.

Sie schienen verhältnismäßig neu zu sein. Dem Immobilienführer zufolge, den sie am Flughafen mitgenommen hatte, schossen die Immobilienpreise in dieser Gegend momentan in die Höhe. Strandgrundstücke waren am teuersten. Laura nahm an, dass es sich bei den Häusern hier um Ferienhäuser handelte. Das nächststehende Haus sah aus wie das auf dem Foto, Gull Cottage.

Sie stieg aus, um es sich genauer anzusehen. Hellgelber Anstrich, weiße Einfassungen, ein rotes Blechdach mit einem schmalen Steg. Sie erkannte auf der einen Seite die Treppe, die Palme und die Garageneinfahrt.

Das Tüpfelchen auf dem i war der Sportwagen: ein blauer BMW Z4.

Der Besitzer musste ein netter Kerl sein, wenn er einen arbeitslosen Schauspieler vor seinem Auto posieren ließ.

Vielleicht hatte Peter aber auch gewartet, bis der Besitzer weg war, und dann seine Fotosession veranstaltet. Laura warf einen Blick hinüber zu Bennies at the Beach, das etwa fünfzig Meter weit entfernt lag. Jeden Tag, wenn Peter Dorrance zur Arbeit fuhr, kam er an diesem Haus vorbei.

Wahrscheinlich war es doch kein Ferienhaus; die Fotos waren mindestens fünf Monate alt, aber der Z4 stand immer noch da. Sie überlegte, ob sie mit dem Besitzer sprechen sollte, beschloss dann jedoch, sich erst einmal mit Dorrance zu unterhalten.

Der Himmel färbte sich allmählich bonbonfarben – flamingorosa, orange, zitronengelb –, als sie die restliche Strecke zu Bennies at the Beach zurücklegte.

Bennies hatte etwas von einer Filmkulisse: an den Bretterwänden Fischernetze, der Boden mit Sagespänen bestreut, Männer mittleren Alters in bunten Hawaiihemden. Von lautem Stimmengewirr erfüllt. Über der Bar ein Schild: AUSTERN – SECHS STÜCK EIN DOLLAR. Auf einer Tafel waren mit bunter Kreide Drinks mit exotisch klingenden Namen wie »Südseebrise« angeschrieben.

Eine Kellnerin in weißer Bluse und schwarzer Hose eilte vorbei, in den Händen ein mit Essen beladenes Tablett, dessen Anblick Lauras Magen knurren ließ. Sie bahnte sich durch die Menge einen Weg zur Bar und schrie dem Barkeeper über die Musik ihre Frage zu. Er deutete auf einen groß gewachsenen jungen Mann mit schulterlangen schwarzen Haaren.

Laura wartete, bis Dorrance seine Bestellung aufgenommen hatte, und stellte sich ihm dann in den Weg. Er lächelte sie geistesabwesend an.

»Mr. Dorrance?«, fragte sie.

»Ja, hi. Ich komme gleich zu Ihnen.« Er schlängelte sich geschickt an ihr vorbei und ging in die Küche. Laura konnte ihm nicht folgen – so wie er sich einen Weg durch die Menge bahnte, hätte er auf einem Football-Feld eine glänzende Figur gemacht.

Sie wartete an der Tür zur Küche auf ihn. »Mr. Dorrance. Ich muss mit Ihnen reden.« Sie hielt ihm ihre Dienstmarke unter die Nase.

»Department of Public Safety? Was ist das denn?«

Sie merkte, dass sie schrie. »Eine Strafverfolgungsbehörde in Arizona.« Sie achtete auf seine Reaktion, aber er wirkte lediglich verwirrt. »Können wir hier irgendwo reden?«

Er sah sich zögernd um. Attraktiv, beinahe schön. Seine Haare waren dicht und von der Feuchtigkeit leicht gelockt. Strahlend blaue Augen, breite Augenbrauen, schmales Kinn, volle Lippen. »Da hinten sind gerade neue Gäste gekommen. Können Sie warten, bis ich die bedient habe?«

Sie stellte sich neben die Bar und sah ihm bei der Arbeit zu, versuchte sich vorzustellen, wie er ein junges Mädchen entführte, gefangen hielt, wie eine Puppe anzog.

Peter Dorrance war Kellner und wohnte in einem schäbigen Apartment, weil er es sich nicht leisten konnte, auf der Insel zu wohnen, auf der er arbeitete. Sogar gebrauchte Wohnmobile kosteten Zehntausende von Dollar, vor allem in der Größe, die Mrs. Bonney beschrieben hatte. Peter Dorrance machte nicht den Eindruck, als könnte er sich so etwas leisten.

Laura trat an den Tresen und versuchte, die Aufmerksamkeit des Barkeepers auf sich zu ziehen. Endlich kam er zu ihr herüber und legte einen Untersetzer vor sie. »Was darf's sein?«

»Ich möchte mit dem Geschäftsführer sprechen.« Sie zückte ihre Dienstmarke.

Ein paar Minuten später trat ein Mann mittleren Alters in einem Strickhemd und khakifarbenen Shorts zu ihr. Er wirkte kräftig, hatte dunkle Haare und ein von Wind und Sonne gegerbtes Gesicht. »Ich bin Buddy Gill«, sagte er. »Sie wollten mich sprechen?«

»Könnten wir in Ihr Büro gehen?«

Er musterte sie kurz, dann drehte er sich um. »Kommen Sie mit«, sagte er über die Schulter. Er führte sie in einen kleinen Raum, der von einer Schiffsuhr aus Teakholz und poliertem Messing, einem Schwertfisch an der Wand und Fotos von einer Frau und vier blonden Jungen beherrscht wurde. Er ließ sich auf den Stuhl hinter seinem Schreibtisch fallen, der einzige im Raum, wippte vor und zurück und sah sie an.

»Eric sagte, Sie sind Polizistin?«

»Ich bin Detective beim DPS, der Strafverfolgungsbehörde in Arizona. Ich muss wissen, ob Peter Dorrance vergangene Woche hier gearbeitet hat.«

Er betrachtete sie einen Moment lang nachdenklich, dann griff er in eine Schublade seines Schreibtischs und holte einen Dienstplan heraus, den er vor sie legte.

»Danach war er für vier Tage eingeteilt?«

»Richtig. Von Dienstag bis Freitag.«

»Was ist mit der Woche davor?«

Er zeigte ihr auch diesen Dienstplan. Laura sah sofort, dass Dorrance sowohl am Freitag als auch am Samstag gearbeitet hatte. Freitag war der Tag, an dem Jessica entführt und umgebracht worden war.

»Das ist mit Bleistift geschrieben. Hat er an diesen Tagen wirklich gearbeitet?«

»Ich erinnere mich, dass er da gewesen ist.«

Sie kämpfte gegen ihre Enttäuschung an. Irgendjemand musste Dorrance' Foto benutzt haben. Der ganze weite Weg, und dabei hätte jeder sein Bild aus dem Internet herunterladen können.

»Worum geht es denn eigentlich?«

»Er ist ein möglicher Zeuge bei einem Verbrechen, das in Arizona verübt wurde.«

»Wie kann er denn dort Zeuge eines Verbrechens geworden sein, wenn er hier war?«

»Das kann er nicht«, sagte sie. Sie stieß die Tür auf und ging zurück in das überfüllte Lokal.

Wenig später sah Laura Peter Dorrance auf sie zukommen, ein freundliches Lächeln im Gesicht. Als er vor ihr stand, beugte er sich so nahe zu ihrem Ohr, dass sie unwillkürlich einen Schritt zurückwich und dabei gegen jemanden stieß.

»Ich habe jetzt Pause«, sagte er. »Lassen Sie uns rausgehen, da müssen wir nicht so schreien.«

Er schob sie vor sich her durch die Menge.

Draußen stellten sie sich auf die Terrasse, blickten zum Strand. Die Sonne hatte sich inzwischen in eine Blutorange verwandelt und versank in einem lavendelfarbenen Meer. Ein warmer Windstoß fuhr durch Dorrance' Piratenmähne, und einen Moment lang kam sich Laura vor, als befände sie sich auf einer kitschigen Grußkarte. Nicht zuletzt wegen der Art, wie er sie ansah, eine Mischung aus »Bin ich nicht unwiderstehlich?« und »Du bist aber auch nicht übel«.

»Ich wollte mit Ihnen über Ihre Fotos sprechen.« Laura zeigte ihm den Ausdruck, den sie von der TalentFish-Website gemacht hatte. »Erinnern Sie sich, wann das hier aufgenommen wurde?«

Er beugte sich zu ihr. Sie roch sein Rasierwasser und einen Hauch Knoblauch, vermutlich von den Tellern, mit denen er ständig hantierte. Er schenkte ihr sein charmantestes Lächeln. »Irgendwann letztes Jahr. Ich hatte nur ein paar alte Fotos, auf denen ich kaum wiederzuerkennen war, deshalb brauchte ich aktuellere.«

»Haben Sie sie von einem Fotografen aus der Agentur machen lassen? Einem von denen hier?« Sie gab ihm den Notizzettel, den sie von Myrna Gorman bekommen hatte.

Er zeigte auf den dritten Namen auf der Liste. »Jimmy. Ja. Er hat mir einen guten Preis gemacht. Aber worum geht's denn eigentlich?«

Er wirkte aufrichtig. Aber er überschritt ihre Grenzen, als hätte er es auf eine Eroberung angelegt. Zu sehr mit seinem Image beschäftigt.

Sie sagte ihm, wie sie an sein Foto gekommen war.

Er starrte sie an, alle Verführungskünste waren schlagartig vergessen. »Sie meinen, jemand hat mein Foto aus dem Internet benutzt? Sich für mich ausgegeben?«

»Offenbar.«

»O Mann! Wenn das die bei TalentFish erfahren, kann ich auf der schwarzen Liste landen!«

»Das könnte passieren, ja«, sagte Laura trocken. »Abgesehen davon, dass zwei Mädchen gestorben sind.«

Er sah auf seine Füße. »Das ist unglaublich.«

»Dieser Jimmy. Was wissen Sie über ihn?«

Er zuckte mit den Schultern. »Nichts weiter. Er war einfach jemand, den Strand empfohlen hat.«

»Können Sie sich erinnern, wie er ausgesehen hat?«

»Durchschnittlich. Irgendwie ... nichtssagend.«

»Diesen Eindruck hat er auf Sie gemacht? Nichtssagend? Warum?«

»Ich weiß auch nicht. Er war ziemlich klein. Sah nicht besonders gut aus.«

Sah nicht gut aus. In der Welt von Peter Dorrance hatte das vermutlich eine größere Bedeutung als die Mason-Dixon-Linie.

»Welche Haarfarbe?«

»Mein Gott, keine Ahnung.« Weil er jedoch hilfsbereit sein wollte, fügte er hinzu: »Ich glaube, auf seiner Karte stand, dass er in Apalach wohnt.«

»Wo haben Sie die Fotos gemacht?«

Er zeigte über das unbebaute Grundstück hinweg. »Bei dem gelben Haus da drüben. Gehört dem Besitzer.« Er deutete mit dem Kopf auf Bennies. »Netter Mann, kümmert sich um seine Angestellten. Er hat sogar den Wagen aus der

Garage gefahren, damit ich mich davor fotografieren lassen kann.« Er schüttelte den Kopf. »Wahnsinnsschlitten. Ich habe mich kaum getraut, mich dagegenzulehnen, weil ich Angst hatte, den Lack zu zerkratzen.«

»War das seine Idee oder Ihre?«

»Die von Steve? Ach so, Sie meinen den Fotografen. Es war seine Idee. Er hat bestimmt zehn, fünfzehn Filme verschossen.«

»Ist das ungewöhnlich – so viele?«

»Ich fand, dass ich für mein Geld wirklich was geboten bekam. Er sagte, es wäre ein Sonderangebot, weil er als Modefotograf Fuß fassen will.«

In Panama City?, dachte Laura.

»Ich habe ihm nur zweihundert Dollar gezahlt. Nicht dass das wenig wäre, aber dafür, was er alles gemacht hat, war es ein gutes Geschäft. Es hat bestimmt drei oder vier Stunden gedauert. Ich habe mich x-mal umgezogen.«

»Diese Nummer« – Laura tippte auf die Telefonnummer – »ist das in Apalachicola?«

»Ich glaube schon.«

»Können Sie sich sonst noch an irgendetwas erinnern? Was für einen Wagen hat er gefahren?«

»Keine Ahnung … Ach doch, Moment mal. Einen alten zerbeulten Pick-up. Er hatte ihn ein Stück weiter unten an der Straße geparkt, damit man ihn auf den Fotos nicht sieht. Das ist Verletzung der Persönlichkeitsrechte, oder?«

»Ja, wahrscheinlich.« Sie unterstrich ihre Handynummer und gab ihm ihre Karte. »Wenn Ihnen sonst noch etwas einfällt, was an diesem Tag passiert ist oder was er gesagt oder getan hat, egal, was, dann rufen Sie mich bitte an.«

Sie ging die Treppe hinunter.

Er rief ihr nach: »Glauben Sie, das reicht für eine Klage?«

»Da müssen Sie sich allerdings hinten anstellen«, erwiderte sie.

# 29

Als Laura Apalachicola erreichte, war der Mond schon aufgegangen. Beim Abbiegen von der Gorrie Street Bridge fiel ihr Blick auf das große Hotel, das sie bereits auf dem Hinweg bemerkt hatte. Das Gibson Inn, blau gestrichene Holzverkleidung mit weiß gefassten Fenstern und bei jedem Stockwerk eine umlaufende Veranda mit Liegestühlen. Es sah aus wie ein hell erleuchteter Flussdampfer kurz vor dem Ablegen.

Sie stellte ihr Auto ab und ging hinein. Zwischen den Topfpalmen und viktorianischen Polstermöbeln der Lobby hing der Geruch von Zigaretten. Auf dem Tresen räkelte sich eine behäbige Katze, die mit ihrem Bauch die Glocke verdeckte. Laura streichelte die Katze und fragte nach einem Nichtraucherzimmer. Sie bezahlte mit ihrer eigenen Kreditkarte. Die Frau hinter dem Tresen führte sie nach oben in ein im maritimen Stil eingerichtetes Zimmer mit hölzernen Jalousien und einem großen französischen Bett.

Einen Augenblick lang dachte sie an Tom Lightfoot. Verspürte den heftigen Wunsch, ihn jetzt bei sich zu haben, ein Liebespaar im Urlaub, das sich amüsierte.

Aber das war kein Urlaub. Falls bei diesem Fotografen nichts herauskam, würde sie mit leeren Händen nach Hause zurückkehren.

Das Auspacken dauerte nicht lange: Sie verstaute ihren zweiten Hosenanzug, ein paar bequemere Sachen, ihren kleinen Kosmetikkoffer, Zahnbürste und Schlafanzug. Ebenso ihre Waffe, kugelsichere Weste und die Aufzeichnungen zum Mordfall Jessica Parris, die sie bis jetzt zusammengetragen hatte.

Anschließend rief sie Jimmy de Seroux, den Fotografen, an. Das Telefon klingelte ins Leere, kein Anrufbeantworter.

Sie musste einen weiteren Anruf erledigen, der sich nicht aufschieben ließ. Sie sprach mit der Telefonistin in dem Revier von Apalachicola und hinterließ eine kurze Nachricht mit der Bitte um eine Unterredung mit dem Polizeichef.

»Kommen Sie einfach morgen irgendwann vorbei«, sagte die Frau. Sie versprach, die Nachricht weiterzugeben.

Laura hatte den Anruf aus Höflichkeit getätigt, wenn auch mit gemischten Gefühlen. Die Spur von Jimmy de Seroux könnte in einer Sackgasse enden. Aber sie wollte nicht, dass der hiesigen Polizei zu Ohren kam, sie würde neugierige Fragen stellen, ohne dass sie sich bei ihnen gemeldet hatte.

Was bestimmt geschehen würde. Laura hatte Erfahrung mit Kleinstädten.

Nach dem Abendessen holte sich Laura an der Bar ein Glas Rotwein und nahm es mit hinaus auf die Veranda. Es war nicht mehr so drückend heiß und schwül wie tagsüber, und von der Apalachicola Bay her blies ein leichter Wind, der den Geruch des Meeres mitbrachte.

Die Kellnerin kam und erkundigte sich, ob sie ihr noch irgendetwas bringen dürfe.

»Wohnen Sie schon lange hier?«

»Ich bin in Port St. Joe aufgewachsen.«

»Kennen Sie einen Mann namens Jimmy de Seroux?«

»Dot kennt ihn bestimmt.« Sie deutete mit dem Kopf zur Bar. »Sie ist die Barkeeperin.«

Drinnen waren nur zwei Gäste. Die Frau mittleren Alters, die gerade den Tresen abwischte, blickte auf und lächelte.

»Jimmy? Natürlich kenne ich ihn. Was treibt er denn so? Ich habe ihn seit einer Ewigkeit nicht mehr gesehen.«

»Ich habe gehört, er ist Fotograf und wohnt irgendwo hier in der Gegend.«

»Das wusste ich ja gar nicht. Fotograf? Muss einer von diesen Alleskönnern sein.« Sie stieß einen Seufzer aus. »Manche Leute haben das ganze Talent abgekriegt. Der Rest von uns muss für seinen Lebensunterhalt arbeiten.« Sie polierte die Platte des Tresens mit einem Geschirrtuch nach.

»Er macht noch etwas anderes außer Fotografieren?«, hakte Laura nach.

Dot deutete auf ein signiertes Foto über der Bar. »Jimmy hat hier eine Zeit lang Klavier gespielt. Ziemlich gut sogar.«

Laura warf einen Blick auf das Foto. In dem Dämmerlicht war kaum etwas darauf zu erkennen. Sie fragte Dot, ob sie es kurz herunternehmen könnte, und Dot folgte und gab es ihr.

Laura betrachtete das Bild. Sie spürte ein Kribbeln auf der Kopfhaut.

Sie hatte schon viele solcher Fotografien gesehen, hauptsächlich in Bars: eine Schwarzweißaufnahme in einem schwarzen Rahmen, ein typisches Autogrammbild. Aber das hier war dennoch irgendwie anders.

Beim Betrachten des Gesichts beschlich Laura ein ungutes Gefühl – eine instinktive Reaktion, die nichts mit vernünftiger Überlegung zu tun hatte.

Wenn sie dieses Bild in irgendeiner dunklen Bar an der Wand hätte hängen sehen, hätte sie keinen zweiten Blick daran verschwendet. Der Mann sah nicht besonders gut aus. Nicht einmal interessant. Ein Durchschnittstyp, Mitte dreißig, blasses Gesicht, schmale Lippen. Der Abstand zwischen Nase und Mund war groß und verlieh ihm etwas Affenartiges, wie bei Homer Simpson. Mittellange dünne Haare, quer über eine hohe Stirn gekämmt. Ein weißes kurzärmeliges Hemd, zu dem gut ein Taschenschoner gepasst hätte. Er hatte etwas Weiches, fast Feminines – harmlos.

Eigentlich ein Allerweltsgesicht. Einer von den Leuten, bei denen man sich nicht erinnern konnte, wo man sie schon einmal gesehen hatte.

Aber seine Augen waren tot.

Dot bückte sich hinter den Tresen und tauchte mit einer Karte wieder auf. »Ich wusste doch, dass ich die noch irgendwo habe«, sagte sie triumphierend. »Die Leute lassen uns immer ihre Karten da.«

Auf der Karte stand JIMMY DE SEROUX * FOTOGRAF * MUSIKER * KLAVIERUNTERRICHT * KLAVIERSTIMMEN. Eine Adresse, eine Telefonnummer und eine E-Mail-Adresse.

»Gibt er auch Kindern Klavierunterricht?«

»O ja. Die Tochter meiner Nachbarn war eine Zeit lang bei ihm. Ich war bei ihrem Vorspielen. In der Elks Hall.«

Ein Pädophiler, der durch seine Arbeit an Kinder herankam.

Ein Mann, der wahrscheinlich auf Hochzeiten spielte oder fotografierte. Ein sanft wirkender, unauffälliger kleiner Mann.

Sie musterte erneut die Augen. Stumpf, undurchdringlich, nicht einmal ein winziger Funken Licht, der zeigte, dass sich dahinter eine Seele verbarg.

Sie hatte diesen Mann schon einmal irgendwo gesehen. Vielleicht auf einem der Fotos, die sie in der Nähe des Tatorts in der Brewery Gulch geschossen hatte.

»Ist diese Adresse hier in der Nähe?«

»Fahren Sie auf der Straße, die am Hotel vorbeiführt, einfach immer geradeaus in Richtung Westen, dann kommen Sie direkt auf die 15th Street.«

Laura sah sich um. Die beiden anderen Gäste waren inzwischen gegangen, und sie war mit Dot allein. »Wie lange ist es her, seit er das letzte Mal hier gespielt hat?«

»Ein paar Monate auf jeden Fall.«

»Können Sie sich erinnern, wann das Vorspielen war?«

»Worum geht's denn eigentlich?«

Laura zückte Dienstmarke und Ausweis.

»Ich bin nicht verpflichtet, etwas zu sagen, oder?«

»Nein, aber ich wäre Ihnen sehr dankbar, wenn Sie mir antworten würden.«

»Hat er was verbrochen?«

»Nicht dass ich wüsste. Er ist einer von vielen Leuten, mit denen wir reden müssen, weil er vielleicht etwas über ein Verbrechen weiß, das in Arizona begangen wurde.«

»Was für ein Verbrechen?«

»Macht es Ihnen etwas aus, wenn fürs Erste ich die Fragen stelle? Ich verspreche, dass ich Ihnen sage, was ich weiß, wenn Sie mir helfen.«

Dots Augen verdunkelten sich. Das gefiel ihr nicht.

Laura setzte erneut an. »Bei diesem Vorspielen. Hat er da viel Zeit mit den Mädchen verbracht?«

»Wie meinen Sie das?«

»Hat er eher ihre Gesellschaft gesucht als die der Erwachsenen? Ist Ihnen etwas in der Art aufgefallen?«

Dots Mund wurde zu einem dünnen Strich. »Da sind Sie auf dem völlig falschen Dampfer. So einer ist Jimmy nicht.«

»Vielleicht haben Sie Recht. Aber warum glauben Sie das?«

»Er ist ... das ist schwer zu erklären. Sie kennen ihn nicht. Er ist ziemlich klein. Haben Sie jemals ›Walter Mittys Geheimleben‹ gelesen? Er ist so wie er. Und er hat Respekt vor Frauen.«

»Was meinen Sie damit?«

»Er ist gut erzogen. Das merkt man. Geradezu altmodisch – bietet einem seinen Platz an der Bar an, wenn es voll ist, oder öffnet einem die Tür, einfach sein ganzes Verhalten.«

»Kennen Sie seine Familie?«

»Nein.« Sie holte tief Luft. »Ich weiß nur, dass er sich um seinen eigenen Angelegenheiten kümmert, und ich kann mir nicht vorstellen, dass er hinter kleinen Mädchen her ist. Das passt einfach nicht zu ihm.«

Laura dachte, dass Jimmy de Seroux exakt zu dem Typ von Männern gehörte, die hinter kleinen Mädchen her waren.

Unzulänglich.

# 30

Die Fenster des zweigiebeligen viktorianischen Hauses an der 15th Street waren dunkel. Der Garten war von Unkraut überwuchert, und das Dach war mit den abgefallenen Blättern der großen Eiche bedeckt, die davorstand. Wilder Wein rankte an der verglasten Veranda hoch, so dunkel und geheimnisvoll wie die Nacht, die ihn umgab.

Die Hand an ihrer Waffe, betrat Laura die Veranda und klopfte an die Tür. Wie erwartet kam keine Antwort. Das Haus sah zwar gepflegt aus, machte aber gleichzeitig einen verlassenen Eindruck, als wäre der Besitzer schon eine ganze Weile weg.

Ein Windstoß brachte den Geruch des Meeres mit, und ein paar Eicheln fielen auf den Fußweg. Zwischen den Steinen wuchs Gras.

Er war nicht da. Das Gefühl, das Laura in Bezug auf Jimmy de Seroux hatte, wurde intensiver. Er war schon lange nicht mehr hier gewesen. Vielleicht Monate.

Sie schaute sich um. Vor die Fenster des Nachbarhauses waren Spanplatten genagelt worden. Die Straße, gesäumt von großen und kleinen Häusern, lag ruhig da. Über einigen Haustüren brannte Licht. Aber niemand sah aus dem Fenster, niemand saß auf der Veranda, niemand fuhr vorbei. Es war noch immer sehr warm, selbst um diese Zeit.

Laura ging um das Haus herum und sah durch die Fenster auf der Seite. Vor den meisten hingen Vorhänge, aber durch die Hintertür konnte sie in die Küche sehen. Sie schaltete ihre Taschenlampe ein und hielt die Hand darüber, um den Lichtstrahl abzuschirmen.

Gelbes Linoleum. Holzschränke. Sehr ordentlich. Eine Mickeymaus-Uhr an der Wand.

Sie schloss die Augen. Roch fruchtbare Erde, wuchernde Pflanzen. Der trockene Geruch von Beton. Sie versuchte, die Atmosphäre dieses Ortes zu erfassen, stellte sich vor, sie sei in dem Haus.

Sie wusste, dass er weg war. Verreist.

Ein neuer Windstoß fuhr durch die schweren Äste der Eiche, und ihre Schatten tanzten über die rissige betonierte Einfahrt rechts von ihr, die in der Dunkelheit weiß leuchtete. Daneben gab es eine freie Fläche, verwelktes Gras an der Stelle, an der jemand geparkt hatte.

Unter einem aus Brettern und Wellplastik zusammengeflickten Dach stand ein alter Pick-up. Dahinter ein kleines Boot, das mit einer blauen Plane abgedeckt war. Peter Dorrance' Beschreibung passte auf den Pick-up – ein 67er Chevrolet. Blau, verbeult, rostige Radkästen.

Sie ging hinüber und spähte durch das Seitenfenster, das einen Spalt offen stand. Alt, aber sauber. Nichts von dem üblichen Abfall, der sich sonst in viel benutzten Autos fand. Es hatte hineingeregnet, die Sitzbezüge hatten Wasserflecken, und durch den Spalt im Fenster waren nasse Blätter geweht worden, die auf den Fußmatten klebten wie Teeblätter am Boden einer Tasse.

Laura ging zur vorderen Stoßstange des Pick-ups und anschließend zur hinteren. Kein Nummernschild. Sie streifte die Latexhandschuhe über, die sie immer dabeihatte, griff durch das Beifahrerfenster und löste die Türverriegelung. Die Tür öffnete sich mit einem lauten Quietschen. Sie hielt kurz inne und sah sich um. Dann öffnete sie das Handschuhfach und leuchtete hinein. Ein Ersatzventil, ein paar Landkarten, eine zwei Jahre alte Zulassung. Die Landkarten waren von Georgia, Alabama und Florida. Unter Kleingeld und Papierschnipseln lag eine jener Rabattkarten, für die man eine kostenlose Mahlzeit bekam, wenn man zehn Stempel gesammelt hatte. Eine Adresse in Port St. Joe. Die Karte stammte von der Zebra Island Trading Post and Raw Bar in Port St. Joe. Sie war achtmal gestempelt.

Er war häufig dort.

Jimmy Seroux war Pianist, das hieß vielleicht, dass er in der Zebra Island Trading Post and Raw Bar spielte. Sie würde diesem Lokal einen Besuch abstatten.

Sie ging zurück zu der Stelle neben der Einfahrt, an der ein Fahrzeug gestanden hatte. Die Reifenspuren hatten sich tief in den Boden gegraben, der sehr nass gewesen sein musste, und waren dann getrocknet.

Sie gehörten zu einem schweren Fahrzeug. Sie kamen ihr bekannt vor.

Laura studierte das Profil und ging zurück zu dem Pickup, um sich dessen Reifen anzusehen.

Ein anderes Profil. An dieser Stelle musste ein anderes Fahrzeug gestanden haben, ein größeres wie das, das am West Boulevard seine Spuren hinterlassen hatte.

Als sie wieder in ihrem Hotelzimmer war, konnte sie nicht einschlafen. Es machte sie nervös, dass Jerry Grimes oder Mike Galaz sie jederzeit zurückholen konnten. Um diesen teuren Ausflug zu rechtfertigen, hatte sie nichts weiter vorzuweisen außer einem Gefühl und einem Digitalfoto, das jeder aus dem Internet hätte herunterladen können.

Laura schaltete das Licht ein. Das Einzige, was sie zum

Lesen mitgenommen hatte, waren die Aufzeichnungen ihrer Mutter über die Morde in Tucson und die sechs Kapitel des Romans *Tod in der Wüste*. Laura holte die Mappe aus ihrem Koffer und zog Alice Cardinals unvollendetes Manuskript heraus, das von einer großen Klammer zusammengehalten wurde. Ihr fiel ein, dass sie sich nicht mehr darum gekümmert hatte, den Detective zu finden, der die Ermittlung im Fall Julie Marr geleitet hatte. Es war zu viel passiert.

Laura überflog das Kapitel über Julie Marr. Sie fand es nach wie vor seltsam – geradezu unheimlich –, dass ihre Mutter über ein Mädchen schrieb, das sie, Laura, jeden Tag in der Schule gesehen hatte.

Alice Cardinals Manuskript enthielt viel von dem, was Laura bereits in den Zeitungsberichten gelesen hatte. Der Wagen, mit dem Julie entführt worden war, stammte von A & B Auto Wrecking. Lauras Mutter hatte mit dem Besitzer Jack Landis gesprochen.

Landis berichtete den Detectives, das fragliche Auto, ein 55er Chevrolet, sei eines der wenigen Fahrzeuge auf dem Schrottplatz gewesen, das noch fuhr.

»Vielleicht hat er ihn genommen, weil er vor dem Zaun abgestellt war«, sagte Landis und deutete auf den hohen Maschendrahtzaun, der um den Schrottplatz voller zerbeulter, verrosteter Autowracks herumführte. Landis erklärte, dass er auch Auspuffreparaturen macht und den orange-weißen Wagen als »Mietwagen« für Leute benutzt hat, die in der Zwischenzeit einen fahrbaren Untersatz benötigten.

»Ich nehme an, er wollte keine nähere Bekanntschaft mit Luke und Laura machen«, sagte er und zeigte auf die beiden Dobermänner hinter dem Zaun.

Hatte der Mörder ein Auto gestohlen, um damit sein abscheuliches und brutales Verbrechen zu begehen? Es sieht ganz danach aus. Der Detective von der Polizei Tucson, der mit dem Fall betraut war, war jedenfalls davon überzeugt.

Laura merkte, dass sie einzuschlafen drohte. Was immer sie von dem Mord an Julie Marr lernen konnte, es musste warten.

»Ich hätte gern, dass du jemanden für mich durch die NCIC-Datenbank laufen lässt«, sagte Laura am nächsten Morgen, als sie mit Victor telefonierte.

»Kannst du das nicht selbst machen? Wir haben hier ziemlich zu tun.«

»Was ist los?«

»Lehman steht kurz vor einem Geständnis.«

»Wirklich? Wie kommst du darauf?«

»Sein Anwalt hat um ein Treffen gebeten. Der Fall könnte in ein paar Tagen gelöst sein. Du solltest wirklich hier sein.«

»Ich versuche mich zu beeilen«, sagte sie. »Hast du den Laborbericht über die Reifenspuren am West Boulevard?«

»Bleib dran, ich seh nach.« Sie hörte Papier rascheln. »Gestern ist ein ganzer Packen Papier aus dem Labor gekommen. Ganz schön viel zum Durchackern.«

Ein Wink mit dem Zaunpfahl, dass er ihre Arbeit mit erledigen musste.

Sie wartete, während er in den Unterlagen kramte, und dachte darüber nach, dass Galaz ihr keine Rückendeckung geben würde, wenn sie sich in Bezug auf Jimmy de Seroux getäuscht und das schmale Budget des DPS aus einer Eingebung heraus, die zu nichts führte, belastet hatte. Dafür müsste sie allein geradestehen.

»Da ist er«, sagte Victor endlich. »Michelin-Reifen. XRV.«

»Was für Reifen sind das?«

»Große. Solche, wie sie Lastwagen oder Wohnmobile haben.«

»Sonst noch was? Konnten sie auch was zum Radstand sagen?«

»Ich seh nach«, sagte er genervt. Ihr war klar, dass er es nur ungern tat. »Hier, ich hab's. Sieht so aus, als wäre es ein Wohnmobil gewesen. Na, wenn das die Suche nicht eingrenzt. Davon gibt es ja nur ein paar Tausend, die in ganz Arizona rumkurven.«

»Ich schicke dir Fotos von Reifenspuren, die ich hier gefunden habe. Ich faxe dir auch das Foto von einem möglichen Verdächtigen, sein Name ist –«

»Ein Verdächtiger? Hast du mir eigentlich gerade zugehört?«

Sie ging nicht darauf ein. »Ich schicke dir mit FedEx so bald wie möglich eine Kopie des Originals. Der Name des Verdächtigen ist Jimmy de Seroux.« Sie buchstabierte es für ihn und gab ihm die Zulassungsdaten des Pick-ups durch. Vergiss nicht, ihn durch die Datenbank zu jagen.«

»Kannst du das nicht machen?«

»Ich habe im Moment keinen Zugriff aufs NCIC.«

Schweigen. Dann: »Ich muss weitermachen. Der Anwalt von Lehman kann jeden Moment hier aufkreuzen.«

# 31

Das Polizeirevier von Apalachicola nahm den ersten Stock des Rathauses am Apalachicola River ein. Die Nähe zum Wasser deutete darauf hin, dass das Gebäude früher, als der Hafen der Stadt noch von vielen Frachtschiffen angesteuert worden war, als Lagerhaus für Baumwolle gedient hatte.

Das Büro von Chief Redbone wurde von einem riesigen Standventilator beherrscht, der orkanartige Böen durch das enge, vollgestellte Zimmer trieb.

Clyde Redbone, ein großer Mann Ende vierzig mit schütterem blondem Haar und tiefrotem Gesicht, hievte sich aus seinem Stuhl und streckte ihr die Hand entgegen. Er sah aus wie ein ehemaliger Rugby-Spieler, mit deutlich mehr Muskeln als Fett.

»Ich bin Laura –«

»Cardinal. Ich weiß. Einen so hübschen Namen vergisst man nicht so schnell. Meine Sekretärin hat mir gesagt, dass Sie vorbeischauen würden.« Er deutete auf eine Ledercouch, die schon einmal bessere Tage gesehen hatte. »Setzen Sie sich bitte, fühlen Sie sich ganz wie zu Hause.«

Er stemmte seine bullige Gestalt hinter dem Schreibtisch hervor und drehte den Ventilator in ihre Richtung. »Schon besser, oder?«

Der Luftstrom wirbelte ihr die Haare durcheinander, aber bei der drückenden Hitze war das eine Wohltat. »Danke.«

»Kann ich Ihnen etwas zu trinken anbieten? Kaffee? Cola?«

Sie bat um etwas Wasser, und er füllte einen Becher aus dem Wasserspender. Dann setzte er sich wieder und faltete die Hände auf der grünen Schreibunterlage. Er trug ein kurzarmliges Hemd, das seine muskulösen, sommersprossigen, dicht behaarten Unterarme zeigte. »Wie kann ich Ihnen helfen?«

»Ich interessiere mich für einen Mann namens Jimmy de Seroux. Kennen Sie ihn?«

Er lehnte sich zurück und betrachtete sie mit seinen wasserblauen Augen. Etwas ging ihm durch den Kopf, aber sie hatte keine Ahnung, was. »Ich kenne Jimmy, allerdings nicht besonders gut. Spielt gut Klavier.«

»Ich versuche, ihn ausfindig zu machen.«

»Soweit ich weiß, wohnt er in der 15th Street.« Er griff nach dem Telefonbuch.

»Ich weiß, wo er wohnt. Ich hatte gehofft, Sie könnten mir Unterstützung leisten.«

Er stand auf und nahm seinen Hut von dem altmodischen Hutständer neben dem Schreibtisch. »Warum nicht?« Er sah auf seine Uhr. »Wissen Sie, was? Es ist gleich Mittag. Ich wollte runter in den Park und mein Sandwich essen. Wir könnten uns dort weiterunterhalten. Ich versuche, jeden Tag eine halbe Stunde aus dem Büro rauszukommen.«

Kichernde, glockenhelle Mädchenstimmen aus dem Treppenhaus.

»Hi, Daddy!«

»Hi, Daddy!«

Zwei Teenager – Zwillinge – klapperten auf hochhackigen Sandalen ins Büro. Die eine blond, die andere rothaarig. Die Haare des blonden Mädchens waren lang und glatt, in der Mitte gescheitelt. Sie trug einen kurzen Rock mit Volants. Die Rothaarige trug sehr kurze Shorts, viel mehr Make-up und genug Ketten, um als Gespenst von Canterville durchzugehen. Eineiige Zwillinge, aber jede hatte ihren eigenen Stil entwickelt. Laura vermutete, dass sie sich auf diese Weise voneinander abzugrenzen versuchten.

Redbone riss entsetzt die Augen auf. »Mich trifft der Schlag! Seid ihr etwa so auf der Straße rumgelaufen?«

Dem Blick der Mädchen nach zu urteilen, hatte er so etwas schon öfter zu ihnen gesagt, dachte Laura.

»Dürfen wir das Auto haben?«, fragte die Blonde. »Graham hat gefragt, ob wir mit ihm zusammen Boote anschauen wollen.«

»Glaubt ihr etwa, dass der Knabe sich ein Boot leisten kann?«

»Dad. Wir gehen doch nur gucken«, sagte die Rothaarige schnippisch.

»Graham sollte besser für seine Aufnahmeprüfung lernen, und ihr auch. Ach, übrigens, das ist Laura Cardinal aus Arizona. Die da, die glaubt, sie müsste aller Welt ihren Nabel vorführen, ist Amanda, und das ist Georgette.«

Georgette winkte ihr geziert zu. Amanda verdrehte die Augen.

»Bitte, bitte, gib uns das Auto«, bettelte Amanda mit Kleinmädchenstimme, was einen merkwürdigen Kontrast zu ihrer Aufmachung bildete.

»Na gut, ihr könnt es haben. Aber um fünf seid ihr wieder zurück. Eure Mutter macht Brathähnchen. Verstanden?«

Aber sie waren schon zur Tür hinaus, nur das Echo eines lauten »Danke!« blieb zurück.

Redbone schüttelte den Kopf. »Schaffen Sie sich bloß nie Töchter an«, sagte er. »Erst verhelfen sie Ihnen zu einem Magengeschwür, dann räumen sie Ihr Konto leer.«

»Da gab es ein Mädchen«, antwortete Chief Redbone auf Lauras Frage. Er musste fast schreien, um den Rasenmäher zu übertönen, der am anderen Ende des Battery Park über die Wiese ratterte. Sie saßen unter dem Blätterdach einer Gruppe von Eichen an einem Picknicktisch und aßen Sandwichs, die sie in einem Feinkostgeschäft auf der Market Street gekauft hatten. Laura hatte den Verkäufer nach einem belegten Baguette gefragt, und er hatte sie angesehen, als käme sie von einem anderen Stern. Chief Redbone war ihr zur Hilfe geeilt und hatte gedolmetscht. Das nächste Mal würde sie gleich nach einem »Sub«, wie sie hier hießen, verlangen.

Laura sah zu dem kleinen Jachthafen am Rand des Parks, wo Segelboote in der sengenden Golfsonne vor sich hindümpelten. Sie in der Hitze sanft auf dem Wasser schaukeln zu sehen hatte eine einschläfernde Wirkung.

»Linnet Sobek«, sagte Clyde Redbone. »Eine Ausreißerin.« Er biss von seinem Sandwich ab und kaute nachdenklich. »Sie war vorher schon zweimal weggelaufen. Hat sich in Schwierigkeiten gebracht. Das Übliche. Jungs, Drogen, Alkohol, Streitereien.« Er schüttelte traurig den Kopf. »Gerade mal dreizehn Jahre alt, die Kleine.«

Dachte er an seine Töchter?

»Man konnte ihr kaum einen Vorwurf machen. Zerrüttete Familienverhältnisse. Die Mutter methamphetaminsüchtig. Hatte genug Gründe wegzulaufen.«

Die Luft war plötzlich von dem Geruch nach gegrilltem Fleisch erfüllt. Laura blickte auf und entdeckte eine Großfamilie, die sich auf der anderen Seite des Parks um zwei Tische versammelt hatte. Kinder, Hunde, übergewichtige Erwachsene in Shorts und zeltartigen T-Shirts. Sie erinnerte sich an Victors Fotos von Lieutenant Galaz' Grillparty. »Wann verschwand sie?«

»Im Frühsommer 2002 – ich glaube, im Juni. Die Akte liegt im Büro. Das letzte Mal wurde sie beim Trampen auf der C-30A gesehen, gleich bei der Ausfahrt zum Indian Pass. Ein Mann, der die Telefonleitung reparierte, hat sie oben vom Mast aus vorbeigehen sehen.«

»Haben Sie ihn befragt?«

»Was glauben Sie, was ich hier mache? Däumchen drehen und mir ansonsten den Hintern plattsitzen?«

»Tut mir leid.«

»Schon in Ordnung. Man muss sich zu behaupten wissen, besonders wenn die großen Tiere aus Arizona kommen.« Er grinste und zwinkerte ihr zu. »Alle Südstaatler zeichnen sich durch Demut und Bescheidenheit aus, haben ja auch allen Grund dazu. Passen Sie auf, dass Sie sich nicht verschlucken, wenn Sie Ihr Sandwich so runterschlingen.«

»Es schmeckt gut.« Sie wischte sich den Mund mit der dünnen Papierserviette aus dem Laden ab. »Ist sie die ersten beiden Male freiwillig zurückgekommen?«

»Nein. Ihr Bruder hat sie gefunden und heimgebracht.«

Er deutete mit dem Kopf auf die kalte Thermoskanne vor sich. »Wollen Sie bestimmt nichts von dem hiesigen Gebräu?«

Süßer Tee. »Nein, danke. Wie sah sie aus?«

»Das ist ja das Unheimliche.« Er knüllte die Papiertüte seines Sandwichs zusammen und warf sie in den Abfalleimer neben der Bank. »Sie haben mir doch die Fotos von den beiden toten Mädchen gezeigt. Sie sah ihnen ziemlich ähnlich. Hübsch, blond.«

Nach dem Mittagessen fuhren sie auf einer von Bäumen gesäumten Landstraße, der C-30A, zur Zebra Island Trading Post and Raw Bar am Indian Pass.

Laura sah zu Redbone. Er fuhr völlig entspannt, den Sitz ganz nach hinten geschoben, das Lenkrad mit einer Hand am unteren Rand haltend.

»Zebra Island Trading Post?«, fragte sie.

»Von da geht's nach St. Vincent Island rüber. St. Vincent hat mal einem reichen Mann gehört, der fand, ein paar Zebras würden sich auf der Insel gut machen.«

Bevor sie aufgebrochen waren, hatte der Chief vorgeschlagen, dass sie es ihm überließ, dem Besitzer und den Gästen Fragen zu stellen, weil er vermutlich alle persönlich kannte. Laura hatte zugestimmt, sie bewegte sich hier auf unbekanntem Terrain.

Redbone drehte das Lenkrad unvermittelt nach rechts, und der Streifenwagen schlitterte über einen sandigen Parkplatz und kam vor einem altmodischen Kramladen zu stehen. Unterhalb des Dachvorsprungs sah man halb verwitterte Wandmalereien, die den Kopf eines Indianerhäuptlings zeigten – inklusive Federschmuck –, eine idyllische Szene mit grasenden Zebras und eine gigantische Auster. Im Fenster hing ein Schild mit der Aufschrift »Bin beim Angeln«.

»Komisch. Ich wusste gar nicht, dass Gary angelt«, sagte Redbone. »Hätten wohl doch vorher anrufen sollen.«

Sie überlegten noch, was sie jetzt tun sollten, als ein dunkelroter SUV unbestimmten Alters auf den Parkplatz bog. Scheinwerfer auf dem Dach, höher gelegt. Ein sehniger Mann in einem schwarzen T-Shirt und Camouflage-Hosen stieg aus und ging zu dem Zeitungskasten vor dem Laden.

Der Chief ließ sein Fenster herunter und legte den Ellbogen in den Rahmen. »Ronnie! Wie geht's?«

»Hi.« Ronnie kam herüber und beugte sich zum Fenster vor. »Und selbst?«

Chief Redbone nickte zu Laura hin. »Diese schöne Frau hier ist Laura Cardinal, Kriminalermittlerin aus Arizona. Du kennst doch Jimmy de Seroux, oder?«

»Jimmy? Klar, er hat auf der Hochzeit meiner Schwester die Fotos gemacht.«

Redbone wandte sich an Laura. »Rons Cousin gehört der Laden hier. Wo steckt Gary eigentlich?«

»Ist für ein paar Tage runter nach St. George, um sich zu erholen. Ich sehe derweil nach dem Rechten.«

»Ist Jimmy Stammgast hier?«

»Könnte man sagen. Normalerweise schaut er mindestens ein Mal in der Woche vorbei.«

»Hat er was davon gesagt, dass er verreisen wollte?«

Ron rieb sich über seine Bartstoppeln. »Ja, hat er tatsächlich. Er hat gesagt, er will ein bisschen rumfahren, um mal was anderes zu sehen.«

»Wann war das?«

»Schon vor ’ner Weile. War noch kalt – ich erinnere mich, dass wir uns draußen unterhalten haben und dass noch der Reif von der Nacht vorher zu sehen war.«

»Hat er sonst noch was gesagt?«

Ron überlegte. »Ich glaube nicht.«

»Kennst du Jimmy gut?«

»Nein, ich weiß nur, wie er Hamburger mag. Immer wenn er hergekommen ist, hat er einen nicht ganz durchgebratenen Hamburger bestellt. Gary macht das nicht mehr, und dann ging es ewig hin und her.«

»Hat Jimmy eine Freundin?«

»Nicht dass ich wüsste. Ich erinnere mich nicht, dass er sich überhaupt mal mit jemandem länger unterhalten hat, egal, ob Männlein oder Weiblein. Ziemlich stiller Zeitgenosse, der meistens für sich bleibt.«

»Wie kommt es dann, dass er dir von seinen Reiseplänen erzählt hat?«

»Ich weiß nicht mehr, wie wir draufkamen. Ist das wichtig?« Er sah noch einmal zu Laura. »Hat er in Arizona was angestellt?«

»Genau das versuchen wir herauszufinden«, sagte Redbone. »Werden die Automaten hier immer noch geknackt?«

»Nein. Aber ist sicher kein Fehler, ab und zu mal vorbeizuschauen.«

»Wissen Sie, ob er ein Wohnmobil oder etwas in der Art hat?«, fragte Laura.

Ron schüttelte den Kopf. »Mann, ich war ja schon überrascht, als er mir erzählt hat, dass er auf Reisen geht. Muss an dem Tag in Plauderlaune gewesen sein.«

Zurück auf dem Revier in Apalachicola, zeigte Redbone Laura die Akte von Linnet Sobek. Sie war schmal, weil das Mädchen nur als vermisst galt. Das angeheftete Foto ähnelte auf unheimliche Weise dem von Alison Burns. Dasselbe herzförmige Gesicht, große blaue Augen, eine kleine Stupsnase. Blonde Haare.

Die beiden hätten Zwillinge sein können.

Laura überflog die Akte, konnte jedoch nichts entdecken, was ihr Redbone nicht schon erzählt hatte, dennoch bat sie ihn um eine Kopie.

»Ich lass ihn schnell mal durch die NCIC-Datenbank laufen, vielleicht taucht sein Name ja irgendwo auf«, sagte Redbone.

Wie die Suche im National Crime Information Center ergab, lag gegen Jimmy de Seroux offenbar kein Haftbefehl vor, und er hatte auch keine Vorstrafen. Wenn er derjenige war, für den Laura ihn hielt, hatte er eine glänzende kriminelle Laufbahn hingelegt, jedenfalls war er während seines gesamten Erwachsenenlebens niemals aktenkundig geworden.

Als Nächstes prüfte Redbone, ob auf Seroux' Namen ein Wohnmobil zugelassen war. Jimmy de Seroux besaß nur ein einziges Fahrzeug, den blauen 67er Chevrolet Pick-up.

»Damit hat sich wohl die Wohnmobiltheorie erledigt«, sagte Redbone. »Wenn Sie mich fragen, haben Sie nicht viel in der Hand.«

»Wer hat nicht viel in der Hand?«

Ein Officer tauchte im Türrahmen auf, und der Raum schrumpfte sogleich merklich.

»Ich helfe nur gerade einer Kollegin bei der Suche nach einem Verdächtigen.« Chief Redbone stellte Laura dem Officer, Jerry Oliver, vor.

Oliver nahm seine Mütze ab. Der Rand hatte die verschwitzten Haare über dem Mondgesicht zusammengedrückt. Laura bemerkte, dass seine Uniform zerknittert war, und sein Namensschild war so verschmiert, dass man den Namen darauf nicht lesen konnte.

»Wer ist der Mann?«, fragte Oliver. »Vielleicht kenne ich ihn ja.«

»Das geht dich überhaupt nichts –«

»Jimmy de Seroux«, sagte Laura.

»Jimmy?« Oliver schnaubte. »Nie im Leben. Nie im Leben hat der jemandem was zuleide getan, schließlich ist –«

»Jerry, bist du schon bei Mrs. Darling gewesen?«, fragte Chief Redbone. »Sie hat sich furchtbar über den Jungen der Buckners und seine laute Musik aufgeregt.«

»Ich habe schon drei Mal mit ihr gesprochen. So laut dreht der Junge seine Anlage überhaupt nicht auf.«

»Trotzdem, sprich noch mal mit ihr. Vielleicht lässt sie sich ja beruhigen. Du kannst doch gut mit älteren Damen.«

Oliver machte ein verdrießliches Gesicht und legte die Hand auf seinen Schlagstock. »Darf ich vielleicht wenigstens ein Glas Wasser trinken? Da draußen ist es wie in einem Backofen.« Er ging zum Wasserspender. »Arizona also. Was soll Jimmy denn angestellt haben?«, fragte er Laura, ließ Wasser in seine Hände laufen und tauchte sein Gesicht hinein.

»Jerry, beweg jetzt endlich deinen Hintern hier raus.« Redbones Stimme dröhnte. Laura sah ihn an. Sie bemerkte einen harten Zug um seine Mundwinkel.

»Ich geh ja schon, ich geh ja schon.«

Der Chief sah ihm nach.

»Einen so faulen Strick wie diesen Jungen habe ich noch nie erlebt.« Wieder ganz der Alte, entspannt und leutselig. Freundlich, mitteilsam. »Aber mir sind die Hände gebunden. Sein Vater sitzt im Stadtrat.«

Als Laura zurück ins Gibson Inn kam, erkundigte sie sich an der Rezeption, ob jemand für sie angerufen hatte. Victor hatte immer noch nicht zurückgerufen. Sie wählte seine Nummer, und die Mailbox sprang an. Sie hinterließ ihre Nummer und versuchte, ihn anzupiepsen.

Sie fragte sich, ob Lehman gestanden hatte. Vielleicht arbeiteten sie ja schon einen Deal mit dem Staatsanwalt aus. Und sie war hier in Florida und hatte nichts vorzuweisen.

Kämpfte gegen Windmühlen.

Sie studierte noch einmal ihre Liste:

Alison Burns – Übereinstimmungen
Schnittmuster – »Schönes aus alter Zeit«
Wohnmobil in der Brewery Gulch
Wohnmobil in der Nähe des ersten Tatorts
Digitalkamera, Schmuck für Alison/Internetverbindung (?) CRZYGRL 12
Der Mann auf dem Foto – Strandhaus?
Serienmörder, planvolles Vorgehen
Unterschiede zwischen Jessica und Alison – unterschiedlich lange festgehalten, Alter, Todesart
Postmortem vs. antemortem

Sie hatte der Liste fünf neue Punkte hinzugefügt:

Dorrance – J. de Seroux, Fotogr.
Reifenspuren bei J
Linnet Sobek – das letzte Mal in der Nähe der Bar gesehen
J. S. Stammgast in der Bar
Linnet Sobek sieht Alison und Jessica sehr ähnlich

Chief Redbone hatte Recht. Sie hatte nicht viel in der Hand.

Seroux hatte kein Vorstrafenregister. Er besaß kein

Wohnmobil. Und worauf Victor schon hingewiesen hatte: Jeder könnte das Foto von Dorrance aus dem Netz heruntergeladen haben.

Laura musterte das Bild von Seroux, das sie fotokopiert hatte. Die Leblosigkeit seiner Augen war auf der dunklen Fotokopie nicht mehr zu erkennen, oder sie hatte zu viel in das Foto hineininterpretiert. Viele Leute machten einen teilnahmslosen Eindruck. Plötzlich war sie nicht mehr so überzeugt, dass er Jessicas Mörder war.

Um sich aufzumuntern, ging sie aus und spendierte sich im Owl Café ein Abendessen. Austern, Krabbenfleischküchlein und ein Glas Merlot. Das Owl war ein kleines, gemütliches Restaurant. Alle anderen Gäste waren Paare.

Normalerweise machte es ihr nichts aus, allein zu essen. Aber heute Abend fühlte sie sich befangen, so als beobachteten sie die anderen Leute. Was überhaupt nicht der Fall war, wie sie mit einem Blick in den Raum feststellte. Sie waren dafür viel zu sehr mit sich beschäftigt.

Vielleicht war es ja genau das. Sie stellte sich vor, dass Tom ihr gegenübersaß und sie bei einem Glas Wein miteinander plauderten. Wie sie händchenhaltend über die Marsch zum Jachthafen gingen und den Sonnenuntergang beobachteten. Oder auf der Veranda des Gibson Inn saßen, den Geräuschen der Nacht lauschten und schmusten, wenn sie allein waren.

Wie sie in dem breiten Bett lagen.

Seine Gegenwart, wie er sie ansah, die ruhige Art, in der er sprach. Niemals in Eile. Dass er ein Leben führte, wie er es wollte. Das hatte etwas für sich.

Nur dass sein Leben nicht exakt so aussah, wie er wollte, sonst würde er sie nicht wollen.

In ihrem Job arbeitete sie stets mit einem Partner zusammen. Jemand, der ihr Rückendeckung gab, ein Verbündeter. Jemand an ihrer Seite …

Es überraschte sie immer wieder, dass sie keine Familie hatte. An der Ostküste lebten ein paar entfernte Verwandte von ihr, aber die kannte sie kaum. Sie bezweifelte, dass sie vor Freude einen Luftsprung machen würden, wenn sie plötzlich vor ihrer Tür stünde, und sie selbst hatte auch kein großes Interesse an ihnen. Sie war daran gewöhnt, allein zu sein; Einzelkinder waren in der Regel selbstgenügsam.

Trotzdem war sie immer davon ausgegangen, dass sie einen Mann finden würde. Sie hatte gedacht, Billy Linton wäre die Lösung für all ihre Probleme, er könnte die Vorstellung, wie ihre Eltern aus nächster Nähe erschossen wurden, aus ihrem Kopf löschen. Das konnte natürlich nicht funktionieren. Die Beziehung zwischen ihr und Billy hätte selbst unter normalen Bedingungen kaum gehalten, wie viel weniger noch, da sie gleich zu Beginn einer solchen Belastungsprobe ausgesetzt gewesen war. Ihr Privatleben bestand im Grunde nur aus einer Reihe gescheiterter Beziehungen.

Tom hatte sie aufgefordert, es noch einmal zu wagen. Zusammenziehen war nicht dasselbe wie heiraten, aber es war ein Bekenntnis. Sie schreckte schon allein vor dem Gedanken an eine neue Ehe zurück, das Zusammenleben schien ihr dagegen eine Möglichkeit zu sein.

Sie zahlte und ging zurück zu ihrem Hotel, beschloss, den Abend mit einem weiteren Glas Wein auf der Veranda zu verlängern. Sie ging in die Bar und blickte auf das Foto von Jimmy de Seroux, das dort hing.

Irgendwo hatte sie ihn schon einmal gesehen … ja, natürlich. In den letzten beiden Tagen hatte sie dieses Foto zig Mal betrachtet, aber das war es nicht.

Dann fiel es ihr ein.

Wo sie ihn gesehen hatte.

# 32

»Was für ein Tag«, sagte Victor, als er Laura im Lauf des Abends endlich zurückrief. »Wir waren fest davon überzeugt, dass er sich auf eine Absprache einlassen würde, aber dann hat er in letzter Minute einen Rückzieher gemacht.«

»Lehman? Was hat er gesagt?«

»Nichts. Er wollte mit seinem Anwalt unter vier Augen sprechen, und das war's. Kein Wort mehr. Mann, Cruller ist vielleicht sauer!«

Roger Cruller war der Staatsanwalt.

»Ich war überzeugt, wirklich überzeugt, dass er ein Geständnis ablegen würde. Warum sonst hätte Glass einen solchen Zirkus veranstalten und uns alle antanzen lassen sollen? Und dann – *nada*.«

Laura fragte sich, welche Strategie Lehmans Anwalt Barry Glass verfolgte, der in dem Ruf stand, alle seine großen Fälle zu gewinnen. Warum hatte er um das Treffen gebeten, wenn es ihm nicht um eine Absprache ging? Vielleicht hatte Lehman kalte Füße bekommen.

»Und was mich wirklich ankotzt, ist, dass wir nicht mal genug in der Hand haben, um ihn in Untersuchungshaft zu nehmen. Die Überprüfung des Computers kann Monate dauern. Du hättest hören sollen, mit welchem Scheiß mich sein Anwalt abspeisen wollte – zum Beispiel das Drehbuch. Er sagte, Lehman hätte es im Kühlschrank aufbewahrt, und jetzt hör gut zu, weil er es für den Fall, dass ein Brand ausbricht, schützen wollte.«

Sie ließ ihn noch eine Weile weiterschimpfen, bevor sie das Thema wechselte. »Hast du den Namen, den ich dir durchgegeben habe, durch die NCIC-Datenbank laufen lassen?«, fragte sie.

»Tut mir leid, hab ich bei dem ganzen Stress vergessen. Soll ich es noch machen? Ich kann gleich morgen –«

»Lass nur, das hat der Kollege hier inzwischen erledigt. Er hat keine Vorstrafen.«

»Na, dann können wir ihn wohl von der Liste streichen.«

»Das ist noch nicht sicher.«

Er ging über die Bemerkung hinweg. »Hier ist etwas passiert, das dich wahrscheinlich interessiert. Timmy Judd liegt auf der Intensivstation. Er hat heute versucht, sich umzubringen. Hat irgendeinen Abflussreiniger getrunken. Sie haben keine Ahnung, wie er da rangekommen ist. Auf jeden Fall wird er ziemlich leiden müssen.«

Laura dachte an Shannon Judd, die mit ihren sieben Jahren geistesgegenwärtig genug gewesen war, unter die Veranda des Hauses zu kriechen, in dem sie ihr ganzes kurzes Leben verbracht hatte, um sich vor ihrem eigenen Vater zu verstecken. An den Schmerz und die Angst, die sie durchgemacht haben musste, als das Leben mit jedem Tropfen Blut aus den zwei Schusswunden langsam aus ihr wich.

»Ich hoffe, das Zeug zerfrisst seine Kehle, seine Speiseröhre, seine Eingeweide, und er kriegt am Schluss noch Krebs davon.«

»Er wird jedenfalls Schmerzen haben, das ist sicher.«

Einen Moment lang schwiegen sie beide.

Laura hatte den Eindruck, dass die Verstimmung, die zwischen ihnen geherrscht hatte, langsam verflog. Da konnte sie ihm genauso gut noch eine Freude machen. »Ich werde wahrscheinlich bald zurückkommen.«

»Ach?«

»Ich möchte in sein Haus, aber ich habe für einen Durchsuchungsbefehl nicht genug in der Hand.«

»Du willst mir doch nicht erzählen, dass du ihn tatsächlich für den Mörder hältst? Ich habe dir doch gesagt, dass Lehman kurz vor einem Geständnis stand.«

Laura zuckte mit den Schultern. »Darf ich dich um etwas bitten? Die Fotos, die ich am ersten Morgen am Tatort gemacht habe – von den Schaulustigen. Könntest du mir die mit FedEx hierher schicken?«

»Ich bin von Bisbee direkt nach Hause gefahren. Ich müsste zurück ins Büro, sie suchen, abholen lassen –«

»Ich weiß, dass er in Bisbee war. Ich habe ihn gesehen. Du auch.«

»Wo?«

»Er war der Pianist im Copper Queen Hotel.«

# 33

Musicman. Hot Wheels. Warlock, Smooth Talk. Traveler.

Als hätte man einen Schrank voller Kostüme. Man konnte seine Kostümierung nach Lust und Laune wechseln. Man überlegte sich einfach, wer man an diesem Tag sein wollte, und streifte sich die neue Identität wie ein Hemd oder eine Jacke über.

Seit einiger Zeit war »Traveler«, Reisender, sein Lieblingsname. Zum einen sah er sich selbst als Reisenden, er war er schon immer gern auf Achse gewesen und herumgefahren. Man wählte einfach eine Route – eine Landstraße oder den Freeway, völlig egal – und folgte ihr. Kutschierte herum, ohne zu wissen, was hinter der nächsten Straßenbiegung auf einen wartete. Noch mehr an dem Namen gefiel ihm jedoch, dass Profiler die Bezeichnung Traveler in ihren Büchern gebrauchten, Bücher über Leute wie ihn. Männer, die töteten – Serienmörder –, hatten die Neigung, sich von Ort zu Ort zu bewegen, um nicht geschnappt zu werden. Sie wurden Traveler genannt, und er hielt es für höchst ironisch, diesen Namen für eine seiner E-Mail-

Adressen zu gebrauchen. Es war ein Hinweis, auch wenn ihn noch niemand begriffen hatte. Er wollte ihnen eine Chance geben.

In letzter Zeit war er nicht viel auf Reisen gewesen, obwohl er sich hundertfünfzig Kilometer nach Norden bewegt hatte. In Tucson konnte man leicht untertauchen. In dem Gewimmel auf den Straßen fiel er nicht weiter auf. Er war trotzdem vorsichtig, hatte in der Nähe des Freeway in einem Motel 6 Unterschlupf gefunden und begab sich nur ins Zentrum, um das Geld, das ihm Dark Moondancer an eine UPS-Filiale geschickt hatte, abzuholen.

Auch jetzt war er in seinem Motelzimmer und ging seiner Lieblingsbeschäftigung nach – im Internet surfen. Aber selbst das verblasste gegenüber dem, woran er gerade dachte: die E-Mail von LVRGRL@livewire.com.

Voller Neugier hatte er sie geöffnet – und gleich gewusst, dass sie von ihr stammte.

Sie berichtete ihm, was passiert war – dass ihre Eltern die Kamera und die Schmuckstücke, die er ihr geschickt hatte, entdeckt und aus ihr rauszuquetschen versucht hatten, woher die Sachen stammten. Sie hatte sich geweigert, es ihnen zu sagen, und ihr Vater, der gemeine Kerl, hatte ihr den Computerzugang gesperrt.

Aber seine Kleine hatte Köpfchen. Es dauerte eine Weile, aber sie schaffte es, ihre Mutter davon zu überzeugen, dass sie den Computer wegen der Hausaufgaben brauchte, und sie legte sich sofort einen neuen E-Mail-Account zu.

Die Jugend von heute.

Ich hatte echt Angst, aber jetzt bin ich ganz und gar überzeugt, dass ich dich total liebe, und daran kann nichts falsches sein. Sie können uns nicht voneinander trennen.

Bei diesen Worten sah Musicman einen Hoffnungsschimmer aufglimmen.

Aber er musste sichergehen.

Er durchforstete alle CRZYGRL-12-Mails – die Mails, die ihn nach Bisbee gelockt hatten und von denen er mittlerweile wusste, dass sie falsch waren.

> Ich muss meinen Vater in diesem scheusslichen Nest besuchen. Voll langweilig. Da kann man Null unternehmen. Hier ist es ziemlich heiss und bei dir?

Lüge.

> Ich hab nachgedacht. Du hast Recht. Wir müssen uns treffen. Weißt du einen guten Treffpunkt?

Lüge, Lüge, Lüge.

> Ich kenn da einen Park, wo wir uns treffen können.
> Ganz bald.
> Ich liebe dich.

Musicman sah sich jede E-Mail genau an, versuchte herauszukriegen, wann der Betrüger übernommen hatte. Er suchte nach Abweichungen in der Rechtschreibung und im Stil. Fand keine. Sie hatte Schwierigkeiten mit der Groß- und Kleinschreibung, nichts falsches statt nichts Falsches, Null statt null. Massenhaft Emoticons, je nach Laune lächelnd oder traurig dreinschauend. Die typische Ausdrucksweise von Jugendlichen.

Er druckte die Mails aus, manchmal sah man auf einem Ausdruck mehr als auf dem Bildschirm. Ging die Mails noch einmal durch, mit der Neuesten beginnend.

Und dann entdeckte er es.

Weißt du einen guten Treffpunkt?

Er ging die siebenundzwanzig Seiten durch, die er auf Diskette gesichert hatte, überflog die Zeilen, sein Herz hämmerte. Gebrauchte sie abwechselnd ß und ss?

Nein. Sie hatte dreizehnmal ss anstelle von ß geschrieben. Das war die einzige Mail mit einem ß.

Wer auch immer ihre Mails abgefangen und sich als CRZYGRL 12 ausgegeben hatte, hatte sich vertan. Ein verbreiteter Fehler; es ist schwer, bewusst falsch zu schreiben. Die Rechtschreibung ist wie vieles eine Gewohnheitssache. Als versuchte man willkürlich, seine Handschrift zu ändern. Man konnte sich noch so viel Mühe geben, man verfiel leicht wieder in die alte Gewohnheit.

Wie hatte ihm das nur entgehen können?

Jetzt musste er nur noch herausfinden, ob die allerneuste E-Mail von dem Mädchen oder dem Betrüger kam.

# 34

Zurück in Chief Redbones stickigem Büro, zog Laura die obersten beiden Fotos aus dem Umschlag, den Victor ihr geschickt hatte, und legte sie neben das Foto von Jimmy de Seroux auf den Schreibtisch.

»Sieht aus wie er«, sagte Redbone. »Wenn man sich den Schnurrbart wegdenkt.« Er aß gerade ein Stück Apfelkuchen aus einer Styroporschachtel.

»Ich habe ihn gesehen. Er hat in einer Bar in Bisbee Klavier gespielt.«

Er lehnte sich zurück und faltete die Hände über dem Bauch. »Mag schon sein, aber Sie sind nicht das, was Richter Lanier eine unvoreingenommene Zeugin nennen würde, und er ist derjenige, den wir überzeugen müssen, wenn wir einen Durchsuchungsbeschluss haben wollen.« Er seufzte und schob ihr das Foto wieder zu. »Sieht für mich nach einem Indizienbeweis aus. Richter Lanier mag keine Indizienbeweise. Ehrlich gesagt, glaube ich nicht, dass er sich darauf einlassen wird.«

»Die Reifenabdrücke vor dem Haus entsprechen denen, die wir am ersten Tatort gefunden haben – sie stammen beide von Michelin-XRV-Reifen.« Sie schob den Bericht der Spurensicherung, den Victor ihr zusammen mit den Fotos geschickt hatte, über den Tisch.

Redbone nahm ihn und las ihn. »Stimmt, sie stammen von demselben Reifentyp, aber davon gibt es Millionen im ganzen Land. Es gibt keine Spuren, die darauf hinweisen, dass sie von ein und denselben Reifen stammen.« Er verschränkte die Hände hinter dem Kopf. »Das wird Lanier nicht reichen.«

Laura hatte Erfahrung mit widerspenstigen Richtern. Sie suchte sich sogar immer die härtesten Richter aus, denn wenn die einen Durchsuchungsbeschluss unterschrieben, hatte der Verteidiger ein Argument weniger. »Ich versuche es trotzdem.«

Redbone schüttelte den Kopf. »Ich kann Ihnen gleich sagen, dass er Ihren Fall genüsslich zerpflücken wird. Sehen Sie hier, das Kleid – die Verbindung zu dem Mord an Alison Burns. Wie viele Leute verwenden solche Schnittmuster? Man kann sie im Internet bestellen. Und wie viele Leute könnten das Foto dieses Jungen heruntergeladen haben? Er hat es schließlich ins Netz gestellt, damit es jeder bewundern kann.«

Er kratzte einen Rest geschmolzene Eiscreme aus der Styroporschachtel und leckte den Plastiklöffel ab.

»Nein«, fügte er düster hinzu. »Ich kann mir nicht vorstellen, dass Richter Lanier das gefällt.«

Richter Lanier fertigte sie innerhalb von zehn Minuten ab.

»Er ist um zehn zu einem Golfspiel verabredet«, erklärte Chief Redbone, nachdem sie von der weißhaarigen Sekretärin des Richters aus dem Büro geleitet worden waren. »War klar, dass er uns eine Abfuhr erteilt. Tut mir leid.«

»Was ist nur aus der berühmten Südstaaten-Freundlichkeit geworden?«

Redbone hielt ihr die Tür auf. »Er kommt ursprünglich aus Rhode Island.«

Laura überlegte, ob sie irgendetwas hätte anders machen sollen, aber es war alles so schnell gegangen. Richter Lanier hatte in seinem muffigen, verrauchten Zimmer nur kurz mit ihnen gesprochen, und was er gesagt hatte, war vernichtend gewesen. »Eine Verschwendung der Zeit des Gerichts.« »Ein Schuss ins Blaue.« Und: »Ich weiß ja nicht, wie Sie es da oben in Arizona halten, Miss Cardinal, aber wir hier haben Gesetze, und wir haben Präzedenzfälle. Sie werden dieses Gericht nicht in ein Schmierentheater verwandeln. Die Seroux' haben schon genug durchgemacht, und ich werde nicht zulassen, dass eine Hetzjagd auf sie veranstaltet wird.«

»Was hat er damit gemeint, dass die Seroux' viel durchgemacht haben?«, fragte Laura Redbone, als sie die Treppe des Gerichtsgebäudes hinuntergingen.

Redbone sagte: »Der Richter arbeitet nicht gern außer der Reihe, das ist der Punkt. Er geht auf Nummer sicher. Er tut nichts, was den Leuten sauer aufstoßen und seine Position und seinen Ruf gefährden könnte.« Er tätschelte ihr den Arm. »Ich muss jetzt los. Mal wieder ein bisschen Freund und Helfer spielen.«

Er stieg in seinen Streifenwagen und fuhr langsam die Market Street hinunter. Sie sah, dass er die Abzweigung zum Revier nahm.

Erst in diesem Moment fiel ihr auf, dass er ihre Frage nicht beantwortet hatte.

Da sie hungrig war, ging sie über die Market Street zum Cloud Nine Coffee Shop. Sie setzte sich auf eine der roten vinylbezogenen Bänke an einem Fenster, zog die Fotos von Jessica Parris, Alison Burns und Linnet Sobek aus ihrer Aktentasche und breitete sie vor sich auf dem Resopaltisch aus.

Es musste einen Weg geben, wie sie in dieses Haus kam. Sie war immer mehr davon überzeugt, dass Seroux ihr Mann war. Sie musste nur genauer hinsehen, etwas finden, das ihr bisher entgangen war.

Sie musterte die Fotos. Die drei Mädchen sahen einander ähnlich. Derselbe Typ. Ähnliche Haarlänge, wenn auch andere Frisuren, die gleichen kecken Nasen. Sommersprossen. Unschuldige, große blaue Augen.

Jessica bildete die Ausnahme. Braune Augen. Zierlich, klein für ihr Alter. Jessica war ein Fehler. Die Entführung von Jessica Parris geschah aus einem Impuls heraus, nachdem Seroux nicht das Mädchen bekommen hatte, das er haben wollte.

Die Kellnerin kam und drehte einen der braunen Keramikbecher auf dem Tisch um. »Kaffee?«, fragte sie.

Laura nickte. Die Frau musste um die sechzig sein. Laura sah wie gebannt auf ihre Augenlider, die die Farbe von blauen Trauben hatten und eine ähnliche Form. Die Wimpern waren dick schwarz getuscht. Auf ihrem Namensschildchen stand Marlee.

Sie warf einen Blick auf das Foto von Linnet Sobek. »Ich hoffe, sie ist irgendwo gelandet, wo es ihr gut geht.« Sie musterte Laura. »Sind Sie von der Zeitung?«

»Nein.«

Laura wollte ihre Ruhe haben, aber die Kellnerin redete einfach weiter. »Sie klingen nicht so, als kämen Sie aus der Gegend«, sagte sie.

»Ich komme aus Arizona.«

»Die Welt ist doch ein Dorf! Bis vor gut einem Jahr habe ich bei meiner Tochter und ihrem Mann in Phoenix gewohnt. Was haben Sie gesagt, woher Sie kommen?«

»Tucson.« Sie wünschte, die Frau würde endlich gehen, damit sie nachdenken konnte.

»Ich bin hier aufgewachsen und wollte nie von hier weg, aber meine Tochter hat darauf bestanden, dass ich zu ihr ziehe, und ich wollte eigentlich auch näher bei meinen Enkeln leben ... aber mittlerweile sind die Kleinen erwachsen, und weil ich immer noch Heimweh nach diesem Städtchen hatte, beschloss ich irgendwann zurückzukehren. Ich habe Glück, ich habe gute Füße, und ich habe Ausdauer, daher werde ich wohl arbeiten können, bis ich siebzig bin. Außerdem mag ich das Café hier und bin gern unter Leuten.«

Schön für sie, dachte Laura, aber sie wäre mit ihrer Niedergeschlagenheit lieber allein gewesen.

»Was darf ich Ihnen bringen? Die Bratkartoffeln mit Soße sind gut.«

Sie erinnerte sich, dass sie sich als Kind immer ein Weißbrot-Sandwich mit Schinken, Salat und Tomate und dazu eine saure Gurke bestellt hatte. Sie hatte seit Jahren kein Weißbrot mehr gegessen und plötzlich Appetit darauf. Musste daran liegen, dass sie im Süden war.

Die Kellnerin strich sich eine widerspenstige blonde Strähne hinters Ohr und sagte: »Gern, meine Liebe.« Sie eilte mit der Speisekarte in Richtung Küche.

An der rückwärtigen Wand schien sich irgendeine Art von Entlüftung zu befinden, die Laura warme Luft in den Nacken blies. Wahrscheinlich würden ihre Sachen nachher danach riechen. Das Lokal machte keinen allzu sauberen Eindruck – fast wie eine Kneipe. Ihr Vater hatte Kneipen gemocht. Das fiel ihr plötzlich wieder ein.

Laura steckte die Fotos der Mädchen weg und zog das

Bild von Jimmy de Seroux hervor. Vielleicht lag sie ja falsch, und es war doch Lehman.

Sie griff in die Holzschüssel mit Oliven vor sich auf dem Tisch, plötzlich von Heißhunger erfüllt, nahm eine und biss hinein. Es war keine Olive – das Ding war salzig und merkwürdig weich. Sie hatte keine Ahnung, was es war.

»Sie haben noch nie eine gekochte Erdnuss gegessen, was?«, fragte Marlee und goss ihr Kaffee nach.

»Wer kommt denn auf die Idee, Erdnüsse zu kochen?«

»Sie werden schon sehen, früher oder später werden Sie süchtig danach.« Sie stellte den Plastikteller mit dem Sandwich vor sie hin und blickte auf das Foto von Seroux. »Sie kennen Dale?«

»Dale?«, fragte Laura verwirrt.

»Dale Lundy. Der Sohn von Bill Lundy. Was steht denn da?«, fragte sie und verdrehte den Hals, um die Schrift am unteren Rand des Bildes lesen zu können. »Alles Gute, Jimmy.«

»Jimmy de Seroux«, sagte Laura.

Marlee runzelte die Stirn, als kramte sie verzweifelt in ihrem Gedächtnis. »Nein. Das kann nicht sein.«

»Das ist Jimmy de Seroux. Er spielt Klavier im Gibson Inn.«

»Aber nein, das ist bestimmt Dale Lundy. Er sieht genau aus wie sein Vater.«

Laura hatte ein Gefühl, als befände sie sich plötzlich im falschen Film. Die Frau wusste offenbar nicht, wovon sie sprach. Alle, mit denen sie geredet hatte, hatten ihr bestätigt, dass dieser Mann Jimmy de Seroux war. Er hatte mit Jimmy unterschrieben. Es war Jimmy de Seroux, er musste es sein.

»Nie im Leben, das ist Dale Lundy. Er ist seinem Vater wie aus dem Gesicht geschnitten.« Die Frau war in ihrer Überzeugung unerschütterlich. »Vielleicht verwechseln Sie die beiden ja, weil sie Nachbarn waren.«

Sie sagte das in einem Ton – als würde sie irgendetwas zurückhalten. Laura erinnerte sich an etwas, das Richter Lanier gesagt hatte: Dass die Seroux' schon genug durchgemacht hätten.

»Die Seroux' und die Lundys waren Nachbarn?«

»Ja, sie lebten Tür an Tür.«

»Kannten Sie die Familie Seroux?«

»Selbstverständlich. Sie sind jeden Samstag hierhergekommen. Henry hat immer Bratkartoffeln mit Soße bestellt. Hat nie etwas anderes gegessen. Das hätte einem eigentlich schon verdächtig vorkommen müssen.«

»Henry?«

»Henry de Seroux. Noch Kaffee?«

Laura legte ihre Hand über den Becher, aber jetzt war sie neugierig geworden. »Was meinen Sie mit ›verdächtig‹?«

Auf einmal machte Marlee den Eindruck, als sei ihr unbehaglich zumute. »Das ist lange her. Das interessiert Sie bestimmt nicht.«

Es war etwas Schlimmes – das spürte Laura. Die Bemerkung des Richters, die ausweichende Antwort von Chief Redbone. Er hatte ihr nichts von den Seroux' erzählt. »Was hat er getan?«

»Na ja, ich schätze mal, es ist kein Geheimnis. Er hat seine Familie umgebracht.«

## 35

Laura starrte auf Marlees von Fältchen umkränzten Mund, der unaufhörlich weiterredete. Nachdem Laura es ihr endlich entlockt hatte, kannte Marlee kein Halten mehr und berichtete genüsslich jedes schauerliche Detail der Geschichte. »Er hat eines Nachmittags seine Frau und die beiden kleinen Mädchen abgeschlachtet, dann richtete er die Waffe gegen sich selbst. Eine Schrotflinte – ich habe gehört, dass er mit seinem großen Zeh abdrücken musste.«

»Was ist mit seinem Sohn?«

»Sein Sohn? Ach, der Kleine. Er starb schon vorher – hatte Leukämie. Ich weiß gar nicht mehr, wie er hieß.«

»Wer ist dann Jimmy de Seroux?«

»Könnte ein Cousin sein. Jedenfalls keiner von den Seroux' hier aus der Stadt.« Sie tippte mit einem langen lackierten Fingernagel auf die Fotokopie. »Das ist Dale Lundy. Da bin ich mir ganz sicher, er ist seinem Vater nämlich wie aus dem Gesicht geschnitten. Der ist vor vielleicht acht, neun Jahren gestorben.«

Laura hatte Schwierigkeiten mitzukommen. »Lebt Dale hier in Apalachicola?«

»Möglich, dass er zurückgekommen ist, aber das weiß ich nicht. Als sein Vater starb, hat ihn eine Tante bei sich aufgenommen. Sie lebt in Alabama.«

»Haben Sie den Vater gut gekannt?«

»Nur vom Sehen. Er war kein besonders zugänglicher Mann. Ziemlich verschlossen und wortkarg.«

»Und Dale – haben Sie den gekannt?«

»Kaum. Den hat man nur selten zu Gesicht bekommen.«

Laura konnte sich auf all diese Informationen noch keinen rechten Reim machen, ließ jedoch nicht locker. »Wie kam das?«

»Seine Mutter hat ihn zu Hause unterrichtet. Daran ist nichts auszusetzen, das machen viele Leute, aber da steckte noch mehr dahinter, als man auf den ersten Blick erkennen konnte.« Marlee füllte Lauras Becher auf. »Das ist auch so eine Geschichte. Sie ist abgehauen und hat den Jungen und den Vater sich selbst überlassen.«

Laura war immer noch damit beschäftigt, die Information über den Mann mit zwei Namen zu verdauen.

Marlee fuhr fort. »Alene Lundy gehörte irgendeiner religiösen Gemeinschaft an. Heute würde man sie als Sekte bezeichnen. Alle hielten sie für ein bisschen kauzig, und es schien mit der Zeit schlimmer zu werden. Sie zog sich immer mehr zurück und hielt auch ihren Jungen von anderen Kindern fern – das ist doch nicht normal, oder? Wenn es in irgendeiner Familie zu einer Tragödie kommen musste, dann hätte ich auf die Lundys getippt, nicht auf die Seroux'.« Sie deutete mit dem Kopf auf das Foto. »Keine Ahnung, wer Ihnen da einen Bären aufbinden wollte, aber das ist Dale Lundy.«

Laura erwischte Redbone, als er gerade die Treppe zum Polizeirevier herunterkam. »Warum haben Sie mir das von den Seroux' nicht erzählt?«

Er blieb neben ihr stehen, eine Cola in der Hand, seine Nähe war ihr bei der Hitze unangenehm. Laura sah kleine Eisklumpen in der Colaflasche schwimmen. Eine Cola wäre jetzt genau das Richtige, aber auf einmal schien er seine Freigiebigkeit verloren zu haben.

»Ich hab leider keine Zeit. Muss zu einer Besprechung«, sagte Redbone und ging weiter. Laura folgte ihm nach draußen in die drückende Hitze.

»Ich will wissen, warum Sie mir nichts von den Seroux' erzählt haben.«

»Mein Gott, ist das heiß heute!« Er presste die Colaflasche an seinen roten Hals. Sein Hemd zierten riesige Schweißflecken. Dann sah er sie an. Ein lieber netter Kerl mit stahlharten Augen. »Weil die Geschichte schon eine Ewigkeit zurückliegt. Deswegen.«

»Mag ja sein, aber es könnte mit meinem Fall in Zusammenhang stehen.«

»Ach, und wie?«

»Sie hätten es mich auf jeden Fall wissen lassen müssen.

Dann hätte ich zumindest eine Vorstellung davon gehabt, womit ich es zu tun habe.«

»Er ist ein Cousin, von außerhalb«, sagte er mit besonderer Betonung auf »außerhalb«. »Er hatte mit der ganzen Sache nichts zu tun.«

»Es muss Ihnen doch klar gewesen sein, dass ich es herausfinde. Ein Massenmord in einer Kleinstadt wie dieser –«

»Seither ist viel Wasser den Berg runtergeflossen. Die Leute hier reden nicht gern darüber. Wir denken nicht mal gern daran.«

»Dann ist der Pianist also Jimmy de Seroux.«

»Soweit ich weiß, ja.«

»Was soll das heißen?«

Er zuckte mit den Schultern. »Ich wusste, dass es irgendwo Verwandte gab. Er tauchte hier auf und sagte, er wäre ein Cousin. Er war der Eigentümer des Hauses. Das hat mir gereicht. Hier kümmert sich jeder um seinen eigenen Kram.«

»Aber haben Sie sich nicht über die Ähnlichkeit mit Lundy gewundert?«

»Ging mich genauso wenig was an.«

»Was? Ach so.« Sie verstand den Hinweis. »Sie glauben, dass Bill Lundy vielleicht –«

»Meinen Sie nicht, dass wir für einen Tag schon genug schmutzige Wäsche gewaschen haben?« Er schloss sein Auto auf.

So schnell ließ sie sich nicht abschütteln. »Aber wie soll das passiert sein?«

Er nahm seinen Strohhut ab und presste sich die Colaflasche gegen die Stirn, in die ihm ein paar schweißnasse Strähnen hingen. »So wie das immer passiert, würde ich mal meinen.«

»Wollen Sie damit sagen, dass Bill Lundy und Mrs. Seroux eine Affäre hatten?«

»Hören Sie, junge Frau, ich weiß es nicht. Es könnte alles Mögliche passiert sein. Henry hatte eine Schwester, ein spätes Mädchen, wenn ich das mal so sagen darf. Sie hat eine Zeit lang bei ihnen gewohnt. Fragen Sie mich bitte nicht, wann, das weiß ich nämlich nicht mehr. Wenn Sie mich jetzt entschuldigen wollen, ich bin spät dran.«

»Ich möchte, dass Sie Dale Lundy für mich überprüfen.«

»Es wird das Erste sein, was ich tue, wenn ich zurück bin«, sagte er und ließ sich ächzend auf den Fahrersitz sinken.

Die Türen zu den *Apalachicola News* waren verschlossen – obwohl es mitten am Tag war. Laura machte sich auf die Suche nach der Bücherei.

Diese befand sich in einer ruhigen Nebenstraße und war in einem einstöckigen Ziegelbau mit weiß eingefassten Fenstern untergebracht. Laura fragte die Bibliothekarin, ob sie die Lokalzeitung aus Zeit der Seroux-Morde im Archiv hätten oder Mikrofiches davon.

Die Frau sah sie an, der Ausdruck eines gewissen Unbehagens schlich sich in ihre tiefblauen Augen. Sie war eine hübsche, gepflegte Frau, klein, um die dreißig. »Die Seroux-Morde?«

»Ja, das hat mir jemand erzählt. Ein Mann namens Henry de Seroux hier aus Apalachicola soll seine Frau und seine Töchter umgebracht haben.«

Die Frau sah sie schockiert an. »Wann soll das gewesen sein?«

»Vor langer Zeit. Aber so etwas vergessen die Leute nicht.«

Eindeutig nervös. »Entschuldigen Sie, aber da muss ich nachsehen, vielleicht findet sich was in der Datenbank.«

Sie verschwand in einem Hinterzimmer. Laura wartete.

Schließlich kehrte sie zurück. »Im Computer habe ich

nichts gefunden, aber das muss nichts heißen. Wir haben die *Times* von Mitte der Siebziger an archiviert.«

»Sie haben nie etwas von der Geschichte gehört? Leben Sie schon lange in der Stadt?«

»Seit zwölf Jahren.«

»Dann muss es wohl vorher gewesen sein.« Ein Massenmord würde Schlagzeilen machen, sie müsste also nur einen Blick auf die erste Seite der jeweiligen Ausgabe werfen. Sie würde mit dem Jahrgang 1990 beginnen und sich dann langsam nach hinten arbeiten.

Die Bibliothekarin führte sie zu einem kleinen Erker, wo ein Mikrofiche-Lesegerät stand. Sie zeigte Laura, wie sie die Spule einlegen musste. Laura sagte ihr nicht, dass sie das schon oft gemacht hatte.

In keiner der Ausgaben von 1990 wurde ein Massenmord erwähnt. Auch nicht in denen von 1989, 1988 oder 1987.

Als sie im Jahr 1983 angekommen war, fing ihr Nacken an wehzutun.

Und dann sah sie es: Seite 1, 12. Juni 1983.

**Mann tötet zuerst seine Familie und dann sich selbst**

Sie überflog den Artikel, und mit jeder Zeile wurde sie aufgeregter.

Henry de Seroux aus Apalachicola, angesehener Zahnarzt und Familienvater, hatte sein Zeitungsabonnement und den Vertrag mit den Stadtwerken gekündigt, der überraschten Arzthelferin seine Golfschläger geschenkt und war dann nach Hause gegangen, um seine Familie und sich selbst umzubringen.

Keine Erwähnung eines jungen Mannes oder Cousins. Keine Erwähnung irgendwelcher anderer Verwandten.

Aber es gab ein Foto von der Familie. Eine Studioaufnahme vor einem verschwommenen blauen Hintergrund. Zwei hübsche blonde Mädchen. Eine der beiden, fünf oder sechs Jahre alt, saß auf dem Schoß der Mutter. Ihr Name war Carrie. Die andere, die stand, war älter – elf? Zwölf?

Marisa.

Sie kam ihr bekannt vor, und Laura wusste auch, warum. Marisa de Seroux sah aus wie Linnet Sobek.

Und wie Alison Burns.

Und wie Jessica Parris.

Laura drückte auf einen Knopf, um die Seite zu fotokopieren.

Zurück in ihrem Zimmer, schlug Laura eine neue Seite ihres Blocks auf. Suchte nach Verbindungen.

1) Die Reifenabdrücke in der Einfahrt der Seroux' stimmen mit denen, die auf dem West Boulevard gefunden wurden, überein.
2) Die Ähnlichkeit zwischen Alison Burns, Jessica Parris, Linnet Sobek und Marisa de Seroux ist geradezu unheimlich.
3) Jimmy de Seroux könnte Dale Lundy sein, der Sohn der unmittelbaren Nachbarn.
4) Dale Lundy/Jimmy de Seroux – wie er auch heißen mag – hatte Zugang zu den Originalabzügen der Set-Karten von Peter Dorrance.

Laura hatte ihn selbst im Copper Queen Hotel gesehen.

Sie starrte auf die Liste. Ein paar Dinge konnte sie gleich erledigen.

Sie ließ sich von der Auskunft die Nummer des Copper Queen Hotel in Bisbee, Arizona, geben und rief dort an. Die Rezeptionistin nahm ab.

»Ich hätte eine Bitte«, sagte Laura. »Ich war letzte Woche

in der Bar Ihres Hotels, und da hat dieser Pianist gespielt. Ich fand ihn wunderbar und habe ihn gefragt, ob er nicht auf meiner Hochzeit spielen könnte. Er hat mir seine Karte gegeben, aber ich habe sie leider verlegt und die Hochzeit ist schon in drei Wochen. Könnten Sie mir vielleicht weiterhelfen? Ich glaube, sein Name war …« Sie sah auf ihren Block. Jimmy oder Dale – such dir schnell einen aus. »Dale.«

»Lassen Sie mich nachsehen«, antwortete die Frau. »Einen Moment, bitte.« Der Hörer wurde abgelegt.

Eine Minute später war die Frau wieder dran. »Dale Lundy, kann das sein? Er spielt dieses Wochenende wieder. Ich habe nur eine Handynummer von ihm.« Sie las sie vor.

»Haben Sie vielen Dank! Das hilft mir sehr.«

»Und passen Sie auf, dass Sie einen guten Fotografen engagieren. Ich habe daran gespart, und das war der schlimmste Fehler meines Lebens. Ich wünsche Ihnen alles Gute!«

Laura liebte Kleinstädte. Die Leute dort betrachteten selbst Fremde als Menschen.

Als Nächstes öffnete Laura ihren Laptop und ging ins Internet. Sie hatte TalentFish.com bereits in ihre Favoriten-Liste aufgenommen. Sie rief die Seite auf und verglich die Fotos von Peter Dorrance mit dem, das ihr Detective Endicott geschickt hatte.

Eines der TalentFish-Bilder, die vor dem Haus aufgenommen worden waren, war nahezu identisch mit dem Foto aus Alison Burns' Computer. Laura hielt den DIN-A4-Ausdruck neben den Bildschirm und verglich die beiden Fotos Zentimeter für Zentimeter.

Auf dem TalentFish-Foto konnte Laura die Fächerpalme hinter Dorrance zur Hälfte sehen, auf dem Burns-Foto nur ein Drittel davon. Auch das Lächeln von Dorrance war anders. Kaum merklich verschoben.

Laura war schon einige Male bei Foto-Sessions gewesen. Ein Fotograf machte von ein und derselben Pose mehrere Aufnahmen. Das TalentFish-Foto und das Burns-Foto stammten aus derselben Serie, aber sie unterschieden sich geringfügig.

Sie erreichte Myrna Gorman von Strand Talent beim ersten Versuch. »Wie viele verschiedene Fotos haben Sie von Peter Dorrance?«, fragte sie.

»Da muss ich nachsehen, aber normalerweise kriegen wir ein Porträt und eine Kleinserie.«

»Wie viele Fotos umfasst eine Kleinserie?«

»Drei oder vier.«

»Hat er seine Fotos an TalentFish geschickt, oder waren Sie das?«

»Das haben wir gemacht. Wir haben eine Vereinbarung mit TalentFish. Warten Sie einen Moment. Ich hole seine Unterlagen.«

Als sie wieder am Apparat war, sagte sie: »Genau, wie ich gesagt habe. Wir haben ihnen die Serie geschickt. Vier Bilder.«

»Können Sie sie mir vielleicht beschreiben?«

Sie stimmten mit dem überein, was sie auf dem Bildschirm sah. Laura kramte Chief Redbones Visitenkarte hervor und bat Myrna Gorman, die Fotos an die Polizei von Apalachicola zu faxen.

Jetzt war sie endgültig überzeugt.

Das Digitalfoto, das Alison Burns bekommen hatte, stimmte mit keinem der Fotos auf TalentFish.com überein. Das bedeutete, dass es keiner von dieser Seite heruntergeladen und an Alison Burns geschickt habe konnte. Entweder hatte Peter Dorrance seine Set-Karten auch auf anderen Webseiten eingestellt, oder derjenige, der das Foto verschickt hatte, hatte Zugang zu den Negativen der Fotos, die bei der Foto-Session geschossen worden waren.

Das bedeutete, dass entweder Peter Dorrance oder Dale Lundy das Foto an Alison Burns geschickt hatte.

Und Peter Dorrance spielte nicht nächstes Wochenende in der Bar des Copper Queen Hotel Klavier.

»Es wird ihm überhaupt nicht gefallen, uns so schnell wiederzusehen«, sagte Chief Redbone, als er auf die Avenue B einbog. »Wenn wir den Durchsuchungsbeschluss bekommen, dann lassen Sie es uns morgen machen. In dem alten Kasten wohnt schon seit ewigen Zeiten niemand mehr. Es kann bis morgen warten.«

Thaddeus Lanier wohnte in einem großen neoklassizistischen Haus mit einem beeindruckenden weißen Säulenvorbau und zwei großen immergrünen Eichen.

Laura hatte ein gutes Gefühl – insbesondere nachdem sie Lundys Strafregister überprüft hatten. Anders als Jimmy de Seroux war Lundy zweimal wegen sexueller Vergehen verhaftet worden: Voyeurismus und Masturbation vor einer Grundschule, beide Male in Dothan, Alabama. Das erste Mal war er zwanzig Jahre alt gewesen, beim zweiten Mal war er gerade einundzwanzig geworden.

Seither war er nicht mehr auffällig geworden, aber wenn er derjenige war, für den sie ihn hielt, dann wusste Lundy mittlerweile, wie man sich nicht erwischen ließ, und war vom Voyeurismus zum Masturbieren und zur Kindesentführung übergegangen. Seine kriminelle Laufbahn war vorhersagbar, eine geradlinige Entwicklung. Er hatte Zeit gehabt, Vorlieben und Rituale zu entwickeln – zum Beispiel Mädchen in Puppenkleider zu stecken.

Er hatte sein Handwerk gelernt.

Laura war überzeugt, dass er in seinem Wohnmobil die erforderliche Ausstattung zur Entführung, Ruhigstellung und Ermordung seiner Opfer aufbewahrte.

Sie hatte Recht gehabt, was das Wohnmobil anging. Dale

Lundy besaß einen 87er Fleetwood Pace Arrow. Er war auch Eigentümer des Hauses neben dem der Seroux' – dasjenige, auf das sie aufmerksam geworden war, weil die Fenster vernagelt waren.

Endlich einmal eine Bestätigung.

Das Lundy-Haus stand seit dem Tod von Bill Lundy vor vielen Jahren leer, war aber nie zum Verkauf angeboten worden. Dale Lundy hatte die Adresse beim Kauf des Wohnmobils benutzt, und er hatte sie bei den Kreditkartenunternehmen angegeben.

Sie gingen über den gepflegten Rasen und klopften an der Haustür.

Lanier öffnete selbst, in Khakihose und Strickhemd – offensichtlich entspannte er sich nach einem arbeitsreichen Tag, den er mit dem Abwimmeln von Anträgen für Durchsuchungsbeschlüsse zugebracht hatte. Ein mürrisch dreinblickender Mann mit Pferdegesicht und einer Nickelbrille auf der Nase, hinter der hervor er sie jetzt musterte. Zwei miesepetrig aussehende King-Charles-Spaniels drängten sich kläffend und hechelnd zu seinen Füßen. »Schon wieder Sie?«, sagte er.

Redbone kratzte sich am Ohr. »Tja, Thad, es ist neues Beweismaterial aufgetaucht. Scheint mir ziemlich überzeugend zu sein.«

»Na gut.« Lanier hielt ihnen die Tür auf und trat einen Schritt beiseite.

Das vordere Zimmer hatte palastartige Ausmaße. Hohe Decken, Stuckrosetten in den Ecken. Schimmerndes Parkett. Ein riesiges, glänzendes schwarzes Klavier. Antike englische Stühle mit einem gestreiften Seidenbezug.

Lanier führte sie in sein Arbeitszimmer, gefolgt von den beiden knurrenden Hunden. Er setzte sich an seinen großen Mahagonischreibtisch und forderte sie auf, Platz zu nehmen.

Er seufzte laut. »Dann wollen wir mal sehen, was Sie da haben.«

Er zog die Brille zur Nasenspitze und fing an zu lesen.

Zwanzig Minuten später hatten sie ihren Durchsuchungsbeschluss.

# 36

»Ich will folgendermaßen vorgehen«, sagte Laura am nächsten Morgen vor dem Rathaus zu Chief Redbone. »Ein Officer soll sich an der Hintertür postieren, während wir anderen vorn reingehen.«

»Ich glaube nicht, dass das nötig ist«, sagte Redbone. »Das Haus ist zugenagelt, und Sie haben selbst gesagt, dass sich der Mann gerade in Arizona aufhält. Es ist bestimmt nicht nötig, dass wir so tun, als würden wir da drin Terroristen suchen.«

Das stimmte natürlich, aber es änderte nichts an Lauras Vorhaben. Es war ihr egal, ob das Haus zugenagelt war, sie wollte jedes Risiko ausschalten, wenn sie dort eindrangen. Sie erläuterte ihm ihren Plan: Sie selbst, Redbone und einer der Officer würden durch die Haustür gehen, ein weiterer Officer durch die Hintertür. Sie würde links von der Tür Posten beziehen und Redbone und sein Officer rechts.

»Ich werde in die Hocke gehen, Sie bleiben aufrecht stehen. Ihr Officer wird auch in die Hocke gehen. Auf diese Weise kann ich die rechte Seite des Hauses absichern und Sie die linke.«

Er zuckte mit den Schultern. »Sie sind hier der Boss.«

Jerry Oliver fuhr vor und stieg aus seinem Auto.

Redbone rief: »Jerry, hast du eigentlich das Steakmesser

von Ginny Peacock schon in die Asservatenkammer gebracht?«

»Keine Sorge, dem wird im Kofferraum schon nichts passieren.«

»Mach es bitte gleich.«

»Kann das nicht warten, bis wir diese Durchsuchung hinter uns gebracht haben?«

»Nein, es kann nicht warten.« Redbone sah zu Laura. »Wissen Sie, was? Sie fahren mit Officer Descartes, und Oliver und ich folgen Ihnen.«

Möglicherweise wollte er sie vorwarnen, von welchem Kaliber Officer Jerry Oliver war. Sie hoffte, dass Descartes besser war.

Wie sich zeigen sollte, war Officer Descartes wesentlich besser.

»Wie geht's deiner Angina, Andy?«, fragte Redbone einen jungen uniformierten Mann, der in diesem Augenblick aus dem Rathaus kam. Redbone wandte sich an Laura. »Hab ihn wegen der Sache hier aus dem Bett geholt.«

»Mir geht's wieder gut, Sir«, sagte Descartes. »Die Antibiotika haben sofort gewirkt.«

Redbone stellte sie einander vor. »Ich hoffe, deine hübsche Frau kümmert sich gut um dich.« Er zwinkerte Laura zu. »Die beiden sind frisch verheiratet.«

Laura bemerkte, dass sich unter Descartes' Uniform eine kugelsichere Weste abzeichnete. Damit waren sie zu zweit. Sie hatte Redbone danach gefragt, und er hatte erwidert, der Stadtrat habe noch nicht endgültig entschieden, ob diese Ausgabe notwendig sei. Officer Andrew Descartes musste sich die Weste privat angeschafft haben. Und anders als bei Jerry Oliver war seine Uniform gebügelt, und seine Abzeichen waren poliert.

Die Fahrt zu Lundys Haus war kurz, aber Laura konnte sich dennoch einen Eindruck von dem dritten Mann der Polizei von Apalachicola verschaffen. Sie erläuterte ihm ihren Plan.

»Haben Sie das verstanden?«

»Ja, Ma'am.«

»Sie glauben vielleicht, weil das Haus seit längerem verlassen ist, brauchen wir nicht vorsichtig zu sein.«

Bevor sie weiterreden konnte, sagte er: »Das glaube ich nicht, Ma'am.«

»Warum nicht?«

»Man hat uns auf der Polizeiakademie beigebracht, dass wir immer einen Plan haben sollten. Der Verdächtige könnte schließlich auch einen haben – einen Plan, meine ich. Und wenn er einen hat und man selbst hat keinen, bringt man sich selbst und andere vielleicht in Lebensgefahr.« Er hielt an einer Kreuzung und sah sich um. »Außerdem weiß man, was man tun will, man geht es im Kopf durch, und wenn etwas schiefgeht, passiert einem wahrscheinlich nichts, weil man automatisch das tut, was man sich vorher überlegt hat.«

»Sind Sie auch wirklich schon wieder auf dem Damm?«, fragte sie. »Mit einer Angina ist nicht zu spaßen.«

»Mir geht's gut. Diese Antibiotika sind echte Hämmer – die wirken sofort.«

Sie waren jetzt auf der 15th Street angekommen, und Descartes fuhr am Lundy-Haus vorbei. Er bremste nicht und gab auch sonst keinen Hinweis darauf, dass er sich für dieses Haus interessierte, wobei ihm aber trotzdem nichts zu entgehen schien. Er erreichte die nächste Querstraße, bog ab und parkte den Wagen außerhalb der Sichtweite des Hauses. Er stellte den Motor aus und trommelte mit den Fingern auf dem Lenkrad. Konzentrierte sich.

»Haben Sie so etwas schon einmal gemacht?«, fragte sie ihn.

»Nein, Ma'am.«

»Ich bin sicher, dass Sie es hinkriegen«, sagte sie. »Vertrauen Sie einfach auf Ihren Instinkt.«

Ihr Instinkt wiederum sagte ihr, dass zumindest ein Angehöriger der drei Mann starken Polizei von Apalachicola der Sache nicht gewachsen war. Und das war nicht Descartes, auch wenn er krank war.

Sie stieg aus dem Wagen. Es war ein warmer Morgen, das Gras und die Hecken waren noch feucht vom Tau, und die Straße lag ruhig und verlassen da – kein Mensch zu sehen. Gut. Sie spürte einen Anflug von Nervosität. Herzklopfen. Nichts Ungewöhnliches, aber etwas, was man nicht einfach ignorieren sollte. Im Geiste ging sie noch einmal ihre Ausrüstung durch: die SIG Sauer Kaliber 40 unter ihrem Blazer, die Smith & Wesson neun Millimeter in ihrem Stiefel, Handschellen in der Gesäßtasche ihrer Hose. Taschenlampe. Pfefferspray. Handschuhe.

Sie gingen bis zur Ecke. Ein Streifenwagen kam die Straße entlang und blieb zu Lauras Missfallen direkt vor dem Lundy-Haus stehen. Fehlten nur noch Blaulicht und Sirene. Laura war nicht überrascht, Jerry Oliver auf der Fahrerseite aussteigen zu sehen.

Sie bereute es mittlerweile, dass sie Chief Redbone nicht überredet hatte, den Sheriff um Unterstützung zu bitten. Sie wusste, dass der Chief kein dummer Mann war, und er kannte seine Stadt sicher wie seine Westentasche. Aber das hier war vielleicht doch eine Nummer zu groß für ihn. Wenn das Haus nicht verbarrikadiert gewesen wäre, hätte sie das Ganze abgeblasen.

Sie überließ es Redbone, den beiden Polizisten das weitere Vorgehen zu erklären, und unterbrach ihn nur, um zu sagen, dass Descartes die Hintertür übernehmen und Oliver vorn bei ihnen bleiben sollte. Sie wollte ein Auge auf Jerry Oliver haben.

Während Redbone ihre Anweisungen wiederholte, musterte sie das Haus. Es war wie das Nachbarhaus mit Holz verkleidet – im Vergleich zu den anderen Häusern in der Straße machte es einen bescheidenen Eindruck. Ursprünglich war es einmal hellblau mit weiß abgesetzten Fensterrahmen gewesen, aber inzwischen war das Holz stellenweise grau verwittert. Die Fenster waren mit Sperrholzplatten und die Haustür mit ein paar Brettern vernagelt. Als sie durch den laubübersäten Garten gingen, verschlang sie der Schatten eines riesigen Magnolienbaums. Um das Haus wuchsen irgendwelche Büsche, die Laura nicht kannte, irgendetwas mit Dornen. Sie waren in die Höhe geschossen und überwucherten zum Teil die Fenster. Über die Veranda wanden sich girlandenartig die Triebe von Wildem Wein, von denen einige abgestorben waren und an ein großes graues Spinnennetz erinnerten.

Mit gezogener Waffe schlich sich Laura von der Seite her an, auch wenn durch die Fenster niemand etwas sehen konnte. Sie stellte sich links neben der Tür auf, die sich nach innen öffnen ließ. Aber zuvor mussten noch die Bretter entfernt werden, die am Türrahmen festgenagelt waren.

Redbone nickte Oliver zu, der die Bretter mit einem Brecheisen löste. Als er fertig war, warf er das Brecheisen in hohem Bogen auf die Wiese.

Laura ging in die Hocke und sah zu Redbone und Oliver hinüber, ob sie auf Position waren. Sie fing Olivers Blick auf und deutete mit dem Kinn auf die Waffe an seiner Hüfte. Er seufzte laut und zog die Pistole. Redbone versicherte sich kurz über das Funkgerät, dass Descartes an der Hintertür Posten bezogen hatte.

Das Gerät knisterte. Er war da.

Redbone drehte den Türknauf. Verschlossen. Er nickte Oliver zu, der seine Waffe in das Holster zurücksteckte, das Brecheisen holte und das Schloss mit ein paar Schlägen knackte. Die Tür ging mit einem Quietschen einen Spalt weit auf.

Als Oliver das Brecheisen erneut zur Seite warf, erwischte er beinahe Lauras Fuß. Ihre Blicke trafen sich, und er hatte immerhin genug Anstand, um verlegen auszusehen. Dann nahm er wieder seine Waffe in die Hand, ließ sie aber, nach unten gerichtet, an seiner Seite hängen.

*Ich hoffe nur, dass sich diese Selbstgefälligkeit nicht eines Tages rächen wird,* dachte sie.

Sie ging in die Hocke. Sah erneut zu Oliver. Er tat es ihr nach und hob die Pistole. Redbone blieb aufrecht stehen und zielte mit seiner Waffe nach links. Laura rief: »Polizei! Wir haben einen Durchsuchungsbeschluss!«, und stieß die Tür ganz auf, die hin und her schwang, dahinter nichts als ein gähnend schwarzes Loch.

## 37

Was ihr unwillkürlich einfiel, war das Wort »surreal«. Als befände sie sich im Inneren einer Schneekugel, nur dass in dem goldenen Licht, das durch die offene Tür fiel, statt Schnee Staubteilchen durch die Luft schwebten – schimmernde Flöckchen, die im zuckenden Strahl ihrer Taschenlampe tanzten.

Der seltsame, düstere Raum kam aus der Dunkelheit auf sie zu. Sie konnte es sich allerdings nicht leisten, sich erst einmal zu orientieren. Die Zeit hatte sie nicht.

»Alles okay!«, rief sie, während sie sich der Tür zu ihrer Linken zuwandte. Ein weiterer Lichtkegel – von Redbones Taschenlampe – durchdrang mit schwachem Strahl die Dunkelheit. Sie war in der Küche. Arbeitsfläche, Spüle, Kühlschrank –

»Küche okay!«

In dem Moment, in dem Laura ihre Taschenlampe in die andere Richtung schwenkte, hörte sie, wie Oliver zu der gegenüberliegenden Tür stapfte.

»Schlafzimmer okay!«, rief er.

Sie gingen durch das Haus, betraten ein Zimmer nach dem anderen. Laura sah Dinge, die sie nie zu sehen erwartet hätte, aber es war so dunkel, dass sie keine Schlüsse daraus ziehen wollte, bis sie das Ganze bei Licht betrachtet hatte. Sie kehrten in das erste Zimmer, das Wohnzimmer, zurück.

Langsam beruhigte sich ihr Puls wieder, aber sie ließ in ihrer Wachsamkeit nicht nach. Sie hatten in jede Ecke und in jeden Schrank geblickt. Keiner da.

Es roch muffig.

Oliver steckte seine Waffe wieder weg und rieb sich den Nacken, als Andrew Descartes das Haus durch die Vordertür betrat. Jerry Olivers Unaufmerksamkeit würde sich zumindest heute nicht rächen.

»Wir brauchen mehr Licht hier drin«, sagte Laura. »Machen Sie das Sperrholz von den Fenstern weg.«

## 38

Nachdem sie das Sperrholz von den Fenstern entfernt hatten, war es hell genug im Haus, um ein paar, wenn auch nicht alle Räume durchsuchen zu können. Redbone klemmte sich hinters Telefon und veranlasste, dass man ihnen aus dem Sheriff-Büro einen benzinbetriebenen Generator und zwei 500-Watt-Quarzlampen schickte.

Aber schon das spärliche Licht ließ Laura genug sehen, um bei ihr den Eindruck zu erwecken, in die alte Fotografie eines viktorianischen Hauses geraten zu sein – etwas, das man sonst nur in Geschichtsbüchern sah.

Das vordere Zimmer – der Salon – hatte etwas Klaustrophobisches. Eine Decke aus geprägten Blechfliesen, ein altmodischer Lüster, dunkle Möbel, geraffte burgunderrote Samtvorhänge, die den Blick auf blütenweiße Spitzengardinen freigaben. Überall Fransen, Spitzen, Deckchen, Rüschen. Die Tapete war dunkel, der Boden fast völlig von einem großen Perserteppich bedeckt. An den Wänden hingen Porträts in alten ovalen Rahmen mit konvexem Glas. Wie in einem Trödelladen: eine alte Vitrine, eine Ottomane, eine Kredenz, Fußbänkchen.

Massen von diesem Zeug.

Ottomane, Kredenz ... Begriffe, die kein Mensch mehr benutzte. Ein Zimmer aus dem neunzehnten Jahrhundert. »Überladen« war das Einzige, was einem dazu einfiel.

»Mannomann«, murmelte Redbone. »Hier sieht's ja aus wie in einem Museum.«

Laura starrte wie gebannt auf eine Nähmaschine, ein neueres Modell, die auf einem Tisch stand. Ein zweite Nähmaschine, die genau wie die erste aussah, nur kleiner – die eine Kindes? –, stand auf einem niedrigeren Tischchen daneben.

Lauras Kehle fühlte sich trocken an, als sie die vielen Schubladen und Schränkchen öffnete, die ordentlich mit Schnittmustern, Garnspulen, Nähfaden und Maßbändern gefüllt waren.

Hatten er und seine Mutter früher gemeinsam genäht?

Sie fand es immer noch verwirrend.

Sie fand alles hier verwirrend.

Auf einem Pult in einer Ecke lag eine alte, abgegriffene Bibel. Auf dem Vorsatzblatt stand: »Diese Bibel gehört Alene Davis.«

Der Mädchenname seiner Mutter.

Das Zimmer hatte etwas Surreales an sich, als müsste sie nur die Augen schließen, und wenn sie sie wieder öffnete, würde sie vor einem verlassenen Haus mit vernagelten Fenstern und abgeblättertem Anstrich stehen.

Sie strich mit dem Zeigefinger über einen ovalen Rosenholztisch. Staub. Eine dicke Schicht. Ansonsten war es peinlich sauber. Der Staub war das einzige Zeichen, dass Lundy lange nicht hier gewesen war. Alles hatte seinen Platz, wie auf einer Bühne.

Wie ein Schrein?

Sie bückte sich, um die Unterseite des Tisches zu mustern: Ethan Allen – das Einrichtungshaus.

Also keine Antiquität. Die Kopie einer Antiquität.

Sie richtete ihre Taschenlampe gegen die Decke. Sie konnte aus geprägtem Blech sein oder aus Plastik, das aussah wie geprägtes Blech.

Laura tastete sich vorsichtig durch den Flur.

Sie betrat ein Schlafzimmer. Auch dieses Zimmer sah aus, als sei die Zeit stehen geblieben: ein Bett mit viktorianischem, leinenem Bettzeug mit Hohlsaumstickerei, eine Daunendecke, haufenweise Satinkissen. Ein hölzernes Schaukelpferd. Riesige Trockenblumensträuße in hohen Vasen. Auf der Fensterbank Puppen.

Das Zimmer eines kleinen Mädchens, nur war Dale Lundy ein Einzelkind.

Weiter den Flur hinunter.

Das Zimmer eines Jungen. Bettwäsche mit Star-Wars-Motiven, an den Wänden Poster aus den Siebzigern. Ein Teppich auf den gewachsten Dielen. Eine kornblumenblaue, mit Cowboys und Indianern bedruckte Tapete.

Es war dunkel hier drin. Aus einem Impuls heraus trat Laura ans Fenster. Vorsichtig schob sie mit ihrer behandschuhten Hand den Vorhang, der mit demselben Cowboy-und-Indianer-Muster wie die Tapete bedruckt war, zur Seite. Sie hatte sich nicht getäuscht. Lichtundurchlässige Vorhänge.

Er hatte die Fenster mit Spanplatten vernagelt, und darüber hinaus hatte er auch noch lichtundurchlässige Vorhänge aufgehängt. Warum? So als müsste sein Haus ein Geheimnis bleiben. Als schämte er sich dafür. Vielleicht hatten ihn seine Schulkameraden Muttersöhnchen genannt.

Aber er war doch zu Hause unterrichtet worden – isoliert von anderen Kindern.

Einsam?

Am Ende des Flurs war eine Tür, die zum Elternschlafzimmer führen musste, dachte Laura.

Sie öffnete sie.

Von sämtlichen Wänden starrte Marisa de Seroux auf sie herunter.

Fotos in allen Formaten. Auf Postergröße aufgeblasene, grobkörnige Aufnahmen. Foto neben Foto neben Foto, eine riesige Collage, die vom Boden bis zur Decke reichte. Die meisten schwarzweiß. Alle von demselben Mädchen. Fast nur Schnappschüsse, auf denen sie sich nicht in Positur gestellt, nicht einmal in die Kamera geblickt hatte. Viele waren stark vergrößert worden, damit ihr Gesicht besser zu sehen war. Es waren jedoch überwiegend gute Aufnahmen, von professioneller Qualität. Heimlich mit Teleobjektiv aufgenommene Bilder von dem Mädchen, wie es seine Tage in dem Städtchen Apalachicola verbrachte. Als hätten sich Paparazzi an ihre Fersen geheftet.

Stellenweise waren die Fotos rissig, so als wären sie zusammengerollt gewesen und dann geglättet und auf Pappe aufgezogen worden.

Sie rief nach Chief Redbone.

»Was halten Sie davon?«

»Das ist unglaublich. Der Knabe hatte offenbar was für die Kleine übrig.«

»Dann ist das also Marisa de Seroux?«

»Ja. Das ist Misty.«

»Misty?«

»So nannten sie alle.«

Laura trat vor eine Wand. »Sie hat es nicht mitbekommen, dass er sie fotografiert hat.«

»Das ergibt doch keinen Sinn.«

»Doch, schon. Er scheint von ihr besessen gewesen zu sein.« Besessen genug, um in die Stadt zurückzukehren und sich als Verwandter auszugeben? Sie war im Laufe ihres Berufslebens schon merkwürdigeren Dingen begegnet.

Sie holte tief Luft. Es war muffig in dem Zimmer, als ob sich schon lange niemand mehr darin aufgehalten hätte.

»Da, sehen Sie mal.« Chief Redbone deutete auf ein Regal, das mit Büchern vollgestellt war. »Das da am Rand. Sieht aus wie ein Album.«

Sie trat zu dem Regal und zog das Album vorsichtig heraus. Noch mehr Staub, wie eine Decke. Das Buch sah billig aus, er musste es in einem Supermarkt gekauft haben. Auf dem Einband war eine leuchtend gelbe Sonnenblume abgebildet.

Sie öffnete es, darauf bedacht, keine Spuren zu verwischen. Es war nicht einmal zu einem Viertel gefüllt – das fiel ihr als Erstes auf.

Auf den ersten paar Seiten waren einige der schönsten Fotos von Marisa de Seroux eingeklebt. Helle Haut, blond, mit ernsten Augen und einem herzförmigen Gesicht. Ein Engel.

Dann kam ein vergilbter Zeitungsausschnitt. Laura erkannte ihn sofort wieder: der Artikel aus der *Apalachicola Times* über die Morde und den Selbstmord. Sie blätterte um und hatte das Foto von Seite zwei vor sich, ein weißer Sarg unter einem Berg von Lilien, der die Stufen zu einer Kirche hochgetragen wurde.

An den Rand hatte jemand – sie nahm an, Lundy – mit mittlerweile verblasster Tinte »Lüge!« geschrieben.

Sie nahm sich vor, eine Handschriftenanalyse durchführen zu lassen.

Chief Redbone beugte sich über ihre Schulter. »Was meint er damit?«

Laura wusste es. Sie spürte es, hin und wieder gab es bei Ermittlungen den Punkt, an dem sich schlagartig die Wahrheit offenbarte. »Er hat nicht geglaubt, dass sie tot ist.«

»Wie bitte? Wie kam er denn darauf?«

»Der Sarg war bei der Beerdigung geschlossen, oder? Er könnte auf die Idee verfallen sein, dass sie ihrem Vater irgendwie entkommen ist.«

»Entkommen?«

»Ja.« Laura erinnerte sich an die Fernsehberichte nach dem Mordfall Judd in Safford. Alle hatten gehofft, dass eines der Kinder entkommen sein könnte, während das kleine Mädchen die ganze Zeit über unter der Veranda lag und langsam starb.

»Er muss verrückt gewesen sein«, erklärte Redbone.

»Man sagt doch, dass Liebe blind macht.«

»Wie bitte? Wollen Sie damit sagen, dass er in eine Zwölfjährige verliebt gewesen ist?«

»Wäre das so ungewöhnlich? Was meinen Sie, wie alt er damals war?«

Redbone zuckte mit den Schultern. »Keine Ahnung. Noch ein Jugendlicher, schätze ich.«

»Wahrscheinlich nicht viel älter als Marisa – Misty.«

»Sie ist aber nicht entkommen. Das wussten alle. Niemand hätte eine Chance gehabt zu entkommen – Henry hat wie wild um sich geballert.«

»In der Zeitung waren keine Fotos vom Tatort.«

»Nein, natürlich nicht.«

»Gab es ein Gerichtsverfahren?«

»Ohne Angeklagten? Alle waren tot.«

»Ich vermute, dass Lundy es nicht glauben wollte, und deshalb hat er es auch nicht geglaubt. Wie heißt es so schön? Wahrnehmung ist Wirklichkeit. Misty war entkommen – das war seine Wirklichkeit.«

»Das wissen wir nicht genau.«

»Stimmt.« Laura blätterte eine Seite weiter. Das Papier fühlte sich in ihrer Hand zerbrechlich an, rissig. Ein zweiter Bericht über den Fall, kürzer. Laura überflog ihn; nichts Neues.

Auf der gegenüberliegenden Seite aber war etwas, das sie sich nicht erklären konnte.

Es war eine kurze Meldung aus einer Zeitung aus Vancouver.

Frau in Alert Bay erliegt ihren Verletzungen
Lebensgefährte des Mordes angeklagt

»Misty Patin aus Alert Bay, British Columbia, die seit einem halben Jahr im Koma lag, ist heute gestorben. Die Staatsanwaltschaft wird daher die Anklage gegen Robert Lewis von schwerer Körperverletzung in Mord ändern …«

Lauras Augen flogen über die Zeilen. Misty Patin, achtundzwanzig Jahre alt, war so brutal zusammengeschlagen worden, dass sie sechs Monate an lebenserhaltende Geräte angeschlossen gewesen war, bevor sie schließlich ihren Verletzungen erlag. Sie hinterließ eine Tochter, dreizehn, und einen Sohn, fünf Jahre alt. Das war eines von zwei traumatischen Ereignissen in Misty Patins kurzem Leben. Ihre Tochter Kim war zwei Jahre zuvor während eines Familieneinkaufs in einem Kaufhaus in Vancouver entführt worden. Sie wurde kurze Zeit später nur wenige Kilometer entfernt in der Obhut eines Taxifahrers gefunden, ohne dass es zu einer

Tragödie gekommen wäre. Nach Aussage des Taxifahrers hatte er in Gastown einen nervösen Mann und ein junges Mädchen mitgenommen. Das Mädchen weinte und erklärte dem Taxifahrer, der Mann sei nicht ihr Vater. Daraufhin sprang der Mann aus dem Taxi und verschwand in der Menge.

Der Beschreibung des pakistanischen Taxifahrers zufolge wirkte der Mann »überhaupt nicht gewalttätig, er hatte eher etwas von einem Schwulen an sich«.

Schwul, dachte Laura. Oder einfach nur feminin? Der Typ Mann, der in seiner Kindheit gemeinsam mit seiner Mutter Kleider genäht hat. Laut sagte sie: »Wie kam er darauf, dass diese Frau Misty gewesen sein könnte?«

»Lundy?« Redbone sah sie an. »Glauben Sie, dass er ihr dorthin gefolgt ist? Wegen des Namens?«

Laura spann den Gedanken weiter. »Vermutlich hat Lundy das Mädchen entführt.«

»Ich dachte, er war in Misty verliebt?«

»Ja, ich weiß.« Es ergab keinen Sinn. Irgendetwas passte nicht. Vielleicht war er es doch nicht. Vielleicht war er ihr nicht nach Kanada gefolgt. Aber sie fragte sich, wie ein Mann aus Apalachicola in Florida an eine Zeitung aus Alert Bay in Kanada kam. Sie fragte sich, wie viele Leute aus Apalachicola in Florida wussten, dass es Alert Bay in Kanada überhaupt gab – oder umgekehrt. Sie selbst hatte bis zu dieser Minute noch nie etwas von Alert Bay gehört.

»Es muss irgendeine Verbindung geben«, sagte Laura.

»Glauben Sie etwa, dass er jeder Misty nachgespürt hat, die er entdecken konnte?«

»Irgendwie ist er jedenfalls auf diese Misty hier gestoßen.«

»Das ist doch verrückt. Warum sollte er denn auf die Idee kommen, dass sie Misty de Seroux ist?«

»Ich weiß es nicht.« Die Entführung ließ sie nicht los.

Wenn er tatsächlich der Entführer gewesen war – und sie war sich fast sicher, dass er es war –, warum hatte er dann das Mädchen entführt, obwohl er eigentlich hinter Misty, der Mutter, her war?

Er fühlte sich zu jungen Mädchen hingezogen. Das musste der Grund sein. Vielleicht war er auf der Suche nach Misty gewesen. Und dann hatte er ihre Tochter gesehen.

Er war auf der Suche nach Misty gewesen. Nur so ergab es einen Sinn. »Wenn Sie überzeugt wären, dass man Sie angelogen hat und dass das Mädchen, das Sie lieben, mit dem Leben davongekommen ist, wie würden Sie versuchen, sie aufzuspüren?«, fragte Laura den Chief.

»Das ist doch ein Hirngespinst.«

»Ich weiß. Aber denken Sie an die Geschichte von Anastasia, einer der Zarentöchter. Viele Leute waren überzeugt, dass sie fliehen konnte. Es gibt sogar einen Film darüber. Wenn Sie also überzeugt wären, dass Misty irgendwie entkommen ist, was würden Sie dann machen?«

»Ich würde wahrscheinlich versuchen, mit ihren Verwandten Kontakt aufzunehmen – wenn sie noch welche hatte.«

»Wissen Sie, woher die Familie stammte?«

»Keine Ahnung. Ursprünglich stammten sie jedenfalls nicht von hier. Allerdings können sie nicht von sehr weit weg gewesen sein. Sie hatten einen ähnlichen Zungenschlag.«

»Warum hat er so lange gebraucht?«

»Wofür?«

»Warum ist er erst 1998 nach Kanada gereist?«

Sie blickte auf das Album. Das war die letzte benutzte Seite. Als hätte er plötzlich das Interesse daran verloren. Oder er hatte ein neues Album begonnen.

Sie starrte auf die Sonnenblume, die in einer türkisfarbenen Kanne stand. Im Hintergrund sah man durch ein Fenster einen Mann hinter einem Pflug. Sie dachte, dass Jay Ramsey mit seiner Bilderkennungssoftware sicher etwas über die Kanne, den Mann, den Esel und den Pflug herausfinden könnte.

»Das Internet«, sagte sie.

»Was?«

»Er hat Misty übers Internet gefunden.«

»Und wie?«

»Er hat bei Google oder einer anderen Suchmaschine ihren Namen eingegeben. Wahrscheinlich hat er einen ganzen Haufen Mistys gefunden und dann eine nach der anderen ausgeschlossen.«

»Und wie?«

Sie zuckte mit den Schultern. »Alter. Haarfarbe, Größe – vielleicht wusste er, wie man an Führerscheindaten herankommt. Vielleicht hat er einen Privatdetektiv engagiert. Wie er es auch angestellt hat, er hat Misty Patin aufgespürt. Vielleicht auch wegen des Namens.«

»Kann sein. Patin ist ein französischer Name, de Seroux auch.«

»Vielleicht hat er eine Misty Patin entdeckt und herausgefunden, dass sie einmal hier in der Gegend gelebt hat.«

»Das ist doch verrückt!«

»Er war 1998 dort. Er hat ihre Tochter entführt.«

»Das können Sie nicht mit Sicherheit behaupten.«

»Nein, das kann ich nicht.«

Redbone kratzte sich am Kopf. »Glauben Sie, dass er sie umgebracht hat?«

»In dem Bericht heißt es, ihr Freund hätte sie umgebracht. Vermutlich stimmt das sogar. Lundy hätte sich sicher nicht so lange dort herumgetrieben. Er hätte sie nicht zwei Jahre später getötet. Er wäre inzwischen schon längst wieder weg gewesen.«

Auf der Suche nach jüngeren Mädchen.

»Hier ist was!«, rief Officer Oliver aus einem der anderen Zimmer. Er klang aufgeregt.

Laura hasste es, wenn sie aus ihren Gedanken gerissen wurde. Es war so schon schwierig genug, nicht den Überblick zu verlieren – ihre Gedanken schweiften bei dem Versuch, Dale Lundys Handlungen nachzuvollziehen, immer wieder in eine neue Richtung.

»Hier drin!«, rief Oliver noch einmal.

Sie legte das Album hin und machte sich auf den Weg in die Küche.

Die Küche war praktisch eingerichtet, es gab einen altmodischen Kühlschrank mit abgerundeten Ecken, sonnengelbe Chintz-Vorhänge und passende Stuhlkissen. Der große Läufer in die Mitte war an einer Ecke zurückgeschlagen worden und gab den Blick auf eine Falltür in dem alten Dielenboden frei.

»Soll ich sie aufmachen?«

»Nein«, sagte Laura.

Er warf ihr einen beleidigten Blick zu. »Was soll ich dann machen?«

»Im Moment nichts. Wir sehen uns das später an.«

Er kratzte sich am Kopf. »Aber warum soll ich denn nicht …«

»Weil sie es gesagt hat, darum«, sagte Redbone hinter ihr. »Das reicht.«

Oliver sah ihn mit unverhohlener Verachtung an. Er war der Sohn eines Stadtrats, vielleicht fühlte er sich dazu berechtigt.

»Was wollen Sie tun?«, fragte Redbone Laura leise.

»Ich will auf jeden Fall sichergehen, dass wir keine böse Überraschung erleben.« Bislang hatte ihnen Lundy schon genug Überraschungen beschert. »Wir dürfen keinen Fehler machen. Vielleicht brauchen wir die Unterstützung eines Sprengstoffexperten.«

»Soll mir recht sein.« Redbone sah zu Oliver und nickte in Richtung Tür. »Haben Sie die Spuren, die ich Ihnen im Wohnzimmer gezeigt habe, schon markiert?«

Oliver starrte ihn wutschnaubend an, dann stürzte er wortlos an ihnen vorbei. Redbone folgte ihm, offensichtlich, um sicherzugehen, dass Oliver tat, wie ihm geheißen.

Laura sah zu Descartes, der die Auseinandersetzung vom Flur aus mitverfolgt hatte. »Eine Bitte, Andrew.«

»Ja, Ma'am.«

»Haben Sie ein Auge auf Oliver, ja? Er darf unter keinen Umständen diese Falltür öffnen. Es könnte gefährlich sein.«

»Ich werde dafür sorgen. Sie können mir vertrauen, Ma'am.«

Laura rief Victor an und informierte ihn in aller Kürze über den neuesten Stand der Dinge. Sie diktierte ihm die Kreditkartennummer von Lundy und gab ihm eine detaillierte Beschreibung des Wohnmobils, das er fuhr, ein 87er Fleetwood Pace Arrow.

Victor platzte heraus: »Chuck Lehman hat gestanden …«

»Was?«

»Nicht, dass er die kleine Parris ermordet hat. Sondern dass er mit ihr geschlafen hat.«

Plötzlich passte alles zusammen – Lehmans seltsames Verhalten, seine Ausflüchte. Dass er sich mit Cary und dessen Freundin herumtrieb, das Zerwürfnis zwischen Cary und Lehman.

»Das würde eine Menge erklären. Den Lippenstift, zum Beispiel. Er wird sich wegen Verführung einer Minderjährigen und Nichteinhaltung der Bewährungsauflagen schuldig bekennen. Dafür wird er eine ganze Zeit lang brummen.«

»Dann glaubst du ihm also?«, fragte Laura.

Victor seufzte. »Ja. Insbesondere nachdem ich mir den zeitlichen Ablauf angesehen habe. Er passt nicht mit dem

Burns-Mord zusammen. Tu mir den Gefallen und reib mir jetzt nicht unter die Nase, dass du das ja gleich gesagt hast.«

Sie sprachen über Lehman, aber Laura war in Gedanken immer noch mit Dale Lundy und seinem Ausflug nach Kanada beschäftigt. Wenn er tatsächlich nach einem Mädchen suchte, das Misty de Seroux ähnelte, dann war das in gewisser Weise ein Hoffnungszeichen. Er war auf der Suche nach einer emotionalen Bindung. Das könnte über Leben und Tod seines nächsten Entführungsopfers entscheiden.

Er hatte Alison Burns fünf Tage lang gefangen gehalten. Die meisten Sexualverbrecher, die ihre Opfer umbrachten, taten das innerhalb der ersten Stunden.

»... wenden?«, fragte Victor.

»Was?«

»Sollen wir uns damit an die Medien wenden?«

»Nein, meiner Meinung nach sollten wir es fürs Erste für uns behalten. Gib eine Fahndung raus und sorg dafür, dass alle Polizeibehörden ein Bild von ihm, alle nötigen Informationen über das Wohnmobil und die Kreditkartennummern bekommen. Wir wollen ihn nicht aufschrecken und aus der Gegend vertreiben. Angeblich spielt er an diesem Wochenende im Copper Queen Hotel.«

»Vielleicht haben wir ja Glück, und er benutzt eine seiner Kreditkarten. Wäre eine zusätzliche Spur.«

»Hoffen wir das Beste.«

Nachdem er eingehängt hatte, sagte sie noch in die Sprechmuschel: »Ich hab's dir doch gleich gesagt.«

Sie fing an, Fotos vom Schlafzimmer zu machen, insbesondere von den Beweisstücken, die sie markiert hatte: das Album, die Fotowand, der Inhalt des Schranks. Chief Redbone war zurück zum Revier gefahren, um noch mehr Beweismitteltüten zu holen – sie würden sie brauchen.

Sie war gerade ins Elternschlafzimmer gegangen, als ein

Gewehrschuss die dünnen Wände erzittern ließ und jedes andere Geräusch unvermittelt zum Verstummen brachte.

# 39

In den ersten paar Sekunden nach dem Knall hörte Laura überhaupt nichts. Sie rannte in die Küche, so wie man durch einen Traum rennt – wie in den Filmen, in denen eine Frau vor ihrem Verfolger flieht, der Soundtrack im selben hämmernden Rhythmus wie ihre Gedanken, die Bilder verwackelt, während sie durch unter ihr wegkippende Gänge und an plötzlich aus der Wand hervortretenden Schatten vorbeiläuft, nur um schließlich unvorstellbarem Grauen entgegenzustolpern.

Sie wusste, dass es schlimm sein würde.

Zwei Männer auf dem Boden. Einer atmete, der andere nicht. Laura versuchte, über Funk das Revier zu erreichen, niemand antwortete. Keiner, der auf den Laden aufpasste – der Chief war offensichtlich noch unterwegs. Scheiße, Scheiße, Scheiße! Sie wählte den Notruf. Das Telefon zwischen Ohr und Schulter geklemmt, kniete sie sich neben Andrew Descartes, presste ein Küchenhandtuch gegen die Halsschlagader, ihre Gedanken rasten zwischen nüchternen Überlegungen und Panik hin und her: nur ein Stück Stoff und die Handschuhe zwischen ihrer Haut und seinem Blut – unwahrscheinlich, dass er AIDS hatte, aber wenn doch? –, das Leben, das langsam aus ihm wich, das Telefon, das unter ihrem Kinn hervorrutschte und auf den Boden fiel. Es war gleißend hell, jedes Staubflöckchen, jeder Blutstropfen, alles trat scharf hervor, das leiseste Geräusch klang wie ein donnerndes Tosen. Sie wusste, dass es keinen Sinn hatte, aber sie musste es wenigstens versuchen.

*Descartes*. Mein Gott.

Oliver stöhnte, dann fing er plötzlich an, wie am Spieß zu schreien.

Sie sah Descartes an, wusste, dass er es nicht schaffen würde. Der Schuss hatte die Halsschlagader getroffen. Vorbei.

Lass ihn sterben.

Kümmere dich um Oliver – mehrere Wunden. Finde die schlimmste und versuch, die Blutung zu stoppen.

Später.

Weitere Geräusche: das Knistern eines Funkgeräts; ein Notarzt, der Anweisungen gibt; das Aufreißen eines Verbandpäckchens, das Piepsen eines Monitors, das Zischen eines Beatmungsgeräts; das pneumatische Ächzen der Trage, auf der Jerry Oliver zu dem wartenden Notarztwagen gefahren wird, um ihn in das nahe gelegene Weems Memorial Hospital zu bringen und von dort per Hubschrauber ins Tallahassee Memorial – falls er nicht auf dem Weg ins Weems stirbt.

Jerry Oliver war an der Wange, am Auge, an der linken Schulter und der rechten Brust erwischt worden. Laura war davon überzeugt, dass Oliver derjenige gewesen war, der die Falltür geöffnet hatte, und er würde ins Weems kommen und mit ein bisschen Glück weiter nach Tallahassee. Andrew Descartes dagegen, der ihn aufzuhalten versucht hatte, würde nirgendwo mehr hinkommen – zumindest nicht die nächsten paar Stunden. Erst würde er in seinem eigenen Blut liegen bleiben und aus jedem Winkel fotografiert werden. Dann würde man ihn ins Leichenschauhaus bringen, seine Wunde würde untersucht, seine Daten in ein Diktiergerät gesprochen werden, seine Organe gewogen und gemessen, sein Schädel auseinandergesägt.

Andrew Descartes war zu einem Beweisstück geworden.

Der Deputy aus dem Büro des Sheriffs – der auf ihren Notruf hin gekommen war – sah verlegen aus, nachdem er sich auf den Linoleumboden übergeben hatte. Die Polizei war auf dem Weg, nur wann traf sie endlich ein?

Wo blieben die Spezialisten?

Sie würden sich um die großkalibrige abgesägte Schrotflinte kümmern, die noch immer an der Unterseite der Falltür befestigt war. Nur die Mündung lugte aus der selbstgebastelten Holzkiste, in der sie steckte, heraus. Dieses Bild sah sie mit übergroßer Deutlichkeit; ihr analytisches Denkvermögen war wie mit dem Rasiermesser von ihren Empfindungen abgeschnitten, die noch etwas hinterherhinkten, noch immer unter Schock standen. Ein einfaches Prinzip. Wenn jemand die Falltür öffnete, ging das Gewehr los. Die gesamte Mannschaft von Chief Redbone auf einen Schlag ausgelöscht.

Laura stand in der halb zerstörten, von Blutspritzern übersäten Küche, die Hände aus reiner Gewohnheit unter die Arme geklemmt.

Sie würde nichts anfassen.

Ein Sanitäter kam herein und zog eine Trage, auf der ein Leichensack lag, hinter sich her.

»Sie können ihn noch nicht mitnehmen«, sagte sie.

»Wer sind Sie?«

*Ich bin diejenige, die für all das verantwortlich ist.* Sie zückte ihre Dienstmarke und nannte ihm ihren Namen und Rang. »Er wird nirgendwo hingebracht.«

»Der Chief –«

»Das hier ist der Schauplatz eines Verbrechens. Er bleibt hier.«

Der Deputy mischte sich ein. »Sie hat Recht, Mann, hier sind wir fürs Erste verantwortlich.«

Erst dann ging der Sanitäter.

Auf einmal waren Laura und der tote Andrew Descartes

allein in der Küche. Sie zwang sich, ihn anzusehen. Sie hatte schon viele Leichen gesehen, aber das hier war etwas anderes. Sie kannte ihn. Sie hatte vor nicht einmal einer Stunde noch Witzchen mit ihm gerissen. Sie hatte gesehen, was in ihm steckte – ein guter Polizist, der das Zeug zu einem sehr guten Polizisten hatte.

*Ich frage mich, wer es seiner Frau sagen wird.*

Sie sollte das machen, weil sie sich verantwortlich fühlte. Wenn sie nicht nach Apalachicola gekommen wäre, wäre nichts von alledem passiert. Er würde zu Hause im Bett liegen und seine Angina auskurieren, seine frischgebackene Ehefrau würde ihn bemuttern und Hühnersuppe für ihn kochen.

Wo blieb eigentlich Chief Redbone?, dachte sie unvermittelt. Sie erinnerte sich nicht, ihn gesehen zu haben. War er schon bei Descartes' Frau?

Sie fragte sich, wie es sich wohl anfühlte, wenn man im Bruchteil einer Sekunde seine gesamte Mannschaft verlor. Sie dachte daran, dass er ein Leben genau nach seinem Geschmack führte, die beiden Töchter, das verschlafene Städtchen, er in der Rolle des jovialen Polizeichefs.

*In dreiundzwanzig Jahren war ich nie so weit, dass ich aus Wut die Waffe gezogen hätte.*

Nun, damit war es jetzt wohl vorbei.

Laura konnte ihren Blick nicht von Andrew Descartes lösen, ihr war schwindlig.

Noch nie hatte sie an ihrem Beruf gezweifelt. Erst jetzt wurde ihr klar, dass es von der Suche nach Gerechtigkeit zu schrecklichem Leid nur ein kleiner Schritt war. Klar, sie half mit, die Teile zusammenzusuchen, aber es blieben doch nur Teile, das, was ein Tornado zurückließ. Angesichts solcher Zerstörung war man hilflos. Und jetzt war die Zerstörung bis in ihr Leben vorgedrungen, und sie fragte sich, ob ihr Job das wert war.

Sie sah ihn weiterhin an, als gehörte das zu irgendeiner schmerzhaften Bußübung. Ihre Augen, ihre Seele mit ihm zu füllen. Ihre Gedanken fingen an abzuschweifen, und sie holte sie geduldig zurück, zurück zu der Tatsache: *Das ist dein Werk. Dafür bist du verantwortlich.*

Jetzt musste sie das Richtige tun. Sich umsehen, der Sache auf den Grund gehen. *Mach deinen Job.*

Standardschrotkugel. Es mussten Standardschrotkugeln gewesen sein, schloss sie aus dem Aussehen der Wunde. Eine einzelne Kugel, die wie ein winziges Skalpell die Halsschlagader durchtrennt hatte.

Tränen sammelten sich in ihren Augen, drohten überzufließen, kleine Teiche. Sie durfte jetzt nicht weinen. Sie blinzelte. So fest und schnell, dass sie den Druck an ihrem Hinterkopf zu spüren meinte, ein Schmerz, der auf den in ihrem Inneren antwortete.

Wo blieb Chief Redbone? Der Deputy war der einzige andere Angehörige einer Strafverfolgungsbehörde, aber als sie sich umsah, war auch er verschwunden.

Vielleicht draußen, um die Verstärkung in Empfang zu nehmen, hoffte sie.

Sie hörte irgendwo im Haus die Klospülung gehen. Der Blödmann war an einem Tatort aufs Klo gegangen.

Wenn er zurückkam, würde sie ihn zusammenstauchen.

Und dann wurde ihr klar, dass sie hier nicht viel zu sagen hatte. Sie würde die Ermittlung nicht leiten. Das fiel in den Zuständigkeitsbereich des Florida Department of Law Enforcement, der Landespolizei von Florida, dem Gegenstück zu ihrer Behörde in Arizona.

Aber Laura konnte nicht gehen. Sie konnte Andy Descartes nicht allein lassen.

Am späten Nachmittag fuhren Laura und Chief Redbone nach Tallahassee, um im dortigen Polizeipräsidium ihre

Aussage zu machen, nachdem sie den beiden zuständigen Beamten vom FDLE den Tatort übergeben hatten. Beide hingen schweigend ihren Gedanken nach. Laura fand Trost in der Landschaft, die sich links und rechts erstreckte, und im Spiel von Licht und Schatten auf der Straße vor ihnen. Das Gras an der Böschung war nach dem Regen am Vormittag von einem betörenden Lindgrün. Die niedrig stehende Sonne ließ die Bäume aufflammen und schimmerte golden auf dem Asphalt. Laura drehte sich zu dem Sonnenuntergang hinter ihnen und beobachtete, wie die Farbe der letzten Wolken von Orange zu Rot zu Dunkelviolett wechselte.

Andy Descartes würde nie mehr einen Sonnenuntergang sehen.

Im FDLE-Büro machte Laura ihre Aussage, so klar und detailliert, wie sie konnte. Als sie fertig war, schaltete Special Agent Jack McClellan das Aufnahmegerät aus und lächelte sie an. Laura hatte schon bemerkt, dass er dauernd lächelte, wusste aber nicht, warum.

»Das sollte reichen. Sie können jetzt gehen, wenn Sie wollen.«

Wohin?, fragte sich Laura. Sie stellte sich vor, wie jemand sie zum Flughafen von Tallahassee brachte, sie ihren Flug umbuchte und an Bord einer Maschine ging. Möglicherweise an einem Cocktail nippte, während sie über den Mississippi flogen und sie den Süden hinter sich ließ. Ein kurzer Ausflug nach Florida, in dessen Folge sie ein verwaistes Polizeirevier und einige zerstörte Leben zurückließ.

Aber das entsprach nicht ihrer Art, das würde sie nicht tun. »Was geschieht mit den Beweisstücken? Darüber müssen wir uns noch einig werden.«

»Machen Sie sich deswegen keine Gedanken«, sagte Jeremy Poitras, der Kollege von McClellan. Er war ein kräftiger Schwarzer mit einem schön geformten, rasierten Schädel.

Er trug einen teuren Anzug. »Ich bin überzeugt, dass wir uns deswegen nicht in die Haare geraten werden.«

Welche Haare meinte er?, dachte Laura und sagte: »Falls Sie auf einen Computer stoßen, muss der unbedingt untersucht werden.«

»Das können wir übernehmen«, sagte Poitras. »Wir haben sehr gute Leute hier – die sind spezialisiert auf so etwas.«

»Ich möchte, dass der Computer an unser Labor in Phoenix geschickt wird.«

McClellan mischte sich lächelnd ein. »Zunächst einmal wissen wir noch gar nicht, ob er einen Computer hat. Aber wenn Ihre Behörde den Fall überzeugend darlegen kann, besteht durchaus die Möglichkeit, dass wir Ihnen alle Beweise überlassen, die unsere Ermittlungen nicht unmittelbar betreffen.«

»Ich möchte noch einmal in das Haus. Ihnen ist sicher klar, dass ich daran ein berechtigtes Interesse habe. Sie suchen nach ganz anderen Dingen als ich.«

»Von mir aus gerne«, sagte Poitras. »Wir werden bestimmt nicht eifersüchtig über das Haus wachen.« Er blickte auf seine Uhr. »Aber Sie sollten sich beeilen. Wahrscheinlich haben unsere Leute schon angefangen.«

Laura spürte, wie Ärger in ihr aufstieg. »Ich hoffe, dass keiner irgendwelche Falltüren aufgemacht hat«, sagte sie.

Das Haus der Seroux' machte verglichen mit Lundys Versteck einen völlig normalen Eindruck. Billige Allerweltsmöbel. Massenhaft Fingerabdrücke, aber wenig sonst. Es gab einen Computertisch, einen billigen Drucker, mehrere Telefonanschlüsse, einen Überspannungsschutz und APS, aber der oder die Computer selbst waren verschwunden.

Wieder hatte Laura das Gefühl, dass Lundy nicht zurückkommen würde. Die Möbel standen noch da, aber er hatte keinerlei verwertbare Spuren hinterlassen: keine Scheckbücher, keine Kontoauszüge, keine Aufzeichnungen. In dem Zimmer, in dem einmal der Computer gestanden hatte, war ein Stück Linoleum weniger abgetreten – sie vermutete, dass dort ein Aktenschrank gestanden hatte.

Das Haus machte den Eindruck eines Geisterschiffs.

Als Erstes betraten die Spezialisten vom FDLE das Haus; sie stiegen in Lundys Haus an der Schussvorrichtung vorbei in den Tunnel und suchten unterwegs nach weiteren Fallen. Am anderen Ende fanden sie nichts als eine ähnliche Falltür, durch die man in den Geräteschuppen der Seroux' gelangte.

Laura fragte sich, ob Lundy erwartet hatte, dass sein Haus durchsucht werden würde, und entsprechende Vorkehrungen getroffen hatte.

Sie war noch nie so erschöpft gewesen. Vielleicht hatte es damit zu tun, dass sie sich an ihrem eigenen Tatort wie ein Gast vorkam. Sie durfte Beweisstücke sammeln, aber nur unter den wachsamen Augen der Kollegen aus Florida. Sie fühlte sich gestört dadurch; sie arbeitete nicht so gut, wenn die Sache nicht in ihrer Hand lag.

In den frühen Abendstunden des nächsten Tages hatten sie die Durchsuchung des Hauses abgeschlossen. Laura merkte plötzlich, dass sie halb verhungert war. Sie ging in das Feinkostgeschäft auf der Market Street, holte sich ein »Sub« und eine Flasche Wasser und ging damit in den Battery Park. Es war ihre erste Mahlzeit an diesem Tag.

Nachdem sie den letzten Bissen hinuntergeschluckt hatte, schlenderte sie hinaus auf den langen Bootssteg. Es wehte ein leichter Wind, der Geruch nach Regen hing in der Luft, und der Himmel war abwechselnd blaulila und kupferfarben getönt, sobald die Sonne durchkam. Fischerboote, von denen vermutlich viele gechartert waren, liefen in den Hafen ein.

Warum hatte er den Tunnel mit einer tödlichen Falle präpariert? Diese Frage quälte sie. Glaubte er wirklich, er könnte damit die Polizei aufhalten, wenn er das Haus der Seroux' vor einem Zugriff schützen wollte? Vielleicht ging es ihm auch nur darum, jeden zu töten, der bis zu diesem Punkt gelangt war – einzig und allein aus dem Grund, weil es in seiner Macht lag.

Vielleicht tat er es aber auch, weil ihm das Haus selbst und das, was es über ihn verriet, peinlich war: seine Leidenschaft für Misty, der Schrein zum Gedenken an seine Mutter, der viktorianische Salon. Mutter und Sohn, die gemeinsam nähten. Vielleicht wollte er jeden bestrafen, der Einblick in sein verborgenes Leben nahm.

Wer konnte das wissen?

Morgen früh würden sie den Tunnel noch einmal durchsuchen. Vielleicht würden sie dann eine Antwort auf diese Frage finden. Aber sie war versucht, darin etwas zu sehen, das ihre Mutter grundlose Grausamkeit nannte.

Sie musste ihn fragen, wenn sie ihm irgendwann von Angesicht zu Angesicht gegenüberstand.

Ein altes weißes Sportfischerboot näherte sich und drosselte den Motor. Am Bug stand in blauer Schreibschrift *Tochter der Freiheit*. Der Anblick des Bootes hob augenblicklich Lauras Stimmung.

»Ich habe mir immer ein solches Boot gewünscht«, sagte Chief Redbone hinter ihr.

Für einen solchen Bären von Mann war er recht leichtfüßig.

»Ist allerdings viel Arbeit«, fügte er hinzu und stützte sich auf das Geländer. »Und kostet eine Menge Zeit und Geld.«

Die untergehende Sonne hatte inzwischen alles in Rot getaucht.

»Es hat einen schönen Namen«, sagte Laura.

»Ja, stimmt.«

Laura fühlte sich unbehaglich in seiner Gegenwart. Seit der Tragödie hatte sie ihn nur einmal bei der Fahrt nach Tallahassee gesehen. Seither nicht mehr.

»Wie läuft's in dem Haus?«, fragte er jetzt.

Sie zuckte mit den Schultern. »Wir haben nicht viel gefunden.«

Er seufzte. »Ich bin froh, nichts mehr damit zu tun zu haben.«

Es war ihm nichts anzumerken. Seine Stimme klang wie immer. Laura fragte sich, ob er ihr etwas vorspielte.

»Wie geht es Mrs. Descartes?«

Er lehnte sich mit dem Rücken gegen das Geländer. Plötzlich sah er müde und alt aus, das Gesicht fahl. »Wie zu erwarten, also nicht gut.«

»Ich hätte Sie begleiten sollen. Ich fühle mich verantwortlich.«

»Es war nicht Ihr Fehler«, sagte er, aber sie wusste, dass er das nicht aufrichtig meinte.

»Wird sie über die Runden kommen? Ich meine, finanziell.«

»Sie und Andy gehören der Church of Christ an. Ums Geld muss sie sich keine Sorgen machen. Wir kümmern uns umeinander.«

Laura öffnete bereits den Mund, um ihm zu sagen, dass sie gerne helfen würde, ließ es dann aber bleiben. Der Ton seiner Stimme verriet ihr, dass man sie nicht um Hilfe bitten würde. Sie war fremd hier.

Und so beobachtete sie die *Tochter der Freiheit*, wie sie unter der Brücke hindurch auf den Apalachicola River glitt. Ein hübsches Städtchen. Hier ging alles seinen geruhsamen Gang. Sie hatte ihre Großstadtprobleme mitgebracht, Leben zerstört.

Chief Redbone blickte unverwandt geradeaus. »Falls es

Sie interessiert, Jerry Oliver steht nur noch unter normaler Beobachtung, sie haben ihn von der Intensivstation verlegt. Sie sagen, dass er wieder in Ordnung kommt, allerdings hat er ein Auge verloren.«

Sie nickte. »Wir müssen noch ein paar Dinge regeln. Sind Sie morgen im Büro?«, fragte sie.

»Nein. Ich bin hier fertig.«

»Was meinen Sie damit?«

Er blickte sie an. »Ich höre auf. So hatte ich mir meinen Job nicht vorgestellt.«

»Sie wollen kündigen?«

»Was reicht, das reicht.«

»Und wie geht es weiter?«

»Es gibt eine Menge Anwärter auf meine Stelle. Mir ist es egal, wer sie bekommt.«

»Was werden Sie tun?«

»Ich?« Er überlegte. »Als Allererstes werde ich angeln gehen.«

Sie dachte, dass er nichts weiter sagen würde, aber er sprach weiter, ohne den Blick vom Wasser abzuwenden: »Bislang gab es nichts, was ein mehrtägiger Angelausflug nicht hätte kurieren können, zumindest nicht bei mir. Selbst meine Scheidung. Aber« – er rieb sich die Schläfe – »ob ich jemals den Anblick von Andy aus meinem Kopf bekommen werde, weiß ich nicht.«

## 40

Bald darauf ging Chief Redbone. Laura blieb stehen, bis es dunkel war, und starrte auf die Bucht und das Meer, das sich dahinter erstreckte. Bis zum Gibson Inn war es nur ein kurzer Spaziergang. Gerade als Laura sich auf den Weg machte, sah sie aus dem Augenwinkel jemanden, der in raschem Tempo auf sie zulief.

Sie wollte schon nach der Pistole an ihrer Hüfte greifen, als sie das Aftershave roch.

Old Spice. Eine vertraute Gestalt.

Sie ließ die Hand sinken, als Frank Entwistle neben ihr auftauchte. Sie hörte das leise Pfeifen seines Atems, das er immer von sich gab, wenn er mit ihr Schritt zu halten versuchte.

»Was tust du hier?«

»Ich dachte, du könntest Rückendeckung brauchen. Emotionale.«

»Emotionale.«

»Du weißt schon. Dir mein Ohr leihen.« Dabei gestikulierte er mit seiner Zigarette, und die Glut tanzte wie ein UFO um sie herum.

Laura war dessen so überdrüssig.

»Wenn du dich so gut in mich und meine Probleme einfühlen kannst, warum hast du mich dann nicht vor der Falle gewarnt?« *Warum hast du Andy Descartes nicht gerettet?*

In der Dunkelheit hatte sein Gesicht die Farbe von Asche und war ungefähr genauso formlos. »Könntest du vielleicht ein bisschen langsamer gehen? Du weißt doch, dass ich ein kaputtes Knie habe.«

Er blieb stehen und zwang sie damit, ebenfalls stehen zu bleiben. »Um deine Frage zu beantworten: Ich bin kein Gedankenleser. Ich habe auch keine Kristallkugel.«

»Und was bist du?«

Er zuckte mit den Schultern unter dem schlecht sitzenden Jackett und lockerte seine Krawatte.

»Das versuche ich selbst herauszufinden. Du bist schließlich nicht die einzige Betroffene.« Er rieb sich mit dem Handrücken über die Stirn. »Mann, ist das schwül hier.

Vielleicht täusche ich mich ja, aber ich habe den Eindruck, ich bin Teil deines Unterbewusstseins.«

Laura sah zu, wie eine Reihe von Autos die Gorrie Street Bridge passierte, die Scheinwerfer blitzten hinter dem toten Mordermittler auf, so dass sie ihn nur noch als Silhouette sah.

»Warum bist du hier?«

Er zuckte mit den Schultern. »Woher soll ich das wissen?«

»Warum tauchst du dann immer wieder auf?«

»Hör mal, du bist diejenige, die dafür verantwortlich ist. Es dürfte ja wohl klar sein, dass du mich brauchst.«

»Ich dich brauchen?«

Ihr Handy klingelte. Sie erkannte die Nummer auf dem Display – Victors Privatanschluss.

Frank sagte gerade: »Wenn ich du wäre, dann –«

»Einen Moment, bitte«, sagte sie zu Entwistle und hob die Hand. Sie wollte der Mailbox zuvorkommen. Vielleicht hatte Victor ja Glück gehabt und Lundy aufgespürt.

Entwistle fragte: »Willst du das Gespräch wirklich annehmen?«, gerade als Victor etwas in ihr Ohr sagte.

Laura sah von dem Handy in ihrer Hand zu Entwistle. »Warum sollte ich das nicht tun?«

»Warum solltest du was nicht tun?«, fragte Victor.

Laura sah auf die Stelle, wo Entwistle gestanden hatte. Verschwunden.

Victors Stimme drang langsam in ihr Bewusstsein.

Frank Entwistle hatte Recht; Laura wünschte, sie müsste nicht hören, was Victor ihr jetzt mitteilte.

# 41

*Summer in Tucson*

Summer log ihre Mutter nicht gern an, aber sie wusste, dass sie ihr ein Treffen mit James nie erlauben würde. Und diese Verabredung wollte sie unter keinen Umständen versäumen.

»Und du bist sicher, dass dich Chrissys Mom nach Hause fährt?«, fragte ihre Mutter, als sie vor dem McDonald's hielten.

»Hm, hm.«

»Ich will ihr keine Umstände machen.«

»Es macht ihr nichts aus. Sie fährt gern Auto.«

»Du bist um neun Uhr zu Hause. Auf keinen Fall später.«

»Klar, Mom.«

Sie stieg aus dem Wagen, hielt ihre neue, zu den Sandalen passende Schultertasche fest, beugte sich über den Sitz und gab ihrer Mutter einen Kuss auf die Wange. Und dann war sie frei.

Ihre Mutter stieß zurück und rammte dabei beinahe einen großen Geländewagen. Sie passte beim Fahren nie auf. Sie bekam dies allerdings gar nicht mit, blickte, während sie fuhr, über die Schulter zurück und winkte. Als ob sie sie nie wiedersehen würde.

Das machte sie immer.

Ihre Mutter behandelte sie oft wie ein kleines Kind, aber dann wieder behandelte sie sie wie eine Erwachsene. Sie stand darauf, »Dinge zu besprechen«. Reden war bei ihnen zu Hause wahnsinnig wichtig. Ihre Mutter – die Summer vor kurzem aufgefordert hatte, sie Beth zu nennen – sagte immer: »Es gibt kein Problem, das sich nicht lösen lässt, wenn man nur darüber redet.«

Summer warf einen Blick auf ihre Uhr. Sieben. Sie war froh, dass sie verabredet war. Heute Abend kam dieser Blödmann Bryan, und ihre Mutter, die normalerweise ziemlich vernünftig war, kriegte sich dann nicht mehr ein. Sie tat alles für ihn. Sie bediente ihn von vorn bis hinten. Bryan war bestimmt auch froh, dass sie, Summer, aus dem Weg war, zu Besuch bei einer Freundin. Auf diese Weise konnten sie ihre Schweinereien machen.

Sie wusste, dass James ihr nicht den Hintern tätscheln würde, so wie Bryan ihrer Mutter vor ihren Augen den Hintern tätschelte. James hatte Respekt vor Frauen. Wenn sie und James miteinander schliefen, wäre das etwas Wunderschönes. Es wäre so, wie es sein sollte.

Sie setzte sich an einen Tisch am Fenster, damit sie den Parkplatz im Auge behalten konnte. Es dämmerte, und es war schwieriger, etwas zu erkennen, vor allem, weil ständig Scheinwerfer in die Scheibe leuchteten und sie blendeten. Aber einen Z4 würde sie immer erkennen.

Sie wartete. Und wartete.

Es wurde schnell dunkel. Jedes Mal, wenn ein Auto auf den Parkplatz fuhr, verspürte sie dieses unglaubliche Kribbeln. Aber keines davon war ein Z4. Sie sah erneut auf ihre Uhr. War sie wirklich erst seit zehn Minuten hier?

In diesem Augenblick kamen ihr erste Zweifel. Vielleicht versetzte er sie. Sie stellte sich vor, wie sie im Dunkeln zu Chrissy gehen und ihren Freundinnen gegenübertreten müsste, ihnen sagen müsste, dass er nicht aufgetaucht war.

Nein. Das würde er nicht tun. Sie und Jamie hatten in den zweieinhalb Monaten, seit sie sich im Chatroom kennengelernt hatten, ganz offen und ehrlich miteinander reden können, und sie hatten sich online und am Telefon stundenlang unterhalten. Sie hatte sich in ihn verliebt, bevor sie wusste, wie umwerfend er aussah.

Sie wusste, dass er sie liebte. Er hatte ihr den MP3-Player

geschickt. Das hätte er nicht getan, wenn er nicht vorgehabt hätte, sich mit ihr zu treffen.

Natürlich hatte es ihr Vater rausgekriegt und ihr den MP3-Player weggenommen. Er las sogar ihre Mails!

Ihre Wangen röteten sich, als sie daran dachte.

»Summer?«

Sie blickte in die Richtung, aus der die Stimme kam. Ein Mann mittleren Alters kam auf sie zu.

»Bist du Summer?«, fragte er.

»Ja.« Sie wartete, bis er vor ihr stand. Er atmete durch den Mund und schwitzte, weil es so heiß war. Er war nicht sehr viel größer als sie und sah ein bisschen aus wie Mr. Murray, der in der fünften Klasse Mathe gab.

»Ich bin ein Freund von James. Er ist aufgehalten worden, und deshalb hat er mich gebeten, dich abzuholen.« Nach einer kurzen Pause fuhr der Mann fort: »Ich wette, du denkst jetzt, dass du lieber nicht mit mir mitkommen solltest, aber das ist schon in Ordnung, wirklich. James wohnt bei mir, solange er in Tucson ist.«

»Sind Sie Dale?«

Er wirkte überrascht. »Er hat von mir geredet? Das ist ja nett. Bei mir geht es die ganze Zeit nur Summer hier, Summer da. Ich hätte nicht gedacht, dass er mich auch nur erwähnt.« Er lächelte. Sein Lächeln war so freundlich, dass sie Zutrauen zu ihm fasste. »Na, dann wollen wir mal zu unserem guten alten Jamie fahren.«

Sie folgte ihm über den Parkplatz zu einem weißen Geo Prism – nicht gerade das, wovon sie geträumt hatte.

Er hielt ihr die Beifahrertür auf, und einen kurzen Moment sperrte sich etwas in ihr. Im Grunde genommen war er ein Fremder. Aber wenn sie nicht mit ihm ging, wäre alles umsonst gewesen. Sie würde ihre Verabredung verpassen.

Außerdem hatte James Dale erwähnt.

Dale sah sie an und runzelte leicht die Stirn, als würde er denken, dass sie ihm nicht traute, und enttäuscht darüber war.

Sie stieg ein.

Sie verließen den Parkplatz und fuhren auf der Swan Road nach Süden. Sie merkte, wie er sie hin und wieder verstohlen ansah. Sie wusste, dass ihr der Jeansrock und die rosafarbene Folklorebluse gut standen; sie zog oft die Blicke der Jungs auf sich. »Warum konnte James nicht selbst kommen?«, erkundigte sie sich.

»Er bastelt am Wohnwagen seiner Eltern herum. Die Klimaanlage hat den Geist aufgegeben.«

»Seine Eltern sind auch hier?«

»Ja. Sie sind gute Freunde von mir. So habe ich Jamie kennengelernt. Durch ihn bin ich zum Motocrossfahren gekommen.«

James hatte ihr erzählt, dass er Motocross fuhr. Außerdem wanderte und zeltete er gern. Das hatten sie gemeinsam. Als Summers Eltern noch zusammen gewesen waren, hatten sie ein Wohnmobil gehabt und waren ständig herumgefahren.

Jetzt bereitete ihr jedoch etwas anderes Kopfzerbrechen: James' Eltern. Was, wenn sie sie für zu jung hielten? Was, wenn sie ihre Mutter anriefen? Oder schlimmer noch, ihren Vater? Irgendwann fiel ihr auf, dass sie durch ein heruntergekommenes Viertel fuhren, gerade passierten sie ein großes Elektrizitätswerk. Dale warf ihr von der Seite einen Blick zu. »Wir sind gleich da.«

Er bog auf den Old Benson Highway ab. Es sah ärmlich und verlassen hier aus: Wüste, alte Motels und Wohnwagenhändler. Sie fragte sich, warum James sich hier draußen aufhielt.

Sie fuhren an Motels mit Western-Namen vorbei, schäbig aussehenden alten Gebäuden mit abgeblättertem Anstrich und verrosteten Schildern. An einem Stück Brachland entlang, das sich ewig hinzuziehen schien. Das Licht der Scheinwerfer fiel auf die Romerillo-Sträucher, die am Straßenrand wuchsen. Ihre Mutter führte in dem kleinen Garten hinter ihrem neuen Haus einen unablässigen Kampf gegen dieses Unkraut.

»Da sind wir«, sagte Dale.

Auf dem verblichenen Schild an einem hohen Laternenpfosten stand EL RANCHO TRAILER COURT. Dale bog in einen schmalen Fahrweg zwischen zwei Reihen dicht an dicht stehender Wohnwagen ein.

»Hier wohnt er?«

»Es ist nah beim Flughafen.«

Der Kies unter den Reifen des Geo knirschte, während sie langsam den Weg entlangfuhren. Die Wohnwagen sahen alt und schäbig aus – bei einem davon waren die Fenster überstrichen, und er hatte die Farbe von getrocknetem Blut.

Dasselbe Gefühl wie beim Achterbahnfahren, nur viel, viel unangenehmer.

Sie warf einen Blick zu Dale. Er summte leise eine Melodie vor sich hin, glücklich und zufrieden.

Die Jalousien der Wohnwagen, an denen sie vorbeifuhren, waren alle heruntergelassen, durch die Ritzen drang ein schwacher Lichtschimmer, ein bläuliches Flackern. Sie stellte sich die ärmlichen Bewohner vor, wie sie in Unterwäsche vorm Fernseher saßen und Bier tranken und sich von einem elektrischen Ventilator Luft zufächeln ließen. Sie fuhren an einer abgestorbenen Palme vorbei, die wie ein Hexenbesen aussah, und hielten hinter einem Wohnmobil, das ganz am Ende der Reihe stand.

»Wir sind da«, sagte Dale.

Plötzlich war ihr mulmig zumute. James würde im Herbst aufs College gehen. Er besaß einen teuren Sportwagen. Sein Vater war Chirurg. Was machten James' Eltern an einem

Ort wie diesem, wenn sie es sich hätten leisten können, in einem der Hotels am Flughafen zu wohnen?

»Komm«, sagte Dale und stieg aus. Er ging um das Auto und öffnete die Beifahrertür.

Zumindest sah das Wohnmobil gut aus. Sauber. Neue Reifen. Das zerstreute einige ihrer Bedenken. Was ebenfalls zu ihrer Beruhigung beitrug, war aus irgendeinem Grund der Überzug mit der Aufschrift THE ROPERS auf dem Ersatzreifen unter dem Heckfenster. Das musste James' Nachname sein. Sie probierte ihn aus. James Roper. Mrs. James Roper.

Und die Vorhänge in den Fenstern gefielen ihr. Keine Jalousien, sondern Spitzenvorhänge. Wie sie eine Mutter aufhängen würde. James' Mutter?

Trotzdem zögerte sie. »Wo ist James?«, fragte sie.

»Drinnen.«

»Ich dachte, er repariert die Klimaanlage.«

»Wahrscheinlich ist er inzwischen fertig damit. Komm, ich stell dich seinen Eltern vor.«

Das ließ sie erst recht zögern. Sie zweifelte keine Sekunde daran, dass sie sofort ihre Mutter anrufen würden, wenn sie sie sahen. Dale gab ihr einen kleinen Schubs. »Na komm schon, nur nicht so schüchtern.« Er schloss die Tür des Wohnmobils auf und blieb daneben stehen, wartete, dass sie hineinging.

In dem engen Raum war es stickig, als wäre länger nicht gelüftet worden. Es kam ihr nicht so vor, als wäre hier in letzter Zeit eine Klimaanlage gelaufen. Und wäre sie außerdem jetzt nicht eingeschaltet gewesen, um zu überprüfen, ob sie funktionierte?

»Jamie!«, rief Dale durch die offene Tür. »Komm raus! Deine Prinzessin wartet auf dich!«

Das überzeugte sie. Sie betrat den winzigen Wohnraum.

»Ach«, sagte Dale, als er die Tür hinter sich schloss.

»Weißt du was? Gerade fällt mir ein, dass Dale zum Supermarkt gefahren ist.«

»Was ist mit seinen Eltern?«

Dale sah sie traurig an.

In ihrem Kopf schrillten sämtliche Alarmglocken. Ihr Magen zog sich zusammen, und ihr Herz fing an zu hämmern, in ihrer Brust, ihrer Kehle, ihren Ohren. Sie war plötzlich überzeugt, dass sie mit Betreten des Wohnmobils vom Angesicht der Erde verschwunden sein würde.

## 42

Beth Holland hatte ferngesehen, mit einem Auge immer das Fenster im Blick. Sie rechnete jeden Moment damit, draußen die Scheinwerfer von Marie Lansings Auto aufleuchten zu sehen.

Sie hatte Bryan um Viertel vor neun weggeschickt. Summer zuliebe, die beiden kamen nicht gut miteinander aus, und für Scheidungskinder war sowieso schon alles schwer genug. Auch wenn Summer wusste, dass sie eine Beziehung hatten, brauchte sie ihm nicht unbedingt begegnen. Und deshalb hatte sie sich beeilt und das Bett gemacht und sogar die Weingläser gespült und die leere Flasche verschwinden lassen.

Um neun war alles wieder ordentlich aufgeräumt gewesen. Aber aus neun wurde Viertel nach neun, dann halb zehn. Und allmählich fing sie an, sich Sorgen zu machen.

Sie hatte den Anruf hinausgeschoben, weil sie nicht wollte, dass Summer dachte, sie würde ihr nicht trauen. Aber das war lächerlich. Sie gab sich einen Ruck, holte ihr Adressbuch und schlug die Nummer nach.

Marie Lansing meldete sich.

»Hier ist die Mutter von Summer. Kann ich sie bitte kurz sprechen?« Sie wollte Summer nicht dadurch in Verlegenheit bringen, dass sie Chrissys Mutter sagte, warum sie anrief. Sie würden die Sache bereden, und damit war es erledigt.

Mrs. Lansings Stimme klang verwirrt. »Summer? Sie ist nicht hier.«

Die Mädchen konnten um diese Zeit doch nicht mehr bei McDonald's sein? »Sie hat gesagt, dass sie sich mit Chrissy und Jenny bei McDonald's treffen will und dass sie dann zu Ihnen gehen.«

Marie Lansing sagte: »Chrissy ist da. Ich hole sie.«

Während Beth wartete, wurde aus ihrer Unruhe Besorgnis. Sie rief sich zur Ordnung. Wahrscheinlich war alles nur ein Missverständnis.

»Hallo?«

»Hallo, Chrissy. Weißt du, wo Summer ist?«

»Keine Ahnung.«

Aus Besorgnis wurde Angst. *Tief durchatmen.* »Ich dachte, sie wollte sich mit dir und Jenny bei McDonald's treffen.«

»Nein«, sagte Chrissy zögernd. »Ich glaube, sie hat gesagt, dass sie heute Abend keine Zeit hat.«

»Keine Zeit?« Sie hörte, dass ihre Stimme plötzlich schrill klang.

»Ich weiß nicht, was sie – ich meine, wir waren nicht verabredet«, sagte Chrissy schnell. »Rufen Sie doch Jenny an. Vielleicht weiß sie was.«

Sie gab Beth die Nummer.

Voll Furcht vor dem, was sie hören würde, rief Beth bei Jenny Conley an und begann zu beten, während sie darauf wartete, dass Mrs. Conley ihre Tochter ans Telefon holte. Sie stellte die gleichen Fragen, erhielt die gleichen ausweichenden Antworten.

Was immer Summer gerade tat, Jenny oder Chrissy waren nicht dabei. Summer hatte sie angelogen.

Zitternd legte Beth auf.

Sie starrte den Hörer einen Moment lang an. Dann hob sie erneut ab und wählte Buddys Nummer.

Buddy Holland schloss gerade die Tür seines Hauses in Bisbee auf, als das Telefon zu klingeln begann. Er machte die Tür hinter sich zu und stellte Pizza und Bier auf der Arbeitsplatte in der Küche ab.

Dann ging er zum Telefon und wartete auf die Nachricht. Wegen der vielen Werbeanrufe nahm er nie den Telefonhörer ab. Er hasste die Werbung, aber da er nun einmal nichts dagegen tun konnte, wollte er auch keine Zeit damit verschwenden. Auf dieser Welt musste man zwei Dinge einfach akzeptieren: Spam-Mails und Anrufe vom Band.

Nach dem Piepton war Beth' Stimme zu vernehmen – besorgt und ängstlich: »Ich weiß nicht, wo Summer ist –«

Er griff nach dem Hörer.

»O mein Gott, Buddy, sie hat mich angelogen! Ich glaube es einfach nicht …«

In dem Augenblick, als er ihre Stimme hörte, wusste er, was passiert war.

»Ich habe sie bei McDonald's abgesetzt«, sprudelte sie hervor, »und das war das letzte Mal, dass –«

»Beth, langsam. Du musst dich beruhigen. Erzähl mir genau, was passiert ist. Lass nichts aus.«

Sie erzählte es ihm. Das angebliche Treffen mit den Freundinnen bei McDonald's. Summers Beteuerungen, dass Mrs. Lansing sie um neun nach Hause fahren würde. Er sah auf seine Uhr. Inzwischen war es kurz nach zehn.

Summer war seit drei Stunden verschwunden.

Als Beth geendet hatte, sagte er: »Hör mir jetzt genau zu. Ich will, dass du bei der Polizei in Tucson anrufst. Sie sollen jemanden zu dir schicken. Frag nach White oder Cheek. Ich bin unterwegs.«

»Sie könnte sich mit einem Jungen treffen. Meinst du nicht, wir sollten erst –«

»Ruf an. Sofort. Ich bin in eineinhalb Stunden bei dir.«

»Glaubst du nicht –«

»Wir haben keine Zeit für Diskussionen. Ruf an.«

Nachdem er aufgelegt hatte, ließ er sich auf einen Stuhl sinken und schloss die Augen.

Das war das Ende seiner Karriere. So viel stand fest. Aber seine Karriere war in diesem Augenblick so unwichtig wie die allmählich kalt werdende Pizza in dem Pappkarton. Sie bedeutete nichts.

Er wusste nur eines: Er konnte nicht weiterleben, wenn er sein kleines Mädchen nie wiedersah.

Er bezwang seinen Stolz und erledigte die beiden Anrufe: einen bei der Polizei von Tucson und den anderen beim Department of Public Safety. Es gelang ihm, die verantwortlichen Leute davon zu überzeugen, dass sie Laura Cardinal aus Florida zurückbeordern mussten – und zwar auf der Stelle.

Bis sie zurückkam, würde er sich wieder unter Kontrolle haben. Er musste ihr die Wahrheit sagen.

## 43

Sie war schlau – die Tochter eines Polizisten –, aber auch sie hatte letzten Endes getan, was er wollte. Das war das Geheimnis bei Mädchen. Sie wollten gefallen. Man konnte Mädchen leicht unter Druck setzen, sie zu etwas überreden – sie vertrauten zu wenig auf den eigenen Instinkt. Sie ignorierten ihn, weil sie nicht kindlich wirken wollten oder abweisend oder so, als würden sie nicht dazugehören. Deshalb waren sie leicht zu beeinflussen.

Ihm war klar, dass sie es selbst jetzt noch nicht glaubte. Sie versuchte nach wie vor, mit dieser für sie neuen Situation so umzugehen, wie sie es gewohnt war. Man hatte ihr beigebracht, höflich zu sein. Man hatte ihr beigebracht, ein braves Mädchen zu sein. Sie tat ihm leid. Höflichkeit konnte in der heutigen Zeit und in diesem Alter eine gefährliche Sache sein.

Und dennoch war es das, was ihn an ihr angezogen hatte. Diese Unschuld. Natürlich, sie tat, als wisse sie über alles Bescheid, aber so war es nicht. Sie kam ihm vor wie ein Kätzchen, das die Nackenhaare sträubte, um größer zu erscheinen, als es war.

Diese Eigenschaften – die Höflichkeit, die Freundlichkeit – waren das, was er an Misty gleich geliebt hatte. Leider hatte Misty sie abgelegt, als sie älter wurde. Sie hatte Enttäuschungen erlebt, sie hatte sich schlechte Angewohnheiten zugelegt, Drogen genommen, aber er zog es vor, sich so an sie zu erinnern, wie sie gewesen war, als sie sich ineinander verliebt hatten.

Er beobachtete Summers Mimik. Sie sah sich um, an die Stelle von Verblüffung trat Panik.

»Wo sind die anderen?«, fragte sie.

Er bemühte sich, seine Stimme ruhig klingen zu lassen, als spräche er mit einem verängstigten Tier – und das war sie genau genommen ja auch. »Ich habe nicht vor, dir wehzutun.«

»Ich glaube, ich will jetzt nach Hause.«

»Einen Moment noch. Lass es mich dir erklären –«

»Wo ist James?«

Das war jedes Mal der Teil, den er am wenigsten mochte. Er fürchtete den Augenblick, wenn er ihnen die Wahrheit sagen musste. Aber die Erfahrung hatte ihn gelehrt, dass es besser war, es schnell hinter sich zu bringen, statt dem Mädchen noch mehr Angst zu machen. »James kommt nicht.«

»Wo ist er?« Jetzt trat dieser bestimmte Ausdruck in ihre Augen. Allmählich dämmerte es ihr. Er tastete hinter sich, vergewisserte sich, dass die Handschellen aus Plastik noch da waren, steckte sie in den Bund seiner Jeans. Er wollte sie ihr nicht anlegen, aber er würde es tun, wenn sie sich nicht einsichtig zeigte.

»Ich würde es dir gern erklären, damit du begreifst, dass ich nur das Beste für dich will. *Ich* bin James. Ich bin derjenige, dem du geschrieben hast, ich bin derjenige, in den du dich verliebt hast.«

Sie starrte ihn mit offenem Mund an. Drehte sich zur Tür um. »Lassen Sie mich hier raus!«

Mit ein paar raschen Schritten versperrte er ihr den Weg. Sie lief in ihn hinein, ihr Gesicht war fast auf gleicher Höhe mit seinem, ihre winzigen Brüste in der Folklorebluse strichen über seinen Oberkörper.

Das reichte. Er wollte sie. Jetzt. Auf der Stelle. Er konnte nicht mehr warten.

Er schloss die Augen, wich einen Schritt zurück. Er durfte nicht zulassen, dass sie ihn noch einmal mit ihren Brüsten berührte. Sonst könnte er für nichts mehr garantieren. Er konnte sich schon jetzt kaum noch beherrschen –

Er trat noch einen Schritt zurück. Merkte, dass er steinhart geworden war.

Nein, sagte er sich. Er wusste, dass es so nicht klappen würde. Überhaupt nicht. Das wusste er aus Erfahrung. Mädchen wollten umworben werden. Das hatte ihm seine Mutter beigebracht.

Er schloss die Augen und fing an zu beten. Während er betete, stellte er sich vor, wie es sein würde, wie sie beide quer durchs Land fuhren, überallhin, wo es ihnen gefiel …

»Du weißt ja nicht, wie schön es sein wird«, sagte er. »Wir können überallhin fahren – zum Grand Canyon, nach Disneyland. Bist du schon mal in Six Flags Over Texas gewesen?«

»Ich will nirgendwohin fahren. Ich will nach Hause. Bringen Sie mich nach Hause.«

»Das kann ich nicht.«

»Warum nicht?«

»Ich kann es eben nicht.« Er hielt abwehrend die Hände in die Höhe. »Es ist zu deinem eigenen Besten.«

Aber dabei sah er auf diese kleinen Brüste. Wie winzige Knospen, den Stoff darüber kaum merklich gespannt. Und ihre Haut. Golden, wie Honig. Zwei weiße Streifen, von den Trägern eines Badeanzugs oder eines Kleids, die im Nacken verknotet wurden. Er konnte sie sehen, weil die Bluse einen weiten Ausschnitt hatte. Und der Rock. So kurz, so winzig, die schmalen Hüften eines kleinen Mädchens. Die glatten langen Beine. Glatt wie Seide.

Misty hatte sich so angezogen. Seine Mutter hatte sich immer darüber ausgelassen, wie schlampig sie aussähe. Wenn Misty ihre Tochter wäre, hatte sie gesagt, würde sie dafür sorgen, dass sie hübsche Kleider trug. Er hatte ihr beigepflichtet. Sie verhüllten die Reize eines Mädchens. Selbst unschuldige Mädchen hatten Reize vorzuweisen. Gott hatte sie so geschaffen.

»Bringen Sie mich nach Hause, oder ich schreie.«

»Nur zu. Seit ich hier bin, haben sich die Nachbarn schon zweimal lautstark gestritten.« Er schob die Jalousie etwas an, die Spitzenvorhänge. »Siehst du – niemand draußen. Die sind alle bei der Arbeit oder in ihren Wohnwagen.«

»Was wollen Sie von mir?«

»Das wirst du noch verstehen. Ich weiß, dass es eine Weile dauert, bis du dich daran gewöhnt hast, aber wir werden jede Menge Spaß haben. Wir beide, ganz allein –«

Wenn sie es doch nur verstehen könnte. Es war das gleiche Gefühl, das er hatte, wenn er sich diese Tiersendungen im Fernsehen ansah – wenn er sah, wie sich die angsterfüllten Kreaturen gegen die Menschen wehrten, die ihnen helfen wollten. Sie begriffen einfach nicht, dass sie alles nur schlimmer machten, wenn sie sich wehrten.

Er wandte sich von Summer ab, von der dünnen Bluse, dem kurzen Rock.

Er ging zum Schrank und holte ein Kleid heraus. Größe 164. Er hatte es letztes Jahr genäht.

Er hielt es ihr entgegen. »Würdest du mir einen Gefallen tun?«, fragte er. »Würdest du in den Schlafraum gehen und das anziehen?«

Er sah, dass sie sich widersetzen wollte. Aber gleich darauf erschien auf ihrem Gesicht dann wieder dieser intelligente, listige Ausdruck.

Ganz anders als Misty.

Hatte er erneut einen Fehler begangen?

Sie nahm das Kleid, machte auf dem Absatz kehrt, ging in den Schlafraum am Ende des kurzen Gangs, schloss die Tür hinter sich und sperrte ab.

Im Schlafraum trat Summer von der Tür weg, ihr Herz raste.

Das alles passierte nicht wirklich. Wo war James? Was war mit James geschehen?

*»Ich bin James.«*

Sie konnte nicht denken. In ihrem Kopf arbeitete es auf Hochtouren, aber sie konnte nicht denken. Sie war diesem Mann ausgeliefert, der behauptete, er sei James, obwohl er es nicht war. Sie war dem ausgeliefert, was er sagte – Gott, es war so unheimlich – *»Bist du schon mal in Six Flags Over Texas gewesen?«* Als dachte er, alles wäre in Ordnung, wenn er ihr einen Ausflug versprach, als wäre sie ein kleines

Kind, und die Vorstellung, mit diesem hässlichen Kerl irgendwohin zu fahren –

Gruselig, wie er sie angesehen hatte.

Wahrscheinlich war er so alt wie ihre Eltern.

Es konnte einfach nicht wahr sein. Nein.

Sie merkte, dass sie das Kleid immer noch in der Hand hielt. Es sah aus wie ein Kleid für ein kleines Mädchen. Sie war viel zu alt für so was – warum wollte er, dass sie es anzog? Aber als er es ihr hinhielt, hatte sie es einfach genommen.

*Warum habe ich mich nicht gewehrt? Warum habe ich nicht geschrien? Warum habe ich nicht versucht wegzulaufen?*

Stattdessen hatte sie das Kleid einfach genommen – womöglich hatte sie sogar noch »danke« gesagt. Sie war wohl nicht mehr ganz bei Trost. Wie hatte sie in diese Situation geraten können?

Denn ihr war klar, dass ihre Lage schlimm war. Sie wusste genug über Sex – drei ihrer Freundinnen waren nicht mehr Jungfrau und hatten ihr alles haarklein erzählt –, sie wusste, was dieser Mann von ihr wollte.

Er war alt. Er war hässlich. Bei dem Gedanken, es mit ihm zu tun, wurde ihr schlecht. Aber sie saß in diesem stickigen kleinen Raum fest, ganz allein. Ihre Mom wusste nicht, wo sie war. Ihr Dad …

Er war Polizist, aber er wohnte in Bisbee. Natürlich würden sie nach ihr suchen, aber wie sollten sie sie hier finden? Sie hatte einen Pager in ihrer Tasche, aber was würde ihr der nützen? Er würde ihn einfach ausschalten. Sie wünschte, ihre Mutter hätte ihr ein Handy gekauft. Sie hatte gesagt, sie müsste noch bis zu ihrem Geburtstag warten. *Jetzt werde ich meinen dreizehnten Geburtstag wahrscheinlich nicht mehr erleben.*

Sie hatte im Fernsehen genug gesehen, um zu wissen,

dass sie ganz tief in der Klemme steckte. Er würde sie wahrscheinlich vergewaltigen. Und umbringen.

Ein Adrenalinstoß jagte durch ihre Adern, ausgelöst durch die Angst. Sie zitterte an Händen und Füßen.

*Reiß dich zusammen. Noch bist du nicht tot.*

Vielleicht, vielleicht, wenn sie mitmachte, wenn sie das Kleid anzog, mit ihm redete. Ihn dazu brachte, ein menschliches Wesen in ihr zu sehen. Nett zu ihm war. Vielleicht kam sie an sein Telefon heran oder an seinen Computer oder sonst irgendwas.

Sie musste schlau sein. Wachsam, wie ihr Dad es war. Ihm entging nichts. Sie erinnerte sich daran, dass er sich immer mit dem Rücken zur Wand setzte, wenn sie in ein Restaurant gingen, immer den Raum im Auge behielt, immer auf der Hut war. Das musste sie jetzt auch sein. Vorsichtig und schlau.

Sie würde das Kleid anziehen. Sie würde versuchen, Dale dazu zu bringen, mit ihr zu reden, nett zu ihr zu sein.

Plötzlich gab es etwas, was sie tun konnte. Sie stellte sich vor, sie wäre ihr Vater. Er hatte immer alles im Griff. Er würde nach ihr suchen. Er war Polizist – er wusste, wie er sie finden konnte. Und in der Zwischenzeit würde sie sich vorstellen, sie wäre er. Sie würde wie er handeln, wie er denken.

Musicman wartete darauf, dass sie wieder herauskam. Er hatte das schon öfter erlebt, dass das Mädchen in den Schlafraum ging und die Tür abschloss, als könnte sie auf diese Weise entkommen, während sie das Unvermeidliche in Wirklichkeit nur etwas hinausschob. Eine von ihnen – das Mädchen in Colorado – war eineinhalb Tage in dem Zimmer geblieben. Aber schließlich war sie so hungrig und durstig gewesen, dass sie die Tür geöffnet hatte.

Das Schloss an der Tür, mit dem der Pace Arrow geliefert

worden war, taugte nicht viel, aber er wusste, dass es ihnen ein Gefühl der Sicherheit vermittelte. Sie dachten, sie könnten ihm für eine Weile entkommen, und das beruhigte sie ein wenig. Was Summer vermutlich nicht aufgefallen war, war der Riegel an der Außenseite der Tür. Er konnte sie abschließen, aber er tat es nicht. Sollte sie ruhig glauben, sie hätte die Oberhand.

Der Schlafraum war schalldicht. Die Spitzenvorhänge an den Fenstern sahen von außen nett aus, verbargen aber vor allem, dass es keine richtigen Fenster waren – nicht mehr. Er hatte sie mit Brettern verschalt. Sie hatte sich da drin eingeschlossen, in diesem schalldichten Raum, und sie konnte dort in Ruhe nachdenken.

# 44

Laura massierte sich den Nacken und streckte die Beine aus. In der Kabine war es dunkel – außer ihr waren kaum Passagiere im Flugzeug. Sie war allein mit ihren Schuldgefühlen wegen des tödlichen Zwischenfalls in Apalachicola, konnte nichts dagegen tun. *Deine Schuld. Du hast nicht auf deinen Instinkt vertraut. Du wusstest, dass es mit Oliver Probleme geben würde, aber du hast nichts unternommen.*

Ein Polizist war tot, und das Leben anderer Menschen würde nie mehr so sein wie vorher.

Sie sah das Gesicht von Chief Redbone vor sich. Das Gefühl des Versagens, das sie in seinen Augen gesehen hatte.

Frank Entwistle hatte sie früher – im Scherz – immer Revolverheldin genannt. Die Revolverheldin, die in die Stadt kommt, um den Bewohnern dabei zu helfen, die Bösewichter zu vertreiben. Wie Wyatt Earp. Aber dieses Mal hatte sie nur Tod und Verderben gebracht, bevor sie sich wie ein Feigling bei Nacht und Nebel davonstahl. Sie war auf dem Heimweg in ihr kleines Haus in Vail – aber was würde Linda Descartes heute Nacht tun?

»Das führt nirgendwohin«, murmelte sie.

Sie musste sich auf das konzentrieren, was im Moment vordringlich war – auf die Entführung von Summer Holland.

Ihr Gespräch mit Victor war kurz gewesen. Summer Holland war aus einem McDonald's in Tucson verschwunden. Sie hatte ihre Mutter angelogen, als sie sagte, sie würde sich mit ihren Freundinnen treffen. Und Buddy hatte nicht lockergelassen: Er müsse unter allen Umständen mit Laura persönlich sprechen.

Er wusste etwas.

Laura sah Dale Lundy vor sich. Sein blasses Gesicht mit den fast femininen Zügen. Die sanften Augen, hinter denen sich keine Seele verbarg. Das viktorianisch eingerichtete Zimmer, in dem er zusammen mit seiner Mutter gesessen und genäht hatte. Die Fotos von Misty de Seroux.

Die Schrotflinte, die in einer selbst gebauten Halterung unter der Falltür gesteckt hatte.

Sie schloss die Augen und versuchte, sich zu konzentrieren. Konnte es Lundy sein? Wie viele Entführer konnte es geben, die in diesem verhältnismäßig kleinen Teil der Welt ihr Unwesen trieben?

Plötzlich begannen in ihrem rechten Augenwinkel kleine Lichter zu tanzen.

Sie öffnete beide Augen und starrte auf die Rückenlehne des Sitzes vor ihr, wartete darauf, dass sie verschwanden. Aber sie blitzten weiter auf.

Flimmerten am äußeren Rand ihres rechten Auges.

Unruhe erfasste sie. Sie erinnerte sich daran, dass das

Gleiche im Jonquil Motel passiert war, in der Nacht, als sie das Streichholzheftchen gefunden hatte.

Ihre Hand auf dem Türgriff, dieses Gefühl der Fremdheit, das sie überkommen hatte.

Laura blickte auf ihre Hand. Sie sah auch jetzt wieder irgendwie merkwürdig aus, aber sie hätte nicht sagen können, warum. Die eine Seite ihres Auges – es war, als befände sie sich unter Wasser und würde deshalb verschwommen sehen.

Sie stand auf und ging zur Toilette im hinteren Teil des Flugzeugs, kämpfte gegen die aufsteigende Panik an. Auf halbem Weg verschwanden die blitzenden Lichter.

Sie blinzelte. Nichts – sie konnte wieder klar sehen.

*Das muss der Stress sein,* dachte sie, als sie zu ihrem Sitz zurückging. *Nach dem, was in Apalachicola geschehen war, hatte sie das Recht, gestresst zu sein.*

Musicman war gerade eingedöst, als er die Angeln der Tür zum Schlafraum quietschen hörte. Er setzte sich auf dem Sofa auf und sah auf seine Uhr: fast zwei Uhr morgens. Seit sie im Schlafraum verschwunden war, hatte er sich zweimal Erleichterung verschafft, aber das hatte den Druck nicht von ihm genommen. Er hatte das Gefühl, sein ganzer Körper bestünde aus einem einzigen empfindlichen Nerv.

In dem schwachen Licht der Laternen, das unter den Jalousien in das Zimmer drang, sah er sie durch die Tür treten.

Sie trug das Kleid – in diesem Moment hätte er beinahe den letzten Rest seiner Selbstbeherrschung verloren.

Er versteckte schnell die Socke, die er benutzt hatte, als er sich seinen Fantasien über sie hingab, und schaltete das Licht ein.

Sie machte den Eindruck einer auf frischer Tat ertappten Diebin.

*Sprich freundlich mit ihr.* »Schön, dass du rauskommst«, sagte er.

Sie sah ihn an, und er begann wie eine Stimmgabel zu vibrieren.

Damit hatte er nicht gerechnet. Normalerweise hatte es eine hemmende Wirkung auf ihn, wenn er die Mädchen in den Kleidern sah, es wirkte wie ein Eimer kaltes Wasser.

Aber sie sah in dem Kleid noch verführerischer, noch aufregender aus. Es war die Verbindung von natürlicher Schönheit, die etwas eindeutig Erotisches hatte, und der Art, wie das Kleid dies zu verbergen versuchte. Es verbarg die gebräunten Beine, die Brüste, die Wölbung ihres Pos, aber die Wirkung war genau entgegengesetzt zu dem, was er erwartet hatte.

Es erregte ihn.

Sie stand in der Tür und sah ihm direkt ins Gesicht. Ruhig, kühl, wachsam. Stand einfach nur da, so ernst. So würdevoll. Und darunter –

Nein, er wollte nicht daran denken.

»Konntest du nicht schlafen?«, fragte er.

»Nein.« Ihre Stimme war leise.

»Du siehst in diesem Kleid sehr hübsch aus.«

»Wirklich?« Interessiert, sogar freundlich. Als wäre sie eine andere Person, älter. Als wäre sie diejenige, die das Heft in der Hand hatte.

Diese kühlen Augen, die unverwandt auf ihm ruhten.

Ein brauner Fleck in der blaugrünen Iris.

Dieser Anblick traf ihn mitten ins Herz. Misty hatte den gleichen kleinen Schönheitsfehler gehabt. So nannten es die anderen, aber für ihn war es immer ein Schönheitsmal gewesen.

»Du hast einen braunen Fleck im Auge«, sagte er.

»Ich weiß. Meine Mom sagt immer, das ist mein Schönheitsmal.«

Das musste ein Zeichen von Gott sein – sie war die Eine. Freude und Glück erfüllten ihn.

Nicht dass er geglaubt hätte, sie wäre Misty und wieder ins Leben zurückgekehrt. Das wäre lächerlich gewesen. Er war nicht verrückt, nur nostalgisch. Trotzdem griff ihm die Ähnlichkeit ans Herz.

Er war zu keinem klaren Gedanken mehr fähig. Sie hatte so viel von Misty. Der Fleck im Auge, die Worte, die sie benutzte. *Schönheitsmal.* Die Art, wie sie den Kopf schief legte – das war ihm vorher gar nicht aufgefallen. Die kühle Art, wie sie ihn ansah.

Dieses Mal würde es klappen. Er spürte es. Sicher, er musste erst ihr Vertrauen gewinnen. Er musste langsam vorgehen. Aber dieses Mal wäre es anders als sonst.

»Möchtest du etwas essen?«, fragte er. »Ich kann dir kochen, was du willst. Ich mache etwas ganz Besonderes für dich.«

## 45

Laura landete um halb drei morgens. Victor Celaya und Buddy Holland holten sie ab, Holland war merklich nervös und fahrig. Er hielt seine Schlüssel in der Hand, als sie die Treppe zum Ausgang hinuntergingen, seine Schritte wurden immer größer, bis er schließlich ein paar Meter vor ihnen herlief und von Zeit zu Zeit ungeduldig einen Blick über die Schulter warf, um zu sehen, wo sie blieben.

»Er muss fast den Verstand verlieren«, sagte Laura.

»O Mann, kannst du dir vorstellen, was jetzt in ihm vorgeht? Was, wenn es Lundy ist?«

Laura erwiderte nichts darauf, sie glaubte tatsächlich, dass es Lundy war.

Sie erinnerte sich an das, was Jay Ramsey gesagt hatte, bevor sie nach Florida aufgebrochen war – es hatte noch ein anderes Mädchen gegeben. »Wie alt ist Summer?«

»Zwölf.«

»Sie wohnt bei ihrer Mutter? In Tucson?«

»Ja.«

Als sie durch die Automatiktür traten, traf sie die Hitze wie ein Schlag, ein heißer trockener Wind raubte ihnen schier den Atem. Aus der Sauna in den Backofen. Es kam Laura so vor, als würde es jedes Jahr heißer, die Monsunzeiten, die sie in Erinnerung hatte, schrumpften auf ein paar vereinzelte Gewittertage zusammen, gefolgt von drückender Schwüle und einer Mückenplage. Vielleicht lag das alles an der globalen Erwärmung.

Sie fuhren den einen Häuserblock zum Hauptquartier des DPS. Laura war mit leeren Händen zurückgekommen. Nichts, was als Beweismittel zählte – darüber wurde noch in Tallahassee entschieden. Wer wann was bekam. Sie gingen hinauf ins Büro, ließen sich im Besprechungszimmer nieder. Buddy setzte sich Laura gegenüber, und Victor nahm zwischen den beiden am Kopfende des Tischs Platz.

Victor nickte Buddy zu. »Okay. Jetzt ist sie da. Worüber wollten Sie reden?«

Buddy streckte seine langen Beine aus und starrte auf seine Füße. Laura hatte den Eindruck, dass er um zehn Jahre gealtert war.

Victor drehte sich zu Laura. »Er wollte mir nicht sagen, worum es geht. Er sagte, er wollte auf dich warten. Also rücken Sie raus damit, Buddy. Was ist los?«

Buddys Gesicht war bleich, seine Augen lagen tief in ihren Höhlen. Er öffnete den Mund, um etwas zu sagen, dann erhob er sich abrupt und begann auf und ab zu gehen.

»Kommen Sie, Buddy. Müssen wir wirklich betteln, um es zu erfahren?«

Er blieb stehen und holte tief Luft.

»Ich glaube, ich habe ihn hierher gebracht.«

Laura glaubte, sich verhört zu haben.

»Wie meinen Sie das, Sie haben ihn hierher gebracht?«, fragte Victor.

Buddy nahm seine Wanderung wieder auf, wobei er es geflissentlich vermied, sie anzusehen. Er sagte: »Ich habe ihn hergebracht. Ich bin es gewesen.«

»Wie das?« Victor mit lauter Stimme.

»Ich habe herausgefunden, dass meine Tochter im Internet mit ihm chattet. Er hat ihr Geschenke gemacht – einen MP3-Player, Ohrringe –«

Laura dachte an Endicotts Liste. Sie hatte Recht gehabt. Es war Lundy. Sie sah Buddy an, der weitergesprochen hatte. Es dauerte einen Moment, bevor sie verstand, was er sagte.

»... beschlossen, seine Nachrichten abzufangen. Ich wusste, dass er ein Krimineller ist, ein Sexualverbrecher. Ich habe mit dem Chief gesprochen, ihm vorgeschlagen, eine Sonderkommission für Sexualdelikte im Internet zu bilden, aber er ging nicht darauf ein. Irgendwo da draußen trieb sich dieser Kerl herum, und ich wollte ihn nicht einfach davonkommen lassen. Also haben wir ihm eine Falle gestellt.«

»Was für eine Falle?«, fragte Victor.

»Ich habe mich für meine Tochter ausgegeben. So getan, als wäre ich sie.«

Victor stieß einen Pfiff aus.

Laura sagte: »Wir? Sie haben gerade in der Mehrzahl gesprochen.«

»Ich und Duffy.«

Officer Heather Duffy. Du lieber Gott.

Buddy ließ sich auf einen Stuhl fallen. Nachdem er erst einmal angefangen hatte zu reden, kannte er kein Halten mehr. Wie er und Duffy ihren Hinterhalt geplant und mit Lundy ein Treffen im Stadtpark vereinbart hatten. »Aber er ist nicht aufgetaucht. Irgendetwas hat ihn wohl gewarnt.«

Laura dachte, dass man Duffy selbst im Negligé und aus hundert Meter Entfernung die Polizistin ansehen würde.

»Er hat den Trick durchschaut«, sagte Victor. »Er hat den Trick durchschaut und sich aus dem Staub gemacht, und auf dem Weg aus der Stadt ist ihm Jessica Parris über den Weg gelaufen. Und dieses Geheimnis schleppen Sie die ganze Zeit mit sich herum? Was ist mit Lehman?«

»Ich dachte, er könnte es sein.«

»Das wäre aber ein großer Zufall gewesen, Mann.«

»Hey, immerhin waren seine Fingerabdrücke auf ihrem Lippenstift.« Für einen kurzen Moment kam wieder seine gewohnte Überheblichkeit zum Vorschein. »Es hätte sich um ein davon völlig unabhängiges Verbrechen handeln können.«

»Ach kommen Sie, das sollen wir Ihnen glauben?«

»Wo ist Lehman jetzt?«, fragte Laura.

»Das habe ich als Erstes überprüft. Er ist zu Hause. Er hätte Zeit gehabt, sie nach Bisbee zu bringen. Drei Stunden.«

»Aber er hat es nicht getan«, sagte Laura.

Buddy sah sie trotzig an.

»Sie sind nicht zu ihm gefahren, weil Sie wussten, dass er es nicht war.«

Buddy erwiderte nichts. Das brauchte er auch nicht. Laura fragte: »Hat er ihr ein Bild geschickt?«

Er nickte. Sah sie dabei nicht an.

»Was hatten Sie vor? Wollten Sie uns auf eine falsche Fährte hetzen?« Die Frage kam von Victor.

Buddy stand mit einer so heftigen Bewegung auf, dass der Plastikstuhl scheppernd gegen die Wand krachte. Mit geballten Fäusten trat er einen Schritt auf Victor zu.

»Immer mit der Ruhe«, sagte Laura und stellte sich vor Holland. »Das bringt uns auch nicht weiter. Wir müssen diesen Kerl finden.«

Buddy setzte sich wieder und strich sich mit der Hand übers Gesicht. »Scheiße.«

Laura räusperte sich. »Wir müssen unsere Aufzeichnungen vergleichen. Wir wissen viel mehr, als wir denken.« Sie sah Buddy an. »Ich habe inzwischen einiges über den Täter in Erfahrung gebracht. Die gute Nachricht ist, dass Jessica Parris eine Ausnahme war. Er behält sonst seine Opfer eine Weile bei sich.«

Buddy Holland wirkte einen kurzen Moment erleichtert.

Sie berichtete, was sie herausgefunden hatte, von ihrer Überzeugung, dass er versuchte, seine wie auch immer geartete Beziehung zu Misty de Seroux zu wiederholen. »Das könnte von Nutzen für uns sein.«

»Willst du damit sagen, dass er nach Mädchen Ausschau hält, die dieser Misty ähnlich sehen?«, fragte Victor.

»Ich weiß – das klingt seltsam, aber wir haben schon seltsamere Dinge erlebt.« Sie sah Buddy an. »Ich glaube nicht, dass er vorhat, sie umzubringen – noch nicht. Ich glaube, wir haben etwas Zeit.«

Buddy sah sie an. »Warum hängen wir dann noch hier herum? Wir müssen etwas tun.«

»Wo sollen wir anfangen? Es ist sinnvoller, wenn wir erst einmal ein paar grundlegende Dinge klären.«

»Er vergewaltigt und mordet«, sagte Buddy bitter. »Das wissen wir bereits. Wahrscheinlich hat er … ach Scheiße.«

»Wir müssen sie nur finden«, sagte Laura zu Buddy, »mit allem anderen kann man fertig werden.«

Sie griff in ihre Aktentasche und holte die Fotos von Alison Burns, Jessica Parris und Linnet Sobek heraus. Anschließend legte sie noch einige Schnappschüsse dazu, die Lundy von Misty de Seroux gemacht hatte.

Sie beobachtete Buddys Gesicht. Er sog scharf die Luft ein.

»Sehen Sie sich die Mädchen an, sie sind einander sehr ähnlich«, sagte Laura leise. »Er will eine Beziehung. Er will jemanden wie Misty.«

## 46

»Mach es dir bequem«, sagte Musicman zu Summer, während er sich in der Kochnische zu schaffen machte. »Wie klingt überbackenes Käsesandwich und Cola?«

Summer mochte überbackenes Käsesandwich nicht, aber sie hielt es für besser, das für sich zu behalten.

Er wollte nett zu ihr sein. Er servierte die Käsesandwichs auf Papptellern, wie man sie in großen Schreibwarenläden kaufen konnte. Sie waren mit roten, blauen und gelben Luftballons bedruckt und trugen den Aufdruck ALLES GUTE ZUM GEBURTSTAG. Neben ihrem Teller lag ein Geschenk.

»Na los, mach es auf.«

Sie riss nervös an dem Papier. Wann hatte er ein Geschenk für sie besorgt?

»Sei bitte ein bisschen vorsichtiger damit, ja?«, sagte Dale. »Das Papier können wir noch mal verwenden.«

Daraufhin löste sie gehorsam die Klebestreifen von dem Papier, bis das Geschenk zum Vorschein kam: ein Fotowürfel.

»Na? Gefällt es dir?«

»Das ist cool«, sagte sie, bemüht, erfreut zu klingen.

»Der ist für unsere Reise. So, und jetzt gib ihn mir, ich lege ihn weg, damit er nicht schmutzig wird.« Er nahm das Geschenkpapier und verstaute den Fotowürfel in einem der

Hängeschränke. Dann entfernte er die Schleife vom Papier, glättete es, faltete es ordentlich und legte es zusammen mit der Schleife in eine der Küchenschubladen. Anschließend setzte er sich wieder an den Tisch und sah ihr beim Essen zu.

Bei der Vorstellung, etwas zu essen, glaubte sie, sich übergeben zu müssen, aber sie riss sich zusammen und biss in das Sandwich. Es schmeckte wie Pappe. Sie kaute angestrengt, versuchte, den Bissen so weit zu zerkleinern, dass sie ihn schlucken konnte, und dabei lächelte sie die ganze Zeit. Das schien ihm zu gefallen. Er benahm sich, als wäre er in sie verknallt und deswegen ganz schüchtern oder so. Er erinnerte sie an Justin Teeters aus der Parallelklasse, der jedes Mal, wenn er sie sah, einen Gesichtsausdruck bekam, der wirklich zum Brüllen komisch war. Sie musste nur »Hi« zu ihm sagen, und schon lief er puterrot an.

In dieser Hinsicht war Dale wie Justin. Sie wusste, dass er *es* mit ihr machen wollte, aber sie wusste auch, dass er sich zurückhielt. Weil er schüchtern war?

War er genauso wie Justin, nur älter? Sie schloss die Augen und stellte sich vor, dass ihre Macht über sie hinauswuchs. Dass sie immer größer und stärker wurde und Dale immer kleiner und schwächer.

Als sie die Augen wieder öffnete, sah er sie an. Starrte sie an. »Wie schmeckt's?«, fragte er.

»Hm. Echt gut.«

»Zum Nachtisch habe ich Eis gekauft. Ich weiß, eigentlich ist fast Zeit fürs Frühstück, aber, hey, wir können schließlich machen, was wir wollen.«

Wie ein kleiner Junge. Ätzend.

»Willst du welches?«

Sie würgte noch einen Bissen hinunter. »Klar.«

»Ich habe drei Sorten gekauft«, sagte er schüchtern. »Damit du die Wahl hast – Schokolade, Erdbeer und Vanille.«

»Cool.«

»In diesem Kleid siehst du viel hübscher aus.«

Das erinnerte sie an etwas. »Was haben Sie mit meinen Sachen gemacht?«

»Die sind weg. Mach dir deswegen keine Gedanken. Du brauchst sie nie mehr anzuziehen.«

Sie hätte beinahe gesagt, dass sie ihr *gefielen*, biss sich jedoch auf die Zunge. *Sei nett zu ihm. Bis dir eine Möglichkeit einfällt, wie du hier rauskommst.*

Sie legte das Sandwich auf den Teller zurück und trank einen Schluck Cola. Sah ihn an, prägte sich sein Gesicht ein. Auf diese Weise konnte ihr Dad ihn später, wenn sie geflohen war, zur Strecke bringen.

Sie wusste zwar nicht, wie sie das anstellen sollte, aber je mehr Zeit sie mit ihm verbrachte, desto größer erschien ihr die Chance, weglaufen zu können.

Er war irgendwie eine traurige Gestalt. Fast tat er ihr leid. Er tat ihr leid, und sie war dankbar dafür, dass er einer von den Entführern war, über die im Fernsehen berichtet wurde, einer, der seine Opfer nicht umbrachte. Sie konnte sich nicht vorstellen, dass er jemanden umbrachte.

»Schmeckt dir das Sandwich?«, fragte er noch einmal.

»O ja, ich esse bloß nicht so viel. Ich bin auf Diät.«

Er runzelte die Stirn. »Du brauchst keine Diät. Warum machen Mädchen so was? Du solltest Sport machen, Spaß haben, nicht Diät halten. Das habe ich Misty auch immer gesagt.«

»Wer ist Misty?« *Bring ihn zum Reden.*

»Sie war meine erste Freundin.«

»Ich wette, sie war hübsch.«

»O ja, das war sie.«

»Warum sind Sie nicht mehr mit ihr zusammen?«

»Wir haben uns auseinandergelebt.«

»Das tut mir leid … ich verstehe nicht, warum sie jemanden verlassen konnte, der so nett ist wie Sie. Ich meine, Sie sind wirklich ziemlich cool.«

Er stand unvermittelt auf. »Wenn du das nicht mehr aufisst, dann werfe ich es weg.«

Sie hatte ihn verärgert.

Er warf die Teller in den Müll. Er sah sie nicht an, aber an der Art, wie er die Schultern hochzog, geräuschvoll herumhantierte, erkannte sie, dass er wütend war.

Schließlich drehte er sich zu ihr um. »Warum bist du bloß so hinterhältig?«

Sein Gesicht war dunkelrot angelaufen, seine Augen hart wie Glas. Plötzlich sah er gefährlich aus.

Ihr Herz schlug schneller. Weswegen war er wütend?

»Mit Schmeicheleien kommst du nicht weiter«, sagte er.

»Ich hab doch nur gemeint –«

»Ich weiß, was du gemeint hast. Du denkst wohl, du könntest mich um den kleinen Finger wickeln? Das wirst du nicht schaffen.«

Er trat einen Schritt vor, die Hände geballt. »Da kann ich ganz schön wütend werden.«

»Tut mir leid. Ich hab's nicht so gemeint. Ehrlich.«

»Ich glaube, du gehst jetzt besser in dein Zimmer, junge Dame.«

»Okay.« Sie schob sich hinter dem Tisch hervor, musste auf dem Weg zum Schlafraum an ihm vorbei. Sie versuchte, ihn nicht zu berühren, aber ihr Kleid strich über seinen Oberschenkel.

Er packte sie und drehte sie zu sich herum. Seine Finger lagen wie Schraubstöcke um ihre Oberarme, die Nägel gruben sich in ihr Fleisch. Seine Hände zitterten.

Sein Gesicht war ganz nah. Verdeckte alles andere. Sein Mund zuckte, und seine Augen –

Seine Augen waren schwarz wie Löcher. Als wäre dahinter nichts. Nur schwarze Leere. Sie öffnete den Mund, um zu sagen, es täte ihr leid, aber sie brachte kein Wort heraus.

Er schüttelte sie, kurz, grob, und stieß sie gegen den Herd. Ihr Ellbogen stieß gegen die Kante, ein stechender Schmerz schoss durch ihren Arm bis in die Schulter. Sie stöhnte auf.

Er starrte sie weiterhin an. Augen wie Löcher. Sie wurde durch den Schmerz in ihrem Ellbogen abgelenkt. Der Musikantenknochen.

Dann sah sie etwas anderes in der Tiefe seiner Augen. Schmerz? Glänzend, lauernd, verzweifelt. Er drehte sich um und trat weg von ihr. »Du gehst jetzt am besten in dein Zimmer«, sagte er, ohne sie anzusehen.

Sie rannte in den Schlafraum und verriegelte die Tür hinter sich.

Ein paar Minuten später hörte sie etwas gegen den Türrahmen schlagen, und gleich darauf schnappte ein Vorhängeschloss zu.

## 47

Victor, Laura, Buddy und Jerry Grimes richteten eine Sonderkommission ein und setzten ihre Kontakte in den verschiedenen Strafverfolgungsbehörden auf den Fall an – FBI, Zollfahndung, DPS, Highway Patrol, Grenzpolizei, die Sheriffs aller Countys in Arizona, die Polizei von Tucson, South Tucson, Marana, Oro Valley und Green Valley. Laura rief die Detectives an, die sie dort kannte. Jede Behörde erhielt per Fax das Foto eines 87er Fleetwood Pace Arrow, ein Bild von Lundy, seine beiden Namen und das Kennzeichen. Außerdem setzten sie sich mit den Behörden in New Mexico, Kalifornien und Mexiko in Verbindung.

Mit jedem, der ihnen irgendwie helfen konnte.

Buddy fragte: »Was ist mit den Medien?«

Laura war hin und her gerissen. »Wir haben keine Ahnung, ob er noch in Tucson ist, aber falls er es ist, wollen wir ihn nicht vertreiben.«

»Ich finde, wir sollten die Medien noch herauslassen«, sagte Victor.

Laura stimmte ihm zu.

Buddy war trotzdem für eine groß angelegte Suchaktion mit Hilfe der Medien.

»Dafür ist es zu spät«, blaffte Victor.

Charlie Specter, Computerspezialist beim DPS, gab die Informationen, die sie über Lundy hatten, in die Datenbank von Rapid Start ein. Bei Rapid Start handelte es sich um ein Computerprogramm des FBI, das speziell für solche Fälle entwickelt worden war. Sobald eine neue Information von einer der Behörden eintraf, gab er sie ein – damit blieb alles in einer Hand.

»Zu schade, dass wir seinen Computer nicht haben«, sagte Charlie zu Laura. »Ich wette, dass er ihn die ganze Zeit mit sich herumgeschleppt hat.«

»Gibt es eine Möglichkeit, seine Spur im Internet zu verfolgen?«, fragte sie. In diesem Augenblick klingelte ihr Handy. Sie entschuldigte sich und wandte sich ab.

Es war Barry Fruchtendler. Sie kramte in ihrem überlasteten Gedächtnis, bis es ihr schließlich gelang, den Namen zuzuordnen – der Detective, der den Fall Julie Marr bearbeitet hatte –, und sie erklärte ihm, sie würde ihn später zurückrufen. Er gab ihr seine Nummer in Montana, und sie notierte sie. Während sie ihr Handy zuklappte, versuchte sie, den Gedankengang, bei dem sie unterbrochen worden war, wieder aufzunehmen. »Was wäre, wenn wir seine E-Mail-Adresse hätten?«, fragte sie Charlie.

»Kommt darauf an. Wenn er WLAN hat …« Er zuckte

mit den Schultern. »Aber es wäre auf jeden Fall einen Versuch wert.«

»Wie funktioniert das?«

»Wenn er unterwegs ist, braucht er einen der großen Server, zu denen man über eine Achthunderter-Nummer Zugang hat. Alles, was er dafür braucht, ist eine Telefonbuchse, dann kann er sich seine Nachrichten abholen, egal, wo er sich gerade befindet.«

Laura war verwirrt. »In dem Wohnmobil gibt es vermutlich keinen Telefonanschluss, oder?«

»Nein, aber ihm stehen jede Menge anderer Möglichkeiten offen. Internet-Cafés, jeder Ort, an dem er Zugang zu einer Telefonleitung hat. Das wäre unsere Chance rauszukriegen, wo er ist. Sobald wir seinen E-Mail-Account hätten, könnten wir seinem Internetprovider eine Verfügung präsentieren und seine E-Mails abfangen lassen. Der Trick besteht darin, dass er nach wie vor seine Nachrichten bekommt, so dass er keinen Verdacht schöpft, wir aber gleichzeitig eine Kopie kriegen.« Er bemerkte Lauras verwirrten Gesichtsausdruck. »Wenn eine E-Mail verschickt wird, muss sie erst mal in die Warteschlange, bevor sie weitergeleitet wird – das ist so ähnlich wie bei der Zollabfertigung. Wenn du dich einloggst, rufst du deine E-Mails ab, und dann schickt sie dir der Server.«

»Und auf diese Weise ließe sich feststellen, wo er ist?«

»Die Gegend, in der er sich aufhält. Das geht nach den Vorwahlnummern. Wir wüssten, ob er sich in Tucson befindet oder in Green Valley oder in New Mexico. Wir könnten ihn sogar ausfindig machen, wenn er unterwegs ist, solange er seine E-Mails abholt.«

Laura sah Buddy an. »Das ist alles auf dem Computer Ihrer Frau, oder?«

»Besser«, sagte Buddy, »ich habe seine E-Mails auf meinem Computer.«

Am späten Vormittag klopfte Musicman an die Tür des Schlafraums. »Summer? Alles in Ordnung bei dir?«

Keine Antwort. Er konnte es ihr nicht verübeln, so wie er sich benommen hatte. Was war bloß in ihn gefahren?

»Du musst da drin bleiben, während ich weg bin. Schreien nützt dir nichts. Hier schreien sich die Leute ständig gegenseitig an, und keiner schert sich darum. Ich muss nur ein paar Besorgungen machen, dann komme ich wieder. Soll ich dir irgendwas mitbringen? Eis? Limo?«

Immer noch keine Antwort.

»Wenn wir uns erst mal besser kennen, muss ich keine solchen Vorsichtsmaßnahmen mehr treffen.«

Heiße Luft schlug ihm entgegen, als er nach draußen trat. Der El Rancho Trailer Court war nachts schon schlimm genug, aber bei hellem Tageslicht sah er so aus, als hätte ihn die Stadt einfach sich selbst überlassen und ließe ihn langsam verrotten. Aus mehreren Gründen war er jedoch das perfekte Versteck. Die Leute hier kümmerten sich um ihre eigenen Angelegenheiten. Sie blieben in ihren Wohnwagen, wo es kühler als draußen war. Zweifellos waren die meisten ständig halb besoffen. Ein weiterer Vorteil war, dass es vom El Rancho Trailer Court nicht weit zum Freeway und zum Flughafen war, falls er schnell verschwinden musste.

Aber mit das Beste an El Rancho war seine Nähe zum Motel 6.

Er fuhr auf den Parkplatz des Motels und ging mit seinem Laptop zu Zimmer Nr. 17. Dort stellte er ihn auf den runden Tisch neben der Tür und schloss die Vorhänge. Er schaltete den Nachrichtensender CNN ein und stellte die Klimaanlage höher. Dann loggte er sich ein.

Wenn er nicht unterwegs war, holte er mehrmals am Tag seine E-Mails ab. Für gewöhnlich suchte er sich dafür ein billiges Motel – es war ihm egal, welche Farbe die Vorhänge hatten, solange es eine Telefonbuchse gab.

Jedes Mal, wenn er sich einloggte, stieg freudige Erwartung in ihm auf. Sein Herz schlug schneller, es juckte ihn geradezu in den Fingern. Vielleicht lag es daran, weil seine Mutter sich jeden Tag so auf die Post gefreut hatte, als hoffte sie auf irgendeine frohe Botschaft oder einen Liebesbrief von einem früheren Verehrer – irgendetwas Besonderes eben. Es wurde zu einer Art Spiel. Sie gingen gemeinsam hinaus zum Briefkasten, und sie sagte: »Ich bin gespannt, was ich heute bekomme.«

Selbst wenn es nur eine Rechnung war, freute sie sich. Es war wie ein Abenteuer.

Ihm ging es genauso. Auch wenn er eine Menge Spam-Mails bekam, war es trotzdem Post.

Er hatte gehofft, etwas von seinem Freund Marshall zu hören, der in Chicago wohnte und Interesse an den Fotos von Jessica Parris gezeigt hatte. Aber alles, was auf dem Bildschirm erschien, waren neue Nachrichten von Dark Moondancer.

Er hatte Moondancer zu vergessen versucht. Er hatte ihm die Fotos verkauft, und damit war die Sache für ihn erledigt. Aber Dark Moondancer war ausgesprochen penetrant. Allein in der vergangenen Woche hatte er siebenunddreißig Mails geschickt. In jeder davon forderte er ihn auf, ihn zu besuchen und seine neue Freundin mitzubringen. Verschlüsselt, subtil. Sätze wie »Ich würde gern deine neue Freundin kennenlernen« und »Ich habe ein sehr gemütliches, ruhiges Haus, fernab von allem«.

Er öffnete die neueste Nachricht.

Überleg es dir noch mal, ob du nicht doch herkommen willst. Du könntest das Haus für dich haben. Bitte denk darüber nach. Viele Grüße, Dark Moondancer. PS: Ich schwelge gern in süßen Erinnerungen.

Süße Erinnerungen war der Titel eines der Fotos, die er Dark Moondancer geschickt hatte. Eine Waldlichtung. Aber dahinter verbarg sich ein düsteres Geheimnis – Jessica Parris in dem Konzertpavillon.

Der Gedanke, dass dieser Kretin in Summers Nähe kommen könnte, verursachte ihm Übelkeit. Dem Mann konnte man nicht trauen, und er war gefährlich. Es wäre keine gute Idee, Summer einer Begegnung mit ihm auszusetzen.

Als er fertig war, schloss er die Tür hinter sich ab und trug seinen Laptop zurück zum Geo. In dem Zimmer war es so viel kühler als im Wohnmobil, dass er überlegte, ob er Summer hierher bringen sollte. Dann entschied er sich jedoch dagegen. Hier war die Gefahr zu groß, einen Fehler zu begehen. Das Wohnmobil war überschaubar. Er hatte es bei all seinen Mädchen benutzt, es für seine Belange präpariert. Man sollte niemals etwas tun, womit man sich selbst aus dem Spiel bringen konnte.

In dem Geo war es heiß und stickig. Der Geruch von billigem Plastik stieg ihm in die Nase. Er ließ den Motor an und zuckte zusammen, als seine Finger das heiße Lenkrad berührten. Er hob einen Lumpen vom Boden auf und legte ihn über das Lenkrad. Um ein Haar hätte er einen weißen Transporter gerammt, der gerade auf den Parkplatz einbog. Gereizt zeigte er dem Fahrer den Vogel.

Aus den Lüftungsschlitzen kam nur heiße Luft – die Klimaanlage in dieser Karre war wirklich ein Witz. Aber es war sein Fluchtauto. Wenn es brenzlig wurde, konnte er das Wohnmobil jederzeit stehen lassen und mit dem Geo verschwinden.

Laura ließ Buddy drei Ausdrucke von den E-Mails machen und fing an, sie durchzugehen.

»Summer war also Crazygirl 12.« Sie sah Buddy an. »Es

muss ein Schock für Sie gewesen sein, als dieses Streichholzheftchen aufgetaucht ist.«

Er erwiderte ihren Blick mit versteinerter Miene.

Sie beschloss, es dabei bewenden zu lassen. »Dann wollen wir mal sehen, was sie sich geschrieben haben.«

Laura musste zugeben, dass Buddy ein gutes Gespür besaß. Er hatte seine Tochter perfekt imitiert, und Lundy hatte nicht den geringsten Verdacht geschöpft. Das einzige Problem: Er war zu früh zu ihrem Treffen erschienen, und irgendetwas hatte seinen Argwohn geweckt.

Laura las einige von Musicmans Ergüssen:

Ich kann gar nicht glauben, wie süß du bist. Du bist nicht so wie die anderen Mädchen, überhaupt nicht. Du bist anders, ich kann mein Glück einfach nicht fassen.
Ich will derjenige sein, mit dem du das erste Mal schläfst. Das erste Mal sollte perfekt sein. Ich stelle mir vor, wie ich dir ein Schaumbad einlasse, damit du ganz entspannt bist, Kerzenlicht, vielleicht etwas zu trinken. Und wenn du innen und außen ganz warm bist …

Sie hätte sich am liebsten übergeben – was für ein widerlicher Schleimer.

Wann können wir uns treffen? Dein Bild reicht mir nicht mehr. Ich muss die ganze Zeit an dich denken.

Er hatte ihr erzählt, er wäre siebzehn und würde im Herbst aufs College gehen, später habe er vor, Medizin zu studieren. Seine Eltern hätten Geld, aber er wolle sich das »Studium selbst finanzieren« und hätte deshalb zwei Jobs. Er beschrieb ihr, wie schön es in Colorado sei und wie viel Spaß sie miteinander haben würden, nur sie beide, wenn sie im Wald zelten und ihre Liebe füreinander entdecken würden.

»Wir müssen uns mit der Polizei in Colorado in Verbindung setzen«, sagte Laura. »Klingt so, als kennt er sich da aus. Es könnte dort ein weiteres Opfer geben.«

Victor beugte sich über sie. »Durango, Mesa Verde, Ouray, Grand Junction, Glenwood Springs – ich habe einen Cousin in Colorado. Das liegt fast alles am gleichen Highway.«

»Er muss durchgefahren sein.« Aber wann? Sie wusste, dass er vor fünf Monaten in Indio gewesen war.

»Er hat sich auf Tournee begeben«, sagte Victor.

Buddy öffnete die Datei mit dem Foto von »James«, wie er mit verschränkten Armen an dem blauen Z4 lehnte.

»Nur Sie und Duffy haben von der Sache gewusst?«

»Ja.«

»Wenn Sie dieses Bild hatten, warum haben Sie sich dann auf Lehman konzentriert?«

»Sie waren diejenige, die nicht lockergelassen hat, erinnern Sie sich?«

»Ja, aber ich hatte nicht das da.« Sie deutete auf den Computerbildschirm.

Er zuckte mit den Schultern. »Ich habe es Ihnen doch schon gesagt. Ich dachte, es handelt sich um zwei verschiedene Fälle –«

»Blödsinn.« Victor.

Buddy warf Victor einen bösen Blick zu. »Ich habe wirklich die Augen offen gehalten. Genauso wie Duffy. Wir haben bestimmt ein Dutzend von diesen blauen Z4 kontrolliert.«

»Wir hätten alle die Augen offen halten können«, sagte Laura.

Buddy Holland hatte sein Gleichgewicht wiedergefunden, und der Vorwurf prallte an ihm ab. »Aber das hätte uns nicht sehr viel genutzt, oder?« Er tippte auf den Bildschirm, auf das Foto von Peter Dorrance. »Weil er es nicht war.«

# 48

Auf der Fahrt zurück nach El Rancho dachte Musicman über das Problem Summer nach. Er war wütend auf sich selbst, weil er sie so behandelt hatte. Er hatte alle bisherigen Bemühungen zunichtegemacht.

In einer Parkbucht an der Kreuzung Benson Highway und Palo Verde Road hatte ein Straßenhändler seinen Stand errichtet. Einem Impuls folgend, bog Musicman in die Parkbucht ein. Unter einem fallschirmähnlichen Baldachin saß ein alter Mann in einem Guayabera-Hemd, vor sich ein klappriger Tisch, auf dem auf einer Samtdecke billiger Schmuck ausgebreitet war.

Alle seine Mädchen hatten Schmuck geliebt. Natürlich nur, bevor sie ihn gesehen hatten. Es war jedes Mal ein Schock gewesen. Von einem Schönling wie Dorrance hatten sie immer gern Geschenke angenommen, aber über ihn hatten sie die Nase gerümpft.

Er kaufte eine hübsche Kette. Im gleißenden Sonnenlicht sah sie beinahe aus, als wäre sie aus flüssigem Silber, und in regelmäßigen Abständen waren kleine Türkis-Perlen aufgezogen. Den Rest der Fahrt legte er lächelnd zurück.

Als er blinkte, um auf den El Rancho Trailer Court abzubiegen, überkam ihn plötzlich ein ungutes Gefühl. Er hatte gelernt, auf seinen Instinkt zu vertrauen, deshalb schaltete er den Blinker wieder aus und fuhr weiter bis zur nächsten Kreuzung. Dort bog er links ab, und gleich darauf noch einmal links, so dass er auf der Rückseite der Wohnwagensiedlung herauskam.

Er hatte sich nicht getäuscht.

Von hier aus konnte er das Blaulicht eines Streifenwagens sehen.

Entweder kamen sie schwallweise, oder sie tröpfelten herein, dachte Charlie Specter, der Computerspezialist des DPS, als er sich mit einem Becher Kaffee wieder vor dem Computer niederließ. Zuerst waren rasch hintereinander von überallher Hinweise von Strafverfolgungsbehörden eingegangen, dann waren es immer weniger geworden, bis nur noch vereinzelt welche kamen, gefolgt von einer weiteren Flut. Es war, als würde man einen Wasserhahn auf- und zudrehen. Momentan herrschte wieder Ebbe.

Er warf einen Blick auf seine Uhr. Es waren ungefähr dreißig Minuten vergangen, seit er das letzte Mal seine E-Mails abgeholt hatte.

Laura Cardinal hatte dafür gesorgt, dass Charlie in der Verfügung, die man Lundys Internetprovider vorlegte, namentlich genannt wurde. Alle Nachrichten, die Lundy verschickte und erhielt, wurden auf dem Server abgefangen und die hereinkommenden an Lundy weitergeleitet. Anschließend ging eine »Kopie« direkt an Charlie. Aus einer Extrazeile waren Datum und Uhrzeit der E-Mail zu ersehen, ebenso die Telefonnummer mit Vorwahl.

Er nippte an seinem Kaffee und loggte sich ein.

Bingo! Das war die E-Mail-Adresse aus Lundys ISP-Log: musicman2@msn.com. Der Absender der E-Mail war darkmoondancer@livewire.net.

Abgeschickt: 1:57 Uhr. Empfangen: 10:43 Uhr.

Lundys Provider hatte eine Vorwahl aus Tucson. Er hielt sich also immer noch in Tucson auf – die Nummer begann mit 628.

Specter rief dort an. Eine vertraute Melodie erklang – eine weibliche Stimme lud den Anrufer ein, im Motel 6 abzusteigen.

Er schlug im Telefonbuch nach und fand mehrere Einträge. Einer davon begann mit 628.

Er stand auf und ging zu Lauras Schreibtisch. »Wie findest du das?«, fragte er. »Ich weiß, wo der Typ bis vor einer Stunde war.«

*Reiß dich zusammen*, ermahnte sich Musicman. Es war unmöglich, dass sie aus dem Wohnmobil herausgekommen war. Unmöglich, dass jemand sie gehört hatte.

Er parkte am Straßenrand, stieg aus und lief über das Stück Brachland zu dem Maschendrahtzaun, der die Wohnwagensiedlung umgab. Der Zaun hatte einen Sichtschutz aus ausgeblichenem gelbem Plastik, deshalb konnte er kaum etwas erkennen, aber er hörte Gebrüll. Es klang nach einem betrunkenen Mann, musste ziemlich wütend sein.

Er schlich an den Zaun heran und spähte durch ein Loch.

Zwei Polizisten drückten einen langhaarigen Mann mit nacktem Oberkörper auf die Motorhaube eines Streifenwagens und mühten sich damit ab, ihm Handschellen anzulegen. Die Jeans saßen ihm so tief auf den mageren Hüften, dass sein halber Hintern und eine scheußliche Tätowierung zu sehen waren.

»Was habe ich getan? Was habe ich denn getan?«, brüllte er fortwährend.

Obwohl der Typ offensichtlich an Unterernährung litt, setzte er den Polizisten heftigen Widerstand entgegen.

Die beiden Streifenwagen standen etwa fünfzehn Meter von Musicmans Wohnmobil entfernt. Es war alles ruhig, aber vielleicht trommelte Summer mit den Fäusten gegen die Fenster und schrie sich die Seele aus dem Leib – schwer zu sagen.

Er beobachtete die Polizisten. Sie waren so mit dem herumbrüllenden Mann beschäftigt, dass sie sonst nichts mitbekamen. Ein paar Nachbarn waren aus ihren Wohnwagen gekommen, die meisten blieben jedoch an der Tür stehen. Ein heruntergekommener Haufen.

Schließlich verfrachteten die Polizisten den tobenden

Mann auf den Rücksitz eines der Streifenwagen. Danach brauchten beide erst einmal eine Verschnaufpause und ließen währenddessen ihren Blick über die Leute wandern, die mit ihren angerosteten Wohnwagen zu verschmelzen schienen.

Das gefiel ihm nicht.

Der erste Streifenwagen, der, in dem der Gefangene saß, fuhr weg. Der zweite Polizist machte sich auf den Weg zu seinem Wagen. Bildete er sich das nur ein, oder musterte er den Pace Arrow mehr als nur flüchtig? Er trat sogar einen Schritt zur Seite, um ihn genauer betrachten zu können.

Dann begann das Funkgerät des Polizisten zu knistern. Worum es auch gehen mochte, es veranlasste ihn jedenfalls dazu, in seinen Wagen zu steigen und in einer Staubwolke davonzufahren.

Musicman wartete ein paar Minuten, dann ging er zurück zu seinem Auto und fuhr um die Wohnwagensiedlung herum zur Einfahrt.

Direkt davor fing der Motor des Geo an zu stottern, und er stieß einen Fluch aus. Trotzdem war er froh, dass er das Auto gekauft hatte.

Er musste weg von hier.

Officer Ray Garcia wischte sich den Schweiß von der Stirn. Selbst auf dem Rücksitz des Streifenwagens hörte Timmy Swanson nicht auf, zu brüllen und um sich zu treten. Sollte er doch. Das Stahlgitter würde er schon nicht eintreten.

»Häusliche Gewalt. Besitz von Crack. Widerstand gegen die Festnahme. Ich denke, das reicht«, sagte Sam Chilcott.

»Sollte es. Bis nachher.« Ray klopfte auf das Dach von Sams Wagen und ging dann zurück zu seinem.

Er erklärte seinen Kindern immer wieder, er hätte Augen im Hinterkopf, was nicht weit von der Wahrheit entfernt war. Er war darauf trainiert, alles als potentielle Gefahr zu betrachten, und hatte einen Blick für Details entwickelt. Auf dem Weg zu seinem Wagen musterte er deshalb aufmerksam seine Umgebung. Vielleicht hatte jemand etwas dagegen, dass der gute alte Timmy festgenommen wurde, vielleicht hatte jemand vor, ihn zusammenzuschlagen oder von hinten auf ihn schießen. Einige Leute würden ihn für paranoid erklären, aber damit konnte er leben.

Ein Fahrzeug ein paar Meter vor ihm zog seine Aufmerksamkeit auf sich, weil es herausstach. Von den Wohnwagen hier sah jeder zweite so aus, als sei er am Boden festgewachsen und versinke bald im Unkraut – und im Müll. Das Wohnmobil am Ende der Reihe wirkte dagegen irgendwie fehl am Platz. Den anderen Wohnwagen hatten Sonne und Schmutz zugesetzt, die Farbe war abgeblättert, und darunter kamen Rostflecke zum Vorschein. Aber das Wohnmobil dahinten sah aus, als wäre er erst vor kurzem gewaschen worden. Und außerdem sah es so aus, als stünde es hier nicht schon eine Ewigkeit.

Er trat einen Schritt zur Seite, um einen Blick auf das Heck zu werfen. Spitzenvorhänge am hinteren Fenster, ebenso an den Seitenfenstern.

Da war doch kürzlich irgendetwas mit einem Wohnmobil gewesen, aber er konnte sich nicht mehr daran erinnern, wo er davon gehört hatte oder worum es gegangen war.

Sein Funkgerät knisterte – eine Messerstecherei zwei Straßen von hier entfernt. Er sprang in seinen Streifenwagen und machte sich auf den Weg.

Musicman schloss die Tür auf und rief: »Hallo, June, ich bin wieder da!«

Es war ein lahmer Scherz, aber er war zu einer Art Ritual geworden. Er liebte diese alten Fernsehserien. In seinem Alter hatte er die besten davon verpasst, die *Andy Griffith Show, die Dick van Dyke Show, Hoppla Lucy*.

»Unsere Pläne haben sich geändert. Wir brechen früher zu unserer Reise auf.«

Keine Antwort.

»Tut mir leid wegen gestern. Ich habe einfach irgendwie die Nerven verloren. Soll nicht mehr vorkommen.«

Nichts. Sie spielte die Beleidigte.

Überrascht stellte er fest, dass ihn das erregte. Er erinnerte sich an ein Pornovideo, das er sich unzählige Male angesehen hatte. Ein Mann hatte Sex mit einem jungen Mädchen, sie wehrte sich und fauchte ihn an, und er sagte immer wieder: »Du kleine Wildkatze!«

Aber daran durfte er jetzt nicht denken. Manchmal hatte er das Gefühl, mitten in einer Flamme zu stehen, die ihn zu verschlingen drohte. Jetzt war es wieder einmal so weit. Er schluckte. »Wir haben keine Zeit zum Trödeln. Wir müssen los.«

Er griff nach dem Vorhängeschloss. »Auf geht's!«

Immer noch keine Antwort.

Er zögerte. Vielleicht sollte er den Geo einfach an den Pace Arrow hängen und losfahren. Auf diese Weise konnte er sie erst einmal da drin lassen und sich dann später um sie kümmern. Bei ihr war Fingerspitzengefühl angesagt, keine Gewalt, und er hatte jetzt keine Zeit für Spielchen.

»Na gut, wenn du es so haben willst, ist es mir auch recht.«

Er ging hinaus, stieg in den Geo und rangierte ihn zur Anhängerkupplung.

Beim Aussteigen sah er auf dem Benson Highway zwei Streifenwagen in Richtung Motel 6 vorbeirasen. Ohne Sirene, aber mit Blaulicht.

*Dreh nicht durch.*

Vielleicht fuhren sie zum Motel 6, vielleicht auch nicht. Aber was, wenn sie es taten?

Was, wenn es etwas mit ihm zu tun hatte?

Scheiße! Er hatte keine Zeit. Er kletterte wieder in das Wohnmobil, warf die Sitzkissen von der Bank am Tisch, öffnete sie und wühlte darin herum. Er brauchte seine Reisetasche und seine Computertasche. Er nahm die Reisetasche und begann Sachen hineinzustopfen. Am wichtigsten waren der Laptop, das Anschlusskabel, die Disketten, sein Jaz-Laufwerk.

Die Notizbücher. Die Fotoalben. Die Kameras natürlich. Das Bargeld. Und Summer.

Er musste dreimal zwischen Geo und Wohnmobil hin- und herlaufen, um die Sachen zu verstauen. Er konnte nicht alles mitnehmen, aber das war nicht zu ändern. Sein Bild war noch nicht in den Nachrichten aufgetaucht, aber er wusste, dass sie ihm im Nacken saßen. Er wusste, dass sein Vorsprung immer kleiner wurde – er spürte es. Er vertraute stets auf seinen Instinkt.

Sie wussten, wer er war. Vielleicht hatte es etwas damit zu tun, wie der Polizist sein Wohnmobil gemustert hatte. Das hatte ihn gleich stutzig gemacht. Wenigstens wussten sie nichts von dem Geo.

Nachdem er alles auf dem Rücksitz untergebracht hatte, blieb er schwer atmend neben dem Auto stehen, während die Sonne auf ihn herunterbrannte.

Wohin sollten sie fahren?

Mexiko?

Er würde sie im Kofferraum verstecken müssen. Aber was, wenn der mexikanische Zoll hineinschauen wollte?

Darüber würde er sich Gedanken machen, wenn es so weit war.

Er konnte aber auch auf der Interstate nach Osten oder nach Westen fahren. Oder die kleinen Landstraßen nehmen, sich möglichst unauffällig verhalten.

Später. Das würde er sich später überlegen.

Er ging wieder hinein, auf eine seltsame Weise erregt. Sie

würde ihm Widerstand leisten. Er wusste es. Die kleine Wildkatze.

Und deshalb traf er die nötigen Vorkehrungen etwas früher als geplant. Das Chloroform, das Tuch, die Handschellen, das Klebeband – alles noch an der Stelle, wo er es hingeräumt hatte, nachdem er es bei Jessica benutzt hatte.

*Ihr Freund, der plötzlich in der Tür des Pace Arrow stand. »Was ist hier los?«*

Das Bild stand ihm so lebhaft vor Augen, als passierte es in diesem Augenblick. Dummer Junge, ihn so zu überrumpeln. Das Mädchen, das gerade aufgehört hatte, sich zu wehren, ein lebloser Körper. Er hatte keine andere Wahl, als zu handeln – und zwar schnell.

Es verblüffte ihn immer noch, dass er von niemandem dabei gesehen worden war, als er den Jungen in den Wald geschleppt hatte.

Jetzt hatte er Tuch und Flasche griffbereit. Er klopfte an die Tür.

Keine Antwort.

Langsam verlor er die Geduld.

»Summer, du kannst es dir leicht machen oder du kannst es dir schwer machen. Ich garantiere dir, dass dir Letzteres nicht gefallen wird.«

Nichts.

Miststück.

Wenn er daran dachte, dass er ihr ein Geschenk gekauft hatte. Er griff in seine Hemdtasche und holte den Schlüssel für das Vorhängeschloss heraus, sperrte es auf und öffnete die Tür.

Etwas schoss ihm entgegen.

»Was –?«

Er sah die Stange, die sie mit beiden Händen umklammert hielt, und ihm blieb nur der Bruchteil einer Sekunde

Zeit, um sich darüber klar zu werden, was es war, bevor sie damit zuschlug, es ihm in die Seite rammte.

Schmerz, scharf und stechend und blutrot. Er schrie auf.

Er versuchte sie festzuhalten, als sie an ihm vorbeilief, seine Finger packten ihr Kleid –

Sie riss sich los, und durch einen Schleier von Schmerz sah er sie durch den Gang rennen, zur Tür hinaus, die Tür schlug ein paarmal krachend gegen die Wand –

Er merkte, dass er sich die Seite hielt und dass es sich anfühlte wie heißer Pudding, dick wie Rotz, wie sein Vater zu sagen pflegte, und er taumelte zurück, drehte sich, und in dem Moment sah er den Gegenstand, der auf dem Boden lag. Holz, mit einem schimmernden Beschlag aus Messing an dem einen Ende.

Ein Bein von dem ausklappbaren Tisch.

Sie hatte es abgesägt. Irgendwie.

Schlaues Mädchen.

Er holte ein Handtuch aus dem Badezimmer und presste es auf die Wunde. *Eine Kompresse.* Es tat höllisch weh, aber sie hatte ihn nicht lebensgefährlich verletzt. Allerdings waren da Splitter, sehr große Splitter.

Die Sekunden schlichen dahin. Seine Nervenenden lagen bloß. Das Handtuch färbte sich rot. Trotzdem sollte er sie jetzt besser erst einmal wieder einfangen und sich später darum kümmern, die Schweinerei zu beseitigen.

## 49

Als Laura über den Parkplatz zum Motel 6 ging, gab der aufgeheizte Asphalt unter ihren Schritten nach wie Kuchenteig. Auf der Straße hinter ihr das Rauschen des Verkehrs wie von einem Endlosband. Sie hielt schützend die Hand über die Augen und warf einen Blick zurück zu dem Transporter, der unauffällig am Rand des Grundstücks geparkt war – das Spezialeinsatzkommando des Sheriffs von Pima County.

Die junge Frau an der Rezeption sah aus wie eine Collegestudentin. Sie trug einen hübschen Blazer mit einem Namensschild, auf dem Marci stand.

Laura fragte Marci, ob sich jemand namens Dale Lundy oder Jimmy de Seroux ins Gästebuch eingetragen hatte.

Marci blätterte die Eintragungen durch. »Nein, da ist niemand mit dem Namen.«

»Irgendetwas, das so ähnlich klingt? Vielleicht eine Mischung aus beidem? Dale de Seroux? Jimmy Lundy?«

Unsicher überflog die junge Frau die Eintragungen ein zweites Mal.

Laura las die Namen verkehrt herum mit. »Das ist er. James E. Lund. Könnten Sie mir bitte sein Anmeldeformular zeigen?«

»Ich weiß nicht –«

»Wir haben einen Gerichtsbeschluss.«

»Oh. Okay.« Marci suchte das Formular heraus und schob es über den Tresen.

Er hatte am fünfzehnten Juli eingecheckt. James E. Lund, Glenwood Springs, Colorado. Er fuhr einen weißen 94er Geo Prism mit einem Kennzeichen aus Colorado. Er hatte Zimmer Nr. 17.

Ein weißer Geo?

Laura fragte sich, ob er das Wohnmobil entsorgt hatte oder ob er sich das Auto zusätzlich zugelegt hatte. Manchmal entgingen einem die einfachsten Dinge. Jeder Polizist hielt Ausschau nach einem Wohnmobil. Aber ein Wohnmobil, das ein Auto hinter sich herzog, konnte leicht unbemerkt bleiben.

Sie bat Marci um den Schlüssel für Zimmer 17. Marci

gab ihn ihr, ohne den Gerichtsbeschluss sehen zu wollen, was gut war, weil Laura keinen hatte. Victor Celaya war damit unterwegs.

»Wie hat er bezahlt?«, fragte sie. »Bar, mit Scheck oder Kreditkarte?«

Marci sah auf der Quittung nach. »Er hat bar im Voraus bezahlt.« Lauras nächste Frage beantwortete sie, bevor sie sie stellte. »Für eine Woche.« Laura rechnete schnell nach. Er hatte noch drei Tage gut.

Sie ging wieder hinaus in die Gluthitze.

Zu dieser Tageszeit standen nur wenige Autos auf dem Parkplatz, und darunter kein weißer Geo mit einem Kennzeichen aus Colorado.

Sie lief zurück zu ihrem 4Runner, stieg ein und drehte die Klimaanlage auf die höchste Stufe. Im gleichen Augenblick fing ihr Handy an zu klingeln. Es war Charlie Specter. »Ein Beamter von der Polizei Tucson hat in einer Wohnwagensiedlung am Benson Highway ein Wohnmobil gesehen, das ihm verdächtig vorkam. Er sagte, es passt zu der Beschreibung und dem Foto – von dem Pace Arrow. Der Adresse nach zu urteilen, ist das weniger als drei Kilometer von dort entfernt, wo du gerade bist.

Ich habe mit dem Betreiber der Wohnwagensiedlung gesprochen und ihn gefragt, ob sich jemand namens Lundy oder de Seroux auf dem Platz befindet. Er sagte, der Typ mit dem Wohnmobil hat als Namen John de Seroux angegeben.«

Summer rannte von einem Wohnwagen zum nächsten und klopfte an die Türen, rief um Hilfe. Aber die Besitzer dösten in der Hitze vor sich hin. Keiner war bereit, seine Tür zu öffnen. Sie hätte nicht sagen können, warum, aber sie wusste, dass es so war.

Sie rannte den Weg entlang in Richtung Straße.

Hinter ihr wurde die Tür des Wohnmobils aufgerissen, und sie hörte schnelle Schritte.

Sie wusste, dass er es war, sah sich jedoch trotzdem um. Dale stieg in seinen Wagen, stieß zurück und fuhr in einer Staubwolke hinter ihr her.

Sie würde es nie bis zur Straße schaffen, schoss ihr durch den Kopf. Sie blickte sich um und entdeckte neben dem letzten Wohnwagen, an dessen Tür sie geklopft hatte, ein Loch im Zaun. Sie musste ein Stück zurücklaufen, auf den Geo zu, aber er würde wenden müssen.

Er erkannte, was sie vorhatte, und stieg auf die Bremse, aber bis der Geo zum Stehen kam, war sie bereits an ihm vorbei und rannte über die betonierte freie Fläche neben dem Wohnwagen. Hinter sich hörte sie den Motor aufheulen, als Dale den Rückwärtsgang einlegte. Sie rannte auf das Loch im Zaun zu und überlegte, wie sie an den Feigenkakteen vorbeikommen sollte, die davor wuchsen.

Hinter sich hörte sie, wie der Wagen stehen blieb und die Tür aufgerissen wurde.

Sie musste sich auf den Bauch legen, was sie Zeit kostete, und zwischen den Kakteen durchkriechen, vorsichtig jede Berührung mit ihnen vermeidend. Der Draht verfing sich in ihrem Kleid, und sie zerrte daran, strampelte sich frei. Dann hatte sie es geschafft, vor ihr lag ein Stück Wüste, und sie rannte los.

»Summer, komm zurück!«, schrie Dale.

Gleich darauf: »Verdammt!« Wieder schlug die Autotür zu, wieder heulte der Motor auf, als er den Weg entlangraste. Kies spritzte in alle Richtungen.

Was würde er tun? Konnte er ihr über den Streifen Wüste folgen? Er musste zuerst zurück auf den Benson Highway und an all den Motels vorbei, bevor er die Stelle erreichte. Der schnellste und einfachste Weg für ihn war, wenn er auf dem Highway rechts abbog und dann gleich noch einmal rechts, dann wäre er wahrscheinlich vor ihr. Sie schlug einen Haken, folgte einem Pfad, der durch Gestrüpp führte, ihre Sandalen gruben sich in den Sand, und Dornen zerkratzten ihr Füße und Beine. Sie trat auf einen Kaktus, dessen Stacheln durch die Sohle ihrer Sandale drangen, und stieß einen Schrei aus. Sie zog den Stachel heraus, rannte weiter.

Sie hoffte, dass sie sich nicht geirrt hatte. Als sie weiterlief, sah sie über den Büschen vor sich Dächer auftauchen – die nächste Straße, die parallel zum Benson Highway verlief. Häuser, in denen Leute wohnten. Sie rannte darauf zu.

## 50

Wo kam der ganze Verkehr auf einmal her? Musicman schlug mit der Faust aufs Lenkrad. Summer war ihm entkommen, und er saß hier fest und musste warten, bis ein ganzer Konvoi von Autos an ihm vorbeigefahren war.

Die Gedanken rasten durch seinen Kopf. Wohin würde sie laufen? Weiter in die Wüste oder zurück zum Highway? Oder würde sie versuchen, eine andere Straße zu erreichen?

Verdammt noch mal. Seine Seite schmerzte. Ein scharfer, durchdringender Schmerz. Das Handtuch war schon ganz durchgeweicht. Wenn ihn jetzt ein Polizist anhielt …

Wie konnte das nur passieren?

Jetzt wünschte er, er hätte sie zu Fuß verfolgt. Aber selbst das wäre schwierig gewesen; er bezweifelte, dass er es geschafft hätte, sich durch das Loch im Zaun zu quetschen.

Noch ein Wagen, dann konnte er rechts abbiegen. Während er ihn beobachtete, wurde der weiße Transporter langsamer.

Mach schon, verdammt!

Der Transporter blinkte.

»Jetzt mach schon«, murmelte er. »Sieh zu, dass du weiterkommst.«

Aber der Transporter bog nicht ab. Er fuhr trotz Blinker einfach geradeaus weiter. Er versuchte auszumachen, wie der Blödmann am Steuer aussah, der solche dämlichen Spielchen mit ihm trieb, aber er konnte ihn nicht erkennen, die Scheiben waren zu dunkel.

Plötzlich erinnerte er sich an den weißen Transporter vor dem Motel 6, dessen Fahrer er den Vogel gezeigt hatte. Die beiden Wagen sahen sich ähnlich, fand er: ein weißer Ford-Lieferwagen mit dunkel getönten Scheiben.

Er fuhr vorbei, und Musicman bog hinter ihm auf die Straße ein. Unvermittelt wendete der Transporter über alle vier Fahrstreifen und fuhr in die Gegenrichtung. Idiot.

Ein Stück weiter die Straße hinunter lag das nächste Motel, das Desert Rose Motel. Es bestand aus mehreren weißen Gebäuden mit bröckelndem Putz, die hufeisenförmig um einen gepflasterten Innenhof mit einem leeren Swimmingpool in der Mitte angeordnet waren. Eines von den Motels, die wochenweise vermieteten. Es sah verlassen aus, aber er wusste, dass dort Leute lebten – wenn man das Leben nennen konnte. Konnte sie hierher gelaufen sein, um Hilfe zu suchen?

Er hielt am Straßenrand. Suchte den Highway mit den Augen ab, die wenigen Gebäude, versuchte, zwischen ihnen hindurchzusehen. Schließlich gab er wieder Gas und fuhr um das Motel herum. Er sah keine Menschenseele – es war zu heiß, als dass sich jemand im Freien aufgehalten hätte. Trotzdem hielt er angestrengt Ausschau, schenkte den vier Autos, die vor den Eingängen geparkt waren, besondere Aufmerksamkeit. Auf der Suche nach einer Bewegung, nach kleinen Füßen, die darunter hervorlugten.

Auf der anderen Seite kam er wieder zur Straße. Er wusste nicht, was er tun sollte. Sie konnte überall sein.

An der nächsten Kreuzung bog er rechts ab. Er fuhr langsam weiter, behielt seine Umgebung im Auge, aber der Transporter ging ihm nicht aus dem Kopf. Irgendetwas störte ihn daran.

Es handelte sich um die schlichte Version. Einfache Reifen. Nichts Auffälliges. Aber sauber. Polizei? Er wünschte, er hätte einen Blick auf das Nummernschild werfen können.

Waren sie ihm schon so dicht auf den Fersen? Er wusste, dass sich das FBI eingeschaltet hatte – er hatte es auf CNN gesehen –, aber sie hatten sich ziemlich bedeckt gehalten. Es hatte nicht einmal eine Pressekonferenz gegeben. Falls sie wussten, wie er aussah, dann teilten sie das der Öffentlichkeit jedenfalls nicht mit.

Warum?

Und dann dämmerte es ihm.

Sein Provider.

Sie hatten ihn über seinen Provider im Motel 6 aufgespürt.

Keine Menschenseele in dem Fleetwood Pace Arrow auf dem El Rancho Trailer Court. Die Tür stand offen, das Fliegengitter war eingedrückt, als hätte jemand dagegen getreten. Kein Auto, aber Laura bemerkte am Heck eine Anhängervorrichtung.

Die Nummernschilder waren ausgetauscht worden, aber Motorgestellnummern logen nicht. Das Wohnmobil gehörte Lundy.

Nachdem sie sich vergewissert hatten, dass das Wohnmobil leer war, sahen sich Laura und Victor rasch im Inneren um, während sie auf den Abschleppwagen warteten.

Laura entdeckte auf dem Boden neben der Tür zum

Schlafraum einige Blutstropfen, außerdem ein paar verschmierte Streifen an der Stelle, an der es offenbar hastig weggewischt worden war. »Bleib, wo du bist«, sagte sie zu Victor. »Hier sind Blutspuren.«

Sie holte eine Dose Leuchtfarbe aus ihrem Wagen und markierte jeden Tropfen Blut mit einem Kreis.

Victor sagte: »Nicht sehr viel.«

»Es sei denn, er hat das meiste davon aufgewischt.«

»Sieh dir das an«, sagte Victor und zeigte ihr das Vorhängeschloss und den Riegel an der Tür. »Sieht ganz und gar nicht so aus wie auf dem Plan, den wir im Büro haben. Der Schlafraum und das Bad sind umgebaut worden. Er hat die Tür so angebracht, dass sie nach außen aufgeht und von dort abgeschlossen werden kann.

»Sein persönlicher Kerker«, sagte er, als er kurz darauf die verschalten Fenster entdeckte.

Zwischen der Fensterscheibe und den Brettern hingen Spitzenvorhänge. Sie sahen aus wie die im Haus seiner Mutter.

Lauras Blick fiel auf das Tischbein auf dem Boden. Sie ging in die Hocke und besah es sich genauer. »An dem Ende hier ist Blut«, sagte sie zu Victor und deutete darauf.

»Meinst du, er hat damit auf sie eingestochen?«

»Oder sie auf ihn.«

Laura machte Fotos von dem Tischbein, während Victor zurück in den Wohnraum ging.

»Was haben wir denn da?«, sagte er ein paar Minuten später. Sie warf einen Blick über die Schulter. Er hielt zwei runde Plastikhüllen in der Hand. »Reifenabdeckungen. Für den Ersatzreifen am Heck.«

Auf der einen war eine Wachtel abgebildet, darüber die Aufschrift DIE ANDERSONS. Auf der anderen stand in Schreibschrift: »Gute Fahrt! Jeff und Pat Lieber«.

Er lachte. »Nett. Wir suchen nach einem Wohnmobil mit

der Aufschrift DIE ANDERSONS, und er verwandelt sich in Jeff Lieber und seine hübsche Frau Pat.«

»Zu nett«, sagte Laura. »Er verliert sich in Details.«

Victor zuckte mit den Schultern. »So weit scheint es funktioniert zu haben.«

Laura hörte Schritte auf dem Kies knirschen und steckte den Kopf aus der Tür. Es war Buddy Holland in Zivil.

Sie verstand, warum er hier war, aber sie durfte ihn nicht hereinlassen. Er würde sich damit keinen Gefallen tun und ganz bestimmt auch Summer nicht helfen.

»Buddy«, sagte sie. »Zwei Leute hier drin sind genug.«

»Was haben Sie gefunden?« Angst und Hoffnung wechselten sich auf seinem Gesicht ab.

»Sie ist nicht hier.«

Ein kurzer Moment der Erleichterung, die gleich darauf neuer Besorgnis wich. Er rieb sich mit der Hand die Augen und blickte blinzelnd in die Sonne. »War sie hier? Haben Sie irgendwas gefunden?«

»Nichts Konkretes«, log Laura. »Wir brauchen Fingerabdrücke – Sie kennen die Prozedur ja.«

»Wohin sollen wir ihn hinschaffen lassen?«, fragte Victor Laura aus dem Inneren des Wohnmobils.

Laura entschuldigte sich und ging zurück.

Buddy spähte durch die Tür.

»Wir haben ein Problem. Wir müssen mit Luminol arbeiten –«, sagte Victor. Er bemerkte ihren Gesichtsausdruck und senkte die Stimme. »Das Labor des DPS ist zu klein.«

Um auf der Suche nach weiteren Blutspuren Luminol verwenden zu können, musste es in dem Wohnmobil völlig dunkel sein. Im Labor des DPS ließ sich ein Fahrzeug von dieser Größe nicht unterbringen.

»Der Sheriff hat einen großen Raum«, sagte Victor.

»Aber die Tür ist zu schmal. Wir werden bis morgen

Abend warten müssen, denke ich, es sei denn, wir finden am Flughafen eine freie Halle.«

Sie wählte Charlie Specters Nummer. »Gib eine Suchmeldung für einen weißen 94er Geo Prism raus, in dem ein weißer Mann oder ein weißer Mann und ein zwölfjähriges Mädchen sitzen. Besorg dir ein Bild von dem entsprechenden Modell und Lundys Foto und gib beides an die Medien.«

Sie klappte ihr Handy zu. Sie würde sich noch lange die Frage stellen, ob es eine falsche Entscheidung gewesen war, sich nicht früher an die Medien gewendet zu haben. Immerhin war es ein Trost, dass sie bis vor einer Stunde noch nicht einmal etwas von dem weißen Geo gewusst hatten.

»Ich frage mich, ob er den Wagen hier gekauft hat«, sagte sie.

»Den Geo? Das Kennzeichen ist aus Colorado.«

Laura sah ihn nur an.

»Ach so.«

»Egal, ob er die Nummernschilder ausgetauscht hat oder nicht, wir müssen wissen, woher dieses Auto kommt. Er kann es schon die ganze Zeit gehabt haben, aber er kann es auch kürzlich hier in der Gegend gekauft haben.«

»Falls er es von einem Privatverkäufer hat, lässt sich das schwer feststellen.«

»Buddy.« Laura sprang aus dem Wohnmobil. »Können Sie mir die Sonntagsausgabe des *Star* von letzter Woche besorgen? Und den *Citizen*.« Sie beschrieb ihm das Auto, das sie suchten. »Außerdem die Zeitungen aus Sierra Vista und Bisbee, ebenfalls von letzter Woche. Ach ja, und *Automobile News*.«

Er sah sie finster an, stieg jedoch in seinen Wagen und fuhr weg.

Sie hielt ihn von dem Wohnmobil fern und von dem Blut. Fürs Erste jedenfalls.

# 51

Summer rannte schwer atmend in die Siedlung. Die Häuser sahen neu aus, eine schlichtere Version des Hauses ihrer Mutter in den Hügeln. Allerdings waren sie offenbar noch nicht bewohnt. Mist. Doch dann hörte sie aus der Ferne eine Kettensäge und Hämmern. Ein Stück weiter oben an der Straße sah sie Bauarbeiter auf einem Dach.

»Hallo!«, rief sie und lief langsamer. *Gleich bin ich in Sicherheit.*

Der Mann, der auf dem Dachfirst saß und irgendetwas festnagelte, sah in ihre Richtung und rief ihr etwas zu. Sie war zu weit weg, um ihn zu verstehen, aber wenigstens wusste er jetzt, dass sie da war.

Sie war entkommen. Sie konnte kaum glauben, dass sie es geschafft hatte. Ihr Herzschlag beruhigte sich. Jetzt, wo sie nicht mehr rennen musste, waren ihre Beine auf einmal bleischwer.

Hinter ihr quietschten Reifen. Sie blickte über die Schulter und sah Dales Auto um die Ecke kommen.

Gehetzt sah sie zu dem Mann auf dem Dach, überlegte, ob sie auf der Leiter zu ihm hinaufklettern sollte, aber das Haus war zu weit entfernt. Sie machte daher das einzig Vernünftige, verschwand zwischen den Häusern und lief zur Parallelstraße.

Das Auto fuhr weiter zur nächsten Kreuzung. Er würde bestimmt versuchen, ihr den Weg abzuschneiden.

Diese Straße war leer – sie war ganz allein. Die Häuser waren noch nicht fertig, um sie herum nichts als getrockneter Schlamm. Erneut überkam sie Panik, sie holte tief Luft. Der Geruch nach Sägespänen reizte sie zum Husten.

Er konnte jeden Augenblick um die Ecke biegen. Sie musste sich schnell etwas einfallen lassen. Sollte sie sich verstecken? Es gab hier eine Menge Häuser, in denen sie ein Versteck finden konnte, aber sie entschied sich dagegen – dann säße sie in der Falle. Nein, das Beste war es, wenn sie zu der Straße, auf der sie gerade gewesen war, zurücklief, sobald er hier einbog.

Mit klopfendem Herzen blickte sie die Häuserzeile entlang, erst in die eine, dann in die andere Richtung.

Plötzlich hörte sie hinter sich ein Auto. Es klang anders als das von Dale. Ein weißer Transporter. Er musste einem der Bauunternehmen gehören, weil er keine Fenster an den Seiten hatte. Sie trat rasch auf die frisch asphaltierte Straße und winkte.

Der Transporter verlangsamte sein Tempo. Er hatte sie gesehen und hielt!

Plötzlich schoss Dales Auto am anderen Ende der Straße um die Ecke. Es fuhr noch ein paar Meter, dann blieb es schlingernd stehen, Dale sprang heraus und rannte auf sie zu.

Sie musste ihm den Rücken zuwenden, um zu dem Transporter zu laufen, der weiter vorn stand, aber sie hatte einen großen Vorsprung. Dale wusste, dass es vorbei war, oder? Und doch glaubte sie, seinen Atem in ihrem Nacken zu spüren, den Geruch nach verbranntem Öl von seinem schrecklichen Auto zu riechen, seine Schritte auf dem Asphalt zu hören. Meinte zu spüren, wie er sie in letzter Sekunde packte –

Aber er kam zu spät.

Eine Hand stieß die Beifahrertür auf.

Sie wollte sich schon bedanken, aber die Worte blieben ihr im Hals stecken. Aus dem Dunkeln griff etwas nach ihr.

Riesige Klauen packten sie, warfen sie herum, der Arm um ihren Hals schloss sich wie ein Eisenring, als er sie in die Höhe hob, ihr Kinn und ihr Hals steckten in der Armbeuge wie in einem Schraubstock. Ihre Beine baumelten in der Luft, ihre Hüfte schlug hart gegen den Türrahmen des Transporters. Eine ihrer Sandalen fiel auf den Boden, und mit schrecklicher Klarheit wurde ihr bewusst, dass sie sie nie wieder brauchen würde. Dann wurde sie rückwärts ins Innere des Wagens gezogen, quer über den Sitz. Sie versuchte sich aufzusetzen, während der Fahrer aufs Gas trat.

»Nein!«, schrie Dale.

Kurz bevor die Tür zugeschlagen wurde, sah sie Dale Lundys Augen, in denen sich ihr eigenes namenloses Entsetzen spiegelte.

## 52

Laura überließ Victor das Wohnmobil und fuhr die wenigen Häuserblocks zum DPS. Es war kaum zu glauben, dass Lundy praktisch die ganze Zeit über vor ihrer Nase herumgeturnt war. Wie auf einem Präsentierteller.

Lundy war durch das Netz geschlüpft, obwohl überall im Gebiet des Benson Highway Streifenwagen unterwegs waren, FBI-Agenten den Flughafen überwachten und sowohl Highway Patrol als auch die Leute der Sheriffs in vier Countys nach einem weißen Geo mit einem Kennzeichen aus Colorado Ausschau hielten.

Er konnte überall sein.

Sie suchte Charlie Specter in seinem Büro auf.

Er blickte von seinem Bildschirm hoch. »Ich wollte dich gerade anrufen. Ich glaube, Lundy hat einen Seelenfreund.«

Er überreichte ihr eine Liste der E-Mails, die an Lundys Adresse gegangen waren und die ihnen sein Provider zugefaxt hatte.

darkmoondancer@livewire.net
darkmoondancer@livewire.net
darkmoondancer@livewire.net
darkmoondancer@livewire.net
darkmoondancer@livewire.net
darkmoondancer@livewire.net
darkmoondancer@livewire.net
darkmoondancer@livewire.net
darkmoondancer@livewire.net
darkmoondancer@livewire.net
darkmoondancer@livewire.net
darkmoondancer@livewire.net
darkmoondancer@livewire.net
darkmoondancer@livewire.net
darkmoondancer@livewire.net
mortgagemike@mortgagemike.com
darkmoondancer@livewire.net
darkmoondancer@livewire.net
darkmoondancer@livewire.net
newsletter@studiomusician.com
darkmoondancer@livewire.net
darkmoondancer@livewire.net
darkmoondancer@livewire.net
darkmoondancer@livewire.net
darkmoondancer@livewire.net
darkmoondancer@livewire.net
darkmoondancer@livewire.net
darkmoondancer@livewire.net
darkmoondancer@livewire.net

Charlie lehnte sich auf seinem Stuhl zurück und sah sie gespannt an. »Was meint du? Wenn du meine fachmännische Meinung hören willst, würde ich sagen, der Mann hat eine Obsession.«

»Gibt es eine Möglichkeit, ihn aufzuspüren?«, fragte Laura.

Charlie seufzte. »Livewire ist ein riesiger Provider mit einer 1800er Nummer. Was allerdings kein Problem ist, ich konnte die Mails bis zum Coffee Anon, einem Café auf der Westside, zurückverfolgen, aber die sind alt.«

»Wie alt?«

»Vier Tage.«

»Seither kam nichts mehr?«

»Leider nicht. Vielleicht haben sie sich zu guter Letzt doch noch getroffen.«

»Entweder das, oder Dark Moondancer hat aufgegeben. Ich möchte, dass jemand mit den Leuten in dem Café redet. Ruf bei der Polizei von Tucson an und frag, ob die vielleicht Barry White schicken können.«

Sie trommelte mit den Fingern auf die Schreibtischplatte. Wie könnte ihr nächster Schritt aussehen? Wenn Lundy in Panik geriet, war es gut möglich, dass er Summer umbrachte und sie irgendwo verscharrte.

Sie starrte auf den Bildschirm. Dark Moondancer. Der Name kam ihr idiotisch vor, eitel. Wie aus einem Film. Einem Fantasy-Film.

Er war ihr schon irgendwo begegnet. Vor gar nicht so langer Zeit. Da war etwas …

Fantasy. Fantasie. Traumwelten. Maskeraden. Das war's – Rollenspiele.

Jetzt erinnerte sie sich.

# 53

Da Laura vom Flughafen direkt zum DPS gefahren war, befanden sich die Aktenmappe und das Manuskript ihrer Mutter noch in ihrem Koffer. Jetzt holte sie die Mappe heraus und breitete den Inhalt auf ihrem Schreibtisch aus. Da war es – eine Notiz auf einem einzelnen Zettel. »Dk Moondancer?«

Sie rief bei Barry Fruchtendler an, erreichte aber nur seinen Anrufbeantworter. Sie stellte sich den pensionierten Polizisten vor, wie er an diesem wunderschönen sonnigen Tag auf irgendeinem Fluss in Montana seine Angel auswarf.

»Was ist damit?«, fragte Charlie neben ihr. »Hast du von dem Typen schon mal gehört?«

»Ich weiß, was Dark Moondancer ist – oder war.«

Charlie wartete.

»Ein Rollenspiel, so wie Dungeons and Dragons. Ritter, Elfen, solches Zeug. Ich weiß nicht viel darüber. Ein paar meiner Schulkameraden spielten es, obwohl es eigentlich ein Spiel für Ältere war.«

Vor allem für Jungen. Sie wusste nicht mehr, ob es nur in Tucson gespielt wurde oder im ganzen Land verbreitet war.

»Ein Rollenspiel?«, sagte Specter. »Bist du sicher?«

Laura dachte laut nach. »Mark weiß vielleicht darüber Bescheid.« Mark Hewitt, ihr Vermieter, war mit ihr zusammen in die Schule gegangen. Sie nahm das Telefonbuch und suchte seine Nummer heraus. Er war zu Hause, und er erinnerte sich an das Spiel.

»Das Ziel war es, der Dark Moondancer zu werden«, sagte er. »Über die ganze Stadt verteilt gab es Gruppen. Ich glaube, es gab auch ein Punktesystem, aber das wurde nicht besonders ernst genommen. Das Spiel bestand aus verschiedenen Ebenen, die man jeweils überwinden musste, um an die Spitze zu kommen, und wenn man das geschafft hatte, war man der mächtige Zauberer. Nur diejenigen, die es bis zur obersten Ebene schafften, konnten der Moondancer werden. Sie wurden von den anderen in ihrer Gruppe gewählt.«

»Hört sich an wie dieses Überlebensspiel, *Survivor.*«

»Das war lange davor. Soweit ich mich erinnere, lief es über einen bestimmten Zeitraum – könnte ein Monat gewesen sein. Möglicherweise richtete es sich nach den Mondphasen. Dann fing es von vorn an.«

»Wie gelangte man auf die oberste Ebene?«

»Dazu musste man angeblich die verrücktesten Dinge tun.«

»Zum Beispiel?«

»Alles, was einem in dem Alter eben verrückt vorkommt – das waren Prüfungen. Irgendwas klauen, Briefkästen demolieren, vor einem Laden warten und einen Erwachsenen dazu bringen, Bier für dich zu kaufen. Nackt über die Straße laufen. Das Mädchen, das alle haben wollten, entjungfern.«

Vom Kauf eines Biers bis zur Entjungferung, um ein paar Zusatzpunkte zu gewinnen – eine ziemlich große Bandbreite. »Kanntest du jemanden, der es gespielt hat?«

Er ratterte die Namen von ein paar Leuten herunter. Die meisten waren ein, zwei Jahre älter als sie und damals schon auf die Highschool gegangen. Sie notierte die Namen.

»Da waren bestimmt noch mehr dabei. Ich ruf dich an, wenn mir noch jemand einfällt.« Er hielt inne. »Sag mal, da ich dich gerade an der Strippe habe. Wir haben im Schmetterlingsgarten nächste Woche eine Riesenhochzeit.«

Im Tausch gegen ihr mietfreies Haus auf der Ranch übernahm sie gelegentlich Sicherheitsdienste, unter anderem bei Festen, wenn ihr Dienstplan es zuließ.

»Ich seh in meinem Kalender nach und geb dir Bescheid«, sagte sie.

Charlie blickte auf die Liste. »Das sind also die Dark-Moondancer-Jungs – Kennst du einen von denen?«

»Nein.«

»Das könnte uns weiterhelfen.«

Vielleicht. Aber wer wusste schon, wie lange das Spiel gespielt worden war? Jahre womöglich.

Die nächste Stunde verbrachte Laura damit, die Namen zu überprüfen, die Mark ihr genannt hatte. Sie hatte nicht viel Glück – bei den meisten erreichte sie nur einen Anrufbeantworter.

Sie fragte sich, ob das Ganze nicht reine Zeitverschwendung war. Wusste Dark Moondancer überhaupt, wo sich Lundy aufhielt? Wahrscheinlich nicht. Aus den Mails, die sie sich geschickt hatten, konnte man schließen, dass in dieser seltsamen Cyber-Beziehung Dark Moondancer das Betatier war und Musicman das Alphatier. Aber möglicherweise hatte Charlie Recht, und sie schickten sich keine Mails mehr, weil sie sich inzwischen getroffen hatten.

Victor rief an, um ihr mitzuteilen, dass sie eine Autowerkstatt mit einem Raum gefunden hatten, der verdunkelt werden konnte, so dass sie das Luminol einsetzen konnten.

»Wie geht's Buddy?«

»Den Umständen entsprechend. Wir haben in dem Wohnmobil nicht viel Blut gefunden, daher kann er davon ausgehen, dass sie dort auf jeden Fall nicht umgebracht wurde.« Dann fügte er hinzu: »Du wirst es mir nicht glauben, wenn ich dir erzähle, was das Mädchen gemacht hat.«

»Summer?«

»Sie hat überall ihre Fingerabdrücke hinterlassen – an den Lichtschaltern, an den Wänden, auf Chromteilen, einfach überall. Wir haben sieben saubere Abdrücke abgenommen, sie sind bis auf einen identisch. Der Raum ist übersät damit.«

»Woher wisst ihr, dass es ihre sind?«

»Buddy hat im Haus seiner Frau ein paar Abdrücke genommen – man kann die Übereinstimmung fast mit bloßem Auge erkennen. Abgesehen davon sind die Stellen, an die sie nicht hingekommen ist, blitzblank gewischt. Wahrscheinlich noch von der Letzten.«

Laura fragte sich, ob »die Letzte« Alison gewesen war.

»Aber nicht nur das, sie hat sich auch noch Haare ausgerissen, mitsamt der Wurzel. Hat ein paar davon im Waschbecken gelassen, und ein paar hat sie im Schlafraum verteilt, über die Vorhangstange gehängt, unter die Lampe gelegt und so weiter. Blond, daher waren sie leicht zu entdecken. Und eine Haarspange, die Buddy wiedererkannte, weil er sie ihr mal geschenkt hat. Du solltest Buddy sehen. Er platzt fast vor Stolz. Sie ist erst zwölf Jahre alt und schon so ausgefuchst. Gut, zum Teil liegt es wahrscheinlich daran, dass sie die Tochter eines Polizisten ist.«

»Sorg dafür, dass sie im Labor sofort mit der Blutuntersuchung beginnen. Buddy soll nicht länger als nötig im Ungewissen bleiben – eine DNS-Untersuchung dauert lange genug.«

»Kommst du her?«

Aus dem Augenwinkel sah Laura Lieutenant Galaz, der einen Aktendeckel in der Hand hielt und darauf wartete, dass sie ihr Telefonat beendete.

»Bald. Noch etwas, Victor, du bist doch in Tucson aufgewachsen. Hast du jemals von einem Rollenspiel namens Dark Moondancer gehört?«

»Dark Moondancer? Blöder Name.«

Laura erzählte ihm von dem Spiel und von jenem Dark Moondancer, der Lundy die E-Mails geschickt hatte.

»Hört sich reichlich dürftig für mich an«, sagte Victor.

»Danke, genau das wollte ich hören.«

Kaum hatte sie das Telefonat mit Victor beendet, sagte

Galaz: »Werfen Sie doch bitte einen Blick auf die Liste der Beweismittel, bevor ich in Tallahassee anrufe. Ich will die Sache möglichst reibungslos über die Bühne bringen.«

Er legte die Aktenmappe auf ihren Schreibtisch und ging zu Richie Lockhart, um sich mit ihm zu unterhalten. Sie vermutete, das bedeutete, dass sie es gleich machen sollte. Aber kaum hatte sie sich die Liste vorgenommen, klingelte das Telefon: Barry Fruchtendler, der zurückrief.

»Als ich das Manuskript meiner Mutter durchsah, habe ich einen Zettel mit dem Namen Dark Moondancer und einem Fragezeichen dahinter entdeckt«, sagte sie. »Hatte das etwas mit dem Fall damals zu tun?«

»Das war eine wichtige Spur in dem Fall«, sagte Fruchtendler. »Wir fanden auf dem Friedhof ein paar lose Blätter aus Julie Marrs Notizblock – müssen über den Zaun geweht worden sein. Das meiste waren irgendwelche Schulaufgaben. Aber auf einem hatte sie das Datum einer Party notiert – ich glaube, sie sollte an dem Wochenende nach dem Mord an ihr stattfinden. Eine Dark-Moondancer-Party. Wir haben das nicht an die Presse weitergegeben, aber Ihre Mutter wusste davon.«

»Haben Sie die Spur weiterverfolgt?«, fragte sie. »Haben Sie jemand Bestimmtes im Auge gehabt?«

»Klar. Ich habe sieben oder acht junge Männer vernommen. Steht alles in der Akte, die bei der Polizei von Tucson liegt. Ich könnte veranlassen, dass man Ihnen die entsprechenden Unterlagen faxt.«

Eine weitere Verzögerung. »Das ist sehr nett von Ihnen. Vielleicht kann ich die Sache von meiner Seite aus noch etwas beschleunigen.«

Gerade als sie das Gespräch beenden wollte, sagte er: »Einen der Namen werde ich wohl nie vergessen. Ich war immer überzeugt, dass der Junge etwas damit zu tun hatte, aber egal, wie sehr ich mich auch bemühte, ich konnte keine

Verbindung herstellen. Wir hatten keine Leiche, das machte es schwer.«

Er hustete. Er hustete lange, und es klang nicht gut.

»Er besuchte in demselben Viertel wie Julie Marr die Highschool«, sagte er, als er endlich wieder sprechen konnte. »Sein Onkel besaß einen Schrottplatz. Daher stammte das Auto. Michael Harmon.«

»Mickey Harmon?« Überrascht hatte sie die Stimme erhoben.

Galaz, der neben Richie Lockharts Schreibtisch stand, sah missbilligend zu ihr hinüber.

»Sie kennen ihn? Mickey war sein Spitzname. Ich hatte von Anfang an den Eindruck, dass er log.«

## *Auf Beobachtungsposten*

Musicman warf einen Blick auf die Tankanzeige – fast leer. Er stand nun schon seit einer Stunde zwischen zwei riesigen Lastern vor der Crown-Papierfabrik und beobachtete die Fabrikhalle an der Ecke 17th Street und Fremont. Den Motor hatte er wegen der Klimaanlage die ganze Zeit laufen lassen. Er musste bald etwas unternehmen. Ohne Kühlung bei vierzig Grad in der prallen Sonne zu stehen war nicht gerade angenehm. Wahrscheinlich könnte er es wagen, zur Tankstelle zu fahren. Aber was, wenn sie wegfuhren, während er unterwegs war?

Musicman hatte überrascht festgestellt, dass der Transporter nicht weit gefahren war. Es hatte den Fahrer offenbar überhaupt nicht gestört, dass er ihm folgte. Er fuhr langsam den Old Benson Highway entlang, nahm die Park Avenue Richtung Norden und bog dann in das Gewerbegebiet in der Nähe der Bahngleise ein. Musicman beobachtete, wie der Mann das Tor eines hohen Maschendrahtzauns aufschloss, der oben zusätzlich mit Stacheldraht versehen war. Auf der anderen Seite des Zauns lag ein verlassenes, in der Sonne langsam verrottendes Fabrikgebäude, die Chiricahua-Farbenfabrik. Der Mann fuhr zur Rückseite des Gebäudes, wo er aus Musicmans Blickfeld verschwand. Da die Straße, auf der sich Musicman befand, eine Sackgasse war, musste er wenden, um zum Eingang zu gelangen. Er fuhr also um den Block und überlegte, was er tun sollte. Als er wieder zum Eingang kam, sah er sie neben dem Gebäude stehen – ein großer Mann, der Summer am Arm festhielt, die Tür öffnete und sie hineinführte.

Dark Moondancer.

Die Klimaanlage brummte. Er musste etwas unternehmen, nur was?

Er hatte verschiedene Möglichkeiten. Er könnte anonym bei der Polizei anrufen, damit sie sie retten konnten.

Aber er wollte Summer nicht aufgeben. Sie war vielleicht diejenige, nach der er so lange gesucht hatte, er musste einfach um sie kämpfen. Das Beste war, wenn er im Hintergrund blieb und nachdachte. Wartete, bis es dunkel war, so dass er wenigstens eine gewisse Chance hatte, sich an sie heranzuschleichen.

Er hoffte nur, dass sie dann noch lebte.

# 54

Laura kritzelte die Wörter »Julie Marr, Schrottplatz, Dark Moondancer, Mickey Harmon« auf ein leeres Blatt.

Mickey Harmon arbeitete für Dynever Security, die Internet-Sicherheitsfirma von Jay Ramsey. Jay hatte erwähnt, dass sie zusammen aufgewachsen waren. Vielleicht wusste Jay etwas über Dark Moondancer oder konnte ihr etwas anderes verraten, das Barry Fruchtendlers Verdacht betraf.

Sie rief bei Ramsey an und bekam Freddy an den Apparat, der ihr Jays Nummer bei Dynever Security gab.

»Ich habe von dem Mädchen gehört«, sagte Jay, als sie ihn endlich erreichte. »Wenn ich Ihnen irgendwie helfen kann …«

»Vielleicht können Sie das tatsächlich«, sagte sie. »Sie kennen Mickey Harmon doch ganz gut.«

»Wie sind seit der fünften Klasse miteinander befreundet.«

»Haben Sie jemals zusammen ein Spiel namens Dark Moondancer gespielt?«

»Dark Moondancer?«

»Das ist ein Rollenspiel.«

»Ich weiß, was Dark Moondancer ist.« Sie hatte den Eindruck, dass seine Stimme auf einmal angespannt klang. »Was hat das mit Mickey zu tun?«

»Wussten Sie, dass die Polizei ihn für einen Verdächtigen im Entführungsfall Julie Marr hielt?«

»Ach, das.« Er klang erleichtert. »Eine Zeit lang waren sie wirklich hinter ihm her. Aber Mickey würde nie –«

Sie wartete.

»Er würde nie was?«

»Dürfte ich Sie vielleicht gleich zurückrufen? Ich habe gerade Besuch hier.«

»Natürlich«, sagte sie, aber er hatte schon eingehängt.

Sie dachte, dass er verstört geklungen hatte, und fragte sich, warum.

Galaz sah zu ihr herüber. Sie hielt die Beweismittelliste hoch, um ihm zu zeigen, dass sie sich jetzt endlich darum kümmern würde.

Als sie ihm die Liste brachte, lachten er und Richie gerade über irgendetwas.

»Was gibt's zu lachen?«

Galaz sagte: »Sie haben einiges verpasst, als Sie unterwegs waren.«

»Was denn?«

»Während Sie in Florida waren, bekam Victor einen Anruf von seiner Freundin. In ihrer Wohnung war ein Rohr geplatzt, und sie stand knietief im Wasser, war vollkommen hysterisch, weil das Wasser schon fast die Matratze erreicht hatte.«

»Erinnerst du dich an die Matratze, die er gekauft hat?«, fragte Richie. »Das Beste vom Besten, zweitausendfünfhundert Dollar.«

Galaz sagte: »Er raste los, als wäre der Teufel hinter ihm her.«

»Wann war das?«

»Vor ein paar Tagen. Richie war sicher, dass er die Nachricht richtig verstanden hat.«

Richie sah sie mit unschuldigen Augen an. »Mein Spanisch ist nicht besonders gut, aber ich war felsenfest davon überzeugt, dass sie genau das gesagt hat.«

»Sie hätten Victor sehen sollen, als er zurückkam«, sagte Galaz. »Er raste durchs Büro und brüllte, er würde Richie den Hals umdrehen.«

Richie grinste und sah dabei aus wie ein Kobold, mit seinem vorzeitig ergrauten Haar, das knapp bis zum Kragen seines Hemdes reichte. »Hast du K. A. Daver schon zurückgerufen?«, fragte er, als könne er kein Wässerchen trüben.

»Mann, der hat aber schon einen langen Bart«, sagte sie.

Richie und »Auf-geht's,-Leute!« fanden den Witz offenbar trotzdem noch lustig.

Ihr Handy vibrierte. Sie warf einen Blick auf das Display: Jay Ramsey.

»Jay?«, sagte sie und drehte den beiden grölenden Männern den Rücken zu.

»Wir müssen miteinander reden«, sagte Ramsey. Seine Stimme klang, als käme sie vom Grund eines Brunnens. »Ich bin hier in anderthalb Stunden fertig. Wie wäre es, wenn wir uns in zwei Stunden auf der Farm treffen? Sagen wir, halb sieben? Ich lasse das Tor offen.«

»Halb sieben, ich werde da sein.«

Er hängte ein.

Dieser merkwürdige Klang in seiner Stimme.

»Wer war das?«, fragte Galaz, und seine Stimme klang hoffnungsvoll. »Ein Durchbruch?«

»Nein«, sagte Laura, »kein Durchbruch.«

Sie fuhr bei der Autowerkstatt vorbei, um zu sehen, wie weit die Leute von der Spurensicherung mit dem Wohnmobil waren. Sie waren gerade dabei, bergeweise Beweismittel aus dem Fahrzeug zu tragen. Im Labor wartete eine Menge Arbeit auf sie.

Victor war auf dem Weg zu zwei Leuten, die in der letzten Woche weiße Geos verkauft hatten, und Buddy war gerade im Aufbruch begriffen. Er bog hinter ihr in die Straße ein, aber sie verlor ihn aus den Augen, als sie den Weg Richtung Innenstadt einschlug. Sie hatte vor, Mickey Harmon einen Überraschungsbesuch abzustatten.

Harmon wohnte in einer ruhigen Straße in einem schicken Viertel. Sein Haus war ein riesiger Kasten in überladenem spanischem Kolonialstil: bogenförmige Kolonnaden, ein rot gedecktes Dach, mächtige Palmen und ein großer Wüstengarten, den sie durch das Tor in der hohen, weiß gestrichenen Mauer sehen konnte.

Der Markt für Internetsicherheit musste boomen. Sie drückte auf die Klingel am Tor, aber es passierte nichts.

Sie überlegte, ob sie zurück ins DPS oder gleich zu Jay Ramsey fahren sollte. Bis zu ihrer Verabredung war es noch eine gute Stunde – zu wenig Zeit, um irgendetwas im Büro zu erledigen und dann wieder quer durch die ganze Stadt zu fahren. Daher fuhr sie die paar Kilometer zur Alamo Farm.

Anders als bei Harmon fand sie hier ein offenes Tor vor. Vielleicht war Jay Ramsey früher nach Hause gekommen.

Sie passierte das Tor. Die Strahlen der tief stehenden Sonne fielen durch die Lücken zwischen den Walnuss- und Mesquitebäumen und warfen in einem unregelmäßigen Streifenmuster Schatten auf die Straße. Sie bog nach links zum Haus ab. Der Staub, den ihre Reifen aufwirbelten, verstärkte noch das Flirren des raschen Wechsels von Licht und Schatten. Die Windschutzscheibe schimmerte goldbraun wie ein Schildkrötenpanzer.

Ein schwarzer Geländewagen tauchte zwischen den zwei Eukalyptusbäumen an der Zufahrt zu Ramseys Haus auf und bog in ihre Richtung ab. Komisch. Er sah aus wie der, den sich Galaz unter den Nagel gerissen hatte.

Der Wagen hielt. Als sie auf gleicher Höhe war, bremste sie auch ab. »Wenn Sie zu Jay wollen«, sagte Galaz, »er ist nicht zu Hause.«

»Ich bin hier um halb sieben mit ihm verabredet.«

»Haben Sie schon mit Mickey geredet?«

»Nein.«

»Da haben wir wohl beide dieselbe Idee gehabt«, sagte Galaz. »Jay kennt Mickey viel besser als ich – ich dachte, dass er uns weiterhelfen könnte.«

»Ja, ich auch.« Laura verbarg ihren Ärger. Der Gedanke, dass er sich in ihren Fall einmischte, behagte ihr nicht.

»Sollen wir gemeinsam warten?«

»Das ist nicht –«

»Ich wende nur schnell, ja?«

Sie gab wieder Gas und fuhr ohne zu warten los. Woher kam das plötzliche Interesse von Galaz? Hatte es damit zu tun, dass er Jay Ramsey und Mickey Harmon persönlich kannte? Sie wusste, dass Ramsey ein einflussreicher Mann war und eine Menge Geld für den Wahlkampf von Galaz aufbrachte. Vielleicht war ihr Chef ja gekommen, um Wogen zu glätten.

Sie blieb vor Ramseys Haus stehen, Galaz dicht hinter sich. Die Bäume warfen lange Schatten über den Vorplatz, und die ausgetrocknete Erde leuchtete rot in dem ersterbenden Licht. Keine Autos. Laura klopfte an die Tür, auch wenn sie im Grunde nicht erwartete, dass jemand öffnete. Kühle Luft drang durch die Fliegengittertür, als sie hineinspähte. Vielleicht war ja doch jemand da?

Galaz wurde langsam ungeduldig. Er lief auf den Steinplatten vor dem Hauseingang hin und her, dann ging er zur Rückseite des Hauses. Kehrte zurück. Konsultierte zum wiederholten Mal seine Armbanduhr. Pfiff vor sich hin. Nervte sie zu Tode.

Ein Rasensprenger setzte sich geräuschvoll in Gang und bespritzte ein Paar kreischender Stare. Laura war dankbar, als das Wasser sie in einen feinen, kühlen Nebel hüllte.

»Ich glaube nicht, dass er noch kommt«, sagte Galaz, nachdem er eine zweite Runde ums Haus gemacht hatte.

Laura war versucht, ihm Recht zu geben.

»Mir reicht's auf jeden Fall.« Galaz kletterte in seinen Wagen. »Wir sehen uns morgen.«

Er ließ den Motor an, um die Klimaanlage in Gang setzen zu können, machte aber keine Anstalten loszufahren. Sie sah ihn telefonieren, als sie zurück zu ihrem Auto ging.

Die ganze Sache irritierte sie. Wo war Freddy? Sie zog ihr Handy hervor und sah nach, ob sie neue Nachrichten bekommen hatte. Charlie Specter hatte ihr eine Nachricht betreffs des ehemaligen Besitzers des Geo Prism hinterlassen. Der Mann würde gerade von Victor Celaya befragt werden. Aber weder Freddy noch Jay hatten sich gemeldet, um das Treffen abzusagen.

Die Haustür stand offen, und nur die Fliegengittertür

trennte sie vom Inneren des Hauses. Ein Mann, der eine Internet-Sicherheitsfirma leitete, würde ja wohl wenigstens die Tür zu seinem Haus absperren.

*Ich lasse das Tor für Sie offen.*

Warum? Warum sollte er das sagen, wenn er es ohnehin immer tat?

Plötzlich überkam sie ein ungutes Gefühl. Es dauerte einen Moment, bis sie die Ursache dafür begriffen hatte, auch wenn es schon den ganzen Nachmittag über in ihr gegärt hatte.

Sie hatte in den drei Jahren, in denen sie nun als Ermittlerin tätig war, vielleicht hundert Verdächtige und Zeugen befragt, und in den Fällen, in denen sie schließlich ein Geständnis bekam, gab es immer den Moment, in dem ihr Gegenüber resignierte und die Entscheidung zur Kapitulation traf. Bei einigen änderte sich der Gesichtsausdruck, bei anderen die Stimme.

Und genau diese Resignation hatte sie in Jays Stimme gehört. Ihr wurde bewusst, dass sie vor allem wegen des Klangs seiner Stimme hierhergekommen war. Die Verbindung zwischen Dark Moondancer und Musicman war nur lose und führte möglicherweise nirgendwohin. Vielleicht hatte Mickey Harmon Julie Marr vor all den Jahren getötet, vielleicht aber auch nicht. Was sie hierher geführt hatte, war Jay Ramseys merkwürdiger Stimmungswechsel gewesen.

Sie ging zurück zum Haus und sah zu Galaz hinüber, der immer noch in seinem Auto saß und telefonierte. Sie überlegte, ob sie ihn bitten sollte, sie zu begleiten, verwarf die Idee jedoch gleich wieder. Sie wusste nicht, ob er ihr eine Hilfe wäre oder nur im Weg herumstehen würde. Besser, sie machte es allein.

»Jay?«, rief sie. »Freddy?«

Sie zog an der Fliegengittertür und stellte überrascht fest, dass auch diese nicht verriegelt war.

Plötzlich überkam sie die Erinnerung an das letzte Mal, als sie uneingeladen in dieses Haus gegangen war, die Nacht, in der Jay Ramsey angeschossen worden war. Einen Augenblick lang schienen die beiden Ereignisse, zwischen denen viele Jahre lagen, in diesem einen surrealen Moment miteinander zu verschmelzen. Sie zog ihre Waffe. Mit pochendem Herzen vergewisserte sie sich rasch, dass die Zimmer, an denen sie vorbeiging, leer waren. Sie lief durch den Flur zum ehemaligen Elternschlafzimmer, gequält von der Ahnung, dass dort etwas Furchtbares auf sie wartete. Die Luft, die aus der Klimaanlage drang, war kalt, ein frostiger Hauch, der wie geschmolzenes Eis in ihr Inneres sickerte.

Irgendetwas stimmte hier nicht.

Der weiße Teppich mit den Staubsaugerspuren war schon vor langer Zeit durch traditionelle Fliesen ersetzt worden. Das Weiß der Wände und Decke spiegelte sich in ihnen, ein kalter Schimmer in dem Dämmerlicht, einladend, geheimnisvoll. Laura entdeckte ein Blatt Papier auf dem Boden. Sie hob es auf. Der eiskalte Luftstrom aus der Klimaanlage bewegte das Papier zwischen ihren Fingern.

*Dark Moondancer ist ein Geheimnis, das es nicht länger wert ist, bewahrt zu werden. Ich hatte gedacht, es wäre meine Buße, den Rest meines Lebens im Rollstuhl zu verbringen, aber jetzt ist mir klar geworden, dass ich nicht so weitermachen …*

Der Brief war fast eine Seite lang, in Zwölf-Punkt-Schrift ausgedruckt. Laura legte ihn zurück an die Stelle auf dem Boden, an der sie ihn entdeckt hatte. Später hatte sie noch genug Zeit, um ihn sich genau anzusehen, jetzt musste sie erst einmal herausfinden, ob Jay tot oder am Leben war.

Sie ging auf die Schlafzimmertür zu. Die schmiedeeisernen Hunde, die am Fußende des Bettes Wache hielten, waren verschwunden, aber sie sah sie so deutlich vor sich, als stünden sie noch dort, unauslöschlich verbunden mit dem Anblick von Jay Ramsey, der halb von einem Laken bedeckt dalag und dessen Blut langsam auf den weißen Teppich tropfte.

Übertroffen nur von der Realität.

Jetzt saß Jay Ramsey in seinem Rollstuhl. Eine Flasche Whiskey und ein leeres Tablettenröhrchen im Schoß. Über seinen Kopf war eine Plastiktüte gestülpt.

# 55

Laura steckte ihre Waffe ins Holster zurück und war mit drei Schritten bei Ramsey. In der Tüte war ein großes Loch, wo er sie verzweifelt aufgerissen hatte, wahrscheinlich das Letzte, was er getan hatte, bevor er das Bewusstsein verlor – Selbstmörder überlegten es sich oft in letzter Minute noch einmal anders.

Vielleicht war er ja noch am Leben … sie tastete nach seinem Puls. Schwach, aber er war zu spüren.

Sie zog die Plastiktüte von seinem Kopf und vergewisserte sich, dass seine Atemwege frei waren. Er atmete durch den Mund. Es war keine Mund-zu-Mund-Beatmung notwendig, stellte sie beruhigt fest, denn es wäre ziemlich riskant gewesen, einen Querschnittsgelähmten aus seinem Rollstuhl zu heben und auf den Boden zu legen.

Laura zog rasch ihr Handy aus der Tasche und drückte auf die grüne Taste.

»Was ist los?«, rief Mike Galaz vom Flur her.

»Ich bin hier«, rief sie. »Ramsey hat versucht, sich umzubringen, aber er lebt noch.«

Galaz erschien in der Tür, die Waffe in der Hand auf den Boden gerichtet. »Haben Sie Hilfe gerufen?« Er war blass, seine Augen glänzten schwarz. Nervös. »Haben Sie auf dem Revier angerufen? Bei der Notrufzentrale?«

»Ich wollte gerade –«

Er steckte die Waffe weg und trat zu ihr. »Lassen Sie mich das machen.«

Bevor sie ihm widersprechen konnte, hatte Galaz ihr das Handy abgenommen. Er sah es einen Moment lang an, dann hob er den Arm und warf es mit aller Kraft gegen die Wand. Es zersprang in tausend Stücke.

Laura starrte die Wand an und dann wieder Galaz.

»Houston, wir haben ein Problem«, rief Galaz. »Hörst du mich, Mickey?«

Laura hörte aus dem angrenzenden Badezimmer ein Geräusch und drehte sich rasch um, aber es war zu spät, ihre Finger hatten die Pistole kaum berührt, als sich zwei riesige Hände wie Schraubstöcke um ihre Handgelenke schlossen und ihr die Arme auf den Rücken bogen. Ein heftiger Schmerz fuhr ihr durch Schultern und Nacken, als Harmon ihr sein Knie in den Rücken presste. Er drückte sie mit aller Gewalt gegen das Nachttischchen, und einen Moment lang bekam sie keine Luft mehr. Handschellen schlossen sich um ihre Handgelenke.

Sie hatte es zwar nicht gemerkt, als er ihre Waffe aus dem Holster gezogen hatte, wusste aber, dass er es getan hatte. Sie roch seinen säuerlichen Atem: Essiggurken. Harmon zog sie mit einem Ruck nach oben, und in dem Moment stürzte sich Galaz mit verzerrtem Gesicht auf sie und hieb ihr eine Spritze in die Hüfte.

Laura schrie auf, und er wich einen Schritt zurück.

Galaz fing an, unruhig auf und ab zu gehen. »So ein Mist!«

»Keine Sorge, Boss. Wir haben alles im Griff.«

»Du hast doch keine Ahnung! Sie ist nicht irgendeine dahergelaufene Wald- und Wiesenpolizistin. Sie ist vom DPS. Mit der ist nicht zu spaßen.« Er trat zu Jay und schnappte sich die Plastiktüte. »In dem verdammten Ding ist ein Loch!« Er zerriss die Tüte vollends, knüllte sie zusammen und steckte sie in seine Hosentasche. Holte tief Luft. »Der Whiskey und die Tabletten werden ihm den Rest geben. Wir hätten nur noch ein bisschen Zeit gebraucht.«

Er setzte sich auf einen Stuhl am Fenster. »Ich werde einen Weg aus diesem Schlamassel finden, ich muss nur ein bisschen nachdenken. Mir fällt schon was ein, wenn ich Ruhe habe. Bestimmt.« Er sah auf seine Uhr, dann zu Ramsey. »Er wird nicht mehr lange durchhalten. Da wir ohnehin hier sind, können wir es auch abwarten, um sicherzugehen.«

Mickey trat Laura die Füße weg, und sie knallte mit dem Steißbein auf den Boden, die Beine schmerzhaft verdreht.

Sie war fast hysterisch vor Angst. Was hatte er ihr gespritzt?

Galaz schlug die in Armani gehüllten Beine übereinander und sah nachdenklich auf sie herunter. »Na? Noch auf dem Posten, Laura? Oder spüren Sie schon etwas?«

»Was? Was haben Sie mir gespritzt?«

»Wird Ihnen heiß?«

»Heiß?«

»Nicht wie in *Heiße Höschen* – heiß im Sinne von verbrennen.«

Ihr war tatsächlich heiß. Sie versuchte, die Beine unter sich zu ziehen, um aufzustehen, aber es ging nicht. Ihre Beine reagierten nicht. Sie fühlten sich völlig taub an. Steif.

Ihr Steißbein schmerzte von dem Sturz, und ihre Hüfte brannte an der Stelle, wo die Nadel eingedrungen war. Der Schmerz schien sich langsam über ihren Rücken auszubreiten. »Was haben Sie mir gespritzt?«

»*Steatoda juliei*.«

»Was?« Ihr Körper verkrampfte sich. Schweiß trat ihr auf die Stirn, auf die Oberlippe, rann ihr an den Armen, an den Seiten herunter.

»*Steatoda juliei*«, sagte Galaz. »Das ist ein Nervengift, das von der falschen Schwarzen Witwe stammt.«

Sie hatte das Gefühl, als würde sich jeder Muskel in ihrem Körper zusammenkrampfen.

Galaz fuhr fort: »Der Begriff ›falsch‹ ist irreführend, da es einige Unterschiede zwischen *Steatoda* und *Latrodectus* gibt. Die Schwarze Witwe ist glänzend schwarz, während die *Steatoda* mattschwarz ist, und den Leib von *Steatoda* ziert keine Sanduhr, aber im Übrigen sind sie nahezu identisch. Insbesondere darin, dass alle beide Nervengifte produzieren.«

Hilflos dem Schmerz ausgeliefert, folgte Laura mühsam und mit zeitlicher Verzögerung seinen Worten. Sie vernahm ein Summen in ihrem Kopf und wusste, dass es Angst war. Sie hatte nicht nur Schmerzen, sie befand sich in einem Zustand der völligen Agonie, schweißüberströmt – der Schweiß bedeckte jede Stelle ihres Körpers, drang in ihre Augen, durchnässte ihre Bluse. Und diese Krämpfe, o Gott, ihre Zehen krümmten sich, der Schmerz ließ einfach nicht nach …

Galaz sagte: »Die verschiedenen Arten zeichnen sich durch unterschiedliche Nervengifte aus. Einige sind sehr viel stärker als andere. Dieses Nervengift ist zwar recht stark, aber es hält zu Ihrem Glück nicht lange an. Im Höchstfall ein oder zwei Stunden, dann lässt die Wirkung nach. Wenn es das Gift einer anderen Spinne wäre, müssten Sie zwei, drei Tage die fürchterlichsten Schmerzen aushalten. Ich habe *Steatoda juliei* gewählt, weil wir nicht so lange brauchen.«

Er hatte die Beine übereinandergeschlagen und wippte

mit dem Fuß. Sie starrte wie gebannt auf den Fuß. Er lächelte. »Ich habe dieser *Steatoda* ihren Namen gegeben. Da ich über Monate hinweg die Wirkung ihres Gifts untersucht habe, und zwar an allem, vom Kaninchen bis hin zum Pferd, habe ich mir ja wohl das Recht erworben, ihr einen Namen zu geben. Stamm: Arthropoda; Unterstamm: Celicerata; Klasse: Arachnida; Ordnung: Araneae; Gattung: Steatoda; Art: juliei.«

Plötzlich brach ihr Unterleib wie eine leuchtendrote Blüte auf, dieser neue Schmerz überfiel sie so unvermittelt und mit solcher Gewalt, dass er ihr einen Moment lang den Atem raubte.

Stöhnend schloss sie die Augen. Instinktiv wollte sie sich zusammenkrümmen wie ein Embryo, aber ihre Unterleibsmuskeln waren steinhart. Sie schnappte nach Luft, wollte sich zusammenrollen, den krampfartigen Schmerzen nachgeben, konnte aber nicht: Er hatte vom Zentrum ihres Hirns Besitz ergriffen.

Galaz redete weiter auf sie ein, ohne dass sie viel davon mitbekam.

»Wenn man eine neue Spezies entdeckt, darf man ihr jeden beliebigen Namen geben – nur sollte es nicht der eigene sein. Das würde von schlechtem Geschmack zeugen. Und an den Namen muss man ein i anhängen. Daher habe ich sie *Steatoda juliei* genannt. Wissen Sie, warum ich *juliei* gewählt habe?« Er beugte sich so weit wie möglich nach vorn, damit er ihr in die Augen sehen konnte.

Julie Marr. Sie wusste nicht, ob sie den Namen laut ausgesprochen oder nur gedacht hatte.

»Ich hatte vorgehabt, diese Dosis der Tochter von Buddy Holland zu verpassen. Ich wollte sehen, wie sie darauf reagiert, aber« – er zuckte mit den Schultern – »es kann einem immer etwas dazwischenkommen.« Er wandte sich an Harmon. »Wie geht es unserem anderen Patienten?«

»Er ist tot.«

»Sicher?«

»Ja.«

Galaz erhob sich. »Dann sollten wir wohl mal gehen. Du musst sie tragen. Gib mir ihre Waffe.« Galaz zog seine Waffe aus dem Holster an seiner Hüfte und tauschte sie gegen Lauras SIG Sauer. Harmon steckte Galaz' Waffe in sein Knöchelholster.

»Da fällt mir ein, dass du auch in ihren Stiefeln nachsehen solltest. Sie trägt wahrscheinlich noch eine Waffe bei sich.«

Harmon klopfte sie grob ab. Er entdeckte ihre zweite Pistole, ihren Schlagstock und ihr Messer.

Galaz tippte sich mit dem Zeigefinger an die Lippe. »Als Nächstes musst du hier Ordnung machen. Um Haare und irgendwelche Fasern musst du dir keine Gedanken machen, hier gehen eine Menge Leute ein und aus. Apropos: Was ist mit Freddy?«

»Ich habe ihn davonrasen sehen. Er wird nicht so bald zurückkommen.«

Galaz wandte sich an Laura: »Freddy glaubt, dass jemand seinen Freund verprügelt hat. In diesem Moment stellt er wahrscheinlich fest, dass sein Schätzchen doch nicht im St. Mary's liegt. Gar nicht dumm, was? Wenn Sie bloß nicht zu früh gekommen wären und damit alles verdorben hätten.« Er seufzte. »Aber ich hätte es mir denken können – Sie wissen einfach nie, wann Sie es gut sein lassen sollten.«

Laura hörte ihn kaum. Ihre Arme, die noch immer hinter ihrem Rücken gefesselt waren, fühlten sich an, als würden sie ihr aus den Gelenken gerissen. Jeder Muskel – lang und kurz, groß und klein – wand sich, krümmte sich, zuckte wie ein nach Luft schnappender Fisch, verdrehte sich bis zur völligen Taubheit, pumpte Schmerz und Adrenalin in ihr Nervensystem.

»Wollen Sie nicht wissen, wohin wir fahren?«

Laura versuchte zu sprechen, brachte aber kein Wort heraus.

»Sie wollen mir doch nicht etwa sagen, dass Sie keine Ahnung haben?«

Er stand über ihr, die Spitzen seiner Krokodillederschuhe nur wenige Zentimeter von ihrem Gesicht entfernt.

»Wir werden Summer besuchen«, sagte er.

Buddy Holland fuhr Laura Cardinal bis zu einem Haus in der Innenstadt nach, und von dort aus weiter zur Fort Lowell Road. Aus ihrem Verhalten hatte er den Eindruck gewonnen, dass sie etwas Bestimmtes im Sinn hatte, und er wollte wissen, was.

Es passiert leicht, dass man aus einer Ermittlung wie dieser ausgeschlossen wurde – er war schließlich auch nur ein kleiner Polizist aus Bisbee, der hier im Grunde nichts zu melden hatte. Außerdem war ihm klar, dass die Cardinal ihm nicht über den Weg traute, weil Summer seine Tochter war. Er verstand, was sie dazu bewog. Aber es war ihm egal; er wollte seine Tochter finden, und keiner würde sich ihm dabei in den Weg stellen.

Er beobachtete, wie sie durch ein Tor fuhr, das offensichtlich zu einem größeren Anwesen führte. Er stieg aus und ging zu der unbefestigten Straße, die an der Ostseite des Besitzes entlangführte, den ein drei Meter hoher, zusätzlich durch Stacheldraht gesicherter Maschendrahtzaun begrenzte; an jedem Zaunpfahl hing ein rotes Betreten-verboten-Schild. Als er zu einer Kurve kam, bemerkte er neben der Straße einen Spiegel, mit dem man um die Ecke sehen konnte. Das letzte Mal hatte er einen solchen Spiegel in Deutschland gesehen, wo er während seines Militärdienstes stationiert gewesen war. Seine Finger umklammerten den Zaun, und er sah durch das Kaleidoskop der Blätter der dahinter stehenden Büsche das Auto von Laura Cardinal auf der Straße anhalten und mit jemandem in einem schwarzen SUV sprechen.

Der Geländewagen wendete und folgte ihr. Sie verschwanden zwischen einigen großen Bäumen. Dort musste das Haus stehen. Buddy fragte sich, ob das der schwarze Geländewagen von Lieutenant Galaz vom DPS gewesen war. Was sie auch vorhaben mochten, er und Victor waren jedenfalls nicht davon in Kenntnis gesetzt worden. Vielleicht hatte es aber auch gar nichts mit der Entführung von Summer zu tun. Vielleicht war es ja ein privates Treffen.

Er beschloss dennoch, hierzubleiben und abzuwarten, was weiter passierte.

Er stellte sein Auto ein wenig abseits von der Straße unter einem Tamariskenbaum ab, von wo aus er das Tor im Auge behalten konnte. Die Sonne stand schon tief, und der pechschwarze Schatten des Baums ließ sein Auto fast völlig verschwinden.

Gut eine Stunde später hörte er, wie mehrere Autos die Straße entlangfuhren. Der schwarze SUV von Galaz fuhr langsam durch das Tor und bog nach rechts auf die Fort Lowell Road ein, gefolgt von Laura Cardinals 4Runner.

Die Scheiben des SUV waren dunkel getönt, aber er glaubte, eine Person auf dem Beifahrersitz zu erkennen. Laura Cardinals 4Runner fuhr ein Mann. Er war allein.

Warum fuhr die Cardinal ihr Auto nicht selbst? War sie das, die bei Galaz auf dem Beifahrersitz saß?

Irgendwie kam ihm die Sache seltsam vor.

Buddy war klar, dass er zwei Möglichkeiten hatte. Er konnte zu dem Haus fahren, oder er konnte Galaz und dem 4Runner folgen.

Er schloss einen Kompromiss, indem er Victor Celaya anrief. Victor sagte, er würde jemanden herschicken. Nachdem das geklärt war, startete Buddy seinen Caprice und ließ sich wie ein Krokodil in den Verkehrsstrom gleiten.

## 56

Knapp unterhalb des Dachs stand auf den dunkelroten Ziegeln in verwitterten, ehemals leuchtend gelben Buchstaben das Wort CHIRICAHUA FARBEN. Darunter befanden sich zwei Reihen riesiger Sprossenfenster, deren Scheiben entweder schwarz überstrichen oder zerbrochen waren. Das Gelände war von einem hohen Zaun umgeben. Hinter der Fabrikhalle ratterte ein Zug Richtung Osten. Wie gern hätte Laura die Fahrgäste durch Schreien auf sich aufmerksam gemacht. Aber selbst wenn sie dazu in der Lage gewesen wäre, waren sie viel zu weit entfernt.

Mickey Harmon schloss das Tor auf und stieß es auf, dann wartete er, bis Galaz durchgefahren war. Sie holperten über den mit Schlaglöchern übersäten Parkplatz zur Rückseite des Gebäudes und parkten in dessen Schatten. Mickey stieg aus dem 4Runner und setzte sich auf die Rückbank des SUV. Galaz ließ den Motor des Wagens laufen, damit die Klimaanlage in Betrieb blieb.

»Wo ist Musicman?«, fragte er Harmon.

»Draußen auf der Straße, zwischen zwei Lastern. Denkt offenbar, er wäre unsichtbar.«

Galaz lachte. »Ich wette, er wartet darauf, dass es dunkel wird. Du solltest das Tor offen stehen lassen, damit er es ein bisschen leichter hat.«

»Vielleicht ruft er die Polizei«, sagte Harmon.

»Das tut er nicht. Er will sie für sich haben. Er wird sie nie im Leben aufgeben – freiwillig jedenfalls nicht.« Ein kaltes Lächeln huschte über sein Gesicht. »Was meinen Sie,

Laura? Sie sind doch schon eine ganze Weile an Dale Lundy dran. Glauben Sie, dass er jetzt aufgeben wird?«

»Nein.«

»Siehst du, Mickey? Die liebe Laura kennt ihre Pappenheimer!«

Sie starrte ihn an, spürte den Schmerz hinter ihren Augen. Zwang sich zu sprechen. »Sie haben mich dazu benutzt, ihn zu finden.«

Er lachte. »Es zahlt sich eben aus, eine Spitzenermittlerin in seinem Team zu haben. Aber ich habe Sie nur bis zu einem bestimmten Punkt gebraucht. Jay hatte seinen Provider vor Charlie aufgespürt.« Er drehte sich zu Harmon um. »Denk dran, Mickey, ich will Lundy lebend. Das Letzte, was er sehen soll, bin ich, wie ich Summer ficke. Er soll wissen, dass er verloren hat. Er soll wissen, dass er gegen mich nichts ausrichten kann.«

Er klopfte mit den Fingern auf das Lenkrad, das einzige Anzeichen dafür, dass er nervös war. »Ich muss mir nur noch überlegen, was ich mit unserer guten Laura mache. Irgendwelche Ideen?«

Harmon grunzte irgendetwas.

»Nein, das finde ich nicht. Das ist der Grund, warum du nie über die dritte Ebene hinauskommen wirst.«

Die dritte Ebene? Er musste sich auf das Spiel beziehen, Dark Moondancer. Mit seinen fast vierzig Jahren spielte er immer noch ein Spiel für Jugendliche. Das erste Mal seit einer halben Ewigkeit war ihr zum Lachen zumute. Aber das hielt nicht lange an.

Galaz' Finger trommelten leise auf das Lenkrad. »Jay ist kein Problem, aber wenn eine unserer Ermittlerinnen verschwindet, ist das etwas anderes. Ich hätte mir wirklich gewünscht, mich Summer ausführlich widmen zu können, aber ich fürchte, das wird mir verwehrt bleiben.«

»Na ja. Du könntest die Kleine ja irgendwo anders hin –«

»Nein. Vergiss bitte den Zeitfaktor nicht. Ich kann froh sein, wenn mir eine halbe Stunde bleibt. Laura ist die Leiterin der Sonderkommission, das heißt, es wird bald jemand versuchen, sie zu erreichen, und man wird sie suchen. Das Ganze könnte unschöne Folgen für uns haben. Wir sollten uns besser beeilen und versuchen, den Schaden zu begrenzen.«

»Warum Dark Moondancer?«, fragte Laura.

»Warum? Weil es mehr als ein Spiel ist, darum. Dark Moondancer ist nicht nur Fantasie. Um zur höchsten Ebene zu gelangen und der Dark Moondancer zu werden, muss man die Fantasie Wirklichkeit werden lassen. Dinge, die man im realen Leben niemals tun würde, tut man plötzlich, weil man gewinnen möchte. Dieses Spiel eignet sich nicht für zaghafte Gemüter.

Mickey und Jay – nun, die beiden hatten immer das Problem, dass sie nur mit angezogener Handbremse spielen wollten. Sie ließen es einfach immer an Entschlossenheit fehlen. Und an Visionen.«

Im Osten, auf der anderen Seite des verlassenen Parkplatzes, sah Laura eine Reihe von Autos langsam die Straße entlangfahren, die parallel zu den Gleisen verlief. Die letzten Sonnenstrahlen spiegelten sich in ihren Heckfenstern. Bei der Entfernung war jeder Versuch, sie auf sie aufmerksam zu machen, aussichtslos. Dennoch folgte sie ihnen mit den Blicken, beobachtete, wie sie um eine Kurve bogen und aus ihrem Blickfeld verschwanden, von einem Hügel und Kreosotbüschen verschluckt wurden. Einer davon war ein brauner Caprice, wie ihn Buddy Holland fuhr. Wie sehr wünschte sie sich jetzt, sie hätte Buddy mitgenommen.

»Nach all den Jahren spielen Sie immer noch dieses Spiel?«, sagte sie, an Galaz gewandt.

»Es ist, wie gesagt, nicht nur ein Spiel. Es ist eine Lebenseinstellung. Es gibt kluge Leute, und es gibt dumme Leute, mächtige Leute und Versager. Dark Moondancer ist eine Metapher der Macht.«

»Und Sie, spielen Sie es auch noch, Mickey?«

Mickey brummte irgendetwas Unverständliches. Hatte er Angst, vor Mike Galaz den Mund aufzumachen?

»Und Jay?«

Galaz sagte: »Jay war nichts weiter als ein Krüppel mit zu viel Geld, ansonsten nicht mehr zu viel nutze. Allerdings hat er mir diese Fabrik für meine Freizeitaktivitäten gekauft.«

»Hatte er etwas mit dem Mord an Julie zu tun?«

»Sie haben den Brief gelesen.«

»Den, den Sie selbst geschrieben und ihm untergeschoben haben, meinen Sie?«

Er lächelte. »Jetzt denken Sie bestimmt, dass wir drei das waren, richtig? Jay, Mickey und ich?«

Laura war überrascht, dass sie trotz all der Schmerzen noch Neugier empfinden konnte. Sie wollte wissen, wann Galaz seinen ersten Mord begangen hatte. Sie wollte wissen, ob Jay ihm geholfen hatte, Julie Marr umzubringen.

Sie musste es ganz einfach wissen.

Galaz schien ihre Neugier zu spüren und wechselte unvermittelt das Thema. »Sie sind gar nicht mal so unterschiedlich, Sie und dieser Pädophile. Es gibt eine Menge Dinge, die ich hinnehmen kann, Laura, aber nicht, von oben herab behandelt zu werden. Das lasse ich mir von niemandem gefallen.«

Wovon redete er? »Wer behandelt Sie denn von oben herab?«

»Nun kommen Sie schon, Laura. Sparen Sie sich diese Spielchen.«

»Ehrlich gesagt, ich weiß wirklich nicht, wovon Sie reden.« Sie überlegte, wie sie sich in den letzten Monaten ihm gegenüber verhalten hatte. Sie war immer höflich gewesen, hatte immer getan, was er angeordnet hatte, war sogar übermäßig vorsichtig gewesen, weil sie ihn noch nicht richtig einschätzen konnte. Sie hatte sich geradezu unterwürfig verhalten, wie es gar nicht ihre Art war, und alles getan, was er wollte, hatte sogar mit Jay Ramsey, der nicht der Polizei angehörte, zusammengearbeitet, nur weil er sie darum gebeten hatte. Sie hatte alles gemacht – nur auf seine Partys war sie nicht gegangen.

Aber so kleinlich konnte er doch nicht sein, oder? Was konnte es ihm bedeuten, ob sie auf seinen Partys auftauchte oder nicht?

Galaz warf einen Blick auf seine Uhr. »Die Zeit läuft uns davon. Mickey, sei so gut.«

Mickey Harmon stieg aus und öffnete die Beifahrertür.

»Du solltest ihr besser die Handschellen abnehmen. Das macht sonst einen schlechten Eindruck, wenn zufällig jemand hier vorbeifährt und sie sieht. Laura, können Sie allein gehen?«

»Ich weiß nicht.«

»Probieren Sie es.«

Die Ampel an der Kreuzung zwischen 22th Street und Park Avenue sprang auf Rot um und zwang Buddy Holland zum Anhalten. Als er in die Park Avenue einbog, waren sowohl der SUV als auch der 4Runner verschwunden.

Er trat das Gaspedal durch und beschleunigte auf hundertzwanzig, um die beiden vorausfahrenden Autos einzuholen, aber sie waren wie vom Erdboden verschluckt. Sie mussten zwischendurch irgendwo abgebogen sein. Er kehrte um und fand sich plötzlich in einem Gewerbegebiet wieder. Sein Instinkt sagte ihm, dass sie hier irgendwo sein mussten. Nur wo?

Mittlerweile hatte die Dämmerung eingesetzt und brachte die Konturen zum Verschwimmen. Sein Blick wanderte über die verwaisten Fabrikgebäude und Lagerhäuser und die ausgestorbenen Straßen, auf denen über Nacht nur ein paar riesige Laster und Transporter abgestellt waren. Dann entdeckte er etwas, das nicht hierher passte – ein kleines weißes Auto, das eingeklemmt zwischen zwei Lastern stand.

Ein weißer Geo Prism, der komplett voller Müll zu sein schien.

Er fuhr ein Stück weiter und blieb hinter einem leeren Bürogebäude stehen, um nachzudenken.

Buddy wusste nicht, welche Verbindung zwischen Dale Lundy und dem Treffen von Laura Cardinal und Lieutenant Galaz bestehen konnte. Nur dass hier irgendetwas nicht stimmte. Und jetzt dieser erstaunliche Zufall. Ein 94er Geo Prism, der zwischen zwei Lastern abgestellt war.

Er stieg aus und ging um das Bürogebäude herum zur nächsten Straße, nahm eine Abkürzung zwischen zwei Lagerhäusern und folgte dem schmalen Weg. Knapp zwanzig Meter von dem Geo Prism entfernt tauchte er wieder auf.

Verborgen hinter einem großen Anhänger, zog er seine Waffe. Er lief von Laster zu Laster, bis er sich hinter dem befand, der links von dem Geo stand. Von hier aus konnte er das Auto gut sehen, auch die Fahrerseite.

Kein Lebenszeichen. Keine Bewegung im Auto, aber das mochte täuschen, schließlich stapelte sich der Müll auf der hinteren Ablage. Buddy erhaschte einen Blick auf das Kennzeichen. Er musste nicht lange darüber nachdenken, wie Dale Lundys Kennzeichen lautete, er konnte es auswendig.

Er hatte Recht gehabt. Es war Lundys Auto.

Er überlegte gerade, ob er zurück zu seinem Wagen gehen und seine Entdeckung melden sollte, als er Schritte von der Straße her hörte und das Knirschen von Schuhsohlen auf Kies. Hundert Meter weiter sah er eine Gestalt, die von der Dunkelheit fast verschluckt wurde – nur das weiße Hemd war auszumachen. Der Mann ging nach Norden.

Am anderen Ende der Straße tauchten die Lichtkegel von Scheinwerfern auf und strichen über das Unkraut am Straßenrand. Buddy beobachtete, wie sich der Mann hinter einem Johannisbrotbaum verbarg, bis das Auto vorbeigefahren war. Dann ging er weiter. Die Straße war eine Sackgasse, wie Buddy im Vorbeifahren festgestellt hatte.

Er richtete seine Taschenlampe kurz auf das Heck des Geo, dann näherte er sich ihm von der Seite, die Waffe auf die Fahrertür gerichtet. Adrenalin pumpte durch seine Adern, er wusste, dass er sich laut identifizieren sollte, aber dann hätte ihn der Mann auf der Straße vielleicht gehört. Mit jedem Schritt sah er mehr vom Inneren des Autos.

Es war niemand drin.

Seine Erleichterung wich sofort neuer Sorge. Summer war nicht in dem Auto. Aber wo war sie dann?

Buddy schaute zur Straße. Der Mann näherte sich der nächsten Querstraße. Buddy sah zu, wie er sie überquerte und an dem Maschendrahtzaun auf der anderen Seite entlangging, dann blieb er stehen. Buddy nahm an, dass sich dort ein Tor befand, auch wenn es zu dunkel war, um sicher sein zu können. Der Mann stand nur da und starrte auf irgendetwas. Selbst aus der Entfernung konnte Buddy sagen, dass er Angst hatte. So zögernd, wie er sich bewegte, die nervösen Bewegungen seines Kopfes, während er sich umsah.

*Hab ich dich, du Arschloch.*

Laura schaffte es, vom Auto zur Fabrikhalle zu humpeln, auch wenn jeder Muskel ihres Körpers laut protestierte – ihre Zehen verkrampften sich, ihre Zähne taten weh, ihre Nervenenden kreischten wie die hohen Saiten einer Geige. Jeder Schritt war eine Qual. Sie wollte sich hinlegen. Sie wollte sich zusammenrollen. Aber da Mickey ihr die Handschellen abgenommen hatte, musste sie die Gelegenheit nutzen und herausfinden, ob ihr ihre Muskeln wieder gehorchten, falls sie die Chance hatte, an eine Waffe zu kommen. Sonst wäre das Ende ihrer Schmerzen gleichbedeutend mit dem Ende ihres Lebens.

Wenn sie erst einmal in der Fabrikhalle waren, war es aus mit ihrer Freiheit.

»Trag sie, Mick«, sagte Galaz ungeduldig. »Sonst dauert das ja noch den ganzen Tag.«

Mickey legte sie sich über die Schulter.

Die Fabrikhalle war leer, auf dem Boden lagen Glasscherben. In dem riesigen Raum knirschten ihre Schritte über das Glas und den Beton, hallten von der hohen Decke wider. Ein letzter Rest von Tageslicht fiel durch vereinzelte Löcher in den Fenstern, wo einmal Scheiben gewesen waren. Die unbeschädigten Scheiben waren dunkelgrün überstrichen, was dem Raum eine moor- und tümpelartige Atmosphäre verlieh.

Sie mussten nicht weit gehen. Die eine Seite der Fabrikhalle war zur Hälfte von kleinen Büros gesäumt; zusammengezimmert aus billigen Holzfaserplatten, mintgrün gestrichen, die Türen waren entfernt worden. Sie steuerten das Eckbüro an, das der Hintertür am nächsten lag.

»Wer ist da?«

Eine Mädchenstimme. Sie klang heiser, als hätte sie lange nicht gesprochen. Sobald sie durch die Türöffnung getreten waren, setzte Harmon Laura ab.

Mit leerem Blick stand sie da, völlig taub im Kopf. Sie starrte auf ihre Füße, als gehörten sie nicht zu ihr. Sie wollte nicht sehen, was Summer angetan worden war. Ihr Job bestand darin, den Übeltäter zu finden. Ihr Job war es, das Puzzle zusammenzusetzen. Ihr Job war es, die Familie zu trösten. Auf das, was sie hier erwartete, war sie nicht vorbereitet worden.

Sie konnte nichts für Summer tun. Sie war hilflos.

»Was ist los, Laura? Sie haben den ganzen Tag lang nach ihr gesucht – und jetzt sind Sie überhaupt nicht neugierig?«, sagte Galaz, und Harmon versetzte ihr gleichzeitig einen Stoß in den Rücken.

Sie wollte es nicht sehen. Sie könnte den Anblick nicht ertragen. Sie konnte Summer nicht helfen, sie konnte sich selbst nicht helfen. Das erste Mal in ihrem Leben wollte Laura aufgeben. *Gib auf, gib einfach auf.* Wie wenn man sich in eine Badewanne mit warmem Wasser gleiten ließ. Es lag ein gewisser Trost darin, wenn man wusste, dass es keine Hoffnung mehr gab und man nur noch auf den Tod wartete.

Ein weiterer Stoß von Harmon, und sie stand mitten im Raum.

Sie roch die abgestandene Luft, die von Angst erfüllte Luft. Angst und Schweiß und Tränen. Und der leichte Kupfergeruch von altem Blut.

Sie schloss die Augen, so wie sie es manchmal tat, wenn der Wecker klingelte und sie noch ein paar Minuten schlafen wollte, weil sie wusste, wenn sie die Augen erst einmal geöffnet hatte, wäre es vorbei mit schlafen, und sie müsste aufstehen.

»Bitte …«, sagte das Mädchen mit erstickter Stimme. Es klang so trostlos, dass Mitleid und Wut in Laura aufwallten, ihr die Tränen in die Kehle stiegen.

Beim Klang von Summers Stimme kehrte ihre Entschlossenheit zurück.

Sie zwang sich, die Augen zu öffnen.

Als Kind war Buddy von Indianern besessen gewesen. Er las jedes Buch über sie, das ihm in die Hände fiel, sah sich jeden Film an und nervte seine Eltern ständig, mit ihm irgendwelche indianischen Zeremonien zu besuchen – vor allem die Apachen hatten es ihm angetan, die das zaheste Volk der

Welt waren. Wenn sie Krieg gegen einen anderen Stamm führten, konnten die Apachen mehr als hundert Kilometer am Tag zu Fuß zurücklegen. Sie lehrten schon ihre Kleinkinder, bei Gefahr keinen Laut von sich zu geben, um den Feind nicht auf sie aufmerksam zu machen. Sie konnten sich unsichtbar machen, denn sonst wäre es ihnen ans Leder gegangen. Jetzt erinnerte er sich wieder daran, wie er in dem Arme-Leute-Viertel in Süd-Phoenix, wo er aufgewachsen war, Indianer gespielt hatte.

Wie er sich angeschlichen hatte – ein Lufthauch, der durch alle Ritzen und Spalten dringen konnte.

Er schlich Lundy über den dunklen Parkplatz der Chiricahua-Farbenfabrik nach. Wie er es gelernt hatte, stets Deckung suchend. Durch eine Deckung drang keine Kugel, sie schützte so gut wie eine Mauer. Das war etwas, was man ihm eingetrichtert hatte. Such dir eine Deckung. Wenn du keine Deckung findest, dann such dir ein Versteck. Und wenn du kein Versteck findest, dann such nach einem Fluchtweg.

Lundy war kein ernst zu nehmender Gegner: ein Mann, der auf kleine Mädchen stand. Er beobachtete, wie er an der Fabrikhalle entlangschlich und bei jedem Geräusch zusammenzuckte – seine Ängstlichkeit hätte Buddy in Sicherheit wiegen können, aber das tat sie nicht. In dem Moment, in dem du in deiner Aufmerksamkeit nachlässt, bist du geliefert. Er hatte das in seinen dreiundzwanzig Jahren bei der Polizei schon oft beobachten können. Nur ein kurzer Moment der Unaufmerksamkeit, und du bist tot.

Daher hütete er sich, den Mann zu unterschätzen. Er hasste ihn, ja, aber selbst den Hass musste er ganz tief in seinem Inneren vergraben. Er musste die Angst um seine Tochter aus seinem Kopf verbannen, wenn er ihr helfen wollte.

Es gab wenig Deckung hier, also suchte er nach Verstecken.

Der kleine Mann stand mit dem Rücken zur Wand der Fabrikhalle und rückte Zentimeter um Zentimeter vor, als bewegte er sich auf einem Mauervorsprung in zehn Meter Höhe. Offensichtlich wusste er nicht, was er tat.

Jetzt war die Gelegenheit, ihn zu schnappen.

Ein paar Schritte, und Buddy befand sich direkt hinter ihm, hatte einen Arm um seinen Hals geschlungen, die andere Hand über seinen Mund gelegt. Er war versucht, ihm die Luft abzuschnüren, versucht, ihm die Luft etwas zu lange abzuschnüren.

Leise sagte er in Lundys Ohr: »Ein Laut, und du bist ein toter Mann. Hast du mich verstanden?«

Ein rasches Nicken, die Augen weit aufgerissen.

Er zog Lundy nach hinten, hob ihn hoch – der Mann war leicht wie eine Feder. Schleppte ihn hinter einen Tamariskenbaum. Die Äste reichten fast bis zum Boden und boten ihm genau den Schutz, den er brauchte.

Er legte Lundy Handschellen an und stieß ihn zu Boden, ein Knie in seinen Rücken gepresst. Dachte, wie gerne er seinen Kopf so lange auf den Beton schlagen würde, bis er barst.

»Wo ist sie?«, fragte er.

»Ich weiß nicht, wovon –«

»Lüg mich nicht an. Wo ist sie?« Er drückte stärker.

»Sie ist da drin.«

»Warum?«

»Ich kann nichts dafür. Ich hab versucht, sie zu retten, aber er hat sie mir vor der Nase weggeschnappt. Ich habe es wirklich versucht, ich …« Stottern. Füße in neuen blauen Turnschuhen scharrten panisch über den Boden.

Buddy kämpfte gegen die aufsteigende Angst an – wer hat sie geschnappt? »Ist sie verletzt?«

»Ich weiß nicht – ich glaube nicht. Als er sie da reingebracht hat, sah sie nicht danach aus.«

»Wann war das?«

»Vor zwei oder drei Stunden. Ich erinnere mich nicht – könnte auch länger her sein.«

»Wer ist er?«

»Dark Moondancer.«

Er schüttelte Lundy, bis diesem die Luft wegblieb. »Spiel bloß keine Spielchen mit mir. Sonst –«

»Nein! Nein. Er heißt wirklich Dark Moondancer. Das ist die Wahrheit, ich schwöre es. So nennt er sich. Er hat sie mir weggenommen, ich wollte doch nur, dass sie und ich –«

»Halt die Klappe!« Er hörte die Wut und Angst in seiner Stimme. Er hatte sich nicht mehr unter Kontrolle. Er biss die Zähne zusammen und drängte seinen Abscheu zurück. Mit leiser Stimme sagte er: »Pass auf, was du sagst, sonst bring ich dich um.« Er holte tief Luft. »Erzähl mir was über Dark Moondancer.«

»Ich kenne ihn nur aus dem Internet, sonst nicht, ich schwöre es. Er … wir haben in den letzten Jahren Geschäfte miteinander gemacht. Er hat mitbekommen, dass ich in der Stadt bin, und er wollte … Summer kennenlernen.«

Buddy versetzte ihm einen Schlag auf den Kopf. »Weiter.«

»Er ist gemein. Es macht ihm Spaß, andere zu quälen. Deshalb wollte ich auch nicht, dass er Summer kennenlernt. Ich wollte sie beschützen.«

»Willst du damit sagen, dass er da drin ist und meine Tochter quält?«

Lundy keuchte. »Ihre Tochter?«

»Beantworte meine Frage.«

»O Gott. O Gott. Sie werden mich umbringen! O Gott, bitte, tun Sie mir nichts!«

Hoffnungslosigkeit in der Stimme.

Buddy spürte, wie etwas in seinem Inneren zerbrach.

Laura ließ ihren Blick durch den Raum wandern, ohne zu begreifen, was sie da sah. Nahm sich Gegenstand für Gegenstand vor, Dinge, die sie benennen konnte. Ein Benzinkanister auf dem Boden. Eine Werkstattleuchte. Verlängerungskabel. Eine Videokamera. Eine Werkbank. Werkzeuge, die ordentlich darauf aufgereiht waren: Beißzangen, ein Schraubstock, eine Bohrmaschine, ein Tacker. Ein Werkzeugschrank, wie ihr Vater einen besessen hatte – feuerwehrrot. Wie man ihn in jedem Baumarkt kaufen konnte.

Fesseln, die an den Wänden befestigt waren. Fleischerhaken, die von der Decke hingen. Ein merkwürdiges Gerät wie aus einem Fitnessclub, nur offenbar selbst konstruiert, gepolstert und mit Fesseln, Ketten und Flaschenzügen versehen. Eine moderne Folterbank? Fotos an den Wänden, riesige Vergrößerungen aus der Hölle, die er jungen Frauen und Mädchen bereitet hatte – es waren drei verschiedene Frauen und Mädchen, die von allen Seiten fotografiert worden waren. Angekettet. Augen, die vor Angst aus ihren Höhlen traten. Vorher-/Nachher-Aufnahmen.

Fotos von der toten Jessica Parris.

Hier also entspannte sich »Auf-geht's,-Leute!«.

Während sich Laura das alles ansah, versuchte sie, nicht in Panik zu geraten. Beinahe hätte sie aufgeschrien, als sie die Matratze auf dem Boden sah, durchtränkt mit altem Blut. So viel Rot, Braun und Schwarz, die eine harte, glänzende Schicht bildeten.

Mickey stieß sie noch weiter in den Raum hinein.

»Kennt ihr beiden euch?«, fragte Galaz.

Als Laura endlich zu Summer sah, empfand sie sowohl Erleichterung als auch Grauen.

Die Hände des Mädchens waren über den Kopf gestreckt und an die Wand gefesselt, und sie hatte die Knie so weit wie möglich angezogen. Sie trug ein Kleinmädchenkleid.

Keine sichtbaren Verletzungen. Aber wie sollte man so etwas durchleben, ohne einen seelischen Tod zu sterben?

Zwölf Jahre alt.

Sie sah zu Galaz, sah das hochmütige Lächeln auf seinem Gesicht. Frauen waren für ihn Spielzeug, nur dazu da, um gefoltert zu werden, weil er innerlich völlig kalt war und nur noch auf diese Art etwas empfinden konnte.

*Wenn ich eine Möglichkeit finde, dich umzubringen, dachte sie, dann werde ich das tun.*

Buddy fesselte Lundy mit den Handschellen an den Baum, nachdem er ihn mit einem Fetzen von seinem Hemd geknebelt hatte. Die Arme hinter dem Rücken, die Handschellen um einen kräftigen Ast geschlungen. Lundy auf den Knien.

Bald würde der Schmerz kommen. Er würde das Gefühl haben auseinanderzubrechen. Wie er es verdiente.

Buddy machte sich auf den Weg zur Rückseite der Fabrikhalle.

Dort standen die Autos, das von Laura Cardinal und das von Galaz. Er umkreiste das Gebäude, in dem es dunkel war, bis auf eine Stelle nahe der Ecke, wo ein schwacher Lichtschein durch die zerbrochenen Scheiben drang.

Dort waren sie.

Buddy lehnte sich mit dem Rücken gegen die Mauer, die noch warm von der Sonne war. Er sollte Meldung machen. Das Handy musste genügen. Aber vorher zog er das Messer, das er stets dabeihatte, hervor und zerstach die Reifen der beiden Autos.

Er wählte den Notruf, erklärte, wer er war, dass er Polizist war. Wo er sich genau befand. Verstärkung war unterwegs. Er rief im DPS an, erreichte Jerry Grimes.

Er gab ihnen fünf Minuten.

Laura spürte, dass Galaz dicht hinter ihr stand. Er strahlte Selbstgefälligkeit aus, war zufrieden mit sich. Aber da war noch etwas anderes.

Irgendetwas ging in ihm vor.

Ein Problem machte ihm zu schaffen.

»Überprüf noch mal ihre Fesseln«, sagte Galaz zu Harmon.

»Die sind in Ordnung.«

»Tu mir den Gefallen, Mick.«

Unwillig ging Harmon zu Summer und beugte sich zu ihr hinunter. Dann richtete er sich wieder auf und sagte: »Ich hab doch gesagt, dass sie in Ordnung –«

Die Kugel traf ihn mitten in die Brust und schleuderte ihn gegen die Wand.

Galaz hielt Lauras Waffe in der Hand und sah auf Harmon hinunter.

»Tut mir leid, Mickey, aber es hat sich eine Änderung unseres Plans ergeben«, sagte er.

Mickey kroch über den Boden.

Galaz trat zu ihm, streckte seine behandschuhte Hand aus, um die Pistole aus Harmons Schulterholster zu ziehen. Harmon stöhnte, kroch weiter.

Galaz starrte auf ihn hinunter. »Du siehst aus wie eine Schnecke, Mickey.«

Er folgte dem immer weiter kriechenden Mickey Harmon, seine eleganten Halbschuhe nur Zentimeter von dessen Gesicht entfernt. Laura sah den gespannten Ausdruck in Galaz' Gesicht – verzückt, völlig gebannt.

Sie blickte von ihm zur Werkbank. Nicht einmal einen Meter entfernt, aber ihre Muskeln waren durch das lange Stillstehen wieder kalt geworden, und als sie versuchte, ihren Arm auszustrecken, sperrte er sich dagegen wie ein Stück Holz.

Sie musste.

Und konnte nicht.

Sie sah zu Summer. Das angstverzerrte kleine Gesicht. Furchtbar.

Mit zusammengeschnürter Kehle, schmerzenden, verkrampften Muskeln bewegte sie sich langsam vorwärts, immer ein Auge auf Galaz, sein Vergnügen daran, Mickey beim Herumkriechen zuzusehen.

»Du hast schon fast die Tür erreicht, Mickey«, sagte Galaz. »Wenn du es schaffst, bevor du stirbst, dann lass ich dich ziehen.« Steckte ihre Waffe in die Tasche. Hob die von Mickey hoch.

Laura war fast am Tisch.

Mickey noch einen knappen Meter vom Türrahmen entfernt.

Galaz war völlig versunken in seine Welt. Ein Ausdruck höchster Erregung auf seinem Gesicht.

Das Messer lag am nächsten. Aber sie wusste nicht einmal, ob sie ihre schmerzverkrümmten Finger darum legen konnte. Schon der Gedanke daran war schier unerträglich.

Sie hörte das Signal eines Zugs.

Galaz stand noch immer mit dem Rücken zu ihr, aber er schien das Interesse an Mickey verloren zu haben, der sein Ziel nicht erreicht hatte und tot oder bewusstlos vor der Türschwelle lag. Galaz war merkwürdig ruhig. Dachte er nach?

Lauras Fingerspitzen berührten das Messer. Sie schloss die Augen, biss die Zähne zusammen, versuchte, es zu greifen. Wie sie überhaupt etwas ausrichten wollte, wenn sie es nicht einmal schaffte, ihre Finger um den Messergriff zu legen, wusste sie nicht.

Plötzlich drehte sich Galaz um.

Laura zuckte zusammen, und das Messer rutschte ihr unter den Fingern weg.

Galaz blickte von dem Messer zu Laura. »Es geht nicht,

was, Detective Cardinal? Es muss frustrierend sein, wenn einem der eigene Körper nicht mehr gehorchen will, nachdem er bislang immer treu und brav seinen Dienst getan hat.«

Völlig unbeeindruckt ging er dorthin, wo vorher Laura gestanden war. Wie ein Choreograph maß er mit den Blicken die Entfernung zu der Stelle ab, von wo aus er den Schuss auf Mickey Harmon abgegeben hatte. »Das könnte klappen«, sagte er und nickte. »Sie haben auf Mickey geschossen und Mickey auf Sie. Da ist nur ein Problem, was ist mit all meinen Haaren, Fasern, Fingerabdrücken? Dem Sperma? Vielleicht können Sie mir ja einen Rat geben. Fällt Ihnen etwas ein?«

Laura musste an dieses Messer herankommen. Aber sie hatte es noch weiter weggestoßen, und ihre Hände waren noch verkrampfter als zuvor.

Galaz drehte sich einmal um die eigene Achse und sah sich in dem Raum um. Zuckte mit den Schultern. »Ich werde wohl ein Feuer legen müssen. Das ist die einzige Lösung, oder was meinen Sie?« Er sprach jetzt schneller. »Er schießt auf Sie, und Sie schießen zurück. Er ist verwundet. Aber er muss die Spuren hier beseitigen. Also schüttet er das Benzin aus und hält ein Streichholz dran, und dann versucht er wegzukommen. Hört sich doch plausibel an, oder?«

Er erwartete offensichtlich keine Antwort von ihr.

»Oder er ist gerade dabei, das Benzin auszuschütten und es anzuzünden, als Sie auf ihn schießen – ich glaube, das ist im Grunde egal. Entscheidend ist dagegen, wo der Brandherd ist. Er sollte genau ... hier sein.«

Er ging zu der Stelle, an der sich Mickey befunden hatte, als er auf ihn geschossen hatte. Nicht einmal einen Meter von Summer entfernt.

Draußen in der Dunkelheit näherte sich ein Zug und ließ sein Signal ertönen, um Leute von den Gleisen fernzuhalten. Laura sah zu Summer. Angst glänzte in ihren Augen.

Das Mädchen hatte Galaz beobachtet, begriffen, was er sagte, dass nämlich das Feuer direkt vor ihren Füßen ausbrechen sollte.

Galaz sah zu Summer.

»Das wollte ich schon immer mal machen – wie bei der Jungfrau von Orleans. Schade nur, dass ich nicht hierbleiben kann, um mir das Schauspiel bis zum Schluss anzusehen.« Er zwinkerte Summer zu und ging zu dem Benzinkanister, nahm ihn hoch. Schwenkte ihn vor ihrem Gesicht, ohne sie dabei aus den Augen zu lassen, um sich an ihrer Angst zu weiden.

Er machte einen fast entrückten Eindruck. Schien Laura vergessen zu haben.

Laura sagte: »Was ist mit Musicman?«

Er schreckte aus seiner Versunkenheit auf. »Musicman?«

Der Zug kam näher.

»Wollten Sie ihn nicht holen? Damit er Summer sieht?«

»Was? Nein.« Er zuckte mit den Schultern. »Man kann nicht alles haben.«

»Aber er hat sich Ihnen widersetzt.«

Die Räder ratterten auf den Gleisen, immer lauter.

»Man kann nicht alles haben«, wiederholte Galaz, schon etwas unsicherer.

Der Zug war mittlerweile auf der Höhe der Fabrik angelangt und brachte die Wände zum Beben. Eine über sie hinwegdonnernde Klangmauer, die einen Moment lang jeden Gedanken unmöglich machte. Der Lärm drohte sie zu verschlingen.

*Konzentrier dich!* Sie musste noch einmal versuchen, das Messer zu erreichen. Sie streckte ihre Finger, so weit es ging, legte sie auf den Griff und zog das Messer zu sich heran, indem sie den Griff über die Tischplatte schob.

In ihren Ohren dröhnte es. Angst schnürte ihr die Luft ab. »Dann trägt Musicman also den Sieg davon«, sagte sie.

»Davon kann gar nicht die Rede sein. Schließlich wird er Summer nicht bekommen.« Galaz schraubte den Deckel von dem Kanister ab und schüttete etwas von der Flüssigkeit auf den Boden. Laura stieg der widerliche, durchdringende Gestank von Benzin in die Nase.

Die Angst, in einem Feuer umzukommen, hatte sie ihr ganzes Leben begleitet.

Summer wimmerte ängstlich.

*Leg die Finger darum –*

Galaz zog ein silbernes Feuerzeug aus der Hosentasche. Hielt inne. Laura sah ihm an, dass er immer noch überlegte, die Spuren, die er hinterlassen würde, mit den Augen der Experten von der Feuerwehr, der Detectives, des Gerichtsmediziners zu betrachten versuchte.

*Leg die Finger um das Messer –*

Der Lärm des Zuges ebbte ab, nur noch das Rattern der Räder war zu hören.

Laura bog ihre Finger. Es tat grauenvoll weh, aber die Flammen würden noch mehr wehtun. Sie schloss die Augen und zwang sich dazu, die Finger zusammenzupressen. Das Messer war in ihrer Hand. Sie würde sich auf ihn stürzen müssen, aber wie sollte das gehen, wenn sie sich kaum bewegen konnte.

Vielleicht reichte es auch, sich auf ihn fallen zu lassen, die Messerspitze nach vorn gerichtet.

Er war anderthalb Meter entfernt.

Sie spannte ihre gemarterten Muskeln noch stärker an.

Galaz stand mit dem Rücken zu ihr. Verspritzte Benzin an den Wänden, den Fenstern.

Sie zählte auf den Adrenalinstoß. Zwang ihre Muskeln, die schon über das Erträgliche hinaus angespannt waren. Holte tief Luft.

Jetzt.

Als Buddy den Schuss hörte, reagierte er sofort. Er zog seine Waffe und drückte gegen die Metalltür, aber sie war verschlossen. Er sah zu den Fenstern, suchte den schwächsten Punkt, sah, dass die Holzrahmen an einigen Stellen morsch waren.

Er würde sie nicht überraschen können. Sie würden ihn kommen hören.

Dann hörte er den Zug. Die Gleise führten offenbar direkt hinter der Fabrikhalle entlang. Er musste nur den richtigen Zeitpunkt abpassen. Keiner würde das Splittern der Scheiben hören.

Er zog sein Hemd aus und schlang es um seine Waffe. Suchte sich eine Stelle aus, an der das Holz morsch genug war, wo Risse zu sehen waren.

Wartete.

Der Zug kam näher, immer näher, das Rattern der Räder auf den Gleisen wurde immer lauter, bis es ihn vollständig einhüllte.

*Jetzt.*

Laura stieß sich ab und stürzte sich auf Galaz, den Griff des Messers in die Seite gestemmt, damit es nicht wegrutschte, ihren Körper als Geschoss einsetzend. Sie verdrängte den Gedanken, dass sie sich damit selbst den Bauch aufschlitzen könnte.

Der Schwung reichte nicht aus. Einen halben Meter vor ihm stürzte sie zu Boden, fiel auf die Hände, die Knie, das Kinn, schnitt sich in die Hand; das Messer schlitterte über den Betonboden, ohne etwas auszurichten.

Galaz wirbelte herum, völlig überrascht.

Der Benzingestank war überall.

»Haben Sie wirklich geglaubt –«

Fassungslosigkeit in seinen Augen, als ein Schuss in dem kleinen Raum explodierte, die Wucht des Aufpralls warf ihn herum, und er krachte mit dem Rücken gegen die Wand.

Sein Schädel barst – ein grauenvolles Geräusch. Er hielt sich die Seite, sein Mund stand offen, seine Lippen bewegten sich.

In seinen Händen das Feuerzeug.

Die manikürten Finger zuckten.

Ein heisere Männerstimme brüllte. »Lassen Sie es fallen! Sofort!«

Laura glaubte die Stimme zu erkennen, war sich aber nicht sicher –

Ein gleißender Moment, als das Metall über den Feuerstein rieb, dann zündete es. Ein Funken – ein Flammenrinnsal züngelte über Galaz' Arm zu seinem wächsernen Gesicht und an der Wand hoch.

Die Verzückung in seinem Gesicht verwandelte sich in Entsetzen.

Ein Bewegung hinter ihr: Buddy Holland, der zu seiner Tochter rannte.

*Die Fesseln,* dachte Laura.

Buddy, kein Polizist mehr, nur noch Vater, sein Gesicht angstverzerrt, als er bei seiner Tochter anlangte, an ihren Fesseln rüttelte, rief: »Schlüssel, ich brauch den Schlüssel!«

Frank Entwistle, der auf sie heruntersah: »Alles in Ordnung?«

*Was glaubst du wohl*? Aber sie sagte nichts.

»Was ist mit Mickey?«, fragte Entwistle.

»Mickey?« Was sollte mit ihm sein?

Entwistle nickte zu dem Mann, der auf der Türschwelle lag. »Er hatte die Schlüssel zu deinen Handschellen, oder?«

Da erinnerte sie sich: Mickey, der sich zu Summer beugte und ihre Fesseln prüfte.

Plötzlich ein lauter Knall! Galaz loderte auf wie eine Fackel, die Flammen reichten bis unter die Decke, der Raum wurde dunkel, beinahe schwarz. Schwarzer Rauch, der sich über ein Flammenmeer wälzte.

*Konzentrier dich! Er hatte die Schlüssel zu deinen Handschellen, oder?*

»Mickey«, brüllte Laura.

Buddy sah auf, Schweiß rann ihm über das Gesicht, seine Stirn glühte in dem flackernden Licht, seine Augen funkelten wie die eines wilden Pferdes –

Summer schrie.

Laura deutete mit dem Kopf zu dem Mann, der auf der Türschwelle lag.

Buddy nickte, er hatte verstanden, dann stürzte er sich wie ein Schakal auf den Mann, zog einen Schlüsselring hervor, an dem drei kleine Schlüssel hingen – solche für Handschellen. Buddy, wie er mit zittrigen Händen versuchte, den richtigen zu finden, Laura, die noch immer wie gelähmt war, Summer, die schrie und nicht mehr aufhörte zu schreien –

*Du musst raus, jetzt*, befahl ihr Gehirn, aber ihr Körper reagierte nicht. Die heiße Luft strich ihr über Mund und Nase wie ein Bienenschwarm, Funken regneten auf sie nieder, in ihre Haare, Panik kroch wie Ungeziefer in ihr hoch, pure Angst, gierig alles verschlingend.

*Ich will nicht auf diese Art sterben.*

Selbst in dem unglaublichen Tosen der Flammen hörte sie das Klicken des Schlosses von Summers Handschellen. Buddy fluchte, betete, sein Atem ging zischend. Summer wimmerte.

Laura versuchte, sich zu erinnern, wo die Tür war, die Luft um sie herum war von Ruß erfüllt, nur die öligen Flammen leuchteten in der Finsternis. Sie zwang ihren Körper, sich zu bewegen, zu kriechen.

Buddy rannte an ihr vorbei. Sie sah ihn nicht, hörte nur seine Stiefel auf den Scherben. Spürte den Luftzug, als er vorbeilief, etwas Weiches strich über ihr Gesicht – das Kleid?

Das Feuer verschlang den Sauerstoff, wehte ihr entgegen – sie spürte es an ihren Füßen, ihrem Rücken. War sie auf dem Weg zur Tür? Oder hatte sie die falsche Richtung eingeschlagen? Sie war zu keinem klaren Gedanken imstande. Vielleicht bewegte sie sich wirklich in die falsche Richtung. Wo war die Tür? *Ich sollte schon längst Mickey erreicht haben.* Ihre Kehle verschloss sich, ihre Brust schmerzte von dem Drang zu atmen.

Schläge, laute Stimmen.

»Polizei!«

Leute in der Halle. Lärm, Männer, Beine, Pistolen, ein Spezialeinsatzkommando.

Ihre Augen brannten. Das Atmen fiel ihr immer schwerer. Sie schnappte nach Luft. Sie konnte jeden Moment sterben. Sie war froh, dass sie mit dem Gesicht nach unten auf dem Boden lag, weg vom Rauch, dass sie hier waren. Sie waren hier, sie würden sie rausholen …

Füße liefen über den Boden, aber niemand kam zu ihr.

*Was ist mit mir?*

Entwistle sah mit trauriger Miene auf sie herunter.

Jemand anderes – ein Polizist? – kauerte sich neben sie. Dann wurde sie hochgehoben und wie ein Vogel in den Krallen eines Habichts davongetragen, auf und ab schwankend, durch die prasselnde Finsternis nach draußen, wo am Firmament hell leuchtende Sterne standen.

# 57

Fünf Tage, zwölf Befragungen, drei Verhöre und Berge von Akten später beschloss Laura, dass es reichte. Sie musste nach Hause, und das nicht nur, um ein paar Stunden zu schlafen. Sie waren in den Ermittlungen an dem Punkt angelangt, wo sie alles nur noch ordnen und der Staatsanwaltschaft vortragen mussten. Später würde sie noch einmal eine Reise nach Florida unternehmen müssen, um in einem anderen Fall auszusagen, der mit ihrem in Zusammenhang stand, dem Tod von Andrew Descartes, aber bis dahin war noch Zeit.

Und darüber war sie froh. Laura konnte es immer noch nicht richtig begreifen, dass Andy Descartes tot war. Sie hatte einen furchtbaren Fehler begangen, als sie kein Spezialeinsatzkommando zur Durchsuchung des Hauses angefordert hatte. Sie konnte sich noch so oft sagen, dass sie die Polizei von Apalachicola nicht von vornherein für unfähig hatte erklären wollen, selbst wenn das bis zu einem gewissen Grad stimmte. Aber der eigentliche Grund dafür, dass sie an diesem Tag mit Chief Redbone und seinen beiden Männern in das Haus gegangen war, war reine Hybris; sie hatte die Kontrolle über ihren Fall nicht aus der Hand geben wollen.

Nach und nach fügten sich die einzelnen Versatzstücke ihres Falles zu einem Ganzen. Mickey Harmon hatte die Schussverletzung überlebt, und er redete – über seine Freundschaft mit Galaz und Ramsey, die vor zwanzig Jahren ihren Anfang genommen hatte, den lukrativen Posten als Leibwächter von Galaz, ihre Erpressungen. Er zählte einige Morde auf, von denen der erste vor achtzehn Jahren begangen worden war, und nannte Victor die Adresse eines Lagerhauses in Phoenix, wo Galaz an der Verfeinerung seiner sadistischen Spielchen gefeilt hatte, während er sich gleichzeitig im DPS nach oben gearbeitet und eine Karriere in der Politik in Angriff genommen hatte.

Dale Lundy – Musicman – gestand, vier Mädchen umgebracht zu haben. Es zeigte sich, dass er schwer gestört war. Laura war überzeugt, dass sein Anwalt wegen seines Geisteszustandes auf nicht schuldig plädieren würde, aber nachdem ihr klar geworden war, was er alles getan hatte, zweifelte sie daran, dass sich die Geschworenen darauf einlassen würden.

Victor war derjenige, der Harmon und Lundy verhörte. Laura saß dabei und beobachtete Musicman, versuchte, ihn zu verstehen, aber es gelang ihr nicht. Er bot ihnen nichts – nichts außer Selbstmitleid und Selbstgerechtigkeit. Ein stets höflicher Mann, schmal, unauffällig, die Hände vor sich auf dem Tisch gefaltet, erinnerte er sie an einen braven Kirchgänger, dem es schrecklich peinlich war, in eine solche Situation geraten zu sein.

Laura fragte ihn, warum er den Tunneleingang mit einem Gewehr präpariert hatte.

Er wandte ihr seine feuchten, verängstigten Augen zu. »Dürfte ich bitte ein Glas Wasser haben?«

Nachdem er sein Wasser bekommen hatte, fragte sie noch einmal: »Warum haben Sie am Tunneleingang in Ihrer Küche ein Gewehr montiert, aber nicht in dem anderen Haus? Was hat Sie dazu veranlasst?«

Er sah sie verständnislos an.

Sie formulierte ihre Frage anders: »Sie haben weder an der Eingangstür noch an der Hintertür Fallen angebracht und auch nicht an irgendeiner anderen Stelle in dem Haus. Warum dann dort? Warum war die Falltür in der Küche für Sie von solcher Bedeutung?«

Er zuckte kaum merklich mit den Schultern. »Es kam mir einfach in den Sinn.«

*Es kam mir einfach in den Sinn.* Laura hatte ihm in die Augen gesehen, aber auch dort fand sie keine wirkliche Antwort auf ihre Frage. Wenn sie darauf gehofft hatte, eine Erklärung für Andrew Descartes' Tod zu erhalten, etwas, an dem sie sich festhalten konnte und das dieser Tragödie irgendeinen Sinn verlieh, dann bekam sie es jedenfalls nicht von Dale Lundy.

Buddy Holland wurde von seinem Dienst bei der Polizei von Bisbee zeitweilig suspendiert. Die Untersuchung, die ihm wegen des Schusses auf Galaz bevorstand, war das Geringste seiner Probleme. Viel schwerer fiel ins Gewicht, dass er Dale Lundy nach Bisbee gelockt hatte. Das würde ihn wahrscheinlich seinen Job kosten. Zum Glück bekam er eine Pension von der Polizei Tucson. Und er war noch jung genug, um in irgendeiner anderen Strafverfolgungsbehörde eine Arbeit zu finden.

»Ich habe gehört, dass bei Dynever Security ein Posten frei geworden ist«, witzelte er.

Er erzählte Laura, dass er zurück nach Tucson ziehen würde, um in der Nähe seiner Tochter zu sein.

Laura hatte ihn in letzter Zeit oft gesehen. Summer musste eine Aussage machen, und Buddy begleitete sie. Sie gingen gemeinsam zum DPS und zum Gericht: Buddy, Summer und Beth.

Laura stellte fest, dass sie Buddy um seine Familie beneidete. Um das Band, das zwischen ihnen bestand. Sie erinnerte sich daran, wie es war, geliebt zu werden, an die Liebe ihrer Eltern.

Aber es war für die drei noch nicht ausgestanden. Summer würde Hilfe brauchen, um über das hinwegzukommen, was sie gesehen, was sie erlebt hatte, zuerst in den Händen von Musicman, dann in denen von Galaz. Körperlich hatte sie keine Verletzungen davongetragen, aber seelisch dafür umso mehr. Allein in dem Raum mit den Fotos von den gefolterten Frauen an den Wänden – wissend, dass sie die Nächste sein würde. Laura glaubte, dass Summers Wunden mit der Zeit heilen würden. Sie würde eine Therapie brauchen und viel Trost und Liebe von ihren Eltern, aber sie konnte darüber hinwegkommen.

Laura ging zur Beerdigung von Jay Ramsey. Es waren nur wenige Leute da. Sie erkannte den jüngeren Bruder, den sie nur ein Mal vor fast zwanzig Jahren gesehen hatte. Er war ohne Begleitung gekommen – keine Frau, keine Kinder. Er wirkte verloren. Laura fühlte sich auf merkwürdige Weise mit ihm verbunden. Er hatte nun auch keine nahen Angehörigen mehr. Der Ausdruck in seinem Gesicht verriet ihr, dass er niemals erwartet hatte, so allein zu sein.

Er gab ihr einen kleinen gelben Zettel, auf dem Jay etwas notiert hatte, das offenbar für sie bestimmt gewesen war. Er hatte am Bildschirm seines Computers geklebt. Oben stand in krakeliger Schrift Lauras Name. Darunter war zu lesen: »Barbara Stanley«, gefolgt von einer Telefonnummer und den Worten: »Calliope's Music, neun Jahre alte reinrassige Vollblutstute«.

Laura dankte ihm und steckte den Zettel in ein eigenes Fach in ihrer Brieftasche. Sie wusste im Moment nicht, was sie damit anfangen sollte, deshalb würde sie den Zettel aufbewahren, bis sie es wusste.

Nach der Beerdigung am Morgen, dem fünften Tag nach dem Feuer in der Chiricahua-Farbenfabrik, sammelte Laura im Büro einige der Akten zusammen, die sie noch zu bearbeiten hatte, und sagte Victor, dass sie Feierabend machen würde.

»Sehen wir uns morgen?«

»Ich glaube nicht.«

Sie fuhr nach Hause auf die Bosque Escondido Ranch,

nachdem sie noch schnell in einem kleinen Laden, der sich zwischen lauter Supermärkten an der Southside befand, eingekauft hatte.

# 58

»Wo soll ich das Geschirr hinstellen?«, fragte Tom und trug eine Kiste auf die Veranda.

Laura wusste, welches Geschirr er meinte. Billiges Porzellan mit einem braun-gelben Muster aus Bienen und Blumen. Tom hatte es bei einer Sonderaktion im Supermarkt erstanden – kaufen Sie Lebensmittel im Wert von soundsoviel Dollar, und Sie bekommen jedes Geschirrteil für einen Dollar. Es passte gut zu seinen zwei Senfgläsern. »Könnten wir es nicht irgendwo einlagern?«

»Klar. Wir können es zu meiner Bettwäsche, dem Teppich und der Couch stellen.«

»Das ist mein *nidito*. Du bist hier nur –«

»Ja? Was bin ich?«

Er stand da, immer noch mit der Kiste in den Händen, und sah sie an. Der Mann, mit dem sie ab jetzt zusammenleben würde.

Sie dachte an ihr schönes Porzellan. Dachte daran, dass die einzelnen Teile ordentlich aufeinandergestapelt waren, an ihre schönen, klaren Farben, Dunkelblau, Grün, Orange, Dunkelrot. Gut, dann eben Bienen und Blümchen. Sie seufzte. »Okay. Stell es in den Geschirrschrank neben der Tür.«

Ohne die Kiste abzusetzen, beugte er sich unbeholfen nach vorn und küsste sie auf die Stirn. »Du machst dich gut.«

»Findest du?«

»Du hast lange allein gelebt.«

»Du auch.«

»Aber ich bin weniger territorial veranlagt als du.«

Das stimmte. Nachdem die Fliegengittertür hinter ihm zugefallen war, überlegte Laura, dass es nicht einfach werden würde. Als sie vor drei Tagen, mitten in der Nacht, ja gesagt hatte, schien es das einzig Richtige zu sein. Hier ging es um Liebe. Und die war angeblich stärker als alles andere.

Allerdings hatte sie auch gesehen, dass er die Handtücher einfach auf den Boden seines Badezimmers fallen ließ.

Am Tag nach Tom Lightfoots Einzug wachte Laura noch vor Sonnenaufgang vom Prasseln des Regens auf dem Dach auf. Über Nacht musste es zehn Grad kälter geworden sein. Vorsichtig, um Tom nicht zu wecken, kroch sie aus dem Bett. Sah auf ihn hinunter und dachte, dass es von jetzt an immer so sein würde. Buddy und Beth fielen ihr ein. Konnte der Riss zwischen ihnen heilen? Oder würde Buddy eine Wohnung in der Nachbarschaft mieten und von dort aus über seine Tochter wachen wie ein Schutzengel?

Sie kochte Kaffee und ging nach draußen, setzte sich auf die alte Hollywoodschaukel und schaukelte vor und zurück. Sie hatte sie, komplett mit dem gestreiften Original-Leinenbezug, auf einem kleinen Flohmarkt entdeckt. Wenn sie hier auf der Veranda ihres Hauses, das etwa aus derselben Zeit stammte, darauf saß, vor sich nur die Wüste, fühlte sie sich in die zwanziger Jahre des letzten Jahrhunderts zurückversetzt.

Schon damals gab es Serienmörder – wenn auch nicht so viele wie heute – und massenhaft Pädophile, aber die Leute wussten nichts davon. Wie glücklich sie doch gewesen waren.

Der Regen fiel sanft und regelmäßig – das, was die Navajos einen weiblichen Regen nannten. Die Regenrinne war an einigen Stellen leck, und vom Dach tropfte Wasser auf den Ziegelboden. Der Wind trug den Geruch der feuchten Kreosotbüsche zu ihr herüber, die Stämme der großen alten Mesquitebäume schimmerten schwarz wie Seehundfell. Die kühle Luft, die sich auf ihr Gesicht legte, war Balsam für ihre versengten Augenbrauen und die Brandwunde auf ihrer Wange.

Sie konnte es auch gleich machen. Sie ging ins Haus, holte die alte elektrische Schreibmaschine ihrer Mutter und stellte sie auf den Holztisch in einer Ecke der Veranda. Sie brauchte ein Verlängerungskabel, um sie einstecken zu können.

Es dauerte eine Weile, bis sie herausgefunden hatte, wie man das Farbband einlegte, das sie in einem Schreibwarenladen gekauft hatte. Der Verkäufer hatte ein letztes Farbband aus einem der hinteren Regale hervorgekramt, den Staub von der Packung gepustet und gesagt, sie habe Glück, dass diese Schreibmaschine einmal ein weit verbreitetes Modell gewesen sei.

Sie legte das erste Blatt ein, lächelte, dachte daran, dass Tom die Idee gefallen hatte.

Zen und die Kunst nicht abgeschlossener Aufgaben. Sie war froh, dass die Idee Toms Zustimmung gefunden hatte. Aber das war vorhersehbar gewesen: Er schätzte jede Form der Klarheit.

Sie starrte auf das leere Blatt Papier, dann tippte sie: »Kapitel sieben«. Das laute Geklapper klang fremd in ihren Ohren. Die Tasten ließen sich sowohl zu schwer als auch zu schnell bewegen für Finger, die eine Computertastatur gewohnt waren.

Eine Dreiviertelstunde später starrte sie immer noch auf die Zeile »Kapitel sieben«. Tom kam heraus und leistete ihr Gesellschaft. Er hatte ihr eine frische Tasse Kaffee gebracht und genau die richtige Menge Milch hineingegossen – er lernte schnell. Das sagte sie ihm.

»Ich hab mal irgendwo gelesen, dass ein Stardesigner aus Hollywood seinem Hausmädchen ein Farbmuster gemacht hat, damit sie weiß, wie viel Milch sie in seinen Kaffee geben soll. So schlimm bist du nicht.«

Sie war froh, dass sie nicht gesagt hatte, sie freue sich, dass er ihr Porzellan statt einen seiner billigen Becher genommen hatte.

Er beugte sich vor, um ihr einen Kuss zu geben. Im nächsten Augenblick waren Kaffee und Kapitel sieben vergessen.

Nachdem sie sich geliebt hatten, lagen sie da und lauschten, wie der Herzschlag des anderen wieder langsamer wurde. Laura spürte, wie sich auf einmal ihr Herz weitete, ein Gefühl, wie sie es noch nie empfunden hatte. Seit elf Jahren zurückgehaltene Tränen drangen an die Oberfläche.

Sie lag neben Tom im Bett und strich über seine Haare, ihre Tränen fielen auf das Leinen und sammelten sich in ihrer Kehle. Geborgen in seiner tröstenden Umarmung.

Endlich fühlte sie sich nicht mehr allein.

*Kapitel sieben*

Mickey Harmon wachte immer wieder aus einem unruhigen Schlaf auf. In seinem ständig wiederkehrenden Traum war Julie Marr noch am Leben. Er musste sie suchen, um sich Gewissheit zu verschaffen. Aber was sollte er tun, falls sie tatsächlich noch lebte – sie in ein Krankenhaus bringen? Vielleicht wäre sie ihm so dankbar, dass sie ihn nicht an die Polizei auslieferte.

Er wusste nicht, warum er zu Mike Galaz

fuhr. Vielleicht, weil er schon immer Mike um Rat gebeten hatte. Seit ein paar Monaten ging es ihm und Jay allerdings zunehmend auf die Nerven, dass Mike das Sagen hatte und zum Dark Moondancer ernannt worden war. Deshalb hatten sie ihn aus ihrer Unternehmung ausgeschlossen. Aber das hier war etwas anderes.

Sein Instinkt trieb ihn zu Mike Galaz.

Ein Mädchen entjungfert zu haben würde ihm eine Menge Punkte einbringen, aber das zählte im Moment nicht. Mickey Harmon hatte Angst. Er konnte das nicht allein durchstehen, und er fragte sich, wie Jay – der immer ein Muttersöhnchen gewesen war – reagieren würde. Und so kam es, dass Mickey Mike aufweckte und sie gemeinsam zu der Stelle fuhren, wo er und Jay Julie Marr abgeladen hatten.

Mickey erzählte Galaz die Geschichte während der Fahrt, wie sie versucht hatten, sie zu verführen – ein anderes Wort für vergewaltigen –, und dass sie angefangen hatte zu spinnen, sich gewehrt und den Kopf aufgeschlagen hatte, als sie sich wild im Wagen herumgeworfen hatte. Überall Blut ... Mickey und Jay waren in Panik geraten, hatten sie aus dem Auto gezerrt und zu einem Mesquitebaum geschleift und sie unter ein bisschen Erde und Müll verscharrt.

Aber jetzt war er sich auf einmal nicht mehr sicher, dass sie tatsächlich tot gewesen war.

Wie sich herausstellte, hatte Mickey Recht mit seinem Verdacht. Julie Marr lebte. Sie fanden sie, wie sie völlig verwirrt in der Wüste herumlief, das Gesicht blutüberströmt.

»Was sollen wir tun?«, fragte Mickey, und wieder überkam ihn Panik.

Galaz sah ihn nicht an, er ging einfach weiter, auf Julie Marr zu. Als sie ihn entdeckte, war ihr die Erleichterung deutlich anzumerken. Zumindest hätte Mickey das schwören können. Sie dachte, Mike wäre gekommen, um sie zu retten.

Er war in keiner Weise auf das vorbereitet, was Galaz als Nächstes tat.

Mickey sah entsetzt mit an, wie Galaz Julie Marr vergewaltigte und erwürgte. Als sie nicht sterben wollte, stach er immer wieder mit einem Messer auf sie ein, das er plötzlich aus seinem Anorak hervorgezaubert hatte.

Er hätte etwas sagen sollen, aber seine Stimme war schwach, hatte kein Gewicht.

Dieses Mal schaufelten sie ein richtiges Grab in dem harten Boden unter dem Mesquitebaum, legten Julie Marr hinein und häuften Steine darauf, um die Tiere fernzuhalten.

Mickey hatte Angst.

Aber Mike hatte schon einen Plan, er wusste immer, was zu tun war. Jay Ramsey, erklärte er Mickey, sollte nie erfahren, dass sie Julie Marr lebend gefunden hatten. Jays Familie war steinreich, und Mike Galaz fand, dass sie die Gelegenheit nutzen sollten, Jay Ramsey mitsamt seinem Geld unter ihre Kontrolle zu bekommen.

»Und glaub bloß nicht, dass du zur Polizei gehen und mich verpfeifen kannst«, sagte Galaz zu Mickey. »Du hängst nämlich genauso drin wie ich. Wir sind für immer aneinandergebunden – wir drei. Du, ich und Jay.«

Es war das erste Mal von vielen weiteren Malen, dass Mickey seinen Mund hielt.

Der Pakt, den Mike Galaz und Mickey Harmon in jener Nacht schlossen, hatte bis zum Sommer diesen Jahres gehalten und endete erst mit dem Tod von Mike Galaz bei einem Brand.

Nach dem Brand führte der an Händen und Füßen gefesselte Mickey Harmon die Polizei von Tucson zu den sterblichen Überresten von Julie Marr. Auch Detective Barry Fruchtendler, der mittlerweile im Ruhestand war, war dabei, als die Knochen des Mädchens aus ihrem Grab geborgen wurden.

Nach achtzehn Jahren kehrte Julie Marr endlich nach Hause zurück.

# Danksagung

Niemand kann allein ein Buch schreiben. Viele Leute haben großzügig ihre Zeit und ihr Wissen mit mir geteilt und damit dieses Buch möglich gemacht. Zu ihnen gehören:

In Florida:

Die netten Leute vom Florida Department of Law Enforcement in Tallahassee: Jennie Khoen, ehemalige Pressereferentin des FDLE; Kristen Perezluha, Pressereferentin des FDLE; Mike Phillips, Special Agent Supervisor; und Laura Roberts Moody, Geschichtsschreiberin von Apalachicola.

In Arizona:

Dr. Leslie Boyer, medizinische Leiterin des Gift- und Drogeninformationszentrums Arizona; Michael Crawford von Chandler, Tullar, Udall & Redhair; Lieutenant David Denlinger vom Arizona Department of Public Safety; die Ermittler aus dem kriminaltechnischen Labor des DPS; Ron Bridgemon (im Ruhestand), Sue Harvey, John Maciulla, Curtis Reinbold, Seth Ruskin und Keith Schubert; Ron Thompson vom Tucson Police Department; und Karen Bachman und Pam Marlow von der La Posta Quemada Ranch (die Vorlage für die Bosque Escondido Guest Ranch). Mein Dank geht auch an Alice Volpe, Tracy Bernstein, Claire Zion, Leslie Gelbman und Kara Welsh. Wie auch an meine Freunde, meine Familie und alle, die mir einfach zur Seite standen. Zu ihnen gehören: Sinclar Browning, J. R. Dailey, Pete Hautman, J. A. Jance, Mary Logue, Carol Davis Luce, Cliff McCreedy, Barbara Schiller und Allegra Taff; meine schriftstellernden Kollegen: Sheila Cottrell, Elizabeth Gunn, J. M. Hayes und E. J. McGill. Ich danke meiner Tante Evelyn Ridgway, meiner Mutter Mary Falk und meinem Mann Glenn McCreedy, der – auf eigene Gefahr – den ersten Entwurf lesen durfte. Besonderer Dank geht an Detective Terry Johnson vom Arizona Department of Public Safety, Detective Phil Uhall vom Tucson Police Department und John Cheek von Cops 'n Writers (ehemals TPD), sie hatten stets ein offenes Ohr für mich. Ohne euch gäbe es dieses Buch nicht.

Sämtliche Fehler in diesem Buch gehen zu meinen Lasten.

Beim Schreiben dieses Buches kamen keine Tiere zu Schaden.

Sie können mich für Ihre Geburtstagsfeier engagieren.

Alles eben Gesagte entspricht der Wahrheit, bis auf den Teil mit der Geburtstagsfeier.